瞿秋白與跨文化現代性

瞿秋白
與跨文化現代性

QU QIUBAI AND TRANSCULTURAL MODERNITY

張歷君　著

香港中文大學出版社

《瞿秋白與跨文化現代性》
張歷君　著

國際統一書號（ISBN）：978-988-237-102-6

2020年第一版
2024年第二次印刷

出版：香港中文大學出版社
香港 新界 沙田・香港中文大學
傳真：+852 2603 7355
電郵：cup@cuhk.edu.hk
網址：cup.cuhk.edu.hk

Qu Qiubai and Transcultural Modernity (in Chinese)
By Cheung Lik Kwan

ISBN: 978-988-237-102-6

First edition 2020
Second printing 2024

Published by The Chinese University of Hong Kong Press
The Chinese University of Hong Kong
Sha Tin, N.T., Hong Kong
Fax: +852 2603 7355
Email: cup@cuhk.edu.hk
Website: cup.cuhk.edu.hk

Printed in Hong Kong

目錄

自殺、生命衝動與菩薩行

瞿秋白與二十世紀初革命政治

李歐梵

張歷君教授的這本學術著作，可以說是他學術生涯的第一個里程碑。從博士論文到最後成書，至少花了十年功夫。我有幸在中文大學任教的第一年就認識了他，多年來我們亦師亦友，共同切磋學問。雖然我是他的博士論文指導老師之一，但對於瞿秋白的研究，我完全是門外漢，反而從歷君的研究過程中學到了很多。這篇小序，其實也只能算是我的閱讀報告。

歷來對於瞿秋白的研究，都是偏重他的馬克思主義文藝思想和他在中共黨史中所扮演的主要角色。由於我深受業師夏濟安先生的影響，一向把瞿秋白視為一個五四文人，最多只不過是一個「軟心腸的共產主義者」(夏先生在六十年代所寫的那篇名文的題目)，被捲入時代的大潮流，做了革命的先烈。這兩種觀點，如今思來，都有不足之處。 而中國大陸多年來的瞿秋白研究，雖資料詳盡，但似乎都跳不出一個中國現代革命史中的思想傳記大框架，加以西方理論掌握有限，無法對瞿秋白的思想複雜性作比較研究，浮面的總結顯得大而無當，而細節的展示也不過是資料的重組。因此，張歷君的這本書可謂出類拔萃，因為他把瞿秋白生命中的幾個關鍵思緒放在一個「並置」的比較文化架構之中，用「雙方面的辯證法」(見本書的導論)來處理這些關鍵性的問題。這種方法，和庸俗的辯證法完全不同，也和一般瞿秋白研究的中文書籍的平鋪直敘的風格大異其趣，前者不求甚解就套用馬克思理論，而後者背後的「直線進行敍述」(linear narrative)的模式，往往把瞿秋白的思想發展作為「進化論」式的鋪陳，方法大同小異。

瞿秋白和魯迅一樣，並不是一個有系統的思想家，他的內心情緒和思想交雜，堅定的革命理想和信仰又和起伏不定的感情混在一起，我們又如何能疏理出一個清楚的「思想體系」? 張歷君的方法是：「將各種不同的觀念新異的並置起來」的方法，據他說是來自我的哈佛業師史華慈，所謂「雙方面的辯證法」的大前提，就是分析一個問題不應該一廂情願地只從一個方向着手——譬如瞿秋白是一個馬克思主義的革命先烈——而需要同時從另一個，甚至相反的方向去推敲，例如他對於佛教思想的浸沉。然而對於一般讀者或學界同行而言，這種方法的運用也有其複雜難明之處。加以歷君用了不少西方文化理論作為研究的出發點和照明，更增加閱讀本書的難度。好在歷君的文體艱而不澀，關鍵性的名詞皆附上原文或英文譯名，這也是一種學術上負責任的表現。為了方便讀者閱讀本書，我在此冒昧地為歷君作一點鋪墊和解讀的工作。

一般學者把瞿秋白的一生大致分成三個階段：一是他早年的傳統書香世家的出身和所受到的五四思潮影響，直到他首次到訪蘇俄；二是他回國後在中國共產黨作為領導人物之一的政治浮沉；三是他的文藝與革命觀和被國民黨追捕受難而死的經過。此中也問題叢叢，第一階段的蘇聯經驗往往是根據中文資料的片面描述，無法把早期蘇聯的文藝思想和「共產國際」政策作比較研究。第二階段更麻煩，中共黨史的資料尚未完全開放，到底當時黨內各種勢力和政策的鬥爭的來龍去脈如何，底細很難摸得清楚，意識形態的糾葛也在所難免。而最後這一個階段，特別是他在監獄中寫的〈多餘的話〉是否可信的問題，多年來更是有各種解釋，爭論不斷。總的來說，幾乎所有的研究都無法正視瞿秋白作為中國「傳統文人」的一面，因為五四新文化運動把中國傳統和西方現代性對立，所有的革命人物都必須從傳統走向現代，脱胎換骨。因此瞿秋白只能變成一個「典型」的革命家和烈士，然而由於他捲入黨內路線鬥爭的問題，死後如何評價，又不能蓋棺論定。作為一個香港學者，張歷君如何超越這些思想框架而作獨立的思考？這是我們多年來不斷討論的問題。我鼓勵他用自己的方式和語言來研究瞿秋白，當然不必再寫一本傳記。這本書也是在歷君博覽各種瞿秋白研究的書籍和無數論文之後撰寫的。在「方法學」方面，他顯然受到當代西方文化理論的熏陶，然而我處處警告他不要強加套用，因為任何理論的背後都有它的歷史脈絡和文化背景。

直到最近，在此書最後的定稿中，歷君才在導論中加上關於史華慈方法的論點，令我頗為吃驚，因為我一直覺得我的業師學識淵博之至，但從來沒有展示他的「方法」。 我個人所受的史華慈影響，現在回想起來，最重要的兩點是：探討思想必須先從問題出發，他常用的字眼是“problématique”，這個源自法文的名詞，我解釋為從一個基本問題和它引發的一系列問題，然後反覆思考，才會產生真知灼見。第二點是：中國和西方的傳統都不是籠統的一個，也絕不把傳統作為籠統式的處理，中國至少有儒道佛三家和各種旁支，西方也有古希臘羅馬和猶太基督教（Judeo-Christian）兩個大傳統以及其本身的各種分歧。到了現代，情況更是錯綜複雜。所以多年來我一讀到中西傳統簡單對立的言論，都嗤之以鼻。瞿秋白更非如此。就以瞿秋白的革命文藝觀而言，表面上來自蘇聯，但背後卻有法國大革命和歐洲各種社會主義的背景。瞿秋白深通俄文，當年在北京俄文專修館學習時，還兼修法文和英文，所以他可以直接經由外文接觸十九世紀和二十世紀初期的各種革命思潮，而不必依賴中文或日文的翻譯。這和當時中國左翼知識分子（包括魯迅）不同。要了解瞿秋白革命思想的全貌，我們也勢必回到當時蘇俄和歐陸的革命歷史語境之中，而不僅從五四的立場來推敲，這又談何容易？

最近我重看瞿秋白的兩本旅俄記錄：《餓鄉紀程》和《赤都心史》，赫然發現他對十九世紀的俄國思想史竟然瞭如指掌，更不必提他的俄國文學知識，顯然都在同代人之上，《赤都心史》中就有他翻譯的列爾曼托夫（Lermontov）的兩首詩；十九世紀俄國文學的一個關鍵主題：「多餘的人」也是他最早介紹到中國來的。難怪魯迅見到瞿秋白時，二人惺惺相惜，瞿死後魯迅並為他出版譯作。此處當然不能詳論。我不禁好奇：那一晚二人在上海魯迅寓所徹夜長談，到底談的是甚麼？至少他們對於當時中國左翼文壇理論知識水平之低，意見是一致的吧。

在閱讀歷君這本書的初稿時，我曾建議他仔細討論瞿秋白在蘇俄的經驗問題：到底他在這個貧困交加的「赤都」學到甚麼？見到甚麼人？讀到甚麼蘇俄文藝的理論？這些當然是我個人關心的問題。而歷君更關心的是瞿秋白到蘇俄的心態：這塊革命「聖地」愈貧困，他的革命理想愈堅強。這在《餓鄉紀程》中已經表露得很清楚。這種「朝聖」的心態，使得他不可能重蹈不少英美左翼知識分子訪問蘇聯後的失望，以及失望後寫出來的反悔記錄。這是另一位先師夏濟安先生從文學立場探尋的問題。瞿秋白的遺書：〈多餘的話〉是他個人的懺悔記錄，而不代表他對革命理想的失望。

當我和歷君討論瞿秋白的留俄經驗時，我偶然問到：當時還有甚麼其他國家的革命分子到這個「赤都」取經？歷君提到葛蘭西(Antonio Gramsci)這位大人物。葛蘭西和瞿秋白同時提出一個策略性的革命觀點："Hegemony"，中文的譯名是「霸權」，這一個術語的中文譯名，大概是受到上世紀八十到九十年代的英國伯明翰學派的文化理論的影響，從字意的表面看來，頗為負面，有意無意之間忽略了列寧和葛蘭西原本賦予這一個術語的積極意義。即策略上的佔據文化的高地，以文化的優勢來打倒對手，從而得到領導權。然而為甚麼當代華語學界的譯名是「霸權」而不是「領導權」？這個「霸」字在中文語境絕對不是好字眼。五四初期對這個術語的譯名就是「領導權」，瞿秋白則更進一步，按自己的理解，將之譯成「領袖權」。無論如何，這個譯名比「霸權」更合適，其政治的意義也更為鮮明，在當時的語境，它指涉的也更全面，即「國民革命的聯合戰線裏誰應當是革命之領袖階級」的問題。歷君在書中指出：雖然有個別學者提到葛蘭西和瞿秋白的「共時性」，但鮮有學者仔細分析「領導權」的翻譯和其意涵的問題。

葛蘭西是意大利的共產黨領導人，他的際遇和瞿秋白相當，兩人同時在莫斯科，有沒有碰過頭？《赤都心史》中無此記載。這一個看來是「偶合」的問題，背後卻涵蓋了更深層的歷史意義，因為二人在蘇聯同時接受蘇聯剛剛提出的「共產國際」的政策，瞿秋白在1921年以記者的身份參加了共產國際的第二次代表大會，並在會上遇到列寧。列寧和托洛斯基二人都用流暢的德語發言，而托洛斯基更滔滔不絕，講了三個多小時。這真是一個歷史性的關鍵時刻。所以葛蘭西和瞿秋白都採納共產國際的理論和政治語言，「來重新思考中國和意大利當下的政治狀況以及相應的革命戰略」(見本書第一章第一節)。瞿秋白回國後在中共中央所提出的政治策略當然也受此影響。本書的第一部分，就是把瞿秋白和葛蘭西並置，從歷史和理論的層次探討「領袖權」和「有機知識分子」(organic intellectual，葛蘭西的另一個核心觀念)，兩個觀念聯在一起來比較研究，並以此來研討二十世紀初的革命知識分子扮演的角色，以革命和救贖為主題，點出葛蘭西和瞿秋白的同和異。歷君在這一部分用了大量的西方左翼理論，從盧卡奇(Georg Lukács)到巴迪悟(Alain Badiou)和齊澤克(Slavoj Žižek)，希望用一種「後設」的理論方法來「照明」那一個時代的意義。

本書的第二部分更為突出，也把「雙方面並置」的方法發揮到更深一層。中國一般研究瞿秋白的學者，從來沒有把柏格森(Henri Bergson)、瞿秋白的革命政治，和佛教的唯識宗連在一起討論，最多也不過一筆帶過，語焉不詳。西方研究瞿秋白的學者往往只探討與西方馬克思主義相關的思潮，如無政府主義和社會主義。然而，他們完全忽略了柏格森對中國左翼的影響，將之劃在保守主義的範圍，如二十年代初「科學與玄學」論戰中的「玄學」旗手張東蓀和梁漱溟，都是柏格森的信徒。其實五四時期中國的知識分子，從左到右都受到柏格森的影響，只不過每個人從柏氏學說的不同部分汲取不同的養分而已。就我個人而言，在未讀歷君的論文以前，從來都沒有想到佛教——特別是唯識宗——在瞿秋白一生中的地位和影響，以及佛學中的「菩薩行」這個觀念的積極意義。更沒有想到柏格森的「生命哲學」對葛蘭西的影響。在此書的第二部分第五章，歷君從柏氏的另一個基本觀點「創造進化論」(Évolution créatrice) 的切入點來討論葛蘭西和瞿秋白的蘇俄經驗和革命實踐問題，這是一個非常困難的題目，虧得他花了極大功夫，引經據典，廣徵博引，把兩個看來不相關的議題並置在一起，也加深了我們對瞿秋白的革命理念的理解。在前一章，他追溯到早期的瞿秋白，經由他的親戚瞿世英的來往，而進入柏格森的生命哲學，更引人入勝。瞿秋白把柏格森思想「並置」於佛學之中，以佛經中的「愛」的觀念增補和重寫了「生之衝動」(“élan vital”) 的概念 (見本書第四章第二節)，這一個聯繫，也解決了瞿秋白心路歷程的前後「矛盾」(佛學與革命) 的問題，其實這些混雜的思想在瞿秋白思緒中潛移默化，都發揮了重大的作用。由此看來，在二十世紀初中國的語境裏，「柏」、佛、儒已經混為一談了。歷君把這三種潮流——柏格森、佛教唯識宗和革命政治——連在一起，形成了瞿秋白極為獨特的「生命哲學」，它的主題就是：犧牲、救贖、自殺。

本書的第三部分，也可以視作一個總體性的結論，以「自殺之道」為主題，把瞿秋白的文人和革命家之間的矛盾，作深入的分析，非但把〈多餘的話〉作文本精讀 (步夏先生的後塵)，而且不忘把他早期的思想帶回來，放在一個寓言性的「歷史劇場」(第八章) 解讀，又引伸出福柯的「異托邦」理論，加以發揮。這是一個更會引起爭論的題目，怎麼自殺也和革命與時代的變革有關？歷君從細讀瞿秋白早年對於一個五四青年自殺的公開反應的文章中發現，他對死亡的看法的確如此，而不是消極的厭世。也和魯迅的看法——特別對於受難和犧牲——可以互相映照。記得數年前在中大召開的一個學術會議上，歷君宣讀有關〈多餘的話〉的論文，在座的幾位名教授，包括哈佛的王德威，都大為激賞。我當然頗自鳴得意。憶起多年來歷君和我共同切磋學問的日子，內中不乏甘苦，如今他終於有了成果，我怎能不為他高興？功勞不在於我的指點，而在於他的勤力。

歷君出身中大中文系，師從黃繼持和盧瑋鑾（小思）老師，受過嚴格的中國文學專業訓練，他也一直苦讀西方理論，在「文化研究」未成顯學之前，就已經用文化研究的方法書寫他的碩士論文，他論文的第一部分論及魯迅的翻譯。我讀後甚為吃驚，因為他一反時下對魯迅「硬譯」的批評，而作辯證式的解讀，這種寫法，沒有理論的支撐是做不到的。希望這本魯迅研究也能很快出版問世。他從魯迅轉到瞿秋白當然順理成章，但也牽涉到一個更直接的問題，那就是馬列文藝理論和實踐。現在的西方「新馬」理論只從「事後」的眼光來看這個問題，並不注重蘇聯文藝理論的貢獻。然而我堅持歷君要回到歷史本身的語境中去。在他的初稿中，他似乎太熱衷於引用當代西方理論，甚至有凌駕原來文本的趨勢。經多次修正後，書中文本分析的分量加多了，但理論演繹的分量仍然很重，而歷史的脈絡仍嫌不足，但歷君至少把那個時代的幾種思潮的匯流輪廓勾畫出來了。美國的「新馬」理論大師詹明遜（Fredric Jameson Jr.）曾再三呼籲：「永遠要歷史化！」（"Always historicize"），但說來容易作時難。歷史是當代文化理論的一個「缺席」因素。（誠然，我自己的「歷史癖」也影響到我對於某些後現代理論的不滿。）張歷君把理論和文本「並置」的方法，在某一程度上也稍稍修正了西方理論的偏差，「領袖權」的譯名就是一個明顯的例子。目前他正在繼續研究柏格森思想在二十世紀中國的流傳和影響，不日即將完成。我們且拭目以待。

導 論

瞿秋白與跨文化現代性

第一節　韋陀菩薩與共產主義者

1923年，瞿秋白從蘇俄歸國，從此以後，他開始逐步接近中共的權力核心，並成了中共黨內重要的政治理論家。在他這個時期的著述裏，早年作品中所呈現的思想雜交(intellectual hybridity)[1]現象逐步減少。在短短兩三年赴蘇考察期間，他彷彿已洗心革面，重新做人，搖身一變，成了一名純正的布爾什維克(Bolshevik)。然而，與主流的瞿秋白研究者所呈現的上述形象恰恰相反，本研究發現，瞿秋白的思想其實是史華慈(Benjamin I. Schwartz)所謂的「將各種不同觀念新異地並置起來」(novel juxtapositions of ideas)的知識世界。[2]無論在他前期還是中、後期[3]的著述中，都充斥着錯綜複雜的思想雜交現象。

1929年冬天，丁玲開始埋首寫作中篇小説《韋護》，並陸續發表於《小説月報》第21卷1至5號。1930年8月15日，美麗書店出版了這部小説的單行本。後來，丁玲向一位美國記者表示，《韋護》標誌着她前期「莎菲」風格的結束。[4]1931年，她到光華大學發表題為「我的自白」的演講，這個演講主要談到的，便是她當時的新作《韋護》。她在演講中公然表示：「有的朋友很不滿意我，説我把《韋護》赤裸裸的印上紙面了。然而已與本來面目大大不相同，但一點影子都沒有，這也難説。〔 …… 〕《韋護》中的人物，差不多都是我朋友的化身，大家都有一看的必要。」她並介紹說，《韋護》的故事是從她的一位「最親愛的朋友作家」身上取材的。[5]韋護是誰？丁玲當時沒有揭開這個謎底，這個秘密守了足足50年。直到1980年，丁玲一口氣發表了〈我所認識的瞿秋白同志〉和〈韋護精神〉，讀者才恍然大悟，原來小說的男主角韋護，竟是瞿秋白！[6]

用丁玲自己的話說，《韋護》是一個「革命與戀愛交錯的故事」。[7]小說講述「康敏尼斯特」(communist / Kommunist)韋護與女主角麗嘉之間的愛情故事。在小說中，韋護是一名從蘇俄留學歸來的革命領袖，而麗嘉則是一名政治上傾向無政府主義(anarchism)的波希米亞女孩。兩人認識後，不自覺地墮入愛河，而終至同居。由於他們沉浸在熱戀中無法自拔，這就嚴重影響了韋護的革命工作。戀愛與革命兩難全，使韋護經歷了一連串內心的衝突和鬥爭。於是，他果斷地忍痛割愛，留下了一封告別信給麗嘉，接受上級同志的委派到廣東工作去。韋護離去後，麗嘉也迅速從個人的感傷情緒中醒悟過來。她重新振作起來，最後向密友珊珊說道：「唉，甚麼愛情！一切都過去了！好，我現在一切都聽憑你。我們好好做點事業出來吧！只是我要慢慢的來撐持啊！唉！我這顆糜亂的心！」[8]

丁玲曾在〈韋護精神〉一文中詳細解釋「韋護」這個名字的來源，她說：

> 韋護是封建社會裏韋陀菩薩的名字。這位菩薩手持寶劍，是塑放在第一殿佛像的背後，面對正殿(第二殿)的佛像。一般的佛像都是面向塵世，為甚麼惟有它的塑像是背對塵世，只看佛面呢？秋白同志向我解釋說，因為韋陀菩薩疾惡如仇，一發現塵世的罪惡，就要抱打不平，就要拔劍相助，就要伸手管事。但是佛教是以慈悲為本，普渡眾生為懷的，深怕這位菩薩犯殺戒，所以塑像時就讓它只看佛面，只見笑容，而不讓它看見紛擾的塵世和罪惡的人間。[9]

《韋護》是一個以社會主義運動為背景的戀愛故事，韋護是一個名副其實的「康敏尼斯特」(communist / Kommunist)，丁玲何以會用「韋

民間流傳的韋陀菩薩版畫

陀菩薩」比喻這位男主角呢？破解謎底的關鍵就在瞿秋白身上。丁玲在〈韋護精神〉中直接指出：「秋白同志生前曾經用屈(瞿)韋陀的筆名，發表過文章，足見他對韋陀菩薩的這種精神，十分推崇，喜歡把自己比作韋陀。」[10]按照丁玲的回憶，瞿秋白生前也默許這個影射比喻的。1930年，丁玲的丈夫胡也頻參加了中共在上海召開的一個會議，在會議上碰到了瞿秋白。瞿氏託胡也頻帶一封信給丁玲。「信末署名赫然兩個字『韋護』。」[11]事實上，瞿秋白1923年在《新青年》季刊發表〈自民治主義至社會主義〉(即〈自民權主義至社會主義〉的初版本)時，便署名「屈維它」。[12]按照陳相因的考證，瞿氏在1923至1927年期間常用「屈維它」這個化名或筆名，「其相關變種的化名有『維』、『維摩』、『維一』、『維它』、『瞿維它』和『它兒』等等」。[13]在上述陳氏列舉的相關變種化名裏，值得注意的是「維摩」這個化名，因為這個化名明顯指涉着佛教重要經典《維摩詰所説經》中的主角維摩詰居士。按照黃寶生的解釋，《維摩詰所説經》「梵文是Vimalakīrtinirdeśa (《維摩詰所説》)，支謙譯《佛説維摩詰經》(或《維摩詰經》)，鳩摩羅什譯《維摩詰所説經》，玄奘譯《説無垢稱經》。其中，Vimalakīrti一詞，『維摩詰』是音譯，『無垢稱』是意譯。」[14]

另外，羅寧在〈瞿秋白與佛學〉一文裏，亦談及一則有關瞿秋白與佛學的軼聞：「根據當年莫斯科中山大學學生程菊(筆者〔引者按：指羅寧〕的母親)的回憶所及，1928年瞿秋白第二次去蘇聯期間，兼課中山大學，曾給學生羅英(筆者〔引者按：指羅寧〕的父親)示範過『和尚打坐』的姿式。在和學生張琴秋(瞿秋白夫人楊之華的好友)、程菊英談話時，表白過他從事革命，實起緣於《大乘起信論》和印度佛學的研究和啟發。」[15]在上述兩則分別來自不同作者的回憶敘述裏，瞿秋白前期的佛家思想與中、後期的共產主義思想重新交會起來，見證了各種古今東西的異質思想脈絡，如何出乎嚴整的學科界線之外，在「顛倒錯亂」的歷史時空裏交相糾結。為了更細緻地理解瞿秋白多重複雜的思想世界，我們需要一種同等複雜的思想史研究方法。

第二節　史華慈的思想史「奏鳴曲」

李歐梵在〈史華慈教授〉一文中將史華慈喻為「偉大的狐狸型老師」，這一形象準確地把握住史華慈的思想史研究方法。李氏並嘗試進一步解釋這種「狐狸型」的研究方法究竟意味着甚麼：

> 因為「他從來不相信任何一個系統，或一種獨一無二的思想標準。他非常懷疑，懷疑這種那種系統的可讀性，或者某種系統放之四海而皆準」〔……〕。所以他講中國歷史的時候，也從來不把中國的思想孤立成一個系統來看，而將之放在一個比較文化的框架中講出來——也許不能用「框架」這個約束的字眼，而應該用「脈絡」(context)這個意義更廣的字眼，它至少有兩層涵意：一是思想背後的歷史和文化環境(包括思想家)，一是某種思想和同一時空或不同時空中的其他思想間所構成的關係。史華慈教授往往兼顧這兩個層面，所以他的學問也博大精深，然而乍聽起來卻似乎雜亂無章，了無頭緒。[16]

史華慈這種對中國思想「脈絡」(context)的雙重解讀方法，貫穿於他的思想史研究的著作和論文裏，使他能不斷提出獨到的分析和洞見。譬如他在早於1957年發表的〈關於中國思想史的若干初步考察〉("The Intellectual History of China: Preliminary Reflections") 論文裏，便已主張摒除「中國傳統主義對西方現代主義」的簡單二元對立口號(the simply dichotomy "Chinese traditionalism versus Western modernism")。他並敏鋭地指出：「就中國而言，如果我們進一步研究就可以發現，中國傳統並非一個獨立的單元。中國知識分子在十九世紀接觸西方文化後，本身就分裂成幾個派別，有些人仍然熱衷於漢學，而有些人則擁護理學；有些人支持公羊學，而有些人的興趣卻仍在佛學上，等等。當然，也有些人主張折衷所有這些派別。就西方而言，如果我們認為西方某些文化可以總稱之為『現代西方』(modern West)，那更是一種誤解。」他認為，嚴復、梁啟超等清末民初知識分子所接觸的「西方知識界」(Western intellectual world)

本身，就流派紛陳，叫人眼花繚亂。各種不同甚或相互矛盾的思潮，都雜然重疊於這個思想世界裏，其間根本沒有任何單一或統一的思想趨向可言。[17]

李歐梵曾多次談及史華慈講學時「『天馬行空』的論述方法」，並將這種方法命名為「『雙方面』的辯證法」。他並清晰地解釋說：「他（指史華慈）的章法之一就是他所有學生都很熟悉的『雙方面』的辯證法：分析一個問題必會『從一方面看』(on the one hand)，再從『另一方面看』(on the other hand)，如此雙方面互相辯證下去，愈挖愈深，卻從來沒有結論，而是把問題演變成『問題組』(problématique)。絕非『正反合』式的庸俗黑格爾辯證法所能概括。」[18]我們現在已無法親身體驗史華慈這種「天馬行空」的講學方法，然而卻仍然能從他的思想遺產中感受一二。事實上，正正是這種將問題無盡地展開的「雙方面」辯證法，使史華慈得以擺脱某種對「同一性」(identity)的執着和迷思。因此，在他的中國思想史研究裏，我們很難發現某種對根本的、強而有力的統一的預設。這種對「同一性」和二元對立口號的拒絕，使他早於1950年代便能打破主流學界的偏見，以肯定的態度正視清末民初知識分子的思想雜交現象。[19]譬如他在討論嚴復和章太炎的思想時，便敏鋭地察覺到：

> 何以嚴復把西方傳統中意義非常含混的字眼——「自然」(nature)翻譯成在中國傳統中意義也同樣含混的字眼——「天」？這是值得我們深思的。同樣有趣的是，閱讀他翻譯作品中所附的評論，其中他常拿中國的概念來與西方的概念比較，或以中國人的經驗為例，解釋西方人的概念。〔……〕至於章太炎則採用佛學的唯識宗來研究進化論。如果我們對於新奇思想之紛然並列(novel juxtapositions of ideas)感到興趣，而且想研究它們彼此之間是否連貫一致、其內在邏輯如何等問題，則這些著作正是最好的材料。[20]

李歐梵曾借用美國鋼琴家羅森(Charles Rosen)等人的說法，將史華慈的論述方法恰當地喻為「思想史的『奏鳴曲』」。他說：「音樂上的奏鳴曲是一種基本的曲調形式，其結構上的變奏無窮無盡。然而，班(Ben是Benjamin Schwartz的暱稱)的思想史的『奏鳴曲』給予我們的內涵更為深廣。」[21]他並回憶史華慈某次講課的內容，藉此闡述這種獨特的思想和論述方法：「我記得有一堂課上，他的講演涉及歐洲哲學、猶太教、中國古代思想和現代學術(我還記得他曾把湯用彤撰寫的一本關於魏晉時期『玄學』的著作帶到教室裏來)以及當時的政治思潮等不同話題的諸多角度和層面。當然，班自由穿梭於整個思想史的時候，是不會常常考慮到歷史年表的。比方說，衝動起來他會從『玄學』跳到毛澤東的思想，然後回到儒教，之前還要繞到盧梭的作品中去逡巡一番。」[22]這整個過程就像奏鳴曲般展開：第一主題是某些與中國思想史相關的課題，這是「從一方面看」。而承接第一主題發展出來的第二主題，則與第一主題構成對位關係，藉此將另一個系列的變奏鋪展開來。這樣一個一個主題發展下去，史華慈可以在50分鐘的演講裏，帶領學生一步一步進入更為複雜的領域。[23]

史華慈所啟示的這種廣闊的閱讀和論述視野，為本書的瞿秋白研究開啟了一個開放的批評空間。在這個空間裏，我們可以把對政治事件的個人回憶和小說改編與辯證唯物論的哲學思考連接起來；我們也可以將生命哲學(Philosophy of Life)、佛教唯識宗思想[24]和無政府主義這些表面看來毫無關係甚至相互對立的思想脈絡重新並置起來，發現它們之間詭異的歷史關係；更重要的是，我們可以把同時活躍於國際政治和思想舞臺上的東西方馬克思主義者，重新放置在同一個研究平臺上進行細緻的比較分析。這樣，整整一個世紀前那個紛繁複雜的時代，便赫然躍入我們的眼簾，各種各樣千頭萬緒的異質關係和迂迴的路徑曲折開展，歷史劇場的幕布也隨之升起。在本章的餘下部分，我們會初步勾勒瞿秋白在思想形成時期所接觸到的、來自各種不同文化脈絡的思想資源。我們認為，清末民初在中國流行的「人生哲學」論述，構成了瞿氏日後思想發展的基礎。民初中國知識分子對「人生哲學」論述的探討，並非單純地對西歐相關思想論述的被動接受，而是各種不同文化脈絡所產生的思想資源，在跨文化場域中的互動、對話和創造性轉化過程。因此，本書嘗試從跨文化現代性的角度入手分析瞿秋白的案例，藉此將瞿氏多重複雜的思想世界重新展現在我們眼前。

文化研究的教科書一般都會把「領袖權」(按：「領袖權」是瞿秋白對hegemony一詞的譯法)概念掛在葛蘭西(Antonio Gramsci)的名下，彷佛這個重要的理論術語是這位意大利馬克思主義理論家的個人發明。類似的簡化敍述忽略了一個重要的歷史事實：「領袖權」其實是二十世紀初馬克思主義理論家在多次的政治辯論裏共同採用和鑄造的理論術語。本書的第一部分(首三章)嘗試重新考察瞿秋白(1899–1935)和葛蘭西(1891–1937)二人對「領袖權」一詞的詮釋和用法，並進而勾勒出「領袖權」的理論形構與二十世紀初左翼知識分子的政治參與之間具體的歷史聯繫。我們希望透過對瞿秋白和葛蘭西案例的分析和探討，具體回應以下幾個問題：在布爾什維主義和共產國際的理論論述和政治實踐中，二十世紀初的左翼政治理論是按照怎樣的軌跡建構成形的？現代知識分子面對左翼革命政治實踐對他們的種種要求，他們面臨着的究竟是怎樣的具體政治處境？在這種具體的政治境況中，他們究竟如何重新部署和調動自己的慾望和情感，藉此回應當下政治處境向他們提出的歷史任務和政治責任？

誠如王德威所言，「我們知道瞿秋白早年的思想的資源其實是非常的駁雜的，除了傳統的士大夫的儒家教養之外，他對佛學也有淺嘗輒止的領會；又對虛無主義(無政府主義)懷抱嚮往。這些資源參差交錯，形成了他非常駁雜的思想體系。」[25] 瞿秋白早期著述中的柏格森主義(Bergsonism)、佛教唯識宗和無政府主義的思想脈絡，一直都是主流的瞿秋白研究者有意無意忽視的課題。因此，本書第二部分(第四章和第五章)會從這個課題入手，細緻呈現和解讀瞿秋白多重複雜的思想世界。在第四章中，我們發現以上三種思想脈絡共同交織出來的思想軌跡，正好構成了瞿秋白靠向布爾什維克的政治實踐和辯證唯物論(dialectical materialism)的推動力。因此，我們會在第五章中細緻考察，瞿秋白如何在思想上，一步一步，從柏格森（Henri Bergson）的創造進化論（creative evolution）靠向辯證唯物論；我們並在進一步的比較分析中，發現葛蘭西的理論論述裏，同樣隱含着這種搖擺於生命哲學和辯證唯物論之間的思想雜交現象。

在重新組合了瞿秋白複雜的思想拼圖後，我們會在第三部分（第六章至第八章）中進一步闡明，瞿秋白那種由創造進化論和辯證唯物論交織而成的歷史觀，如何決定了他的主體性形構；這種主體性形構又如何影響他在二十世紀初具體的革命政治處境中的種種抉擇。因此，我們會在第六章中，透過重讀他的著名論文〈《魯迅雜感選集》序言〉，點明這種主體性形構就是他在論文中所提出的「『擠出軌道』的孤兒」。然後，我們會重點考察他的名作《餓鄉紀程》和《赤都心史》，指出其中所包含的獨特的「自殺」人生觀和異托邦（heterotopias）的空間想像。第七章則在上述的研究成果上，繼續探討包含在他的臨終告白〈多餘的話〉中的否定的主體性；我們並在第八章中，就瞿秋白和布哈林（Nikolaĭ Ivanovich Bukharin）晚年的政治處境進行比較分析，藉此確定隱含於歷史唯物主義（historical materialism）思想中對主體性的徹底否定傾向。最後，我們會在「結語」裏分析瞿秋白臨終前撰寫的「絕命詩」和他在1924年寫給第一任妻子王劍虹的情書片段，以此呈現瞿氏對「心」這一概念的兩種不同理解，並嘗試總結瞿氏的革命政治主體性及其獨特的鐘擺時間觀。

第三節　五四青年的讀書空間[26]

王統照和鄭振鐸都是瞿秋白1917至1920年間在北京俄文專修館讀書時的朋友。鄭振鐸就讀於鐵路管理傳習所，[27]而王統照則就讀於中國大學英國文學系。[28]無論王統照還是鄭振鐸，都在他們回憶瞿秋白的文章中談及當時李大釗主持的北京大學圖書館。在王統照的回憶裏，李氏主持的北大圖書館是「新文化臨時俱樂部」，也是當時的五四青年接觸外國期刊和新書雜誌的知識流通處或「讀書裝置」。[29]他是這樣回憶當時的情況的：

李大釗先生以主持北大圖書館的關係，見到刊物較多，而那時北京的各個學社與公共社團內更沒有北大時常收到的外國期刊的數目。再則李先生既是《新青年》的長期撰稿者，他更熱心於倡導新的文化運動，為人誠懇，敦厚，雖然比起我們的年紀大十來歲，但沒有一點學者的高傲架子，也不覺得自己是夠得上做領導的人物。與學生青年討論，研究，謙和可愛。因此北大圖書館館長室在那幾年中可說是新文化臨時俱樂部。找新書雜誌的，商量會社事務的，想解答問題的，談文化上一般情況的，差不多每天都有些時代青年在那裏，小型會談也借那館長室外間舉行。所以當時提到北大圖書館與李守常先生，凡從事新文化運動與從事寫作的青年幾乎都極熟悉，並不分北大的校內與校外的學生。[30]

可以說，瞿秋白就是王統照回憶中那些「時代青年」的一員。瞿氏當時便參加了李大釗發起的「馬克思學說研究會」，[31]開會地點就是北大圖書館。鄭振鐸在〈回憶早年的瞿秋白〉一文中便曾談及此事：「李守常先生在北大圖書館的時候，秘密的主持着一個『社會主義研究會』(？)的組織。這是一個社會主義者們的聯合陣線；有共產黨，有基爾特社會主義者們(郭夢良等)，還有我們，秋白和我是對社會主義有信仰而沒有甚麼組織的人。經常的在北大圖書館和教室裏開會。相當的秘密。守常先生尤其謹慎小心。在開會之前，必須到室外巡視一周，看看有沒有甚麼可疑的人物在左近。」[32]瞿氏在〈多餘的話〉中的相關回憶是這樣的：

不久，李大釗、張崧年他們發起馬克思主義研究會(或是「俄羅斯研究會」罷？)，我也因為讀了俄文的倍倍爾的《婦女與社會》的某幾段，對於社會——尤其是社會主義的最終理想發生了好奇心和研究的興趣，所以也加入了。這時候大概是一九一九年底一九二〇年初，學生運動正在轉變和分化，學生會的工作也沒有以前那麼熱烈了，我就多讀了一些書。[33]

羅章龍也是在這段時間考入北大文學院的，他是預科德文班的學生。他便曾在〈亢齋回憶錄〉一文中談及李大釗當時為北大圖書館大量購入德文書籍的情況：

> 李先生對德國哲學、史學、文學藝術都懷有很大興趣，常以自己不能閱讀德文原著為憾，要我隨時向他提供德國學術思想界的近況，包括政治、經濟、文史、哲學等方面。我也向他建議，可以趁大戰後德國通貨膨脹、馬克貶值的機會，大量購進德文書籍充實館藏。他也同意這樣做，直接向德國出版機構定購了大量圖書，其中有康德、黑格爾學派以及馬克思主義的書籍，這是當時北京大學圖書館新增的財富，也是國內其他大學所不及，我們因而能直接接觸到馬克思的原著，較早地開始了對馬克思主義的研究。[34]

羅章龍並進一步談及，「當時北大圖書館有各種文字的(英、德、法、日等)外文書籍，急待整理上架」，所以李大釗便找羅氏商量，由羅氏邀請「一些諳習外文的同學」義務幫忙整理圖書館的外文藏書。[35]李大釗1919年初應蔡元培的聘請，開始擔任北大圖書館主任，直到1922年末離職。[36]根據裴瑞芳的研究，「1917年12月，北大圖書館館藏中文圖書147,190冊，外文圖書9,970冊，到1923年9月，中文圖書增加至184,009冊，外文圖書28,836冊，外文圖書比1917年增加近2萬冊。」[37]可以說，李大釗及其為北大圖書館添購的大量藏書，都是瞿秋白這類與之交往的五四「時代青年」重要的思想資源(intellectual resources)。[38]

鄭振鐸在〈記瞿秋白同志早年的二三事〉一文中，也談及另一個當時北京地區的知識流通處。鄭氏當時受到瞿秋白和耿濟之的影響，也想找一些俄國作家的小說和戲劇來讀。但他不懂俄文，所以只好去找英譯本。他回憶道：「在北京，那時很少有公立圖書館或私人藏這一類的書。恰巧在某一天，我認識了一位孔君，他在青年會做學習幹事，約我去青年會玩玩。在那裏，我看到了兩個玻璃櫥，櫥裏裝滿了英文本的小說、戲曲、詩歌，特別是英譯本的俄國作家，像托爾斯泰、屠格涅夫、契訶夫，高爾基等人的作品，足足擺滿了一櫥。我高興得很，便設法向他們借幾本來讀，貪婪的讀着。那時青年會想出版一本專給青年閱讀的雜誌，約了我們幾個人做編輯。我們商量了幾天，決定出一個周刊，是八開本的十六頁，定名《新社會》。」[39]鄭振鐸這裏所說的青年會，指的是北京基督教青年會，其下屬的北京社會實進會從1919年10月起，邀約鄭振鐸、瞿秋白、瞿世英和耿濟之等人籌備創辦《新社會》(*The New Society*)旬刊。[40]

另外，瞿秋白在〈多餘的話〉中亦曾回憶道：「一九一八年開始看了許多新雜誌，思想上似乎有相當的進展，新的人生觀正在形成。」[41]瞿秋白這一時期曾投稿的報刊雜誌，除了他自己也參與編輯的《新社會》和《人道》(*Humanité*)外，還有《新中國》、《晨報》、《解放與改造》、《曙光》、《婦女評論》和《改造》等。[42]另外，值得注意的是，鄭振鐸所撰寫的《新社會》發刊詞——〈《新社會》出版宣言〉，則發表於《時事新報．學燈》。[43]

按照潘正文的介紹，「文學研究會的前身，來自一個叫做『聯合改造』的團體，而這一團體，是由人道社(鄭振鐸、許地山、耿濟之、瞿世英、瞿秋白等)、曙光社(王統照等)、少年中國學會(沈澤民、張聞天等)、青年互助團(廬隱等)組合而成的」。潘氏並指出，「這些團體所辦的刊物《新社會》(後改名《人道》)、《少年中國》、《曙光》等，都是『五四』時期引進和宣傳各種社會思潮的著名刊物。」[44]換言之，瞿秋白當時曾三度投稿的《曙光》雜誌，[45]其創辦團體曙光社與瞿氏自己參加的人道社一樣，最後也併入了文學研究會。

至於《晨報》、《時事新報》、《解放與改造》和《改造》等幾份報刊雜誌，則與梁啟超和湯化龍所領導的研究系(憲法研究會)直接相關。《晨報》的前身是《晨鐘報》，該報的創辦者就是梁啟超和湯化龍，也被視為研究系的機關報。[46]而《時事新報》在當時亦普遍被視為研究系的機關報。[47]此外，《解放與改造》雜誌雖以「北平新學會」的名義創辦，但其創辦成員張東蓀、俞頌華等，當時也是研究系的成員。1920年9月，《解放與改造》更名為《改造》，直接由梁啟超擔任主編。[48]而《改造》亦同時成為梁啟超在同年創立的「共學社」的言論機構。[49]有趣的是，瞿秋白與耿濟之合譯的《托爾斯泰短篇小説集》，初版於1921年，由商務印書館發行。該書便收入共學社的俄羅斯叢書。[50]誠如李歐梵所言，「文學研究會和創造社這兩個1920年代最重要的文學組織，其早期精英都是由梁啟超建立的這個強大的出版機構所『寄生』哺育。」[51]

學界一直都忽略了梁啟超和譚嗣同等清末維新派對瞿秋白早年思想的影響，事實上，瞿氏在中學時期已熟讀梁氏和譚氏的著作。1910年，瞿秋白在春天「插入常州府中學堂預科一年級下學期。」及至1915年夏天，他最終因「繳不起學費，被迫輟學，在家自修。」[52]瞿氏的兒時夥伴羊牧之和中學同學李子寬，都曾在回憶文章中談及瞿氏中學時期的課外閱讀書目。羊牧之在〈霜痕小集〉中憶述，瞿秋白「在中學時除鑽研正課外，已開始讀《太平天國野史》、《通鑑紀事本末》、譚嗣同的《仁學》、嚴復的《群學肄言》、梁啟超的《飲冰室文集》、《中國近世秘史》，及《莊子集釋》、《老子道德經》，還有陳曼生印譜、百將百美圖印譜、吳友如畫寶等。」[53]李子寬則指出，瞿秋白「獨於課外讀物，尤其是思想性讀物，研讀甚勤，如莊子，仁學，老子道德經，新民叢報，飲冰室文集等。在民初中學初級學生中能注意這類讀物者並不多見，尤其是江蘇五中。我班同學受秋白影響亦偶向借閱飲冰室文集及仁學等，此兩書內容秋白在校時常作談助。」[54]無論羊牧之還是李子寬，都在回憶中談及譚嗣同和梁啟超二人著作對瞿秋白的影響。李子寬則進一步指出，瞿氏在校時，經常提及《飲冰室文集》和《仁學》二書，以作談助。值得注意的是，李氏並指出，瞿氏當時「研讀甚勤」的讀物，亦包括《新民叢報》。可見早在瞿秋白的中學時代，梁啟超和譚嗣同的著作已深刻地影響着瞿氏的思想發展。

當然，我們亦得注意，《晨報》的前身《晨鐘報》，正是由湯化龍在1916年邀請李大釗主編創辦的。[55]1919年2月，《晨報》改組了第七版(副刊)，李大釗亦於此時開始擔任《晨報》副刊編輯，直到1920年7月才由孫伏園接替李氏的主編職務。[56]當然，瞿秋白這類五四時代青年，亦肯定會關注陳獨秀和李大釗等人編輯的《新青年》

和《每月評論》，還有傅斯年和羅家倫等當年的北大學生所編輯的《新潮》。值得注意的是，無論梁啟超還是李大釗或陳獨秀，都曾流亡或留學日本。日本知識界當時對西洋知識和學說的譯介和挪用，都通過上述老師和文壇前輩的著作以及他們所編輯的雜誌，深刻地影響了瞿秋白早年思想的發展。

鄭振鐸在1920年1月1日《新社會》第七期上，發表了評論文章〈一九一九年的中國出版界〉。[57]他在文章中提及，1919年「就十一月一個月裏而論，我知道的，已經有二十餘種的月刊旬刊周刊出現了！它們的論調，雖不能一致，卻總有一個定向——就是向着平民主義而走。『勞工神聖』、『婦女解放』、『社會改造』的思想，也大家可算得是一致。」[58]鄭氏亦談及當時值得注意的學術叢書。他說：「我統計這一年間出版的書籍，最多的是定期出版物，其次的就是黑幕及各種奇書小說，最少的卻是哲學科學的書。除了《北京大學叢書》和尚志學會出版的叢書外，簡直沒有別的有價值的書了。」[59]這裏談及的北京大學叢書和尚志學會叢書，是當時由商務印書館出版的兩套重要的學術叢書。

1918年7月，張元濟應蔡元培邀請，到北京大學座談，洽談由商務印書館出版北大教授的專著和講義。同年10月，商務便以「北京大學叢書」的名義出版了陳大齊的《心理學大綱》、陳映璜的《人類學》和周作人的《歐洲文學史》。這套叢書後來陸續出版了胡適的《中國哲學史大綱》上卷、梁漱溟的《印度哲學概論》、陶孟和的《社會與教育》和高一涵的《歐洲政治思想史》等重要的學術著作。[60]瞿秋白後來在〈多餘的話〉中，談及自己從十六、七歲到新文化運動時期讀過的論著時，便列舉了「胡適之的《哲學史大綱》、梁漱溟的《印度哲學》」。[61]這兩本論著就是北京大學叢書出版的《中國哲學史大綱》上卷和《印度哲學概論》。

也是1918年，商務印書館與尚志學會合作，推出了尚志學會叢書。[62]尚志學會於1909年成立，是一個由梁啟超和范源濂等人共同發起的文化組織。[63]李北東認為，「尚志學會從本質上而論，只是梁啟超、張東蓀等人的『憲法研究會』下的一個附屬組織」。[64]無論如何，尚志學會叢書出版了大量重要的學術翻譯著作，「其中除馮承鈞譯自法文的南洋史地、元史、宗教方面的13種書以外，還集中收入張東蓀、潘梓年、張聞天等人翻譯的五種柏格森著作：《創化論》、《時間與自由意志》、《形而上學序論》、《物質與記憶》、《笑之歷史》〔引者按：應作《笑之研究》〕，以及詹姆斯的《實用主義》、杜里舒的《倫〔論〕理學上之研究》、愛因斯坦的《相對原理及其推論》、彭加勒的《科學之價值》，還收入了《倭伊鏗哲學》、《柏拉圖之理想國》、《柏拉圖對話集六種》等。」[65]本書後面的章節亦會進一步論及這套叢書1918年出版的、中澤臨川和生田長江合著的《近代思想十六講》中譯本。

李北東曾指出，「新文化運動之後，西方哲學思潮的輸入，離不開一個學會、一本雜誌和一批學者。所謂『一個學會』，是梁啟超等人組織的尚志學會；所謂『一本雜誌』，是指李石岑主編的《民鐸》雜誌；至於『一批學者』，則是指現代著名學者胡適、張君勱、張頤等人。」[66]我們已經介紹了尚志學會的情況，這裏仍須一提《民鐸》雜誌。雜誌主編李石岑，名邦藩，字石岑。1912年底，李氏東渡日本，入讀東京高等師範學校。1915年，他與潘培敏等人在東京發起「學術研究會」，翌年6月主編創辦《民鐸》雜誌。他1918年從日本回國，便在上海商務印書館出任編輯之職，長達十年之久，其間並續編《民鐸》雜誌。[67]這段時期，《民鐸》雜誌大量介紹西方哲學思想，先後推出「尼采號」、「柏格森號」和「進化論號」等專輯，並刊登了大量當代著名學者的文章。[68]蔡元培在《五十年來中國哲學》一書裏，便這樣評價《民鐸》的「尼采號」和「柏格森號」：「《民鐸》雜誌的尼采號，有尼采之著述及關於尼采研究之參考書；柏格森號亦有柏格森著述及關於柏格森研究之參考書。這可算是最周密的介紹法。」[69]瞿秋白的遠房叔父瞿世英，其撰寫的論文〈柏格森與現代哲學之趨勢〉，便被收入《民鐸》雜誌的「柏格森號」裏。本書第四章將進一步討論這篇論文，並詳細交代瞿世英和瞿秋白的關係。

另外，值得一提的是，王統照在回憶瞿秋白的文章裏亦談及，五四運動時期，因為俄文新出版的刊物難以傳到中國，再加上一般人不習俄語，所以他們當時只好從英法的報刊雜誌上搜求相關的資訊。他並提及，《民族》(*The Nation*)和《日晷》(*The Dial*)這兩種英文定期刊物，較常介紹蘇俄的情況。所以王統照自己「總是在每一期上注意有無談論或敍寫這個嶄新政治的我們鄰邦的文章」。[70]

瞿秋白專修俄文，並曾自習英文和法文。[71]學界以往一直因其與蘇俄和共產國際之間的密切關係，而忽略了他早年思想形成時期對西歐、英美和日本思想資源的接受。然而，透過上述對瞿秋白中學和大學時期身處的「讀書空間」或知識生產和流通網絡的初步描述，我們不難發現瞿氏當時所接觸到的思想資源相當混雜多元。以下一節，我們將從「人生觀」論述入手，逐步剖析瞿秋白思想中的這種知識雜交現象。

第四節　人生藝術與人生哲學

瞿秋白的《餓鄉紀程》由鄭振鐸編入「文學研究會叢書」，交給商務印書館，於1922年9月初版發行。茅盾當時在商務印書館編譯所工作，他後來在《我走過的道路》中曾憶述此書改題的經過：「這兩部書(指《餓鄉紀程》和《赤都心史》)的原稿，是瞿秋白尚未回國時由莫斯科寄來的。當時我覺得這兩部書稿的書名是一副對聯，可以想見作者的風流瀟灑。然而商務印書館當局卻覺得《餓鄉紀程》書名不好，改題為《新俄國遊記》，便落了俗套了。」[72]與鄭振鐸同為文學研究會發起人的王統照，[73]於同年10月24日寫書評介紹《新俄國遊記》，並在他編輯的中國大學《晨光》雜誌上發表。[74]文章刊於「書報批評」欄，文末署名「劍三」。[75]這篇書評如今已被學界視為「最早認識和正確評價瞿秋白這一名著的好論文」。[76]王統照在文章中提出了從這本遊記「可以得到的兩種教訓」：其一是「一個悲勇的少年人的人生觀念的自述」，其二是「在遊記中為最賦有感動的文學興味的作品」。[77]誠如唐天然所指出的，這兩點正好點明《餓鄉紀程》這部作品的意義。[78]事實上，王統照的這篇書評一以貫之，透過對《餓鄉紀程》的細緻分析，指出這部作品能將瞿秋白自己對人生觀的探索與「文學興味」兩個方面緊密地連結起來。所以，王氏最後讚揚這部遊記：

> 敍人；敍事；敍景物，處處由心中説出真誠之言，處處是為人生為社會所流出來的淚痕。自己的奮力，家庭的淒苦，親愛者的迷離的微感，都是極好的心聲；也都是真實的小説。看過之後，要比讀幻美的詩，與搆〔構〕成事實專重描寫的小説，還容易受激刺些！這不是「**實際**」的文學嗎？這不是使「心絃共鳴」的文學作品嗎？[79]

王統照明顯是以文學研究會「為人生而藝術」的原則和標準來評價《餓鄉紀程》。誠如唐天然所言，「在作品的『文學興味』一層上，王統照也不是一般推崇瞿秋白素有的文學天才。他特別指明了由於作者原來就有坎坷的身世感遇，且具深刻的哲學見地，特別是在作品中能夠誠樸坦摯地道出內心深處的細微的真情實感，因而，無論敍事記人，寫景描物和抒情言志，都發自心聲，而且沉感激昂，故使這本原來不是着意作為文學作品來寫的書，具有了豐富的文學意味，成了不需修飾的好散文。」[80]換言之，《餓鄉紀程》的「文學興起」並非來自技巧上的雕琢修飾，而是來自於作者的「真情實感」和「深刻的哲學見地」。事實上，王統照自己亦在書評中明確指出：

> 我以為這本小小的書中，第一當着眼到秋白的人生哲學，第二當知道他此去的動機何在。然後再看其他的敍述。至於文學的興味幾乎處處湧現，這自然是他的天才的關係。[81]

王統照講得很清楚，對他來説，瞿秋白的「人生哲學」才是《餓鄉紀程》這本小書的重點所在。這裏，我們必須緊記的是，王氏所謂的「人生哲學」並非普通用語，恰恰相反，它指涉着某一特定的哲學思潮。事實上，文學研究會的某些核心成員有相當深厚的哲學基礎。王氏這裏對「人生哲學」的強調，無疑呼應了瞿世英的相關論調。瞿世英除了是瞿秋白的遠房叔父，也是文學研究會的發起人之一。[82] 1921年7月，瞿世英在《小説月報》發表了題為〈創作與哲學〉的理論文章。他在文章的第一節裏，便直接指出：「但是據我的意見，無論他説到怎樣天翻地覆，講甚麼宇宙本體，知識來源，而哲學最重要的問題便是人生問題和人生與其環境的關係的問題。

〔……〕而最要緊的還是人生；所以我以為哲學便是要解答這人生問題與宇宙的問題的世界觀與人生觀。文學的對象是人生，他的作用是批評人生、表現人生。哲學的對象也是人生。所以創作與哲學同論並不奇怪。」[83]他並進一步指出「思想」在文學創作中的「本質」地位：

> 文學（依莫爾頓教授的主張）是思想藝術與文字的一種作用。我們研究創作與哲學，最要緊的便是「思想」這一部分。思想是文學的本質。沒有好本質，雖有好藝術，亦無可表現。我們既然承認文學是人生的表現、是人生的批評。那麼文學的本質便是人生。所以我說文學的本質應當是哲學。文學所表現所批評的便是某種人生觀與世界觀。[84]

王統照在評論《餓鄉紀程》時對瞿秋白的人生哲學的強調，其文學觀可以說與瞿世英如出一轍。主流的文學史論述，一般都會將文學研究會的主張概括為「注重文學的社會功利性，被看作是『為人生而藝術』的一派，或現實主義的一派。」而文學研究會成員的創作傾向，則會被理解為：「以人生和社會問題為題材，特別注重對社會黑暗的揭示和灰色人生的詛咒，表現新舊衝突，寫法上一般傾向於十九世紀俄國和歐洲的現實主義，也借鑑自然主義〔……〕，重視強調實地觀察和如實描寫。」[85]這類有關「文學研究會」的主流文學史論述，大體上並沒有錯誤。但這類論述卻有意無意間，忽略了文學研究會的核心成員對二十世紀初的生命哲學思潮和人生觀論述的接受。

瞿秋白在〈多餘的話〉中曾兩度談及自己在1918年和1919年間「新的人生觀」的形成過程：

> 一九一八年開始看了許多新雜誌，思想上似乎有相當的進展，新的人生觀正在形成。可是，根據我的性格，所形成的與其說是革命思想，無寧說是厭世主義的理智化，所以最早我同鄭振鐸、瞿世英、耿濟之幾個朋友組織《新社會》雜誌的時候，我是一個近於托爾斯泰派的無政府主義者，而且根本上我不是一個「政治動物」。五四運動

期間，只有極短期的政治活動，不久，因為已經能夠查着字典看俄國文學名著，我的注意力就大部分放在文藝方面了，對於政治上的各種主義，都不過略略「涉獵」求得一些現代常識，並沒有興趣去詳細研究。[86]

同時，我二十一、二歲，正當所謂人生觀形成的時期，理智方面是從托爾斯泰式的無政府主義很快就轉到了馬克思主義。人生觀或是主義，這是一種思想方法——所謂思路；既然走上了這條道路，卻不是輕易就能改換的。而馬克思主義是甚麼？是無產階級的宇宙觀和人生觀。[87]

這裏所謂的「人生觀或主義」，看似一個常識性的用語，但它卻是清末民初知識界新興的哲學論述。彭小妍便在〈「人生觀」與歐亞後啟蒙論述〉一文中指出：「1923年中國爆發了科學與人生觀論戰，雙方陣營所牽涉到的知識分子眾多，當年知名人物幾乎都榜上有名。稍識中國現代史的人，沒有不知此論戰的，然而卻很少人注意到『人生觀』這個概念，事實上是串聯了德國、法國、日本及中國的一個跨文化思潮。『人生觀』看似中文，其實是現代日文的翻譯，在日文叫做じんせいかん，中文後來直接借用。在德文原來是Lebensanschauungen，乃德國哲學家倭伊鏗(Rudolf Eucken, 1846–1926)所發展的哲學概念。法國主張創造進化論的柏格森(Henri Bergson, 1859–1941)，也被歸屬到生命哲學方面。」[88]換言之，「人生觀」一詞，並非一般的日常用語，而是從歐陸流傳到東亞的哲學論述。這一論述在二十世紀初中、日兩國的知識界，產生相當大的影響，最終在東亞地區形成了一股有關「生命主義」(vitalism, せいめいしゅぎ)和「人生哲學」(philosophy of life, じんせいてつがく)的思想潮流。這股思想潮流在瞿秋白早年思想形成的過程中，起着決定性的作用。可惜直到目前為止，有關瞿秋白的思想和文學書寫與「人生觀」論述之間關係的研究，卻一直被主流的瞿秋白研究者所忽視。

1938年2月，羅家倫在他主編的《新民族》周刊創刊號上，發表了題為〈建立新人生觀〉的文章。羅氏在文章的開端，便為「人生哲學」和「人生觀」下了清晰的定義：「人生哲學在英文叫做Philosophy of Life，在德文則為Lebensanschauungen，正是人生觀的意義。它是對生命的一種透視（Insight），也可說是對於整個人生的一種灼見。」[89] 杜亞泉在1929年撰寫了一本高中教科書《人生哲學》，他在書中嘗試在唯心論和唯物論之外，加上「唯生論」的說法，藉此為「人生哲學」定位。他指出，人生哲學亦可譯作「生命哲學」（Philosophy of Life），「乃是以生命為萬有中心，尤其以人類的生命為萬有中心，而創設的哲學。古代一元論哲學中：以精神為萬有本體的，稱為唯心論的哲學；以物質為萬有本體的，稱為唯物論的哲學：依此例推，則以生命為萬有中心的哲學，亦可稱為唯生論的哲學。」[90] 因此，人生哲學不同於思辯哲學和經驗哲學，它主要以生物學和心理學為依據。杜氏認為，倭伊鏗和柏格森是當時重要的「人生哲學建設者」。[91]

誠如張君勱所言，倭伊鏗哲學的「原始要終之點」是「精神生活」（Geistesleben）學說。他並引用倭伊鏗的說法為「精神生活」概念下定義：「精神生活者，自我生活也，亦即世界生活也。擴充自我，以及於世界，於是此世界得了一個自我，此二者之所以相須也。」[92] 杜氏在《人生哲學》裏便首先借用倭伊鏗的精神生活說，指出人生哲學「以人類精神生活的發展為主。人生在世，決不僅以解決衣食住等物質生活，畢其生活能事；如道德，科學、藝術、等，均為吾人精神生活的要求。此等精神生活，當不受物質生活的拘束，獨立進行，自由表現。」[93] 他認為，宇宙之內的萬有現象，都是結合了物質和精神兩個方面而存在的。「萬有的現象，就是精神活動於物質上的狀態。宇宙的精神不可即，其所顯現的不過活動的狀態，吾人由其活動的狀態，認識其活動的原因；稱為宇宙的意志。」[94] 杜氏並進一步借用柏格森的創造進化論（creative evolution），將他這裏所提出的「宇宙意志」歸結為「生命的意志」：

> 這意志〔指宇宙意志〕就是充塞宇宙的精神，自原始以來，活動不絕，以成今日的世界；這種現象，稱為創造的進化，略稱「創化」。生物的生命，就是宇宙意志活動的一種形式；在「創化」的途中，

> 向物質上為不絕的發展。因受物質的抵抗，自行分散為若干種類及無數個體，各自為生命而努力。這生物種族及個體間努力活動的原因，稱為生的衝動；就是生命的意志。[95]

杜亞泉這裏提及的「生的衝動」，亦即柏格森所提出的重要概念élan vital，今譯為「生命衝動」。杜氏將「生命衝動」理解為激發宇宙萬有不斷創造進化的生命意志，也是人類「生命的真相」。他認為，人類應與動植物等一切生命互相結合起來，共同依循生命衝動的方向努力奮鬥。如此一來，「人類立於戰鬥的最前線，以其精神作用為武器，打破物質的抵抗；向生的方向，努力奮鬥，以開展其新生命。」他指出，「人生哲學」理應把握和說明上述的「生命的真相」，這也是人生哲學原稱「生命哲學」的緣由所在。[96]

誠如彭小妍所言，稍識中國現代史的人，沒有不知道1923年的科學與人生觀論戰的。[97]因此學界在論及民國時期的生命哲學和人生觀論述的傳播時，一般都會將討論的焦點集中在這次論戰上。這一研究的趨勢，亦影響了瞿秋白的研究者。因此，當學者論及瞿秋白與生命哲學的關係時，大多集中討論瞿氏1923年2月發表於《新青年》季刊第2期上的論文〈自由世界與必然世界〉，借這篇回應張君勱的文章，表明他對生命哲學和人生觀論述的否定和批判態度。

譬如呂希晨便在1982年初版的《中國現代資產階級哲學思想評述》中指出，在科學與人生觀論戰中，「真正堅持馬克思主義觀點的瞿秋白同志寫了〈自由世界與必然世界〉一文，他根據歷史唯物主義的基本原理，指出自然界和人類社會都有其不以人們主觀意志為轉移的必然規律，儘管自然界裏絕對無所謂願望目的，而人類社會歷史裏卻有一定的有意識有目的活動，但是『並不能因此而否認歷史的進程之共同因果律』。」他並認為，「瞿秋白還正確地闡述了必然與自由的關係，駁斥了張君勱的唯心主義的自由意志論。」[98]另外，丁守和亦於1985年初版的《瞿秋白思想研究》中指出：「瞿秋白為了正面闡明自己的觀點，沒有同張君勱等進行直接論戰。但是，他對社會現象的因果律、自由與必然、個性與社會等問題作了系統的論述，從而抓住他們觀點中的根本問題進行了深刻有力的批判，同時宣傳了辯證唯物論和歷史唯物論的思想。」[99]馮契主編的《中國近代哲學史》初版於1989年，此書總結瞿秋白和陳獨秀等左翼知識分子在「科學與人生觀」論戰的表現時，便明確表示：「瞿秋白、陳獨秀等早期馬克思主義者對兩派玄學的批判，以及對人生觀問題的分析，比較有力地宣傳了馬克思主義哲學，特別是唯物史觀。」[100]

此外，鄧中好於1992年初版的《瞿秋白哲學研究》中進一步指出，瞿秋白「既反對了張君勱的『意志自由論』，又反對了丁文江、胡適的所謂『科學規律』。」他認為，「瞿秋白正是抓住了兩者爭論的本質的東西，然後運用馬克思主義觀點進行剖析，最終唯物而又辯證地解決了意志自由與社會規律的關係，結束了中國現代史上著名的『科玄論戰』。」鄧氏最後總結道：「真正堅持馬克思主義，對『玄學派』與『科學派』批判的最高水平代表，應該就是瞿秋白。」[101]季甄馥在1998年初版的《瞿秋白哲學思想評析》亦提出了與鄧中好相一致的結論。他認為，瞿秋白的〈自由世界與必然世界〉「實際上是為這場『人生觀論戰』**作了馬克思主義的批判的總結**，從而結束了這場論戰。」[102]張慶於2000年初版的《20世紀中國人生觀論爭》一書中亦指出，「陳獨秀、瞿秋白以歷史唯物主義武器分析人生觀問題，比玄學派、科學派都站得高，看得深，表明了馬克思主義理論的巨大科學威力。」[103]

上述主流的瞿秋白研究者基本上抱持着馬克思主義與生命哲學相對立的觀點。因此，這類研究著作亦無法以肯定的態度討論瞿秋白早年對柏格森思想的接受。譬如袁偉時的〈試論瞿秋白的哲學思想〉，這篇論文最早發表於《哲學研究》期刊1982年第5期上。袁氏談及瞿秋白在《餓鄉紀程》中對「生命大流」的討論時便指出：「這『生命的大流』是他對世界本質的理解。這是當時已傳入中國的柏格森『生命哲學』的基本概念。它的性質眾所周知屬於唯心主義。」他並進一步分析道，「佛學那種把世界理解為變易無常的過程的觀點」，是瞿秋白「接受柏格森哲學概念的重要思想基礎」。但袁氏最終卻認為，「這些唯心主義的世界觀給瞿秋白以消極的影響，他不時流露對社會發展和人生捉摸不定、無法掌握的情緒，就是一個突出的表現。」[104]另外，鄧中好亦於《瞿秋白哲學研究》中解釋瞿秋白早年的「二元論人生觀」時指出，瞿氏所謂的「二元論」，「既有唯心主義，也有唯物主義。」就唯心主義來説，「主要是受佛教唯心主義和柏格森『生命哲學』的影響。」鄧氏並評價道，瞿秋白「就這樣，一些佛教唯心主義，一些柏格森的『生命哲學』，而兩者都不充分，也不甚理解，雜揉拼湊，構成了這個時期瞿秋白的唯心主義。」[105]

不同於上述主流的瞿秋白研究，本書從二十世紀初中國複雜的跨文化場域（the transcultural site）入手分析，藉此重新對瞿秋白的思想作細緻的解讀和詮釋。如此一來，瞿秋白早年將佛教唯識宗和柏格森生命哲學「雜揉拼湊」起來的思想實驗，便不應被理解為瞿氏思想消極的部分。我們認為，這種「雜揉拼湊」的思想實驗，具體展示了二十世紀初中國知識分子的文化創造力。這一思想實驗不但沒有阻礙瞿秋白對馬克思主義的接受，恰恰相反，柏格森的創造進化論和佛家因緣大網的觀念，為瞿秋白接受辯證唯物論提供了重要的思想資源。本書第五章將詳細探討這個議題。無論如何，我們希望強調的是，惟有充分肯定瞿秋白等中國左翼知識分子思想中的知識雜交現象，我們才能真正明白他們為左翼理論和實踐所作出的貢獻。而他們的思想實驗也是馬克思主義中國化最堅實的理論源頭和基礎所在。

第五節　東亞生命主義與跨文化現代性

1965年2月23日，夏濟安因腦溢血於美國逝世，年僅49歲。夏氏身後留下一部尚未完成的「關於中國左翼文學運動的書稿」（Book on the Leftist Literary Movement in China）。[106]這部遺稿最終於1968年交由華盛頓大學出版社出版，題為《黑暗的閘門：中國左翼文學運動研究》（*The Gate of Darkness: Studies on the Leftist Literary Movement in China*）。[107]這部遺著便是以夏氏的瞿秋白研究開篇。這篇題為〈瞿秋白：一名軟心腸共產主義者的煉成與毀滅〉（“Ch’ü

Ch'iu-po: The Making and Destruction of a Tenderhearted Communist")的長篇論文，如今已是瞿秋白研究領域裏的經典之作。誠如王宏志所指出的，西方世界最早深入研究瞿秋白的學者是畢克偉(Paul Pickowicz)，但畢克偉的瞿秋白研究專著卻要到1981年才正式出版，「在時間上便比《黑暗的閘門》為晚」。王氏認為，「在畢克偉的著作裏，瞿秋白更像一名思想家、文藝理論家和政治家。」因此，相比之下，夏濟安文章中所呈現的瞿秋白的文學作家形象，便更顯獨特。[108]王氏並指出：

> 在文章裏，夏濟安要探究的是文學家怎樣擔負政治的重擔？其實，瞿秋白自己早已知道正確的答案了：他用過的一個筆名「犬耕」，最能夠準確地描述他自己所面對的困局，而對於像瞿秋白這種無法脱離政治的文士來説，最終的結局也只好由政治來作了斷。因此，瞿秋白其實也代表了另一種現象，即完全捲入政治運動核心的文學作家怎樣嘗試協調政治和文學之間的矛盾。這表面看來跟蔣光慈那不願全身投入政治，堅持過小資產階級作家生活的情況很不相同，但其實二者也有共通的地方，那還是全書的中心主題：政治摧毀文學。[109]

王宏志準確地把握住夏濟安的瞿秋白研究的重點所在，亦即在中國左翼文學運動裏文學與政治之間的緊張關係。而對本書的研究來説，夏氏的論文亦別具意義。因為在瞿秋白研究領域中，夏氏是最早以肯定的態度分析瞿秋白早年思想中的知識雜交現象的研究者。夏氏雖然只以點評的方式指出瞿氏早年思想的知識雜交現象，然而他的分析卻切中肯綮，恰到好處：

> 如果説瞿秋白通過自己的哲學研究已經形成某種個人的理論的話，那就是折衷主義，是瞿世英的唯心主義與張太雷的唯物主義的雜交。他早期的「厭世觀」已經為樂觀主義所取代。他接受社會主義革命的必然性，不過他覺得，那更像精神進化過程中的一個階段，而不是由經濟因素所決定的必然之事。這是用佛學加柏格森主義的框

架來闡釋歷史唯物主義，在純正的馬克思主義者的視角看來，這相當於異端邪說。[110]

夏濟安在這篇早於1960年代完成的文章裏，便已準確地指出，瞿秋白早年的思想是佛學、柏格森主義和歷史唯物主義的雜交（cross）。夏氏如實地分析了瞿氏撰寫《餓鄉紀程》時的思想狀況，為我們後續的研究打開了另類的研究視野。事實上，在瞿秋白研究的領域裏，這種對瞿秋白思想中的知識雜交現象持肯定態度的學者相當罕見。直到1993年，吳展良才在其博士論文《西方理性主義與中國心靈：反啟蒙思想與生命哲學在中國，1915–1927》（*Western Rationalism and the Chinese Mind: Counter-Enlightenment and Philosophy of Life in China, 1915–1927*）裏，敏銳地指出，瞿秋白源於柏格森、泰戈爾（Rabindranath Tagore）和佛學思想的世界觀，相當類近於梁漱溟的生生思想和變化歷程觀。可惜吳氏在論文中只以三頁的篇幅分析瞿秋白的案例。[111]

及至2007年，白井澄世在《東京大学中国語中国文学研究室紀要》第10號上發表了〈有關五四時期柏格森生命主義的考察——以瞿秋白為中心〉（五四期におけるベルクソン・生命主義に関する一考察：瞿秋白を中心に）。[112]此文後來成為了她博士論文的第五章。[113]這篇論文是直至目前為止，有關瞿秋白對生命主義的接受這個論題最全面的研究。白井氏的研究明顯受到董德福《生命哲學在中國》（2001年）和鈴木貞美《大正生命主義與現代》（大正生命主義と現代，1995年）的啟發。她在文章的第一節中詳細介紹了柏格森的生命主義在十九世紀末和二十世紀初從西歐流傳到日本和中國的過程。[114]白井氏介紹了1919年北京的林德揚自殺事件，並詳細分析了瞿秋白在回應這一事件的評論文章裏所呈現的自殺觀、生命意識、時間觀和自我身份認同的問題。[115]文章最後並仔細分析了瞿秋白的〈心的聲音〉和《餓鄉紀程》裏所呈現的時間意識和生命意識。[116]白井亦曾在文章中提及瞿秋白早期思想中柏格森生命哲學和佛家思想的知識雜交現象。[117]可惜文章只引述了鄧中好和夏濟安的論點，並未就這個論題再作詳細的討論和分析。

2008年，我於《現代中國》第11輯上，發表了題為〈心聲與電影：論瞿秋白早期著作中的生命哲學修辭〉的論文。這篇論文透過疏理瞿秋白的生平資料，初步點明他與民國初年中國思想界的生命哲學熱潮之間的關係。我在論文中勾勒出一個由佛學思想、柏格森哲學和經驗主義（empiricism）等思想脈絡編織而成的互文網絡（intertextual network）。我並進而指出，這個互文網絡貫穿於瞿秋白的早年著作，模塑了他早期的思考軌跡。[118]另外，2014年，劉辛民出版了專著《自我實現的路標：中國現代文學和電影中的進化、倫理與社會性》（*Signposts of Self-Realization: Evolution, Ethics, and Sociality in Modern Chinese Literature and Film*）。他在此書第五章中集中分析了瞿秋白的《餓鄉紀程》和《赤都心史》。劉氏在書中的這個章節裏，細緻地分析了瞿秋白作品中出現的柏格森生命哲學、佛教唯識宗和群眾心理學的修辭。[119]

由於白井澄世的研究以柏格森生命哲學作為考察對象，所以她參考董德福的說法，將中國知識界接受生命主義的起點追溯至1913年。[120]是年錢智修在《東方雜誌》第十卷第一號發表了〈現今兩大哲學家學說概略〉，介紹了布格遜（Henri Bergson，今譯柏格森）和郁根（Rudolf Eucken，今譯倭伊鏗或奥伊肯）的學說。[121]翌年，1914年，錢氏再在《東方雜誌》第十一卷第四號發表了〈布格遜哲學說之批評〉。[122]董德福認為，這兩篇文章代表了早期中國學人對柏格森和倭伊鏗學說所取得的初步認識。[123]

但事實上，早於1905年，梁啟超便已在他的文章中提到了「人生哲學」一詞。1905年，梁啟超曾以筆名「中國之新民」在《新民叢報》的第59期和第60期發表了〈余之死生觀〉一文，他在文章的註釋中，便引用了從美國博士占士李的《人生哲學》一書撮譯的數段文字，藉此進一步闡發「靈魂不死」或「死後而有不死者存」的說法。[124]根據森紀子和王俊中的研究，梁啟超這裏提及的「美國博士占士李」，指的是當時在美國相當受民眾歡迎的傳教士James Wideman Lee。他曾當過監理公會的牧師，他出版的宣教書籍亦頗為暢銷。《人生哲學》是占士李的*The Making of a Man*一書的日譯本書名，譯者則是日本明治時代的著名翻譯家和基督徒高橋五郎。[125]森紀子並進一步指出：「基督徒高橋五郎，也是中國久知其名的人物之一」。除了梁啟超以外，康有為亦在《日本書目志》中列出高橋五郎的著作，譬如《人類學一斑》、《有神哲學》、《佛教新解》等。[126]而楊度在為梁啟超的《中國之武士道》所寫的序言裏，亦曾引用高橋五郎對楊朱的評論。[127]誠如森紀子所言，楊度這篇「主張精神不死的敍文，激發梁啟超寫出了他的『死學』即〈余之死生觀〉。」[128]此外，我亦發現，李石岑在他自己1926年初版的《人生哲學》一書的〈自序〉裏，也曾提及高橋五郎所翻譯的占士李的《人生哲學》：「至關於人生哲學的專著，實在是很少看見的。美國詹姆士李（James W. Lee）著 *The Making of a Man* 一書，某新聞社因為這部書是關於人生全體之哲學的研究的，便用"Philosophy of Life"這個名稱去做介紹，原書重印至數十版，發行至一百餘萬冊；日人高橋五郎將它翻譯出來，也標題為人生哲學；可見人生哲學這個名稱雖是被人濫用，但專書卻不易得。」[129]

我們在本章第三節曾介紹過，梁啟超在《新民叢報》發表〈余之死生觀〉的五年後，亦即1910年，瞿秋白在春天「插入常州府中學堂預科一年級下學期。」及至1915年夏天，他才因繳不起學費而被迫輟學。[130]而瞿氏在中學學習期間，便已熟讀梁啟超的《飲冰室文集》和譚嗣同的《仁學》。而梁啟超在日本創辦的《新民叢報》，也是瞿秋白在中學時期「研讀甚勤」的「思想性讀物」。[131]可以這樣說，早在瞿秋白的中學時代，從明治末年開始流行於日本的「人生哲學」和「人生觀」論述，便已通過梁啟超的著作及其編輯的刊物，影響着瞿秋白思想的發展。

從1900年代和1910年代起，有關「人生觀」、「人生哲學」和「人生問題」的論述，便已成為中國知識分子的熱門討論話題。我們在本章第三節裏已介紹過，瞿秋白在〈多餘的話〉中，談及自己新文化運動時期讀過的論著時，便列舉了胡適的《中國哲學史大綱》上卷和梁漱溟的《印度哲學概論》。[132]事實上，胡適的《中國哲學史大綱》的〈導言〉，開宗明義，以「人生切要的問題」來為「哲學」下定義：「哲學的定義從來沒有一定的。我如今也暫下一個定義：『**凡研究人生切要的問題、從根本上着想、要尋一個根本的解決：這種學問、叫做哲學。**』」他並進而以「人生切要的問題」這個原則入手，將「哲學」分成六種門類，其中第三類便是「人生在世應該如何行為。(人生哲學。舊稱『倫理學』)」。[133]

另外，梁漱溟早於1916年，曾分三次在《東方雜誌》第十三卷的第五、六、七號上發表了他的成名作〈究元決疑論〉。[134]梁氏寫作這篇文章，是為了紀念他的好友、當時著名的新聞記者黃遠生。黃氏1915年在舊金山因誤會被刺殺。[135]《東方雜誌》在1916年2月發行的第十三卷第二號上發表了黃氏的遺作〈想影錄〉。梁氏在雜誌上看到好友的遺作，有感而發，便寫下〈究元決疑論〉。所以梁氏在文章第一稿的跋語中寫道：「余欲造新發心論而未就，比見黃君遠生〈想影錄〉悲心憤湧不能自勝，極草此篇，原為世間撥諸疑惑苦惱，惜生不及見矣！」[136]梁氏在〈究元決疑論〉裏曾多次借用柏格森的觀點重釋佛學義理。他在文章中第一次提及柏格森時，便同時提到黃遠生在〈想影錄〉一文中對柏格森的介紹。有趣的是，〈想影錄〉其實並非黃遠生原創的文章，它事實上是黃氏對日本大正時代的哲學家大住舜(號嘯風)1913年出版的著作《新思想論》的摘譯文章。[137]而大住嘯風1914年出版的另一本著作《近代文明講話》，亦被田桐以中文譯述，改題為《人生問題》出版。[138]值得注意的是，文學研究會的發起人之一葉聖陶，[139]便在1916年4月8日的日記裏記下自己有關大住嘯風《新思想論》的讀後感：

> 閱日本大住嘯風所著《新思想論》，其一節曰「現代思想之煩悶」，略謂人生以有的為真，抑以無的為真，未可一律而論，要各隨其人之傾向而定之。今世科學日昌，常於人類文化之現象上，寄予以一種新事實，由此新事實更產新思想，則今世之潮流實求真理。於歷程之間，要無何等之目的也。此歷程之真，即郁根所謂精神生活，布格遜所謂創造的進化。真之內含既定，而我人又有一種觀念，以為必置信仰於一種究竟因果之上。此何為故，則猶無以作答，此近世

> 思想之所以煩悶也。今之究竟，要在求二者之調和，即智識與信仰之合一而已。余觀郁布二氏傳，於此點似有論及，以根性下愚，尚未明悟。他日豁然貫通，迷疑悉解，亦意中事也。[140]

葉聖陶這裏談及的大住嘯風《新思想論》「現代思想之煩悶」一節，恰恰就是黃遠生〈想影錄〉第二節的內容，其中便討論了柏格森的創造進化論。[141]而葉聖陶進一步談及的郁根傳和布格遜傳，[142]則是錢智修於1915年和1916年在《教育雜誌》上發表的〈德國大哲學家郁根傳〉[143]和〈法國大哲學家布格遜傳〉。[144]

我們上述初步勾勒了胡適、梁漱溟、黃遠生、葉聖陶和錢智修等民初知識分子，在1910年代對人生問題、人生哲學、柏格森和倭伊鏗學說的討論和接受狀況。可見「人生哲學」論述在當時中國知識界的擴散和流通狀況，是何等的錯綜複雜。而值得注意的是，日本大正時期的知識分子(如大住嘯風)的著作，無疑是「人生哲學」論述在中國擴散和流通的其中一個重要的媒介。事實上，伊藤虎丸早於1998年初次發表的論文〈魯迅中的「生命」與「鬼」——魯迅的生命觀與終末論〉中，便已指出，魯迅1919年11月在《新青年》上發表的名篇〈隨感錄六十六．生命的路〉，很可能參照了日本大正時期的文藝評論家中澤臨川在《中央公論》1916年新年號上發表的〈生命的凱歌〉(生命の凱歌)。[145]伊藤氏並進而指出：「在大正時代文藝．思想與中國留學生之間，可以看到遠比現在親密的同時代性。最為明顯的例子是創造性〔社〕，但魯迅兄弟也幾乎同樣，他們回國後仍繼續關注日本文化界動向，也不斷購入雜誌和書籍。有充分理由認為魯迅讀到了刊載中澤臨川文章的《中央公論》。」[146]可惜伊藤虎丸在文章中並沒有指出，魯迅在1926年曾翻譯過中澤臨川和生田長江合寫的〈羅曼羅蘭的真勇主義〉(ロマン．ロオランの真勇主義)，並發表在《莽原》半月刊第7期和第8期的「羅曼羅蘭專號」上。[147]

中澤臨川和生田長江的〈羅曼羅蘭的真勇主義〉，其實就是他們合寫的《近代思想十六講》的最後一講。此書初版於1915年，[148]它的第一個中文全譯本，正是我們在本章第三節中提及的尚志學會叢書

1918年出版、日本新潮社編寫的《近代思想》。瞿秋白在1919年12月的《新社會》第五號上發表了一篇題為〈自殺〉的隨感錄。這篇隨感錄的結尾提出了一個相當獨特的說法：「自由神就是自殺神。」[149]有趣的是，瞿氏這個獨特的說法，相當接近於中澤臨川和生田長江在《近代思想十六講》最後一講裏有關羅曼・羅蘭(Romain Rolland)、柏格森和自由意志的討論：

> 羅蘭之所謂**神**。所謂與虛無相戰之**生命**也。所謂**永遠戰爭之自由意志**也。推其意。生命即神而已。此與柏格森之所謂神相同。柏氏以生之衝動為神。謂生命無限進化。即為此進化而戰。此二人之所同也。柏氏力張生命之力。雖死亦可突破。羅氏亦然。〔……〕羅氏之意。以為死者為生而死耳。〔……〕生命因死與復活之循環不息。而開展至於無限。真正之英雄。必率此道而行。〔……〕**神者。與虛無相戰之生命也。與死相戰之生也。與憎相戰之愛也。**綜之為永遠戰爭之自由意志。其所謂神。非自行滿足之完體也。非如古代哲人之所描模。古代宗教家之所崇奉。為圓滿無上之物。此點直與柏格森及傑姆斯[150]相通。與塔果爾[151]亦有一部分相似。[152]

我們會在本書第七章中詳細討論瞿秋白的自殺觀。這裏值得注意的是，中澤臨川和生田長江在《近代思想十六講》論及的思想家、作家和藝術家包括達芬奇(Leonardo da Vinci)、盧梭(Jean-Jacques Rousseau)、尼采(Friedrich Wilhelm Nietzsche)、施蒂納(Max Stirner)、托爾斯泰(Lev Nikolayevich Tolstoy)、陀思妥耶夫斯基(Fyodor Mikhailovich Dostoyevsky)、易卜生(Henrik Johan Ibsen)、達爾文(Charles Robert Darwin)、左拉(Émile Zola)、福婁拜(Gustave Flaubert)、威廉・詹姆斯(William James)、倭伊鏗、柏格森、泰戈爾和羅曼・羅蘭等十五家。這些作家來自不同的文藝和思想流派，並非都與生命哲學相關，但他們卻構成明治末年和大正時期日本思想界共同分享的思想資源。在上引的段落裏，我們不難發現，雖然中澤臨川和生田長江論及了羅曼・羅蘭、柏格森、威廉・詹姆斯和泰戈爾等四位文藝和思想傾向都極為不同的作家和思想家，但中澤氏和生田氏卻在討論中強調這四位作家和思想家的相通之處，是他們對生命的肯定和擁抱的態度。正因如此，鈴木貞美才會在《大正生命主義與現代》一書中，將明治末年和大正時期盛行於日本知識界的「教養主義」或文化主義（culturalism）重新詮釋為「生命主義」。誠如工藤貴正所指出的，鈴木貞美因發現大正時代的教養主義中廣泛使用「生命」一詞，並認為「生命」在當時已成為一個超級概念，所以才會提出「大正生命主義」的說法。[153]末木文美士亦指出：「大正的思想界、文學界提出自我解放的主張，將自我解放看作與宇宙生命相同的東西，對其加以全面肯定。人們將這種狀況稱作『大正生命主義』。」[154]

鈴木貞美認為，日俄戰爭以後，日本青年所面對的根本問題是「生命，當如何面對生命」。為了徹底回答這個問題，新思想便由此萌生。「這些新思想，多數是從世界（宇宙）原理的意義上，對『生命』問題進行了思考。」[155]在這一時期裏，西歐以「生命」為中心考察世界的思想，如梅特林克（Maurice Polydore Marie Bernard Maeterlinck）的思想和柏格森的哲學，被介紹到日本。「在這種歐洲思潮的紹介期，『生命中心的思想』、『生命派』或『人生派』之類稱謂時時散見，但每一種稱謂的傳播未必廣泛。」[156]如此一來，日本知識界便逐漸形成一股「生命主義」的思潮。工藤貴正便例舉了五種影響了「大正生命主義」的十九世紀末、二十世紀初的西歐思想：一、海克爾（Ernst Heinrich Philipp August Haeckel）的優生學和人種進化論學說；二、柏格森的創造進化論；三、威廉·詹姆斯的多元主義實用主義；四、愛倫·凱（Ellen Key）的自由主義女性主義思想；五、克魯泡特金（Peter Kropotkin）的互助論。[157]

上述工藤貴正所列舉的幾種思想，再加上中澤臨川和生田長江所介紹的十五家「近代思想」，共同構成了大正生命主義的思想資源。這一思想資源無疑是二十世紀初日本在接受西歐思想時所形成的嶄新的思想世界。這一思想資源通過不同途徑影響了清末民初的中國知識分子，共同形成了一個不同於西歐的東亞生命主義的論述形構。事實上，上述清單中的不少名字，都能在瞿秋白的《餓鄉紀程》的首五章中找到，譬如托爾斯泰、柏格森、泰戈爾和克魯泡特金等。可以說，這種東亞生命主義的論述形構，已在不知不覺間形塑了瞿氏的思想和知識結構。石川禎浩在〈李大釗早期思想中的日本因素——以茅原華山為例〉一文中，考察了李大釗早期思想與日本明治和大正時期言論界明星茅原華山的「奇異交錯」。石川氏認為，他的這一案例研究「為我們分析1910年代的中國思想史提供了絕好啟發，即中國知識分子在1910年代曾捲入同時代的思想大潮，並與其形成了密切關係。」[158]他並敏銳地指出，「1910年代的中國知識分子對國外思潮十分敏感，他們積極訂購國外刊物，並時常參照外國文章來寫作。李大釗也不例外。」[159]事實上，瞿秋白也不例外，而1910年代恰恰也是瞿秋白思想形成的重要時期。

換言之，我們上述探討的東亞生命主義論述，指涉着一個它從中孕育成形的跨文化場域(the transcultural site)。這一場域跨越西歐、日本和中國，為各種來自不同文化脈絡的知識和思想資源提供了互動的空間，讓不同的知識和思想之間的相互接觸、轉化和對話得以從中發生。誠如彭小妍所言，「跨文化場域是文化接觸、重疊的所在，是藝術家、文學家、譯者、思想家等，尋求表述模式來抒發創造能量的場所。」瞿秋白身兼文學家、譯者和思想家多個不同身份，無疑是彭氏所謂的「文化創造者」。所以，我們認為，瞿氏的文學書寫和思想軌跡，實際上也是在探索「跨文化場域中創造轉化的可能性」。[160]本書將瞿秋白的思想、政治和文學實踐，理解為二十世紀初中國「跨文化現代性」(transcultural modernity)的重要案例。誠如彭小妍所言，「所謂跨文化，並非僅跨越語際及國界，還包括種種二元對立的瓦解，例如過去/現代、菁英/通俗、國家/區域、男性/女性、文學/非文學、圈內/圈外。」[161]因此，我們討論瞿秋白與跨文化現代性的關係，無異於在討論瞿氏如何跨越這些二元對立的界線，將來自各種不同文化脈絡的思想資源，創造性地轉化成嶄新的思想和書寫軌跡。正是在這一跨文化現代性的研究視野裏，瞿秋白多重複雜的思想世界才得以重新展現在我們眼前。

第一部分

領袖權與有機知識分子的形成

第一章

瞿秋白與「領袖權」理論

第一節　瞿秋白、葛蘭西與共產國際

瞿秋白(1899–1935)與葛蘭西(1891–1937)，驟眼看來，我們惟有把這兩個分屬東西方的馬克思主義者放在平行研究或東西方比較研究的框架裏，才能獲得論述和研究的合法性。[1]然而，只要我們稍稍翻查一下兩人的傳記資料，便不難發現，1922年5月至12月期間，二人都身處莫斯科和彼得格勒，並且共同參與了當年年底舉行的共產國際第四次代表大會。如今，從歷史的後見之明看來，無論是瞿秋白還是葛蘭西，於1921和1922年間，都是二人政治生涯的重要轉捩點。[2]

1920年秋天，北京《晨報》招聘三名懂俄語的記者遠赴蘇俄考察。當時，瞿秋白的中學同學孫九錄是北京大學的學生，並兼任上海《時事新報》駐北京的外勤記者。孫氏的三叔父孫光圻當年正於《晨報》主持筆政。孫九錄「雖對世界上出現第一個社會主義國家有好奇心」，但因不懂俄語，未能符合《晨報》的招聘資格。所以他便轉而向孫光圻竭力推薦當時正就讀於北京俄文專修館的朋友瞿秋白，説他能勝任該職。再加上瞿氏的堂兄瞿純白在外交部護照科工作，瞿秋白遂得以北京《晨報》和上海《時事新報》記者身份赴蘇考察。[3]

瞿秋白與另外兩名記者俞頌華和李宗武一行三人，於1920年10月6日起程，經過三個多月長途跋涉，橫跨歐亞內陸，終於在1921年1月25日抵達莫斯科。[4]在莫斯科逗留期間，瞿秋白一行人受到當時蘇俄《真理報》(*Pravda*)主筆美史赤略誇夫(Mechtcheryakoff)的接待，參觀考察了莫斯科特列嘉柯夫美術館、幾處幼稚園和學校、托爾斯泰的故居陳列館和托爾斯泰主義者創辦的公社，他們並採訪了著名詩人馬雅可夫斯基(Vladimir Mayakovsky)和蘇俄教育人民委員會委員長盧那察爾斯基(Anatoli Lunatcharsky)。1921年5月，瞿秋白經張太雷介紹，加入俄共(布)黨組織，成為預備黨員，後於同年9月轉為正式黨員。[5]

對於瞿秋白來說，1921年是一個工作紛至沓來的年頭，當年6月，莫斯科召開了四個國際性大會，即共產國際第三次代表大會、共產國際婦女部第二次代表大會、青年共產國際第二次代表大會、赤色職工國際第一次代表大會。瞿秋白以記者身份參加了共產國際三大，並在會上巧遇列寧(Vladimir Ilyich Lenin)。這也是他一生之中唯一一次與列寧相會。同年9月，他到莫斯科的東方勞動者共產主義大學擔任教學翻譯，這個職務讓他得以系統研讀蘇俄的馬克思主義教材，為日後的學術和政治工作做好必要的準備。[6]

1921年12月15日，由於過度勞累，再加上物質生活環境日差，瞿秋白早年染上的肺病病情此時加劇，病臥幾天後，被移入莫斯科郊外堯子河(Yauza)[7]附近的高山療養院。[8]但就在他生日當天，1922年1月29日，他竟抱病出院，趕去參加共產國際召集的遠東各國勞動大會，兼任代表和翻譯。結果在2月2日，大會剛閉幕，他便立即病倒，吐血並昏倒在旅館裏，等到醒來時，他已再次身在高山療養院，一直到4月中旬才正式出院。[9]

1922年11月5日到12月5日，共產國際先後在彼得格勒和莫斯科舉行第四次代表大會。瞿秋白參加了這次大會，為當年由陳獨秀、劉仁靜等人組成的中共代表團做翻譯工作。正是在這次會議期間，瞿秋白在陳獨秀心目中留下了良好印象。大會結束後，陳氏便建議瞿氏隨同代表團回國工作。[10]瞿氏回國不久，便立即參與了中共中央的機關工作，任中央宣傳委員會委員。從此，他開始接手中共的各項黨務，積極參加籌備中共的第三次代表大會，準備中共的黨綱草案，並協助開辦上海大學。[11]

值得注意的是，當時中共中央正打算把1922年7月停刊的《新青年》雜誌重新改組成黨的理論刊物。剛剛回國的瞿秋白便從陳獨秀手上接過《新青年》季刊的創刊和編輯工作，在1923年6月出版的季刊第一期「共產國際號」上，一手包辦〈世界的社會改造與共產國際〉、〈現代勞資戰爭與革命——共產國際之策略問題〉、〈世界社會運動中共產主義派之發展史〉和〈少年共產國際〉等四篇文章，成為向中國系統介紹共產國際理論的第一人。1923年，瞿秋白年僅24歲，自此以後，他便和共產國際結下不解之緣。

1921到1922年間，無論在政治上還是個人生活上，對葛蘭西來說，都是艱難的年頭。這兩年，法西斯黨的力量迅速增強，在意大利北部許多地區幾乎發動了一場內戰，藉此反對共產主義者和社會主義者。意大利這個自由資本主義國家看來就要土崩瓦解，但取代資本主義的，卻不是社會主義，而竟是法西斯主義。此時，葛蘭西認識到，在未來相當長的一段時間裏，意大利工人運動只能盡可能地致力於保存自己，而不是奪權。在個人生活的層面而言，這兩年也是難熬的年頭。他的一個姐姐去世了，而一個兄弟則成了法西斯主義者。他的健康狀況再度惡化，之前幾年為工廠委員會運動[12]所進行的緊張鬥爭和隨之而來的失敗，使他身心疲憊不堪。[13]

正好在這個關口，意大利共產黨派他去莫斯科，參加共產國際的會議。1922年5月底，葛蘭西離開居住了11年的都靈，作為意共代表團的成員動身到莫斯科去。他到達莫斯科時心情非常鬱悶，參加了一連串的會議後，便患上了神經衰弱、驚厥、顫抖、顏面痙攣、發燒、失眠等種種病症。夏初，他接受當時共產國際主席季諾維也夫（Grigory Yevseyevich Zinoviev）的建議，到莫斯科郊外「銀色森林」地區（Serebrianyi Bor）的療養院。正是在這所療養院裏，他邂逅了日後的妻子茱莉亞·舒赫特（Giulia Schucht）。[14]

1922年11月，葛蘭西抱病出院，參加共產國際四大的工作。1923年，意大利形勢惡化。共產國際的負責人相當擔心意共的處境。當時意共的領導人如波爾迪加（Amadeo Bordiga）等抱持宗派主義思想，使黨無法開展工作，並完全陷入虛弱的境地。而意大利法西斯政權對共產黨人的一連串搜捕，則幾乎瓦解了意共的黨組織。但葛蘭西沒有即時回國，他在共產國際執行委員會工作一年半後，於1923年11月底被共產國際派往維也納，領導共產國際新建立的共產國際反法西斯活動的組織。從此，這位出身於意大利撒丁地區的年輕人，便開始肩負起重大的政治責任。1923年，葛蘭西年僅32歲，至少在共產國際眼中，他已是意大利共產黨的實質領導人。[15]誠如葛蘭西的權威傳記作者費奧里（Giuseppe Fiori）所言，1922年在葛蘭西的一生中，「應是個重大的轉捩點，因為同俄國革命的主要人物在一起使這位政治家更趨成熟；同茱莉亞·舒赫特相逢使他的生活更加充實。」[16]

在〈瞿秋白與葛蘭西——未相會的戰友〉和《美學與馬克思主義》（*Aesthetics and Marxism*）第二章中，劉康曾列出瞿秋白和葛蘭西之間諸多共通點，可惜的是，他沒有進一步討論二人之間起着接合作用的中介——「共產國際」。[17]事實上，在1920年代中共和意共的內部爭論中，瞿秋白和葛蘭西都明顯傾向共產國際的一邊，[18]並且大量採納源自列寧和共產國際的理論和政治語言，藉此重新思考中國和意大利當下的政治狀況以及相應的革命戰略和策略。而其中最為突出的，便是領袖權（hegemony）的理論問題。[19]在本書的這一部分裏，我們嘗試從布爾什維克和共產國際的理論論述和政治實踐這一消失的中介入手，並圍繞二十世紀初由俄國馬克思主義者最先引入的「領袖權」理論論述的形成過程，抽絲剝繭，逐步探討當時的左翼知識分子所面臨的種種政治難題和抉擇。我們希望透過對瞿秋白和葛蘭西案例的分析和探討，具體回應以下幾個問題：在布爾什維主義和共產國際的理論論述和政治實踐中，二十世紀初的左翼政治理論是按照怎樣的軌跡建構成形的？現代知識分子面對左翼革命政治實踐對他們的種種要求，他們面臨着的究竟是怎樣的具體政治處境？在這種具體的政治境況中，他們究竟如何重新部署和調動自己的慾望和情感，藉此回應當下政治處境向他們提出的歷史任務和政治責任？

第二節　「領袖權」的理論旅行

根據雷蒙・威廉斯（Raymond Williams）在《關鍵詞》（*Keywords*）中的介紹，hegemony一詞最接近的詞源是希臘文*egemonia*。這個詞可追溯的最早詞源為希臘文*egemon*，通常指的是支配他國的leader（領袖）或ruler（統治者）。威廉斯指出，自十九世紀以後，這個詞便普遍指一個國家對另一個國家的宰制。因此，這個詞及其形容詞hegemonic（霸權的、霸道的）便被用來描述一種達成政治支配目標的政策。最近，hegemonism（霸權主義）這個詞被特別用來說明「大國」或「超級強國」支配他國的政治手段。有時候，hegemonism甚至被當成帝國主義（imperialism）的替代詞。[20]正是基於這種用法，臺灣一般把這個術語譯成「霸權」或「文化霸權」。[21]

然而，在中共黨史的研究領域裏，這個術語卻一般被譯作「領導權」或「領袖權」。這種譯法建基於十九世紀末、二十世紀初俄國馬克思主義者對hegemony的理論探討。威廉斯也有提及這方面的詞意。[22]但礙於詞典的寫作篇幅所限，他對這個問題的討論過於簡化，因此我們這裏不打算覆述他的解釋。然而，他在這個詞條中卻引用了一篇相當有份量的參考文獻，這篇文章便是佩里・安德森（Perry Anderson）的〈安東里奧・葛蘭西的二律背反〉（"The Antinomies of Antonio Gramsci"）。1990年代以後，華語學界談起「霸權」或「領導權」的問題，大都引用拉克勞（Ernesto Laclau）與慕孚（Chantal Mouffe）1985年初版的名作《領袖權與社會主義戰略》（*Hegemony and Socialist Strategy*），然而，卻較少有人提起安德森這篇寫於1976年的著名論文。但若論歷史考證的學術根底，安德森其實遠比拉克勞和慕孚紮實。事實上，正是安德森這篇文章，最早在英語學界指出，「領袖權」這個理論問題的源頭不是葛蘭西，而是俄國的馬克思主義者。他在文章中專闢了三個小節，細緻地疏理了「領袖權」理論從1890年代到1920年代俄國革命歷史裏的形成過程。[23]

安德森指出，早於1883至1884年間，普列漢諾夫(Georgi Valentinovich Plekhanov)已於他的著作提出類似於「領袖權」(hegemony, *gegemoniya*)的概念，他當時的用語是政治的「主導權」(domination, *gospodstvo*)。他借用這個術語指出，在反抗沙皇統治的政治運動裏，無產階級需要支援資產階級完成革命，而資產階級則是這個運動的指導階級(leading class)。及至1898年，普列漢諾夫的朋友阿克雪里羅德(Pavel Borisovich Axelrod)更進一步發展了這個概念，他宣稱：俄國的工人階級應當在反對專制政權的鬥爭中扮演「獨立、指導的角色」，因為當時俄國各階級在政治上的軟弱無能，授予了無產階級在鬥爭中顯著和重要的位置。他甚至認為俄國的工人階級在全國革命中具有舉足輕重的地位。安德森認為，阿克雪里羅德其實已在理論上引入了一個實質的轉向，明確宣稱了無產階級在俄國資產階級革命中的首要地位。[24]

及至1901年，阿克雪里羅德在一封書信中明確提出了「領袖權」的理論原則：「憑藉我們無產階級的歷史地位性質，俄國社會民主黨能夠在反對專制主義的鬥爭中獲取領袖權(*gegemoniya*)。」不久，馬爾托夫(Jules Maltov)和列寧等俄國社會民主黨人，很快便從阿克雪里羅德那裏借來這個術語，作進一步的引伸發揮。值得注意的是，列寧在1902年發表的名作《怎麼辦？》(*What Is to Be Done?*)中，便具體發展了普列漢諾夫和阿克雪里羅德的想法，指出工人階級必須採取「全國性」的政治方向，為所有被壓迫的階級和群體尋求解放。事實上，普列漢諾夫和阿克雪里羅德早在這本小冊子正式發表之前，便曾預先審閱過書中內容。[25]

1903年7、8月間，俄國社會民主黨舉行了第二次代表大會。正是在這場著名的會議中，俄國社會民主黨分裂成布爾什維克(Bolshevik俄文意為多數派)和孟什維克(Menshevik俄文意為少數派)兩派。雖然如此，但這兩派卻同時繼承了「無產階級在資產階級革命中的『領袖權』」這一政治口號。在此後的爭論中，「領袖權」問題始終是兩派的爭論焦點。及至1905年革命失敗後，列寧更在這個時期的論戰文章中，指責孟什維克放棄了領袖權理論。[26]譬如他在〈俄國社會民主主義運動中的改良主義〉("Reformism in the Russian Social-Democratic Movement")中，便明確指出：「由於資產階級民主的任務還未完成，革命危機還是必不可免的。〔……〕這個形勢十分明確地確定了無產階級的任務。無產階級作為現代社會唯一徹底革命的階級，應當成為全體人民實現徹底民主革命以及**所有**勞動者和被剝削者反對壓迫者和剝削者的鬥爭中的領導者。無產階級只有意識到並實現這個領導權(hegemony)思想的時候，才是革命的。」他並怒斥孟什維克黨人向工人宣傳，他們需要的「**不是**領導權(hegemony)，**而是**階級政黨」。他認為，這無異於把工人階級出賣給自由派。[27]

但隨着1917年十月革命的發生，俄國共產主義運動開展了新的發展階段，因此，有關「領袖權」的議題也隨之在蘇俄的內部政治討論中消失。然而，相關的討論卻被轉移到共產國際的會議場上。在共產國際首兩次代表大會中，「領袖權」的口號開始被擴展至國際的層面。布爾什維克開始認為，在國際的革命政治運動中，無產階級有義務運用他們的領袖權，與其他半無產階級和貧苦的農民階級組成聯合陣線，藉此對抗資產階級。在瞿秋白和葛蘭西二人都參加了的共產國際第四次代表大會上，「領袖權」這個術語的運用範圍得到進一步的擴展，有與會者甚至以這個術語指涉資產階級對無產階級的控制和主導位置。[28]

安德森指出，葛蘭西雖然在1923至1924年間花了一年時間學習俄文，但他應該無法憑這點俄文知識直接閱讀普列漢諾夫、阿克雪里羅德、馬爾托夫和列寧等人的俄文原作。因此，他有關「領袖權」理論的知識，應該並非直接從這些原創者那裏得來的。不過，葛蘭西卻直接參與了第四次代表大會的討論，安德森相信，他有關「領袖權」的知識應該直接得自大會的討論。[29]

正是在這一歷史背景中，我們才能明白，為何葛蘭西曾多次在《獄中札記》(*Prison Notebooks*)中明確表示，列寧最先開展了領袖權的理論探討和政治實踐。[30]正如安德森所指出的，在《獄中札記》中反覆出現的「領袖權」概念，基本上沒有嚴重偏離俄國革命經典著作中的相關用法。[31]因此，雖然《獄中札記選》(*Selections from the Prison Notebooks of Antonio Gramsci*) 的兩位英譯者霍爾 (Quintin Hoare) 和史密斯 (Geoffrey Nowell Smith) 竭力要在自己的譯文中，為領袖權 (hegemony, *egemonia*) 和領導權 (leadership, *direzione*)[32]這兩個用語劃清界線，但他們最終也不得不承認，葛蘭西有時候亦會把這兩個用語視作可以互換的同義語。[33]參考上述安德森的歷史考證，我們認為，霍爾和史密斯兩位英譯者的做法根本是捕風捉影之舉。縱然葛蘭西在運用「領袖權」這個術語時與俄國革命經典作家的用法稍有不同，但我們也不必將他的理論探討完全割離於這一傳統之外，將之視為獨創的見解。

基於上述的歷史考證，安德森指出，葛蘭西在使用「領袖權」一詞時，保留了無產階級要與其他被剝削階級組成「階級聯盟」這個基本要義，但葛蘭西更為強調無產階級必須在聯盟中作出讓步。另外，葛蘭西在討論時也突出了無產階級要對其他階級保持「文化」優勢這個方面，並同時強調了透過協調和協商達成「同盟」等非暴力因素。[34]但這些葛蘭西式「領袖權」理論的特點，卻還是建基於該理論的經典用法上的。我們沒有理由説，葛蘭西在使用這個術語時所賦予的新意義，完全偏離於經典用法。另外，我們亦得緊記，無論在《獄中札記》還是俄國革命的經典著述中，它們所指的要協調和聯盟的「被剝削階級」主要是貧苦農民或半無產階級。在它們所構想的政治運動中，資產階級和資本家與無產階級始終構成某種顯在或潛在的敵對關係。

與葛蘭西相比，瞿秋白在他的著作中有關「領袖權」問題的討論，顯然更接近於列寧的用法，因為他在共產國際第四次代表大會期間，俄文水平已達到可進行即時傳譯的程度。另外，瞿秋白在1921年9月轉為正式黨員後，便開始在莫斯科東方勞動者大學擔任教學翻譯，得以系統研習俄國革命的經典著述和相關教學材料。在中共黨史的研究領域中，「領導權」的理論問題一直都是一個核心的研究課題。有一段期間，學界甚至爭論過，究竟是高君宇、鄧中夏還是瞿秋白最早在中國提出「領袖權」或「領導權」的理論。在瞿秋白研究領域中，王關興認為，是瞿秋白最先在1923年6月發表的〈《新青年》之新宣言〉中，提出與「領袖權」或「領導權」相關的理論思考的。[35]然而，這個討論至今還未有定案。無論如何，瞿秋白確實曾在〈《新青年》之新宣言〉中說道：「中國社會中近年來已有無數事實，足以證明此種現象：即使資產階級的革命，亦非勞動階級為之指導，不能成就；何況資產階級其勢必半途而輟失節自賣，真正解放中國，終究是勞動階級的事業〔……〕。」他並說：「況且無產階級在社會關係之中，自然處於革命領袖的地位，所以無產階級的思想機關，不期然而然突現極鮮明的革命色彩。」[36]這裏有關中國勞動階級指導資產階級革命的想法，實際上已跟列寧的「領袖權」理論相去不遠了。因此，魯振祥認為，「這是無產階級領導民主革命思想的最早表述。」相比於高君宇和陳獨秀在相關問題上的簡單見解，「瞿秋白在這個重大的理論問題和實踐問題上，闡明了高於他人的見解。」[37]

及至1923年9月，瞿秋白寫成〈自民治主義至社會主義〉。[38]在文章中，他系統闡述了列寧的《怎麼辦？》和《社會民主黨在民主革命中的兩種策略》(*Two Tactics of Social-Democracy in the Democratic Revolution*)等著名文章的論點，並明確提出了「指導權」或「領導權」的概念。[39]誠如魯振祥所指出的，中共中央當時已確定了以共產黨員加入國民黨的方式，同國民黨建立聯合戰線的指導方針。然而，這個戰略決定卻留下一個政治上的難題：「共產黨承認國民黨立於國民革命的領導地位、中心地位，可又主張國民革命由無產階級領導，這兩者如何統一呢？」瞿秋白正是為了在理論上解決這個政治難題，才執筆寫作〈自民治主義至社會主義〉。而瞿秋白所提出的解決方法則是，無產階級通過爭得國民黨內的主導地位而實現對國民革命的領導。[40]

無論瞿秋白所提出的「領袖權」爭奪方案是否可行，但〈自民治主義至社會主義〉亦不失為系統運用「領袖權」理論於當下的現實政治分析的初步嘗試。誠如學者余玉花所言，「如果說瞿秋白關於無產階級革命領導權的思想在『五卅運動』前還多少帶有理論分析的話，那麼『五卅運動』之後則完全是革命實踐的科學總結。」她並指出，瞿秋白這個時期直接領導『五卅運動』，實際政治運動的經驗教訓，使他這個時期有關「領袖權」問題的討論更趨成熟。這批文章包括〈中國國民革命與戴季陶主義〉、〈國民會議與五卅運動〉、〈上海總商會究竟要的甚麼？〉、〈五卅運動中之國民革命與階級鬥爭〉、〈義和團運動之意義與五卅運動之前途〉和〈國民革命運動中之階級分化〉等。[41]其中〈國民會議與五卅運動〉第二節的標題便是「『五卅』中資產階級與無產階級互爭領袖權」，而〈國民革命運動中之階級分化〉第二節的標題則是「共產主義及無產階級領袖革命之問題」。[42]篇幅關係，我們無法仔細覆述這批文章的內容，有興趣的讀者可進一步參閱丁守和《瞿秋白思想研究》第三章〈關於無產階級和資產階級互爭領導權的鬥爭〉。這篇文章是迄今為止有關這個問題最詳實的研究論文。[43]無論如何，從這個時期開始，瞿秋白便把「指導權」、「領導權」和「領袖權」三個用語作為可以互換的同義語，交替使用。

但及至1927年的著名長篇論文《中國革命中之爭論問題》，瞿秋白才正式標明，「領袖權」一詞的英文對應詞是「hegemony」。[44]在這篇文章的開端，他提出了文章將涉及討論的五個中國革命問題，其中第三個問題便是，「國民革命的聯合戰線裏**誰應當是革命之領袖階級**(class-hegemony)？並説明無產階級與資產階級**互爭**革命之**領袖權**(hegemony)的意義。」[45]瞿秋白這裏對「領袖權」一詞的用法，明顯與此前的用法沒有太大分別，但這幾行文字卻相當重要，因為他直接證明了，瞿秋白一直以來反覆在自己論著中討論的「指導權」、「領導權」或「領袖權」概念，正好與葛蘭西在《獄中札記》中的相關概念相互呼應。我們不能説二人所採用的概念，在用法和意義上完全相同。但至少我們得首先承認，他們二人其實分享着一個共同的理論資源和政治傳統，亦即列寧和共產國際在理論和政治實踐兩方面所開闢的新領域。這是我們怎麼講都無法否定的。

縱然在中共黨史研究和瞿秋白研究的領域裏，已經有不少學者注意到「領導權」問題，但遺憾的是，直到2005年為止，中國大陸學界始終無法把眼界擴展至與瞿秋白同代的西方馬克主義思想上，把瞿秋白重新連結上當時國際性的馬克思主義思潮，作進一步的深入探討。在這個研究背景下，劉康對瞿秋白與葛蘭西的比較研究便顯得相當重要。因為他寫於1995年的〈瞿秋白與葛蘭西——未相會的戰友〉和發表於2000年的《美學與馬克思主義》，在重新連結中國馬克思主義思想和同代的西方馬克思主義思想的研究課題上，都有篳路藍縷之功。[46]劉氏寫於1995年的〈瞿秋白與葛蘭西〉，明顯是《美學與馬克思主義》第二章第二節〈對歐化的批判與國/民的形成：瞿秋白的理論與實踐〉（"Critique of Europeanization and Formation of the National-Popular: Qu Qiubai's Theory and Practice"）一文的研究筆記。然而，在〈瞿秋白與葛蘭西〉中，劉氏的研究目的卻展示得更為明確。他在文章中開宗明義說道：「近年來在中國走紅的賽義德，十餘年前寫過一篇題為〈理論旅行〉的文章。大意是說，現今在西方後工業、後現代社會流行的諸種文化理論，當年乃是政治反叛與革命的心聲，後來經過了跨越時空與背景的旅行，刀光血影中的吶喊變成學術殿堂中的『話語』或『代碼』。」[47]賽義德（Edward Said）在〈理論旅行〉（"Traveling Theory"）講了盧卡奇（Georg Lukács）和福柯（Michel Foucault）兩位理論家的理論旅行故事，藉此探討觀念和理論從這個人向那個人、從一種情境向另一種情境、從此時向彼時移位的過程中，經歷的種種變化和落差。他在文章的開端便這樣說道：「觀念和理論從一種文化向另一種文化移動的情形是很有趣的，所謂東方的超驗觀念在十九世紀初期輸入歐洲或十九世紀晚期歐洲的某些社會思想譯入傳統的東方社會，就是這樣的個案。進入新環境的路絕非暢通無阻，而是必然會牽涉到與始發點情況不同的再現和制度化的過程。這就使關於理論和觀念的移植、轉移、流通以及交換的所有說明變得複雜化了。」[48]追蹤這些觀念和理論攀越重重障礙、長途跋涉的旅途，無疑是相當有趣的過程。但奇怪的是，賽義德在文章追蹤的只是歐洲理論在歐美版圖內的短途旅行，卻捨棄了「十九世紀晚期歐洲的某些社會思想譯入傳統的東方社會」這個幅度更廣的旅程。

結果，賽義德在文章中展開了一系列相當枯燥乏味的情節。譬如當盧卡奇的充滿抗爭意味的左翼文學批評理論抵達法國巴黎時，它碰到的卻是一位流落異鄉巴黎的歷史學家戈德曼(Lucien Goldmann)。於是，賽義德這位說書人忍不住評說道：「從某種角度看，可以說戈德曼對盧卡奇思想的整理使理論降格了，削弱了理論的重要性，把它馴服為適合巴黎的博士論文要求的東西。我認為這種降格雖然並不包含任何道德意義，但是如果把戈德曼所想的意識和理論與盧卡奇為理論設想的意義和作用相比，可以說〔……〕這種降格反映出色彩的減弱，距離的拉大，直接性力量的損失。我也不想說戈德曼犯了根本性的錯誤，把造反的強烈敵對的意識改變成一種兼容並包的對應性和同源性意識。正是情境的根本變化使這種降格得以發生，當然，戈德曼對盧卡奇的解讀也窒息了後者的意識理論中最富啟示的聲音。」[49]但萬一有一種理論旅行，它所帶來的情境，不但沒有減弱理論的「直接性力量」，沒有減弱理論的強烈造反敵對意識，沒有掩沒那些最富啟示的聲音，反而恰恰將這些尖銳激烈的色彩進一步呈現出來。那麼，我們又會得到一個怎樣的旅行故事呢？

劉康把瞿秋白和葛蘭西重新連接起來，正是要重新打開這本誘人的旅行故事書。他說：「瞿秋白和葛蘭西作為『革命戰友』，應說是門戶相當。兩人均為知識分子型革命家，都是各自共產黨的領袖人物，共同關心的都是文化或『文化霸權/領導權』的問題。一個寫了數百萬言的《獄中筆記》，膾炙人口，如今成了西方『文化研究』的聖典，賽義德更是『言必稱葛』。另一個也有〈多餘的話〉傳世，文雖不長，意蘊無窮。可惜這篇真情流露的文字，為瞿秋白身後惹了不少麻煩，『文革』時被翻出來作為『叛徒』的證據，加上『左傾盲動主義』的路線問題，罪加一等。」[50]這樣的故事情節梗概，一望而知，肯定是一部蕩氣迴腸的歷史小說。

可惜的是，劉康最終在《美學與馬克思主義》裏，只稍稍對二人的思想作出了較為概略的平行比較分析。他在書中主要指出了瞿秋白和葛蘭西四個相通的地方：一、二人的思想都把文化革命問題置於最重要的位置；二、二人都認為知識和道德的改革任務必須與國/民文化運動緊密連結起來；三、二人都認為必須要開拓一種新型的革命語言和審美形式；四、二人都在自己的思想中根本地改寫了經典馬克思主義的「經濟主義」傾向。[51]劉康這四個觀察無疑把握着瞿秋白和葛蘭西在文化和文化革命問題上可以相互溝通的地方，但他的討論卻稍稍偏離二人思想的根基：為複雜多變的革命政治戰略提供理論和思想基礎。

我們估計，劉氏論述上的偏向可能與他借助的《瞿秋白文集》版本有關。因為劉氏依據的版本是1953年至1954年間人民文學出版社發行的四卷本文集。[52]正如該文集的編者在序言中所指出的，這套文集只包括瞿氏在文學方面的著譯作品，「瞿秋白同志關於政治方面的遺著，將另行處理。」[53]及後，人民文學出版社和人民出版社從1985年起重新編輯《瞿秋白文集》，把文集分成「文學編」和「政治理論編」，這套文集到1998年才正式出齊。新的文集共十四卷，「文學編」六卷，基本上涵概了舊文集的所有作品；「政治理論編」共八卷，全是新整理和結集的文本。而瞿秋白有關「領袖權」理論的重要著作，絕大部分都收錄於「政治理論編」裏。因此，在這套新文集所提供的原始資料的基礎上，我們有必要重新整理瞿秋白有關「領袖權」的思考，並將之與他政治思想的其他組成部分，重新連接起來，作更為深入的探討。

及至2008年，中國大陸學界才出現兩篇較為系統的對瞿秋白和葛蘭西二人思想的比較研究，亦即聶長久和張敏的〈論瞿秋白和葛蘭西國家觀差異的社會根源〉和張志忠的〈在熱鬧與沉寂的背後——葛蘭西與瞿秋白的文化領導權理論之比較研究〉。聶長久和張敏的論文將研究重點集中在二人國家觀的比較上，藉此凸顯「二者國家觀的深刻差異源於中西不同的社會環境」，[54]卻因而忽略了二人所共同分享的、共產國際所提供的有關「領袖權」問題的理論資源。而張志忠的論文則是直到2008年為止，最為詳盡的二人思想的比較研究。但可惜的是，張氏明顯受限於西方馬克思主義者在葛蘭西「領袖權」理論詮釋上的文化偏向，以致張氏在有意無意間，將瞿秋白和葛蘭西在「領袖權」理論問題上的貢獻，局限在「文化領導權」的範疇上。[55]

但我們希望指出的是，無論對於瞿秋白還是葛蘭西而言，「領袖權」理論都首先意味着左翼革命發展過程中所形成的一個具體的政治策略和方案。「文化問題」在這個理論中固然佔據着重要的位置，但它卻並非這個理論的核心部分。[56]用瞿秋白的話說來，這個理論的真正核心問題應該是：「國民革命的聯合戰線裏**誰應當是革命之領袖階級**(class-hegemony)？並說明無產階級與資產階級**互爭**革命之**領袖權**(hegemony)的意義。」[57]因此，瞿秋白和葛蘭西在「領袖權」理論問題上的貢獻，不能被局限在「文化問題」的範疇裏，而應重新將之理解為二人對上述的核心政治策略問題的創造性回應。

正是出於對二人思想根基的理解，我認為應該緊跟瞿秋白的思路，把hegemony譯成「領袖權」，而非「霸權」、「文化霸權」，甚或「文化領導權」。事實上，瞿氏的譯法或許更接近於葛蘭西的想法。我們不要忘記，葛蘭西的「領袖權」理論的重要組成部分，恰恰就是從馬基雅維利(Niccolò Machiavelli)的思想改寫而成的「現代君主」(Modern Prince)論。雖然他心目中的「現代君主」是集體決策的現代群眾政黨，但他卻以擬人法將這個集體政治主體比喻為「現代君主」這個劇場角色。他並以讚嘆的口吻評價馬基雅維利的《君主論》(*Il Principe*)：「《君主論》的根本特徵在於，它不是甚麼成體系的論述，而是『活生生的』書：政治意識形態和政治科學在這裏以戲劇性的『神話』形式融為一體。〔……〕這樣的論述給他的觀念賦予了幻想和藝術的形式，從而把說教和理性的因素凝結在了一位僱傭軍首領(condottiere)的身上，此人形象而『擬人化』地表現為『集體意志』的象徵。」[58]毫無疑問，瞿秋白所提出的「領袖權」譯法，更貼近於葛蘭西這個「活生生的」劇場形象。

第二章

現代君主與有機知識分子

第一節 雅各賓黨人與無套褲漢

1926年7月，廣東的國民革命政府為了衝破在軍事上被軍閥包圍和進攻的險境，於是決定出師北伐。為了響應國民革命軍的北伐進軍，中共和上海工人群眾在1926年10月到1927年3月期間，先後發起了三次武裝起義。1927年2月，北伐軍佔領了杭州和嘉興。中共為了配合北伐軍的進攻，決定發動上海工人群眾，舉行第二次武裝起義。在中共的領導下，上海總工會於2月19日晨發布了總同盟罷工令，當天就有15萬人參加了罷工，接着舉行了第二次起義。[1]這次起義最後還是失敗了。瞿秋白的第二任妻子楊之華當時親身參與了這次起義的宣傳工作，按照她的回憶：「由於蔣介石的陰謀，北伐軍沒有按時進攻上海，使工人群眾單獨同孫傳芳的軍隊作戰；同時，黨在反動軍隊和中間階層中的工作做的不夠。所以，這次起義也失敗了。」[2]

2月23日晚上，瞿秋白和楊之華一起參加了中共中央和江浙區委的聯席會議。會上，瞿氏就這次起義的教訓和下次起義的問題作出了系統的發言。會議經過討論後，認為根據當時形勢，這次起義已難取勝。為了保存實力以備第三次起義，會議決定由上海總工會下令工人復工。會議過後，瞿秋白檢討和總結了起義的失敗經驗，倉促擬就了〈上海二月二十三日暴動後之政策及工作計劃意見書〉，提交給2月25日的中共中央特別會議討論。[3]

3月中旬，在第三次起義前幾天，瞿秋白奉黨中央的命令，到武漢接手其他黨務。3月20日晚上，中共得到北伐軍佔領龍華的消息，決定舉行第三次起義。翌日中午，上海總工會便發出了總同盟罷工令。數小時內，近80萬的工人隊伍已集結就緒。上海工人的第三次起義也隨之展開。雖然，當時蔣介石密令白崇禧「坐山觀虎鬥」，命令北伐軍按兵不動，企圖削弱工人群眾的力量；但經過兩天一夜的激烈戰鬥，上海工人還是取得了勝利，佔領了上海。[4]

1927年11月，上海泰東圖書局初版發行了蔣光慈的小說《短褲黨》。[5]蔣光慈這本小說正是根據上述第二次和第三次上海工人起義期間發生的事件改編而成的。蔣氏在小說的前言中這樣說道：「法國大革命時，有一群極左的，同時也就是最窮的革命黨人，名為『短褲黨』Des Sans-culottes。[6]本書是描寫上海窮革命黨人的生活的，我想不到別的適當的名稱，只得借用這『短褲黨』三個字。」[7]但按照鄭超麟的回憶，這個書名其實是由瞿秋白定的。他甚至認為：「蔣光赤[8]的《短褲黨》在某種意義上可以說是瞿秋白和蔣光赤合著的。文字是蔣光赤寫的，但立意謀篇有瞿秋白的成分〔……〕。」[9]

鄭超麟指出，瞿秋白把les sans-culottes譯錯了，此字不應譯成「短褲黨」，恰恰相反，它應當譯成「長褲黨」。鄭氏並進一步解釋道：「原來，法國貴族服裝有一個特別標誌，同平民不同，即是貴族要穿一種短褲，名為culottes，面料、做工都很講究，甚至繡了金絲銀絲，褲腳很短，只能蓋着膝蓋，小腿則穿着長統襪子，襪子也是做得很講究的。平民穿的是長褲，即現在的西裝褲子。」[10]我們現在已很難確定，究竟鄭超麟的回憶是否真確。但值得注意的是，瞿秋白後來在寫於1931年的〈學閥萬歲！〉中，曾經談及《短褲黨》。他說：「短褲黨是sans-culottes，這是巴黎大革命時候的暴民的稱呼。暴民**專制**正是《短褲黨》那篇小說的理想。幸而作者有些飯桶，這種主要理想沒有顯露透徹。」[11]換言之，無論「短褲黨」這個題目是否真的出自瞿秋白手筆，我們都可以確定，瞿氏跟蔣光慈一樣，認為1927年的上海工人可以媲美法國大革命時期的sans-culottes。瞿氏甚至認為，《短褲黨》本應寫出「暴民**專制**」的理想，但蔣光慈卻無法在小說中把這個理想寫得透徹。

誠如霍布斯鮑姆(Eric Hobsbawm)所言，「當一個受過教育的非專業人士思考法國大革命時，他主要想到的是1789年的事件，特別是共和二年的雅各賓共和(Jacobin Republic)。我們看得最清楚的形象是羅伯斯比爾(Robespierre)，身材高大、好賣弄才華的丹東(Danton)，冷靜而且革命舉止優雅的聖茹斯特(Saint-Just)，粗獷的馬拉(Marat)、公安委員會、革命法庭和斷頭臺。」[12]在這些政治明星和革命景觀的耀眼光芒下，我們往往會忘記那群由低下階層市民組成的「無套褲漢」或「長褲黨」。如今，「無套褲漢」這個名稱大多被人遺忘，或只是作為在共和二年對他們提供領導的雅各賓黨的同義詞而被人提起。然而，沒有這群毫不起眼的無套褲漢支持，恐怕羅伯斯比爾所領導的雅各賓黨也很難推翻君主制度，並進而取替維護工商業資產階級利益的吉倫特黨(Girondins)。[13]

馬斯泰羅內(Salvo Mastellone)在《歐洲民主史》(*A History of Democracy in Europe: From Montesquieu to 1989*)中曾指出，雅各賓的民主理想是主張通過人民革命來實現民權平等這個「無套褲漢」的理想。這種理想主要源自盧梭(Jean-Jacques Rousseau)反對特權的社會契約論思想。這種理想主張：「真正的民主主義者應該相信人民的意志，而人民希望的是人與人之間的平等。當道德代替了個人主義、人民的正直代替了貴族的榮譽感、博愛代替私人利益的時候，民主才能實現。」[14]雅各賓黨認為，民主可以在一個共和國內實行，而作為人民政府的真正的共和國則應該走向平等，所以它必須摧毀社會和經濟的貴族政治。他們主張：「民主革命應該消滅財產上的巨大不平等，使窮人和被壓迫者恢復政治尊嚴。當每個公民都能夠自食其力之時，便是民主實現之日。」無論雅各賓黨還是無套褲漢，他們都相信革命的社會功能。他們都認為，共和制不能僅僅停留於一種政府形式，它還應該具備一種社會意義，「即應該成為公意的體現者，應該為居民中的貧困階層採取行動」。[15]

毫無疑問，瞿秋白所謂的「暴民**專制**」，指的正是雅各賓黨人和無套褲漢為成就社會平等和人民公意而採取的政治行動。如果說，在上海三次武裝起義期間的上海工人群眾等同於法國大革命時期的無套褲漢的話，那麼，瞿秋白等當時參與起義的中共黨員便應該是雅各賓黨人了。然而，在蔣光慈的《短褲黨》中隻字未提雅各賓黨人，這個象徵類比又是通過甚麼形象中介展現出來的呢？答案是列寧。在〈對瞿秋白的一些回憶〉一文中，鄭超麟便以見證人的身份，憶述《短褲黨》中各個人物的現實對應。他指出，小說中的重要人物楊直夫正是參照瞿秋白的現實形象寫成的。[16]楊直夫在小說的第四章現身，他是這樣出場的：

> 「呵，今晚上……暴動……強奪兵工廠……海軍放炮……他們到底組織得好不好？這種行動非組織好不行！可惜我病了，躺在床上，討厭！……」
>
> 在有紅紗罩着的桌燈的軟紅的光中，楊直夫半躺半坐在床上，手裏拿着一本列寧著的《多數派的策略》，但沒有心思去讀。他的面色本來是病得灰白了，但在軟紅色的電光下，這時似乎也在泛着紅暈。他這一次肺病發了，病了幾個月，一直到現在還不能工作，也就因此他焦急的了不得；又加之這一次的暴動關係非常重大，他是一個中央執行委員，不能積極參加工作，越發焦急起來。〔……〕[17]

小說提到的「列寧著的《多數派的策略》」，亦即著名的《社會民主黨在民主革命中的兩種策略》。1923年回國後，瞿秋白便反覆在他的著作中引述此書和《怎麼辦？》的理論觀點，藉此展開他對「領袖權」問題的探討。事實上，瞿氏在1924年一篇介紹列寧的文章中，便重點指出列寧對雅各賓黨人的認同態度。他並引述了列寧的原話：「誰拿『耶各賓[18]式』來罵人，他自己就是機會主義者。耶各賓派麼？這不是罵人的話。無產階級**組織**裏的人，既能有**階級的覺悟**，又能有耶各賓的精神，——是**革命**的社會民主黨。只想着大學教授和學生，怕那無產階級獨裁制，夢想德謨克拉西的**絕對**價值的人，真有齊龍黨[19]的色彩的，——便是**機會主義派**。」[20]在列寧的眼中，雅各賓精神成了階級覺悟的指標；一個真正革命的社會民主黨人必須同時具備雅各賓精神，否則這名社會民主黨人便不過是一名機會主義者。難怪當瞿秋白在〈自民權主義至社會主義〉裏，倡導中國的無產階級應該主動參與國民革命，並奪取革命的領袖權時，他會這樣説道：「然而現時真正共產派的運動在中國亦不過是『耶各賓』——最徹底的最左的民權主義運動。」[21]

究竟在瞿秋白的眼中，這位「耶各賓式」的社會民主黨人——列寧，會是怎樣的一號人物呢？在這一章裏，我們將重點探討瞿秋白在討論列寧一生功過時所提出的「歷史工具」論，並進而指出瞿氏的説法與葛蘭西的「現代君主」論和領袖權理論之間相互呼應之處。最終，我希望進一步指出，瞿秋白和葛蘭西等二十世紀初左翼知識分子對列寧的想像，如何深刻地影響着他們這群「有機知識分子」(organic intellectual)的自我定位。

第二節 從歷史工具論到現代君主論

1924年1月21日18時50分，列寧逝世。醫生在鑑定書上寫下的生病原因是，「因為用腦過度」引起嚴重血管硬化。致命的直接原因則是腦溢血。[22]1924年3月9日，《民國日報》出版了《追悼列寧大會特刊》。瞿秋白在《特刊》上發表了他的悼辭。這篇悼辭的題目相當特別——〈歷史的工具——列寧〉。瞿秋白在文章中開宗明義，劈頭便道：「列寧不是英雄，不是偉人，而只是二十世紀世界無產階級的工具。」他竟公然將這位剛剛逝去的「世界名人」等同於「工具」，真可謂大不敬。然而，對於一位鞠躬盡瘁的布爾什維克來説，這卻是最高的讚譽。

這一讚譽其實出自一種辯證唯物論的歷史觀。瞿秋白接着在文章解釋得很清楚：我們向來對於歷史上的偉人，都竭力崇拜，以為他們都是甚麼了不起的大人物，天賦異稟的奇才，能夠斡旋天地，變更歷史的方向。但他認為：「其實每一個偉人不過是某一時代，某一地域裏的歷史工具。歷史的演化有客觀的社會關係，做他的原動力，——偉人不過在有意無意之間執行一部分的歷史使命，我們方崇拜他這個人。」[23]換言之，歷史的大趨勢不會因為某人的存在而改變，因為歷史大輪運轉的原動力不是某個個人，而是「客觀的社會關係」。假使沒有列寧，世界帝國主義還是會崩潰，國際無產階級仍舊會發起社會革命，東方各國的平民仍舊會進行國民運動。列寧並非這些世界歷史運動的原動力，他的出現不過是讓全世界平民能自覺地、有組織地、有系統地推進這些革命事業而已。因此沒有了列寧，歷史依舊會向着這個大方向運轉；「不過若是沒有列寧，革命的正當方略，在鬥爭的過程裏，或者還要受更多的苦痛，費更多的經驗，方才能找着。」因此，列寧的偉大不僅在於他提出的共產主義理想，而更在於他能洞悉歷史的趨向，鼓起自己的革命意志，借助客觀環境之力，更有效地推進人類歷史的運動。「所以他是全世界受壓迫的平民的一個很好的工具。」[24]

事實上，早於1923年的〈自由世界與必然世界〉中，瞿秋白在討論到「個性天才」的問題時，便已對列寧作出了類似的評價：「**所以個性的先覺僅僅應此鬥爭的需要而生，是社會的或階級的歷史的工具而已**（如馬克思、列寧）。他是歷史發展的一因素，他亦是歷史發展的一結果。」[25]他認為，人的意識是社會發展之果，這種意識在歷史中形成以後會轉變為社會力量，反過來成為社會現象之因。然而，惟有當人類自覺到這種因果聯繫以後，人的意志才能成為「社會現象之有意識的因」。換言之，正因為這些「個性的先覺」在階級鬥爭的過程中，不斷發現歷史的「**必然**因果」，所以人類才能有效地運用各種因果律，使自己能夠從「必然世界」躍入「自由世界」。[26]而這也就是列寧一類「個性的先覺」介入和干預「歷史必然」運動的可能性空隙。

自此以後，這種歷史工具論便成了瞿秋白評斷歷史人物的標準。1932年，瞿秋白為《中學生》雜誌撰寫了一系列馬克思主義代表人物的介紹文章，其中包括〈馬克思和昂格思〉、〈列寧〉和〈托洛茨基〉等三篇文章。這時，他的歷史工具論再次充當了他評斷列寧和托洛茨基（Leon Trotsky）功過的標準。

〈列寧〉和〈托洛茨基〉兩篇文章同時發表於《中學生》雜誌第25期（1932年6月1日）上。只要簡單比較一下這兩篇文章，我們不難發現，瞿秋白再次借助他的歷史工具論，褒列寧而貶托洛茨基。按照「常識性」的說法，我們稱讚一位歷史人物，往往會用上「英雄」、「偉人」、「領袖」等稱號。但對於瞿秋白來說，這些稱號不但沒有褒揚之義，反而是他藉以揶揄歷史人物的諷刺性用語。在〈托洛茨基〉一文中，他劈頭便說：「托洛茨基是世界聞名的偉人。他只不過是偉人，〔……〕他參加了十月革命，而且他的參加是像煞一個領袖的參加，他和群眾是少有聯繫的。他自己承認他的『超出』於群眾之外，站在群眾之上的態度，是他青年時代就有的『偉人』性格。」[27]與此相反，當瞿氏評論列寧時，他卻說：「列寧從沒有自己要做領袖的那種英雄主義，他從沒有像一些可笑的偉人似的，自以為是站在群眾之上的先知先覺，或者是甚麼聖人，是道統的繼承者等等。」[28]

如此一來，瞿秋白那種沒有領袖地位的革命領袖觀，便呼之欲出了。瞿秋白從「群眾」的角度出發，一反常識性的想法，認為真正能夠領導世界社會革命的領袖，是「沒有故意製造自己的領袖地位」的領袖。列寧之所以能領導群眾運動，達成世界社會革命的目標，全因為他能走進群眾之中。他從沒有覺得自己跟普通人有甚麼特別不同之處，「他只是群眾之中的一分子，只是無產階級的一分子，他努力的工作、組織、研究、戰鬥，只是為着團結階級和群眾的力量，發見社會關係發展的公律和每一個時期的特點，而決定大家行動的方針，勇猛的，堅定的，刻苦的，精細的，熱烈的領導着群眾的鬥爭。」[29]換言之，惟有當革命領袖主動取消自己的「領袖地位」，成為「群眾中之一分子」時，他才能成為真正的革命領袖。

瞿秋白認為列寧和托洛茨基的最大分野，恰恰在於歷史行動主體認同上的分野。列寧把自己的認同放在「群眾」的一邊，托洛茨基把自己的認同放在「自己」的一邊。他透過對托洛茨基的自傳《我的生活》（*My Life: An Attempt at an Autobiography*）進行仔細的文本分析，指出托洛茨基對各種生活和歷史事件的評價和認識，實際上都只從「我」和「自己」出發，而且每每把「自己」置放於事件的中心位置。

瞿氏批評道：「他[30]是偉人，他對於一切派別的分析，並不用科學的方法，而只要用他的『偉大的自我』做中心，來決定派別的界限；出賣『我』的是一派，擁護『我』的是一派，旁觀的中立的群眾又是一派。」[31]瞿秋白所謂的「科學的方法」，指的正是他信仰的那種辯證唯物論。這裏，瞿氏的理論前提相當顯明，這種「科學方法」隱含着一種要求歷史行動和認知主體擺脱「自我」的認知模式。惟有徹底消除「自我」，讓自己浸沒於群眾的歷史運動之中，成為「群眾中之一分子」，歷史主體才能獲得一種洞悉歷史運動的「科學方法」。換言之，這是一個沒有「自我」主體的歷史主體，就像列寧是一個「沒有領袖地位」的革命領袖。

正正是因為列寧讓自己成為一個沒有「自我」主體的歷史主體，他才能獲得洞悉一切的歷史觀察力。正正是因為列寧是一個「沒有領袖地位」的革命領袖，他才能獲得一種「雖死猶生」的死後生命(afterlife)。早於〈歷史的工具——列寧〉一文中，瞿秋白已提出列寧「雖死猶生」的説法。他説：「列寧現在死了，——在他身後留着偉大的俄國共產黨，偉大的共產國際——革命平民的嚴密組織，照舊地進行他們的事業；因為組織已經成立，這列寧的精神並沒有死。」[32]因為列寧是一個「沒有領袖地位」的革命領袖，因為他已將自己完全浸沒於歷史性的群眾運動之中，化身成運動的組織，所以他獲得了另一種「物質化」的死後生命，亦即俄國的共產黨和共產國際的革命組織。

瞿秋白在發表了〈歷史的工具——列寧〉16天後，在《東方雜誌》再發表了一篇題為〈列寧與社會主義〉的文章。在這篇文章中，他更加清晰地闡述了自己這種列寧的「死後生命」論，並明確提出「雖死猶生」的概念。他説：「列寧的雖死猶生，並不僅僅因為他生前的思想或人格，卻因為他的主義已經現實化而成社會的組織，永久沒有死的團體。列寧雖死，列寧的革命事業還正在進行，所以列寧還並不能算是過去的人物。」[33]換言之，因為列寧將自己的理想「現實化而成社會的組織」，而這個組織在當時還未像雅各賓黨那樣成了「歷史的陳跡」，它還活躍於國際的政治舞臺，所以列寧還不能算是「過去的人物」。因此，列寧從來都不是「英雄偉人」，「他不僅留一個『名』，留一個『人格』、『道德』、『精神』與後人敬仰」；他還留下了一個無產階級的革命黨、新國家甚至國際組織。[34]

如此一來，列寧便能透過他的死後生命，將自己從「歷史的工具」轉化成「革命組織的象徵」。[35]這種「革命的象徵」實際也就是葛蘭西在《獄中札記》中重點闡述的「現代君主」或「神話－君主」(myth–prince) 概念。葛蘭西在書中〈關於馬基雅維利政治學的札記〉(“Brief Notes on Machiavelli’s Politics”) 一節中，透過對索列爾 (Georges Sorel)「神話」概念的批判性接受，把馬基雅維利的「君主」概念重新闡釋成「神話－君主」的概念。這裏，我們有必要先對索列爾的「神話」概念作一點簡單介紹。

索列爾在《論暴力》(*Reflections on Violence*) 的第四章中這樣寫道：「我們在神話裏往往能找到一個民族、一個政黨或者一個階級的最強烈願望，這些願望在生活的所有環境裏，會以堅定的本能的形式進入人們的腦袋，會賦予未來的行動願望 (它是改革意願的基礎) 以一種完全現實的外表。我們知道，這些社會神話不會阻止一個人從觀察生活中得到好處，也不會影響他從事正常的職業。」[36]對於索列爾來說，「神話」雖然是對未來行動的強烈願望，但它卻不單單停留於「願望」的層面，恰恰相反，「神話」更進一步，它同時包含了即時實現願望的行動意志。十八世紀的社會烏托邦構想只是空想的幻影，它們不過是無法落實的幻想計劃，然而，因為它們與「革命的神話」纏結起來，這些幻想的未來圖景卻激發起為我們帶來更深刻改變的法國大革命。因為法國大革命不單是一種對未來的烏托邦幻想，它更是一種現實的政治行動意志。如此一來，我們才能明白，為何索列爾要求「我們必須把神話視為當前行動的一種手段」。[37]

然而，當索列爾在《論暴力》中構想他的「神話」理論時，他心目中「神話」的完美體現方式，還只停留於工團主義 (syndicalism) 的「總罷工」這個象徵上。葛蘭西認為，這種神話是「非建設性的」(non-constructive)，它所激發的集體意志還只停留於初級階段。這種初步形成的集體意志，很可能會在頃刻間化為烏有，分解成無數的個別意志，並紛紛背道而馳，各自走向自己肯定的方向。因此，如果我們真的相信索列爾，以為「一切預先制定的計劃都是烏托邦的和反動的」，那麼，我們便只能肯定非理性的衝動、「機遇」(亦即柏格森意義上的「生命衝動」〔élan vital〕)或「自發性」了。葛蘭西認為，索列爾忽略了一點，「那就是從來沒有破壞或否定可以不暗含着建設或肯定而存在」。正是在這一點上，葛蘭西引入了他的「現代君主」或「神話－君主」概念。這個「神話－君主」不是某一現實人物或具體個人，恰恰相反，它是一個有機體、一個錯綜複雜的社會要素，它是由集體意志凝聚而成、具備一套明確黨綱的「政黨」。[38]至此，葛蘭西心目中的「現代君主」便呼之欲出了，那當然就是蘇俄的布爾什維克黨。

在這節札記中，葛蘭西更隨即指出，一種個人「克里斯瑪的」(charismatic)領袖魅力，根本不能夠在現代政治領域中產生持久的影響。因為它的力量並非來自一種「有機的性質」，所以它根本不足以奠定新的國家、新的民族和社會結構。[39]這裏，我們不難發現瞿秋白對列寧和社會主義運動兩者關係的構想，恰好符合葛蘭西的「現代君主」論。因為在瞿秋白的心目中，列寧正好是一個否定了「克里斯瑪的」領袖魅力的革命領袖。他不是作為一位「偉人」而存在，恰恰相反，他之所以能成為「革命組織的象徵」，正正是因為他把自己完全浸沒於群眾運動的大海之中，將自己轉化進由集體意志塑造而成的、組織化的「布爾什維克黨」。而瞿秋白所謂的「革命組織的象徵」，實質上亦即葛蘭西所謂的「神話－君主」。

第三節 有機知識分子與社會集團

麥克萊倫(David McLellan)的《馬克思以後的馬克思主義》(*Marxism after Marx*)，如今已是馬克思主義研究領域的經典之作。他在書中討論葛蘭西的章節中曾直接指出：「葛蘭西一直被稱為上層建築的理論家，而最能清楚地說明他受如此看待的原因，莫過於知識分子的作用在他思想中所佔據的中心地位。馬克思依據的是體力勞動和腦力勞動的區分，在更為狹隘的傳統意義上使用知識分子這一術語，與此相反，葛蘭西則是以寬泛得多的方式來使用知識分子這一概念的。在葛蘭西看來，以往對智力活動標準所作的定義過於狹隘了。」[40]麥克萊倫這段「蓋棺定論」，其實只說對了一半。不錯，在馬克思主義的研究領域裏，葛蘭西確實是最早的上層建築理論家之一，知識分子問題確實也是他思想中的一個核心組成部分。但在二十世紀初馬克思主義的思想領域裏，葛蘭西有關上層建築和知識分子的理論探討，卻並非甚麼開創性的獨到見解。葛蘭西在這兩方面的不少理論前提和意見，不過是當時的馬克思主義者共同分享的想法而已。他的貢獻在於，他能靈活結合自己的社會運動經驗和對意大利歷史的考察，對這些理論問題作更深入的討論，而不是提出了甚麼全新的想法。

在瞿秋白的寫作生涯裏，知識分子問題一直都是他反覆論述和探討的議題，但他卻沒有以集中的理論探究方式介入到這個議題的討論。他的知識分子論，散落於他依據各種不同的政治形勢和場合撰寫的報道、政論和文學評論文章。以下我們嘗試把瞿秋白有關知識分子的論述與葛蘭西的相關論述並列起來，進行比較分析，一方面希望藉此凸顯那一代馬克思主義者對知識分子問題所採取的某些共同見解和思考取徑，另方面則希望從這個問題入手，進一步了解瞿秋白和葛蘭西那一代知識分子在左翼政治運動中所面臨的自我定位問題。最終，我們會發現，這個知識分子的定位問題，其實與我們在上文探討的「現代君主」或政黨問題密切相關。

早於1922年，瞿秋白便在題為〈知識階級與勞農國家〉的報道中，為「知識分子」下了一個定義。他當時借用了伊凡諾夫·臘朱摩尼克(Ivanov-Razumnik)[41]在《俄國社會思想史》(*History of Russian Social Thought: Individualism and Philistinism in Russian Literature and Life in the Nineteenth Century*)中的相關說法，指出：「『知識階級』有兩種解釋：一，是社會的階級，醫生、律師、教員、教授、大學生、工程師、官僱的普通職員等，所謂自由職業者。既不是資產階級，又不是無產階級，亦不是出產的小農手工業者，然而在政治經濟上的地位，無確定的立足地，以社會心理而論，大半都有小資產階級性。二是思想的流派，非階級的，非職業的〔……〕。」[42]從這個定義出發，瞿氏在文章中繼續就「知識分子」的社會特性作進一步的引伸發揮。他認為，任何國家社會，都有它自身的「思想機關」，這一「思想機關」負責引導社會的思想邁向文化的進程，並始終被視為「新的美的真的善的燈塔」。而這一「思想機關」指的正是「知識分子」。因此，無論資產階級社會、無產階級社會，還是貴族階級社會，都會有屬於該社會的知識分子。[43]

葛蘭西認為，人們在定義「知識分子」範疇時常犯的一個最普遍的方法錯誤，是試圖從知識分子活動的本質特性入手去尋求識別的標準，於是，我們便常常把知識分子誤認為「獨立的」、自治的和具有自我特性的社會群體。[44]可以說，瞿秋白從一開始便避開了這個葛蘭西所說的「最普遍的方法錯誤」，他沒有把知識分子理解為「獨立自主的」社會群體，恰恰相反，他把知識分子理解為隸屬於各種階級社會的「思想機關」。他與葛蘭西一樣，敏銳地意識到：「每個社會集團（social group）既然產生於經濟社會原初的基本職能領域，它也同時有機地製造出一個或多個知識分子階層，這樣的階層不僅在經濟領域而且在社會與政治領域，將同質性以及對自身功用的認識賦予該社會集團。」[45]換言之，知識分子的所謂「獨立自主」從來都不曾存在，他們不過是各個主導性社會集團[46]有機地生產出來的附屬階層，其主要功能是為該社會集團提供其集體同質性和集團功能的自我認知。因此，無論是瞿秋白還是葛蘭西，都同樣認為，任何知識分子都必然與某個主導社會集團「有機地」連結起來。

及至1923年的〈政治運動與智識階級〉一文，瞿秋白更進一步清楚道明知識分子的這種依附特性，並按照當時中國的歷史發展狀況，重新對中國知識分子進行初步的類型劃分。在文章中，他把當時中國的知識分子劃分為兩種不同的類型：一是在中國傳統宗法社會裏產生的「士紳階級」，一是在新經濟機體裏膨脹發展的「新的智識階級」。前者在以往的宗法社會裏或許曾是「中國文化」的代表，但經歷了外國資本主義帝國主義的入侵以後，宗法社會制度在1900

年前後已經漸露崩壞之象。隨着科舉的廢除，世家的敗落，「士紳階級」也日趨沒落，不得不成為社會的贅疣，用瞿秋白慣用的術語形容，便是「高等流氓」。他們在1920年代的中國，只能以政客和議員為職業；在官僚式「財政資本」的畸形社會狀態中，無可避免地成為「軍閥財閥的機械」。至於「新的智識階級」，指的是學校的教職員、銀行的簿記生、電報電話汽船火車的職員，以及青年學生，他們既是「新經濟機體裏的活力」，也是為勞動平民發言爭取的喉舌和利器。[47]換言之，對於瞿秋白來說，知識分子從來都不是獨立自主的「主體」，他們不過是「社會的喉舌」，代表着不同的政治傾向和社會集團。他說：「一方是軍閥的兵匪，一方是平民群眾，政客和學生不過是雙方之『輔助的工具』，此等輔助的工具往往先行試用，不中用時，主力軍就非親自出馬不可。」[48]說到底，無論「士紳階級」還是「新的智識階級」，都不過是軍閥財閥和勞動平民兩大社會集團的輔助工具而已。

與此相對照，葛蘭西則在《獄中札記》裏，按照意大利的歷史狀況，把知識分子劃分成傳統知識分子和有機知識分子。傳統知識分子的典型是教士階層，他們長久以來壟斷了許多重要的公共事業，包括宗教意識形態（即當時的哲學和科學）、學校、教育、道德、司法、慈善事業、社會救濟等。教士階層是與土地貴族有機地結合在一起的知識分子階層，它在法律上享有與貴族同等的地位。但隨着君主中央集權的加強，這個知識分子階層的範圍也逐漸擴大開來，於是，在意大利的歷史裏，我們可看到行政管理人員等階層的形成，還有學者和科學家、理論家、非教士階層的哲學家等不同種類的傳統知識分子的形成。然而，隨着時間的推移，這些傳統知識分子開始發展出一種「行會精神」，這種團體精神使他們開始感到自己群體的歷史連續性和團體特性，他們遂自認為能夠自治並獨立於主導的社會集團之外。正是基於以上對傳統知識分子的診斷，葛蘭西把文人、哲學家、藝術家和新聞記者等知識分子群體，統統都歸入「傳統知識分子」的類型。因為他們都自認為能獨立於主導社會集團之外，自命為「真正的」知識分子。[49]

至於有機知識分子，則是葛蘭西所謂的「新型知識分子」(new type of intellectual)。葛蘭西認為，每個新崛起的階級，都會在自身發展的過程中，伴隨自身一道創造和培育出隸屬於該階級的有機知識分子。這些知識分子大都是在新階級所彰顯的新型社會中，從事某些基本活動的「專業人員」。而在現代社會中，與工業勞動緊密相連的技術教育，便構成了新型知識分子的基礎。葛蘭西還為這類工業社會中的新型知識分子貼上另一個標籤：「城市型知識分子」(intellectuals of the urban type)。這類型知識分子伴隨工業的發展同步成長，他們同工業的命運息息相關。在工業生產中，他們並不主動制定建設計劃，他們的工作是聯絡企業家和工人之間的關係，同時控制基層員工，保證及時完成工業高層人員所制定的生產計劃。這種一般的城市型知識分子，亦即工廠技師。相對於完全傾向於智力活動的傳統知識分子，這些有機知識分子更有希望使知識分子活動與肌肉－神經勞動之間的關係趨向新的平衡，並且保證肌肉－神經勞動本身能成為一種新的完整世界觀的基礎。[50]

在葛蘭西心目中，正於現代社會崛起的主導性社會集團是無產階級，他把在這個集團中有機地生產出來的工廠技師階層視作新型的有機知識分子，在理論上是相當合理的。但就在這一點上，我們碰到兩個實際的問題：

一、葛蘭西本身的職業也是報章作家和黨報編輯，亦即他自己所謂的傳統知識分子。這樣，他怎麼解釋自己在社會主義運動中的身份問題呢？他可以怎樣設想他這一類「傳統知識分子」跟無產階級這個新興社會集團之間的關係呢？

二、在資本主義的社會裏，無產階級是一個受盡剝削和壓迫的社會集團，他們的生活和發展條件都受到相當大的限制。在這種狀況之下，他們又何來足夠的資源，培育出自己的有機知識分子呢？早於1921年，瞿秋白便從中國的現實狀況發現了這個問題。他在當年1月所寫的〈中國工人的狀況和他們對俄國的期望〉中指出，中國手工業工人的狀況是相當困難的。他們的工作時間沒有限度，一般每天工作12小時以上。手工業工人的工資取決於當地人口密度和生活水平，在有些地方他們勉勉強強地過着苦日子。這些工人因為知識水平極低，不僅不知道世界上發生的任何大事，也完全不知道在俄國發生了革命，建立了蘇維埃政權。他們甚至不知道發生在中國的事情。這些工人的生活暗無天日，他們從早到晚做工，僅僅勉強維持自己和家人的生活，農民的狀況就更加可憐。所以，他說：「中國的無產階級沒有文化，由於工業和農業不發達，而無法組織起來。在這樣悲慘環境裏的中國無產階級確實看不到光明。」[51]

葛蘭西在《獄中札記》討論知識分子的章節中，並沒有談及他眼中的意大利工人階級狀況，但他卻顯然意識到這些問題。因此，他在〈城市型和鄉村型知識分子的地位差別〉("The Different Position of Urban and Rural-Type Intellectuals")一節中，引入了對知識分子和政黨兩者關係的討論。在這一則札記中，葛蘭西區分了兩種與知識分子問題相關的政黨特性：他首先指出，對於某些社會集團來說，政黨成了它們在生產技術領域以外、培育自己的有機知識分子的政治和哲學領域。因為這些社會集團的總體特徵以及它們形成、生活和發展的條件，迫使它們只能以這種方式來培育知識分子。葛蘭西這裏所說的社會集團，指的便是工人階級和農民階級。[52]

另外，對所有社會集團來說，政黨的功能便是在市民社會行使與國家在政治領域裏的同樣職能。換言之，政黨的職能便是培養其所屬的社會集團的人才，讓他們轉變成合格的政治知識分子、領導者以及市民社會和政治社會所有活動和職能的組織者。而在完成這個基本職能的過程中，政黨亦同時把某一主導性社會集團的有機知識分子和傳統知識分子結合起來。因為任何爭取主導地位的社會集團除了成功構造自己的有機知識分子外，還得在意識形態上同化和征服傳統知識分子。這樣，這個社會集團才能獲得領袖的地位。[53]

葛蘭西認為：「一個政黨所有的成員都應該被視為知識分子」。因為政黨最重要的功能是領導和組織方面的職能，亦即教育和知識的作用。如此一來，我們才能明白，葛蘭西為何會在另一則札記中指出：「成為新型知識分子的方式不再取決於侃侃而談，那只是情感和激情外在和暫時的動力，要積極地參與實際生活不僅僅是做一個雄辯者，而是要作為建設者、組織者和『堅持不懈的勸説者』〔……〕。」事實上，「政黨」恰好是一個社會集團發展歷程中的轉捩點，從這一點開始，這個社會集團的觀念從工作和科學技術的層面提升至人文歷史觀的層面。而這個社會集團的知識分子亦相應從「技術專家」轉化成「領袖」(directive)。[54]這也就是從「自在的階級」(class in itself)上升至「自為階級」(class for itself)這個著名的馬克思主義命題的意思所在。[55]

如此一來，葛蘭西便能透過「政黨」這一階級或社會集團的政治中介形式，重新將傳統知識分子和有機知識分子連結起來，揚棄(aufheben)了他那著名的知識分子二分法，並解決了傳統知識分子在社會主義運動的定位問題。事實上，這個解決辦法也是來自列寧的。

瞿秋白在〈列寧和社會主義〉一文中亦曾談及無產階級在民權革命中的領袖權問題。在這篇文章中，他更進一步解釋列寧在《怎麼辦？》中提出的那個著名命題：「要予工人以政治智慧，社會民主派應當往**各階級**間去，應當派遣自己的軍隊到**各方面**去。」瞿氏認為，列寧的想法其實包含着兩個方面：一方面，他認定除了工人階級之外，沒有別的階級能完成社會主義大業；但在另一方面，他卻認為，社會主義的理想只能從工人階級的外面灌輸進去，亦即從一群拋棄了資產階級的知識分子那裏灌輸進去。在列寧寫作《怎麼辦？》的時候，這種以革命為職志的知識分子組織便是俄國社會民主黨。列寧認為，階級社會的發展，必然撥出一群「非階級化的」(déclassé)的知識分子來：一部分充當資產階級在階級鬥爭中的軍師，一部分充當無產階級的軍師。因為資產階級社會裏的鬥爭不能不是政治的；而政治鬥爭需要專門人才，才能洞悉真正的階級利益所在，講到奪取政權，更需要這種人才的組織。然而，「無產階級處於資本主義壓迫之下，無從取得這種專門智識，社會的環境卻能使一部分智識者**不得不**受無產階級的**利用**。」[56]換言之，在列寧、葛蘭西和瞿秋白等當時的馬克思主義者心目中，知識分子問題從來都與政黨問題緊密連結起來。而礙於階級社會發展的歷史現實，他們不得不面對一個「反常的」歷史現象：在無產階級的社會主義運動中，無產階級一開始無法有效地生產出屬於他們自己的有機知識分子，而只能仰賴一群從舊階級中生產出來的傳統知識分子。而這群傳統知識分子則與無產階級的有機知識分子在「政黨」這一政治中介形式中重新結合起來，在社會主義運動中轉變成新型的有機知識分子。

在〈術語和內容問題〉（"Questions of Nomenclature and Content"）這則札記中，葛蘭西再次批評傳統知識分子那種獨立於社會集團的心態，並談到了傳統和新型知識分子的融合問題。他說：「每個新的社會機體（社會類型）都創造一種新的上層建築，它的專業化的代表和標準－載體（知識分子），只能被看做其本身來自於新的情境、而並不是先前背景『新』的知識分子。如果『新』的知識分子認為他們自己是以前的『知識分子』的繼續，那麼，他們就根本不是新的知識分子（就是說，不是和有機地代表了新的歷史情境的新社會集團相聯繫的知識分子），而是已經在歷史上被取代的社會集團的保守而僵死的殘餘〔……〕。」[57]換言之，如果傳統知識分子無法徹底清洗他／她和舊社會集團之間的情感和意識聯繫，他／她便無法成為一名「新型知識分子」。這無異於要跟自己過往的一切社會、文化和情感的連繫一刀兩斷，殊非易事。究竟是怎樣的具體歷史情境和個人體驗，促使瞿秋白和葛蘭西他們這群二十世紀初左翼知識分子作出如此重大的決定，與自己過往的一切一刀兩斷，無條件轉投另一個社會集團？我們初步認為，這跟這群知識分子對十月革命的理解和詮釋直接掛鈎。我們將在下一章裏集中討論這個問題，藉以提出我們的初步結論。

第三章

知識分子與二十世紀初的革命政治

第一節　十月革命與救贖

多伊徹(Isaac Deutscher)在他的名作《先知三部曲——托洛茨基:1879–1940》(*Trilogy of Prophet—Trotsky: 1879–1940*)中曾經指出，二十世紀初，第二國際繼承了過去一個世紀幾個革命時期(包括1848年的動亂、1871年的巴黎公社以及德國社會主義反對俾斯麥〔Bismarck〕的地下鬥爭)所提出的思想口號及信條。這些口號及信條表明了工人的國際團結和他們以推翻資產階級為目標的不可調和的階級鬥爭。但歐洲各國社會民主黨的實際活動，早已和這些傳統大不相同了。不可調和的階級鬥爭早已讓位於和平交易和社會改良主義。這些方法愈成功，社會民主黨和工會組成的一方與政府和僱主組成的另一方之間的關係，就變得愈益密切。在這些社會民主黨人眼裏，民族利益和民族觀點自然比繼承下來的國際主義口號更為實際。直到1914年，各國社會民主黨基本上仍沿用以往慣用的革命詞句，為他們的改良主義活動辯護。這些社會民主黨領袖口頭上仍然承認馬克思主義、國際主義和反軍國主義，但大戰爆發的第一天，他們卻紛紛背棄這些信條。[1]

誠如佩里·安德森所言，大戰爆發，歐洲各國馬克思主義理論家隊伍隨即發生內部分裂。在老一輩的馬克思主義者中，考茨基

(Karl Kautsky)和普列漢諾夫等選擇了社會沙文主義，並支持他們各自(相互對立)的帝國主義祖國；梅林(Franz Mehring)則堅決拒絕與德國社會民主黨的投降行為打交道。年輕的一輩，如列寧、托洛茨基、盧森堡(Rosa Luxemburg)和布哈林等，則全力抵制戰爭，並譴責各國社會民主黨組織背棄了國際工人運動。這些組織在這場早就預言過的資本主義大屠殺中，公然站到各交戰國政府的一方，贊成這場帝國主義戰爭。隨着大戰爆發，第二國際在一周內土崩瓦解。[2]

盧卡奇(Georg Lukács)的早期名作《小説理論》(*The Theory of the Novel*)成書於1914年夏季到1915年冬季期間。他後來在1962年的〈序言〉中憶述成書經過時，認為此書的寫作動機，直接源於1914年第一次世界大戰的爆發，也源於社會民主黨支持戰爭的態度對左翼知識界所產生的影響。他説，自己對於戰爭，尤其是對於當時社會上普遍的狂熱支持戰爭的情緒，他個人的內心深處持一種強烈而全面的拒斥態度。[3]他憶述：

> 我想起1914年晚秋和瑪麗安妮・韋伯(Marianne Weber)夫人[4]的一次談話。她對我描述了好些英雄主義的個別具體行動，希望以此反駁我在這方面的牴觸態度。我僅僅回答説：「愈好，也就愈糟。」這時，我嘗試着用自覺的語言來表述自己情緒化的看法，並大致形成了如下認識：中歐列強可能打敗俄國，這將導致沙皇統治的垮臺，我支持這種結局。但同時也存在着西方國家擊敗德國的可能性，如果這能夠導致霍亨佐倫(Hohenzollern)王朝和哈布斯堡(Habsburge)王朝的垮臺，我將同樣表示支持。但接下來的問題是：誰將把我們從西方文明的奴役中拯救出來？(如果最終的勝利屬於當時的德國，對我而言，這不啻於噩夢般的可怕前景。)[5]

可以説，對於盧卡奇一類的左翼知識分子來説，大戰的爆發意味着希望的徹底幻滅。在這樣的心境中，盧卡奇曾經打算採用《十日談》(*Dekameron*)式系列對話的形式來撰寫《小説理論》。他原本的構想是這樣的：「一群害怕受到戰爭的狂熱傳染的青年人逃出故鄉，就像《十日談》裏講故事的人們逃出瘟疫流行的村莊一樣；他們試圖通過那些逐步引向本書所討論的問題——也即對陀思妥耶夫斯基(Dostoevsky)的世界的看法——的對話，實現對自身的理解和相互間的理解。」他最終放棄了這個構想，但這個沒有實現的原構想卻見證了作者「對世界局勢的永久絕望的心緒」。而在這個絕望的深淵中，1917年俄國的十月革命，就像一道奇跡降臨的救贖曙光，照亮了那漆黑一片的歷史幽谷。[6]在《歷史與階級意識》(*History and Class Consciousness*) 1967年的新版序言中，盧卡奇自己便這樣見證道：「只有俄國革命才真正打開了通向未來的視窗；沙皇的倒臺，尤其是資本主義的崩潰，使我們見到曙光。當時，我們關於這些事變本身以及它們的基本原理的知識不僅十分貧乏，而且非常不可靠。儘管如此，我們——終於！終於！——看到了人類擺脱戰爭和資本主義的道路。」[7]

英國著名左翼歷史學家霍布斯鮑姆曾斷言：「十月革命對二十世紀的中心意義，可與1789年法國大革命之於十九世紀媲美。」[8]在他所謂的「短促的二十世紀」(Short Twentieth Century)[9]裏，十月革命都或多或少催生了日後爆發的一連串全球各地的組織性革命運動。當代某些歷史學家認為，若非第一次世界大戰爆發，接着又有布爾什維克革命專政，沙皇俄國很可能早已蜕變成繁榮自由的資本主義工業社會。對於這類事後孔明的説法，霍布斯鮑姆不以為然。他的回答很簡單：「倘若回到1914年以前的時節，恐怕得用顯微鏡才找得着有此預言之人。」[10]上述盧卡奇的回憶見證，正好佐證霍布斯鮑姆的説法。另外，霍布斯鮑姆亦曾舉出當年一項有趣的調查，以證明十月革命在當年是一件順應民心的政治事件。

當年奧地利哈布斯堡政權的檢查人員曾留下這樣的記錄：十月革命成功以後，在1917年11月到1918年3月期間抽檢的信件中，三分之一表示，和平希望在俄國；另外三分之一認為，和平希望在革命；還有五分之一認為，和平的希望在俄國和革命，兩者缺一不可。[11]正是在這樣的社會氛圍中，葛蘭西在1918年寫下了〈反《資本論》的革命〉("The Revolution against *Capital*")一文。在這篇短論中，葛蘭西大膽宣稱，布爾什維克的十月革命否定了馬克思(Karl Marx)《資本論》中的某些結論。它打破了馬克思所制定的歷史發展公式，一下子躍過資本主義的歷史發展階段，直接進入社會主義的歷史進程。面對這個奇跡式的事件，葛蘭西不禁慨歎道：

> 在俄國，馬克思的《資本論》與其説是無產階級的書，不如説是資產階級的書。它批判地論證了事件應該如何沿着事先確定的進程發展下去：在俄國無產階級甚至還沒有來得及考慮它本身的起義、它本身的階級需要和它本身的革命之前，由於西方式樣的文明的建立，怎樣會必定產生一個資產階級，又怎樣會必定開始一個資本主義時代。但是，已發生的事件戰勝了意識形態。事件已經衝破了這種分析公式，而據歷史唯物主義的原則，俄國歷史好像應該按照這一公式發展。布爾什維克否定了卡爾·馬克思，並用毫不含糊的行動和所取得的勝利證明：歷史唯物主義的原則並不像人們可能認為和一直被想像的那樣是一成不變的。[12]

換言之，對於葛蘭西來說，時間突然脱軌了。歷史在革命的一瞬間突然摺疊起來，原本假設必須經過的種種發展過程，就像變戲法一樣，一下子在人們眼前消失無蹤。葛蘭西的傳記作者約爾(James Joll)曾根據這篇文章的觀點斷言，當時葛蘭西對馬克思主義的理解還十分膚淺。[13]但我們並不打算採納這個公認的評價。因為從約爾的觀點入手，我們漏掉的恰恰是對於那一代人來説最為珍貴的歷史體驗。惟有從這種主觀的歷史體驗出發，我們才能真正領會，十月革命對於當時身處歷史漩渦之中的知識分子來説，究竟意味着甚麼。

十月革命所釋放出來的救贖力量，其影響所及不僅遍及歐洲各國，更波及中國的知識分子。史華慈在《中國的共產主義與毛澤東的崛起》(*Chinese Communism and the Rise of Mao*)裏便曾指出，及至1919年，辛亥革命的失敗已日益明顯，孫中山領導的國民黨已四分五裂，形同散沙。孫中山的追隨者既沒有重整旗鼓，也沒有嘗試在群眾中進一步宣傳共和國和立憲的思想。袁世凱死後留下了權力真空，使一眾軍閥有機會奪取新政府的權力，操縱全部的立憲機構。

世界列強仍然繼續侵蝕中國的政治經濟生活，而日本的「二十一條」則充分説明了中國的軟弱無能。與此同時，軍閥、地主和高利貸的橫徵暴斂，再加上家庭手工業的衰落，使農民階級逐漸陷入貧困的深淵。「正是在這個最令人沮喪的氣氛中，列寧在俄國奪取了政權並宣布了他的救世主的啟示。」[14]

早於1917年3月，李大釗連續寫了〈俄國革命之遠因近因〉、〈俄國共和政府之成立及其政綱〉和〈俄國大革命之影響〉三篇文章，從各個不同方面評述俄國二月革命的起因和影響。及至1917年11月，俄國再次爆發十月革命。[15]李大釗則在翌年7月寫下〈法俄革命之比較觀〉，在文章中把俄國革命與法國大革命相提並論，並斷言：

> 法蘭西之革命，非獨法蘭西人心變動之表徵。俄羅斯之革命，非獨俄羅斯人心變動之顯兆，實二十世紀全世界人類普遍心理變動之顯兆。〔……〕吾人對於俄羅斯今日之事變，惟有翹首以迎其世界的新文明之曙光，傾耳以迎其建於自由、人道上之新俄羅斯之消息，而求所以適應此世界的新潮流，勿徒以其目前一時之亂象遂遽為之抱悲觀也。[16]

可以説，李大釗從一開始便把俄國革命理解為未來全人類希望之所在。而在另一篇寫於1918年11月的文章〈Bolshevism的勝利〉裏，李氏更談到一個相當有趣的觀點。李氏在文章中引述了倫敦《泰晤士報》一篇通訊的段落，把布爾什維克的勝利比作一種類似古代基督教的群眾運動。他引述了通訊員威廉氏（Harold Williams）的大段説話後，接着道：「這話可以證明Bolshevism在今日的俄國，有一種宗教的權威，成為一種群眾運動。豈但今日的俄國，二十世紀的世界，恐怕也不免為這種宗教的權威所支配，為這種群眾運動所風靡。」[17]李大釗這種以基督教運動類比十月革命的説法，在當時的歐洲其實相當流行。葛蘭西在1920年的一篇題為〈共產黨〉（"The Communist Party"）的文章中，便曾説道：「在索列爾之後，每當人們想提出關於現代無產階級運動的概念的時候，引證原始基督教會都成為一種時髦。」[18]可見李大釗引述的説法在當時頗為流行。

李大釗1918年起任北京大學圖書館主任，其後於1920年受聘於北大史學系，負責唯物史觀研究課程，並於同年在北京發起和組織馬克思主義研究會和共產主義小組。瞿秋白則從1919年春開始於北京大學當旁聽生，並於同年底至1920年初參加了李大釗的馬克思主義研究會。在有關俄國革命的評價問題上，瞿秋白受到李大釗的影響實不足為奇。

1921年1月，瞿秋白在〈中國工人的狀況和他們對俄國的期望〉一文中，劈頭便道：「最近九年，發生了三件大事：一、一九一二年在中國推翻了清王朝；二、一九一四年的歐洲大戰；三、一九一七年的俄國十月革命。這些事件，雖然規模不同，但是毫無疑問，其結果全都是破舊立新。」[19]中國雖為第一次世界大戰的勝利國，但在凡爾賽和會上，卻被置於與印度和朝鮮等國同等的地位。瞿氏認為，這一國際政治的現實，使「中國的無產階級心裏明白，威爾遜鼓吹的國際聯盟，對落後黑暗的中國是毫無幫助的。」[20]他在文章中並表示對蘇俄革命政府的敬佩，認為中國的無產階級惟有寄希望於蘇俄的社會主義共和國。他說：

> 我們尤為讚賞的是，你們的運動[21]不僅具有民族主義性質，而且具有國際主義性質；不僅是為了自己的個人幸福，而且是為了全世界工人階級。你們說過：「世界應當屬於勞動者」。我們將竭盡全力去取得徹底的勝利。希望由於你們的努力，全世界人民將覺醒起來。[22]

然而，如果說十月革命對於那一代的知識分子來說是一種救贖的希望，那麼，這種救贖的希望的實質內容又是甚麼呢？所謂「全世界人民將覺醒起來」的「覺醒」指的又是甚麼呢？

第二節　對真實的激情：二十世紀初革命政治的目標

無論是瞿秋白還是葛蘭西，他們都曾明確表示，不能把俄國的社會主義運動與傳統的烏托邦想像和基督教的信仰混同起來。瞿秋白在《餓鄉紀程》的緒言中便開宗明義，把蘇俄喻為「餓鄉」和「罰瘋子住的地方」。[23]他從來都沒有把蘇俄視為甜美安逸的烏托邦，恰恰相反，在他的想像中，俄國是一個沒有穿、沒有吃，饑寒交迫的「餓鄉」。[24]1921年初，當瞿秋白乘坐的列車進入西伯利亞的平原時，他便曾在自己的遊記中這樣寫道：「陰沉的天色，幾萬里西伯利亞的廣原，蒙着沉寂冷酷的雪影，寒意浸浸，天柱地軸都將凍絕。『冷酷』『嚴厲』的天然隱隱限制生活之逼促，雖令人失冥幻想像的烏托邦樂及優遊餘暇的清福，卻能消滅『抽象名詞愛』的妄想的所謂智識勞動的奢侈毒。」[25]換言之，對於瞿秋白來說，俄國之行為的不是尋找烏托邦的福樂，恰恰相反，他此行的目的正是要直接體察和感受蘇俄嚴酷的社會現狀，藉此了解共產主義政治實驗所面對的種種難題。

十月革命發生後不久，歐洲的左翼知識界有不少人認為，列寧是一個空想主義者，而不幸的俄國無產階級革命則是徹底的烏托邦幻想的犧牲品。針對這種流行的想法，葛蘭西在1918年曾撰寫一篇題為〈俄國的烏托邦〉("The Russian Utopia")的文章，予以批駁。他認為：「烏托邦思想在於不能把歷史設想為一種自由的發展，在於把未來看成是事先製作好的商品，在於相信事先制定的計劃。」[26]因此烏托邦是一種權力主義的表現，因為它要求人們按照預先制定的計劃和理論圖式行動。但與此相反，人類的歷史卻恰恰是一個自由的發展過程。人類的歷史與自然界的進化完全不同，它不是按照預先定下的規律的進化過程。葛蘭西認為，自由才是推動歷史發展的內在力量，這種力量誓必破除任何事先確立的圖式。[27]因此，「反《資本論》的」俄國革命恰恰不是人們所設想的那樣，是烏托邦幻想的產物，正相反，「俄國革命是自由的勝利」，它是為建立能夠保證最大自由的社會制度而進行的鬥爭與努力。[28]

另外，在〈共產黨〉一文中，葛蘭西亦明確指出，不能把共產黨和原始基督教會混為一談。因為，縱然如索列爾所言，「基督教的主張是達到全面發展的思想領域中的革命，即達到極限的、使得新穎而獨特的道德、法、哲學、美學關係體系得以建立的革命。」[29]然而，我們卻不能越過歷史為共產黨和原始基督教會各自定下的不同任務，將兩者等同起來。葛蘭西認為，我們應該把歷史事件視作自由發展的進程。因此，我們若要研究任何歷史事件，都得從每個事件的歷史現實狀況及其特殊表現入手。這樣，我們才能真正認識到，自由在某個特定的歷史時刻所表現的目標、制度和形式。他認為，任何革命，無論是基督教革命，還是共產主義革命，都是針對破壞和摧毀某個特定歷史時刻的現存社會組織制度，因此，要真正了解它們的歷史意義，我們便不能將它們剝離於各自的歷史語境，作胡亂的比附。[30]

葛蘭西認為，考慮到兩者不同的歷史語境，我們甚至可以得出這樣的結論：共產黨人絕不遜色於地下經堂時期的基督教徒。因為基督教向其信徒昭示的崇高抽象理想，由於其神秘的宗教魅力，而似乎能成為一種對英勇、殉教、苦行的獎賞和回報。為了使信仰上帝賞賜和永生福樂的信徒產生自我犧牲的心境，沒有必要讓他們具備意志和倔強的巨大力量。與此相反，李卜克內西(Karl Liebknecht)和羅莎·盧森堡一類為共產主義犧牲的黨員，他們從來都不會希求任何來世的福報，他們創業的目標是具體的、人道的和有限的。因此，他們比殉教的聖徒需要更強大的意志力和犧牲精神。[31]從不相信任何烏托邦的幻象，從不希求來世的福報，沒有了這一切心造的幻影，共產黨員還可以憑甚麼支撐他們的犧牲行為呢？究意是甚麼力量賦予他們強大的意志力？

或者，我們可以從巴迪悟(Alain Badiou)和齊澤克(Slavoj Žižek)所提出的「對真實的激情」(passion for the Real, *la passion du réel*)這個概念，[32]獲得解答的線索。在《歡迎光臨真實荒漠》(*Welcome to the Desert of the Real*)一書中，齊澤克提到了布萊希特(Bertolt Brecht)的一段軼聞。

1953年7月，布萊希特在從他的住所往劇院的途中，遇上一列蘇聯坦克。這列蘇聯坦克正開往斯大林巷，鎮壓那裏的工人叛亂。其後，布萊希特在他的日記中記下這件事情，並說當時自己穿插在坦克群中，使他有生以來第一次感到自己跟共產黨連結起來。齊澤克認為，這件事情並不表示布萊希特同意以殘酷的鬥爭來換取光榮未來的做法；更準確點說，在這件事情中，暴力本身的殘酷性被理解和認可為本真性的符號（the sign of authenticity）。齊澤克並嘗試借用巴迪悟的術語「對真實的激情」，進一步說明這個現象。他指出，相對於十九世紀以構想未來為重點的烏托邦式和「科學化的」政治計劃和理想，二十世紀則把其目標放在釋放物自身（the Thing itself）這個問題上，換言之，二十世紀的目標是直接落實被渴求的新秩序。對於二十世紀來說，其終極和確定的時刻是對真實的直接體驗（the direct experience of the Real）。

齊澤克所提出的「對真實的直接體驗」這個概念，牽涉到他對「真實」（the Real）和「現實」（reality）這兩個用語的劃分，需要稍作解釋。在《意識形態的崇高客體》（*The Sublime Object of Ideology*）中，齊澤克便曾討論幻象（fantasy）和現實之間的關係，他指出：「拉康（Jacques Lacan）認為，在夢與現實的對立中，幻象位於現實（reality）那一邊；正如拉康所言，它是一個支撐，能為我們所謂的『現實』賦予一致性。」[33]他並引用拉康在《精神分析的四個基本概念》（*Four Fundamental Concepts of Psychoanalysis*）中對弗洛依德（Sigmund Freud）「燒着孩子」之夢的新解，藉此作進一步的引伸：

> 一位父親連續幾天幾夜守在自己的孩子的病榻旁邊。孩子死後，他走進隔壁的房間躺了下來，但門開着，這樣他能從他的臥室看到他孩子停屍的房間，孩子的屍體四周點着高高的蠟燭。一個老頭被僱來看護屍體，他坐在屍體的旁邊，口中念念有詞地禱告着甚麼。睡了幾個小時後，這位父親夢到**他的孩子站在他的床邊，用力搖着他的胳膊，輕聲埋怨道：「爸爸，難道你沒有看見，我被燒着了。」**他驚醒過來，注意到隔壁房間裏閃着火光，於是急忙走過去，發現僱來的老頭已經沉沉入睡，一枝燃燒的蠟燭倒了，引燃了裹屍被和他心愛的孩子的一隻胳膊。[34]

通常對這個夢所作的分析，都會以下面的命題作基點：夢的功能之一就是幫做夢者延長其睡眠。做夢者突然暴露在來自外部現實的刺激之中，比如鬧鐘的響鈴、敲門聲等。為了延長其睡眠，他會快速當場構建一個夢：一個小場景，一個小故事，包括那些刺激性因素。不過外在的刺激變得過於強烈起來，主體便被驚醒了。但拉康的解讀卻與以上的解釋背道而馳。當外在刺激變得強烈的時候，主體並沒有叫醒自己；他被驚醒的邏輯與此大相徑庭。他先是構建一個夢，一個故事，以免驚醒自己使自己進入現實之中。但他在夢中遭遇的事物，他的慾望現實，即拉康式的真實(the Lacanian Real)——在上述的情形中，即孩子責備父親「難道你沒有看見，我被燒着了」這一現實，它暗示了父親的犯罪心理——比所謂的外在現實本身更加可怕，而這正是他驚醒過來的原因：逃避他慾望的真實(the Real of his desire)，他的慾望的真實(the Real)在可怕的夢中呈現了出來。他實際上逃進了現實(reality)之中，以便能夠繼續其睡眠、保持其盲目性、避免面對他慾望的真實。因此，可以說，「現實」(reality)是一個幻象建構(fantasy-construction)，它可以幫助我們掩藏我們慾望的真實(the Real)。[35]

意識形態的情形與上述的「幻象建構」邏輯毫無二致。意識形態並非夢一般的幻覺，它並非我們用來逃避難以忍受的現實(reality)的幻覺；就其基本維度而言，它是用來支撐我們「現實」(reality)的幻象建構；它是一個「幻覺」，能夠為我們構造有效、現實的社會關係，並因而掩藏難以忍受的、真實的(real)、不可能的內核。意識形態功能並不在於為我們提供逃避現實的出口，而在於為我們提供了社會現實本身，這樣的社會現實可以供我們逃避某些創傷性的、真實的內核。[36]換言之，所謂「對真實的直接體驗」指的是，與日常社會現實(everyday social reality)相對立，真實(the Real)以極端的暴力為代價，試圖剝去現實(reality)的虛偽一面。因此，難怪容格爾(Ernst Jünger)頌揚在第一次世界大戰戰壕中的肉搏戰，說肉搏戰才是主體之間本真的相遇。因為本真性正好寄寓在暴力逾越的行為(the act of violent transgression)之中。[37]

齊澤克以「對真實的激情」來概括二十世紀政治的目標，容或有商榷之餘地，但這個概念卻很適用於瞿秋白和葛蘭西等二十世紀初左翼知識分子的政治態度。事實上，我們只要把這一論述移置到瞿秋白和葛蘭西的語境中，便不難發現，十月革命正正是齊澤克所說的本真性事件。恰恰是十月革命的發生，搖動了人們對歷史發展的既定認識，它以其反常的存在狀態，打破了日常社會現實（reality）的幻象建構，產生了一種象徵性的「暴力效應」。十月革命或許比第一次世界大戰更能體現齊澤克所說的本真性，因為它的事件發展邏輯比第一次世界大戰更反常，更具打破日常社會現實的「暴力效應」。鄭異凡曾指出，有人指責布爾什維克黨搞暴動，製造流血事件。但按照當年的目擊者蘇漢諾夫（Nikolai Nikolaevich Sukhanov）的說法，其實彼得格勒的武裝起義進行得相當和平，「軍事行動頗像在城市的一些重要政治中心裏的換崗」。交戰雙方的傷亡人數並不多，戰鬥很快便告一段落。但後來在1918年春，俄國的資產階級在帝國主義列強的支持下發動了國內戰爭，這場內戰倒真的造成了數以百萬計的人員死亡。[38]值得注意的是，1920年代初，瞿秋白赴俄考察之時，正好就是這場內戰到達尾聲之時。

巴迪悟和齊澤克所提出的「對真實的激情」的概念，正好幫助我們理解二十世紀初左翼知識分子的主體模式。以葛蘭西的方式說來，這種「對真實的激情」恰恰就是自由的歷史發展在二十世紀初這個特定的時刻所體現的文化形式。其實，無論瞿秋白還是葛蘭西，推動他們的主要驅力都是這種「對真實的激情」，他們的目標都是直接落實被渴求的新秩序，而非單純追求以構想未來為重點的烏托邦式和「科學化的」政治計劃和理想。因此要徹底了解二十世紀初的左翼知識分子，我們便不得不拋棄過往把共產主義運動理解為「十九世紀烏托邦和科學化的政治理想」的陳腔濫調，重新把歷史詮釋的坐標調校至二十世紀革命政治「對真實的激情」的維度上。如此一來，我們才能明白，瞿秋白和葛蘭西等二十世紀初左翼知識分子，何以會選擇與自己過往的一切一刀兩斷，無條件轉投另一個社會集團，將自己重新煉成一個新型的「有機知識分子」。

第二部分

生命衝動、革命政治與菩薩行

第四章

柏格森、唯識宗與革命政治

第一節　瞿秋白、瞿世英與柏格森

1920年10月16日，瞿秋白、俞頌華和李宗武一行三人一早到北京東車站，打算乘火車到天津，然後轉車北上，到俄國去。那天，前往車站送別的，除了瞿秋白的堂兄瞿純白和幾位親戚兄弟外，還有《新社會》(*The New Society*)和《人道》(*Humanité*)雜誌的編輯同人瞿世英、耿濟之和鄭振鐸等人。[1]《餓鄉紀程》第五章記錄了送別的情景，並收錄了由瞿秋白、瞿世英、耿濟之和鄭振鐸等人撰寫的贈別詩。這三首有趣的贈別詩，分別為耿濟之和鄭振鐸的〈追寄秋白宗武頌華〉、瞿世英的〈追寄頌華宗武二兄暨秋白侄〉和瞿秋白的〈去國答《人道》〉，後來均發表於1920年10月25日的北京《晨報》上。在三首詩中，要數瞿世英和瞿秋白寫的兩首最引人注目，現抄錄二詩如下：

追寄頌華宗武二兄暨秋白侄

菊農

回頭一望：悲慘慘的生活，烏沉沉的社會，
　——你們卻走了！
走了也好，走了也好。

　只是盼望你們多回幾次頭，
看看在這黑甜鄉酣睡的同人，究竟怎樣。

要做蜜蜂兒，採花釀蜜。
　不要做郵差，只來回送兩封信兒。

太戈爾道：「變易是生活的本質。」
柏格森說，宇宙萬物都是創造，——時時刻刻的創造。

你們回來的時候，
希望你們改變，創造。

我們雖和你們小別，
　只是我信：
我們仍然在宇宙的大調和，
　普遍的精神生活中，
和諧——合一……[2]

去國答《人道》

秋白

來去無牽掛，
來去無牽掛！……
說甚麼創造，變易？
只不過做郵差。

辛辛苦苦，苦苦辛辛，
幾回頻轉軸轤車。

驅策我，有「宇宙的意志」。
歡迎我，有「自然的和諧」。

若說是——
採花釀蜜：
蜂蜜成時百花謝，
再回頭，燦爛雲華。

天津倚裝作。[3]

在這兩首詩裏，生命哲學的用語可謂俯拾即是。最明顯的兩句是：「太戈爾道：『變易是生活的本質。』／柏格森說，宇宙萬物都是創造，——時時刻刻的創造。」與之相伴，還有「改變」、「創造」、「宇宙的大調和」、「普遍的精神生活」和「宇宙的意志」等一系列在生命哲學的論述中反覆出現的概念和用語。[4]我們不難從這兩首詩裏發現，生命哲學的語言實際上是瞿世英和瞿秋白共同分享的對話語言。

瞿世英究竟是誰？據王鐵仙的考證，他是瞿秋白的遠房叔父。瞿世英字超傑、號品濤，菊農是後取的字，也是筆名。因此，瞿秋白在《餓鄉紀程》裏稱他為「菊農叔」。雖然按輩份，瞿秋白是瞿世英的後輩，但他卻比瞿世英大將近兩歲。瞿世英當時在北京的燕京大學哲學系念書，並與瞿秋白、耿濟之和鄭振鐸等人一起創辦了《新社會》和《人道》兩本雜誌。[5]

瞿世英是民國時期著名的哲學家，他後來在1926年獲美國哈佛大學研究院哲學和教育學博士學位。回國後歷任北京大學、清華大學、北京師範大學教授。[6]「1936年赴湘，任湖南大學文學院院長。1938年起，和晏陽初、梁漱溟等從事鄉村建設、鄉村教育和平民教育研究工作。〔……〕『文化大革命』期間受到衝擊，1976年8月12日在北京去世。」[7]除哲學論著外，他還編著《中國教育史》、《西洋教育思想史》和《平民教育與平民文學》等教育學專著。在過往的中國現代哲學史研究中，瞿世英一直備受冷落。然而，在近年出版的相關論著裏，瞿世英在中國現代哲學史上的地位卻又重新得到肯定。譬如張耀南和陳鵬合著的《實在論在中國》便把瞿世英定位為最早在中國傳播新實在論（new realism）的重要人物，並專闢章節介紹他的相關論著。[8]另外，黃見德2006年出版的新著《西方哲學東漸史》，也花了兩個小節，專門討論瞿世英有關柏格森的生命哲學和杜里舒（Hans Driesch）的生機論（vitalism）的介紹文章和專論。[9]

近年，瞿世英對中國現代哲學史的貢獻已開始為學界所關注，但他對瞿秋白的深遠影響，卻一直被瞿秋白研究者所忽視。在瞿秋白的眾多生平傳記中，瞿世英都只是作為《新社會》和《人道》編輯群一員，飾演一名在北京東車站送行的小配角。1999年，為紀念瞿秋白誕辰100周年，孫淑和湯淑敏編輯了《瞿秋白與他的同時代人》一書，邀請了陳福康和王明堂兩位學者，分別撰寫了有關鄭振鐸和耿濟之的章節，卻偏偏遺留了瞿世英。然而，按照楊之華在《回憶秋白》一書中的說法，瞿世英在1920年代初是瞿秋白和耿濟之的「密友」。[10]1923年1月，瞿秋白剛從莫斯科回國時，他不但經常與瞿世英聚會，更不時在瞿世英家小住。[11]兩人的親密程度可見一斑。

早於1920年前後，瞿世英對柏格森哲學已有相當認識。1921年11月，《時事新報．學燈》副刊便刊載了他編的《近代哲學家》第十八章〈柏格森〉；[12]《曙光》雜誌上也發表了他的〈柏格森的世界觀與人生觀〉。[13]《民鐸》雜誌於1921年12月第3卷第1號出版了「柏格森號」，刊載了從不同角度研究、介紹柏格森哲學的文章，共計18篇。[14]瞿世英更為這個專號寫了一篇〈柏格森與現代哲學之趨勢〉。在這篇文章中，瞿氏把「創化說」（creative evolution）[15]視為柏格森哲學的立論根據。他並以此為出發點，條理分明地闡述了轉化（becoming）、[16]直覺（intuition）、生之衝動（élan vital）[17]和持續（durée, duration）[18]等一系列柏格森哲學的核心概念。此外，他亦透過比較柏格森與同時代其他西方哲學家之間的異同之處，初步嘗試在現代哲學史中為柏格森定位。[19]

在文章第二段的開端，瞿世英便直接了當寫道：「柏格森以為宇宙自身亦是轉化（becoming）無已。宇宙的歷程即是真的時間中之創造的進化。」他並說：

> 生命是流動的，是轉化的，是不斷的變化的。宇宙的真意義就是變化。
>
> 〔……〕
>
> 生之衝動是生命的起原。是創造的進化的原動力。生命是一股大流。物質的宇宙乃是此大流之退潮。物質是運化的產物。生命是一種衝動。生命是趨勢。可以放鬆他的奮力而下落為物質。[20]

瞿世英認為，柏格森「宇宙」的真義是「變化」。生命猶如一股大流，不斷流動，不息變化。「生之衝動」是生命的源頭，它時時刻刻推動生命向上奮進，而「物質」的形成則意味着生命大流的退潮和下落。我們不難發現，瞿世英把自己對柏格森哲學的理解都寫進了〈追寄頌華宗武二兄暨秋白侄〉這首詩裏。因此他寄語瞿秋白、俞頌華和李宗武說：「你們回來的時候，/希望你們改變，創造。」[21] 瞿秋白在他的答贈之作中，便順理成章，借用生命哲學的術語，答曰：「驅策我，有『宇宙的意志』。/歡迎我，有『自然的和諧』。」[22]

夏濟安在《黑暗的閘門》(*The Gate of Darkness*) 中曾斷言，瞿秋白如果從他早期的哲學研究裏建立了任何個人的理論的話，那就是折衷主義——「瞿世英的唯心論和張太雷的唯物論的混合物」。夏氏並指出，「他[23]以佛學再加上柏格森主義的形上學框架闡釋歷史唯物論，在純正的馬克思主義者眼中看來，無疑是異端邪說。在《餓鄉紀程》和《赤都心史》中，他不時以哲理推究事象，但以『宇宙的意志』和『生命大流』這兩個觀念為基礎〔……〕。」[24] 純正的馬克思主義者當然無法忍受，有人竟以佛學和柏格森主義的形上學框架來闡釋歷史唯物論。但在1910年代和1920年代的中國，卻到處都是不純正的馬克思主義者。本章將透過史料勾沉和文本細讀，嘗試重組柏格森的生命哲學和民國初年的新唯識學思潮[25]與瞿秋白早期著作的關係，並進而說明民初的新唯識學思潮如何促成瞿秋白的共產主義轉向，藉此為後面第五章有關創造進化論、辯證唯物論和「領袖權」理論之間關係的討論，提供必要的歷史背景。

第二節　柏格森與唯識家

在《生命哲學在中國》一書裏，董德福曾專闢章節，討論柏格森與五四左翼知識分子的關係。他指出，像陳獨秀和李大釗這些中國早期的共產主義者，都曾受到柏格森的生命哲學的影響。[26]譬如，早在《新青年》[27]發刊辭〈敬告青年〉上，陳獨秀曾先後兩次提到柏格森的名字，以柏格森的創造進化論和生命哲學等提法，支持他所倡導的進步論和「生活神聖」的思想。[28]早於1915年，李大釗便在〈厭世心和自覺心〉裏舉出柏格森的「創造進化論」(creative evolution)，以支持他所倡導的「自由意志之理」(theory of free will)。[29]邁斯納(Maurice Meisner)亦曾指出，在這時期，柏格森「自由意志」的概念首先讓李大釗重拾對未來的希望，他將這個概念視作「人能改造政治和社會現狀」的明證。這種觀點所具有的樂觀主義傾向，又進而被愛默生(Ralph Waldo Emerson)的樂觀哲學所強化。[30]可見柏格森哲學在中國早期的馬克思主義者圈子裏，有相當大的影響力。

此外，瞿秋白對柏格森主義的接收，亦非完全得自其遠房叔父瞿世英。事實上，柏格森哲學在當時的中國思想界，是一個頗為流行的話題。1921年，《民鐸》雜誌出版了「柏格森號」以後，茅盾於1922年發表了一篇題為〈介紹《民鐸》的「柏格森號」〉的短評。在這篇短評裏，茅盾説道：「《民鐸》雜誌的『柏格森號』早有預告，我想凡是留心現代哲學的人們，都已望眼欲穿了。」[31]可見柏格森哲學在當時中國思想界的流行程度。

早於1919年12月，瞿秋白已在〈林德揚君為甚麼要自殺呢？〉一文中引用了柏格森的觀點。他在探討自殺這種社會現象的成因時説道：

> 《圓覺經》上説：欲因愛生，命因欲有。Bergson説：生命的進化，不外意識的激潮……。生命的巨流本來是『瀑流恒轉』，意識和物質的激戰息息不已，所以有進化。這生命的持續Durée實在沒有一刻息的，沒有一刻不進化，沒有一刻沒有破壞，也沒有一刻沒有成功。我們人生的生命，也是這持續的一份。我們的意識應當向上發展，

> 也沒有一刻不向上發展，竭力往「愛」的一方面去，萬萬不可以墮落到昏睡一方面去。像預備着自殺去奮鬥的辦法，實在是「生其瞋心」，像想抱一個固定的理想去解決社會的具體問題，實在是不知道社會，沒有觀察明瞭社會的實質。[32]

瞿秋白把生命視作不息的進化，並將生命意識和物質理解為對立項，類似的想法跟瞿世英在〈柏格森與現代哲學之趨勢〉一文中所闡述的觀點如出一轍，就連durée的譯法也跟瞿世英的譯法相同。[33]瞿秋白在這裏引入了佛學的概念來闡釋柏格森，倒與瞿世英的思路不盡相同。譬如他引用《圓覺經》的經文「欲因愛生，命因欲有」，藉此闡述柏格森的「生命」概念，並在原有的理論框架上加入「愛」這個面向，以佛經中「愛」的概念增補和重寫了「生之衝動」(élan vital)這個概念。[34]

但這裏必須特別指出的是，瞿秋白在借用佛經「愛」這個概念之際，亦同時改寫了這個概念的意義。以下是瞿秋白引述的《圓覺經》文句原本所屬的段落：

> 善男子！一切眾生從無始際，由有種種恩愛貪欲，故有輪迴，若諸世界一切種性，卵生、胎生、濕生、化生，皆因淫欲而正性命，當知輪迴，愛為根本。由有諸欲助發愛性，是故能令生死相續。欲因愛生，命因欲有，眾生愛命，還依欲本，愛欲為因，愛命為果。[35]

根據吳汝鈞的研究，在佛教經論裏，「愛」這個概念多見於原始佛典和大乘經典。漢譯佛經將相關的文句從梵文與巴利文翻譯成中文時，將原文中對相類概念的多種不同表述一律譯成「愛」。吳氏將梵文與巴利文眾多相類的表述大致分成兩類意義：一是染污義，一是德性的愛(不染污或少染污的)。瞿秋白從《圓覺經》經文「欲因愛生，命因欲有」引伸借用的「愛」，明顯原本是屬於「染污義」一類的。誠如吳汝鈞所言，這類染污義的「愛」均「源於生命中的妄情妄識對外界有所攀附，而生起盲目的衝動，定要有所執着而後快。我們可以說，愛的執着，是妄情妄識的具體表現。」[36]吳氏並進而指出：

> 因萬法的本性是空，只是依緣而聚會；緣集則成，緣滅則壞，此中並無實在的獨立的自己。要向此中尋求實在，無異影裏求物，虛中求實，永無結果，而只在這種本質是絕望的追逐中打滾，在生死流轉中淪轉，引來無窮的苦惱而已。故經中說愛為染着因，為生死本，都可以通過這個意思來理解。[37]

換言之，瞿秋白不但以佛經中「愛」的概念增補和重寫了柏格森的「生之衝動」概念，他同時亦反過來以「生之衝動」概念增補和重寫了佛經中對「愛」的負面理解，將「愛染」轉化為對生命的正面擁抱。

上述對佛經中的「愛」和柏格森「生之衝動」概念的雙重增補和改寫，遂使瞿秋白文章後續推論中，以「生其瞋心」的概念否定自殺行為的想法變得順理成章。「瞋」(pratighah)是佛家「六煩惱心所」之一，它指的是人面對逆境和不適意的對象，會心生憎恚的心理反應，一種不愉快的情緒。這種心態就叫瞋。瞋還有不同程度的表現形式，如忿恨惱嫉等。[38]瞿秋白認為，力求改革社會的青年，當他稍遇阻礙便輕生求死，這種心態便是佛家所謂的「生其瞋心」。因此，縱然他的出發點是「生之衝動」和「生命的進化」，但他「生其瞋心」，卻意味着「墮落到昏睡一方面去」，最終只會走到「生命」的反面。

另外，瞿秋白以「瀑流恒轉」來解釋「生命的巨流」，這也是以佛家概念重寫柏格森哲學的明顯例子。「恒轉如暴流」一句，出自釋世親《唯識三十頌》。《圓覺經》經文並無此句。但在《圓覺經大疏釋義鈔》第二卷裏，宗密便曾引用《成唯識論》卷三中的說法解釋《圓覺經》:「故唯識第三云。此阿賴耶識。恒轉如暴流。釋云。恒言遮斷。轉表非常等。意云。若因不滅。遷至於果。則名為常。若果不續。因無所生。則隨斷滅。今常相續故無常斷。廣如唯識。」[39]以下是《成唯識論》卷三的原文：

> 阿賴耶識為斷為常？非斷非常，以「恒轉」故。「恒」謂此識無始時來，一類相續，常無間斷，是界、趣、生施設本故，性堅持種令不失故。「轉」謂此識無始時來，念念生滅，前後變異，因滅果生非常

一故，可為轉識熏成種故。「恒」言遮斷，「轉」表非常。猶如瀑流，因果法爾。如瀑流水非斷非常，相續長時有所漂溺。此識亦爾，從無始來生滅相續，非常非斷，漂溺有情，令不出離。

又如瀑流，雖風等擊起諸波浪，而流不斷。此識亦爾，雖遇眾緣起眼識等，而恒相續。又如瀑流，漂水上下魚、草等物，隨流不捨。此識亦爾，與內習氣外觸等法，恒相隨轉。如是法喻，意顯此識無始因果非斷、常義，謂此識性無始時來，剎那剎那果生因滅，果生故非斷，因滅故非常。非斷非常是緣起理，故說此識恒轉如流。[40]

按照韓廷傑的解釋，以上《成唯識論》中有關「恒轉如暴流」的闡述，其意思可歸結為，「阿賴耶識自無始以來，剎那剎那果生，剎那剎那因滅。因為果生，因為因滅，所以非常。既不是斷滅不起，又不是永恒不變，這就是緣起之理，所以頌文說阿賴耶識『恒轉如瀑流』。」[41]楊惠南則在〈論俱時因果在成唯識論中的困難〉中進一步指出，《成唯識論》卷三中的說法是用相續不斷的暴流來比喻阿賴耶識當中的種子，與其現行果法之間的因果關係。而這種因果關係不必預設過去及未來的時間，只有現在的一剎那。[42]換言之，在阿賴耶識(ālayavijnānam，即第八識)[43]中，因果都被包納於現在的一剎那間，無法分割，猶如暴流不斷，「生滅相續，非常非斷」，恒轉不息。瞿秋白正好借此闡發柏格森的「生命巨流」和「持續durée」等概念。

事實上，這種以佛學比附柏格森哲學的構想亦非由瞿氏所創。據梁漱溟的記述，早於1921年以前，章太炎、黎錦熙、呂澂和李石岑便已就着「唯識家與柏格森」這個題目，於《時事新報．學燈》中作過一番討論。[44]按照吳展良的研究，梁漱溟民初時期的「變化歷程觀」亦明顯與清末民初中國知識分子的阿賴耶識論相關聯：「梁氏這根本見解最早表現於1916的一篇名噪一時的文章：《究元決疑論》。為了因應西方科學的挑戰，他將那無形相方所、為一切質與力之根本、恒動『無休息』的以太比做阿賴耶識或如來藏；並以之為恒變而包含一切的『第一本體』，亦即其所究得之元。〔……〕這種思想其實便是譚嗣同與章太炎乃至民初盛行的唯識宗所喜言之『阿賴耶識恒轉如瀑流』的宇宙觀的現代詮釋。」[45]後來，《民鐸》雜誌的「柏格森號」亦收錄了章太炎、黎錦熙、呂澂和梁漱溟等人有關「唯識家與柏格森」這個論題的評論文章和通信文字。按照吳先伍的介紹，在這些論者中，章太炎和黎錦熙便主張柏格森和唯識學互通之說。[46]但吳先伍卻沒有發現，章黎二人主柏格森與唯識宗互通之説，跟當年太虛大師所提倡的「新的唯識論」轇轕甚深。事實上，太虛大師在寫於1920年3月的〈新的唯識論〉一文中便已宣稱，唯識論能解決詹姆士、羅素(Bertrand Russell)和柏格森這三位當代西方大哲都無法解決的形而上學難題。[47]其後於同年6月，他在題為「佛乘宗要論」的廣州講經會中，亦曾闡述過類似的想法。[48]

另外，只要我們稍為翻查一下資料不難發現，黎錦熙被《民鐸》雜誌轉載的文章〈維摩詰經紀聞敍〉，原刊於太虛大師主編的《海潮音》第一卷第一期上。這篇文章的寫作緣起是這樣的：1919年9月，黎氏在北京觀音寺聽太虛大師講解《維摩詰經》。黎氏把太虛大師的口頭講解隨手記在講義上。其後，他把自己的筆記交給了王尚菩，王氏將黎氏的筆記與自己的筆記合編成《維摩詰經紀聞》一書。黎氏寫於同年12月的這篇敍言，便是為此書而作。[49]

按照瞿秋白的自述，他在1919年前後，頗為醉心於佛學，當時曾「因研究佛學試解人生問題，而有就菩薩行而為佛教人間化的願心。」[50]「佛教人間化」運動的主要倡導者正好就是太虛大師。太虛大師1889年生於浙江崇德呂氏家，本名淦森，5歲喪父，母親改嫁，依外祖母於大隱庵，並受學於塾師。其外祖母奉佛甚虔，太虛常循聲依誦，故深受佛教影響。16歲，披剃於蘇州鄉間某小寺，法號唯心。其師奘年老人器其識度，多方攝護，曾在韋陀天像前占籤求名，得籤語有「此身已在太虛間」句，故名太虛。1909年，太虛21歲，已廣泛涉獵康有為《大同書》、梁啟超《新民說》、章太炎《告佛子書》、嚴復譯《天演論》及譚嗣同《仁學》等書。同年，他開始跟隨蘇曼殊學習英文，翌年並在粵結交潘達微、莫紀彭、梁尚同等人，開始閱讀托爾斯泰、巴枯寧(Michael Bakunin)、蒲魯東(P.

J. Proudhon）、克魯泡特金（Peter Kropotkin）、馬克思等譯著。他的政治思想乃由君主立憲轉為國民革命，再轉而社會革命及無政府主義。1911年，他擔任廣州白雲山雙溪寺住持，與革命黨人朱執信等結識，並不時參與革命黨人秘密集會。是年，太虛作〈弔黃花崗〉七古，涉革命嫌疑，清官方遂發兵圍白雲山，但索之不得。[51]民國元年，太虛與仁山等，於鎮江金山寺成立佛教協進會，有「大鬧金山」事件，震動佛教界。從此，他的佛教革命名聲便廣為流傳。翌年，1913年，他在寄禪追悼會上，提出教理、教產、教制三大革命，並計劃組織「佛教弘誓會」。當時，太虛與紅旗社會黨過從甚密，並認為：「無政府主義與佛教為鄰近，而可由民主社會主義以漸階進」。1918年，他與陳立元和章太炎等人創立「覺社」，主編《覺社叢書》，開始發表《整理僧伽制度論》，發起「佛教復興運動」，建立新的僧團制度。翌年，《覺社叢書》改為《海潮音》月刊，這是中國佛教歷時最久的一個刊物。[52]按照麻天祥的理解，太虛的教理、教制和教產三大革命的口號取法於孫中山的三民主義，其教理革命對應於民權主義。「從俗世方面說，即把資產階級民主、自由、博愛、平等的口號輸入佛教教義之中；從宗教這一方面講，就是要把佛學變為『動的人生哲學』，以人間佛教追求人間淨土。這實際上就是要在思想上和理論上實現佛教的入世轉向。」[53]這也就是當時流行的「佛教人間化」的意思。

1919年，瞿秋白正積極參與北京的五四學生運動。如今，我們已無法確定，瞿氏有沒有到北京觀音寺聽太虛大師講解《維摩詰經》。但瞿氏以「瀑流恒轉」釋「生命的巨流」的思路，卻與黎錦熙在〈維摩詰經紀聞敍〉一文中的想法不謀而合。

柏格森把人的認知模式分成兩種：一是直覺（intuition），一是理知（intellect）。[54]理知能幫助我們的身體適應周遭的環境，它是我們賴以思考物質、思考外物和我們自身之間關係的工具。因此，理知是研究外界、研究物質科學的最好的工具。理知能幫助我們向外看，卻不能幫助我們向內看。理知不能明白人生，能夠明白人生的是本能，本能提升後便成直覺。因此，瞿世英認為，柏格森所說的

「真的持續」(duration)是靠直覺得來的，理知無法明白「持續」。對於柏格森來說，「直覺就是生命，生命即是實體。」[55]黎錦熙在〈維摩詰經紀聞敍〉中便按照這種認知模式的二分法，將唯識學的八識分成兩類。他認為第六識(即意識)指的是「推理」，因此可歸諸「理知」或「智力」的範疇。至於第八識則有時倒可以發生直接的妙悟而把握宇宙的本體，因此，它應該與前五識合為一組，歸諸「直覺」的範疇。如此一來，黎氏便將唯識學的阿賴耶識與柏格森哲學中的直覺方法等同起來。他說：「所以進一步的不可思義，必須經過柏格遜[56]的直覺主義，就是『止觀雙修』。看明白這個『恒轉如暴流』，『能持種又能受熏』的『阿賴耶識』——柏氏也是用『直覺』的方法，直接體驗吾人意識界的『綿延』、『創化』，這就是他哲學的中心——〔……〕。」[57]黎氏認為，一如柏格森以直覺方法直接體驗「綿延」和「創化」，我們也只能通過直覺，才能明白「恒轉如暴流」的阿賴耶識。這種想法明顯與瞿秋白對「生命的巨流」的理解相互呼應。[58]

第三節　心聲與電影

這種把柏格森哲學與唯識學摻合起來的思想雜交現象，在瞿秋白前期的作品中其實並不罕見。我們只要翻閱一下他早年未竟的散文創作系列〈心的聲音〉和兩本「新俄國遊記」，都不難發現這種佛學式的柏格森哲學。

1920年3月5日，杜威(John Dewey)在北京大學法科禮堂開始發表他的著名系列演講「現代的三個哲學家」。這第一講談的是詹姆士的意識流(stream of consciousness)概念。杜威在演講中指出，詹姆士的「意識之流」概念與前人不同的地方是，前人把意識看做是零碎湊成的，至多不過像房子般造成的。但詹姆士卻不當意識是固體的房子或碎塊，反而將之比作永久不絕往來的流水。杜威認為：「這個概念[59]在他[60]的哲學中最佔重要。他的哲學，處處重個性，重變換，重進化，重往前冒險，重自由活動，都是從這個把意識看做流水的觀念來的。」[61]詹姆士認為，從前研究心理的人，其最大謬誤是把物體的性質比附於心理作用。他們看見外界的事物好像是穩定不變的，便以為心中的意象也是如此。誰知道意識之流時時往前，沒有一秒鐘不在移易變化。杜威並舉例解釋道，我們面前的桌子，上次與今日，好像沒有甚麼變動，但我們自身卻已經變了，再往下去也沒有一時不變的。所以，沒有兩個心中的意象是相同的，物體的性質斷斷不能應用到心的作用上來。因此，他斷言：「故物質不變，意象要變的；物體可分，意象不能分的。」[62]

杜威認為，詹姆士的哲學主張有兩個重點，一是「根本的經驗主義」(radical empiricism)，一是多元主義(pluralism)。前者主張人類經驗是共通的、普遍的、初等的，不能用概念或幾個抽象名詞可以簡單概括。後者主張每個個體都有特別的個性，斷沒有絕對的推當萬世而皆準的準則。因此，他晚年主張「一個多元的宇宙」之說。[63]「意識之流」的說法與上述的主張正相契合。詹姆士認為，從前的大病在於把多元的心理視作洪水猛獸，以為多元便是混亂，必有系統條理一致才算好。其實換一個觀點看，把人的經驗看做不斷的意識之流，一元和多元便都有了位置，而世界的一元、多元，便不再成問題。另外，詹姆士亦指出，前人把知識視為外在世界的摹本，從這個前設出發，於是便出現了一個知識上一直無法解決的問題：人心中的意象是否與外界的物體相像？詹姆士認為，從意識流這個概念入手，這個問題便不再成問題了。因為在意識流中，意象不管它像不像外物，只管它能否帶我們到別的經驗上去，能帶的便是真的。[64]

瞿秋白從1919年春開始於北京大學當旁聽生，並於同年底至1920年初參加了李大釗的馬克思主義研究會。杜威到北大講課，他不可能不知道。然而，我們現在已無法考究他當時有否到場聽講。但巧合的是，就在杜威演講的翌日，瞿秋白便寫了〈心的聲音．緒言〉。在文章的第一段中，他這樣寫道：

> 心呢？⋯⋯真如香象渡河，毫無跡象可尋；他空空洞洞，也不是春鳥也不是夏雷也不是冬風，更何處來的聲音？靜悄悄地聽一聽：

> 隱隱約約，微微細細，一絲一息的聲音都是外界的，又何嘗有甚麼「心的聲音」；千里萬里，一寸尺間遠遠近近的聲音，也都是外界的，更何嘗有甚麼「心的聲音」。〔……〕聽見的聲音果真有沒有差誤，我不知道，單要讓他去響者自響讓我來聽者自聽，我已經是不能做到，我靜悄悄地聽着，我安安靜靜地等着；響！心裏響呢，心外響呢？心裏響的——不是！要是心外響的，又怎能聽見他呢？我心上想着，我的心響着。[65]

究竟「心的聲音」是對外界作用的回響還是發自內在的聲音？這是這篇沉思筆記的基本論題。整篇文章的思路和意象，實際上都是圍繞着這個關於「心」的無法解決的難題而運轉的。譬如文章開首引用的「香象渡河」意象。這個意象是佛家譬喻，出自《優婆塞戒經》卷一〈三種菩提品第五〉:「善男子！如恒河水，三獸俱渡，兔、馬、香象。兔不至底，浮水而過；馬或至底，或不至底；象則盡底。恒河水者，即是十二因緣河也。聲聞渡時，猶如彼兔；緣覺渡時，猶如彼馬；如來渡時，猶如香象，是故如來得名為佛。聲聞、緣覺雖斷煩惱，不斷習氣，如來能拔一切煩惱、習氣根原，故名為佛。」[66]太虛大師在《優婆塞戒經講錄》中是這樣解釋這個譬喻的:「一、恒河、為印度最大之河，香象、為最大之象。此譬以恒河水喻十二因緣生死流轉大河，以兔喻聲聞，以馬喻緣覺，以香象喻佛；三獸雖同渡河，而唯象達河底。二、聲聞、緣覺僅斷煩惱，不斷習氣，如兔馬勉強渡河而不徹底，佛則徹底，斷其根本。」[67]按照瞿秋白文章的脈絡，瞿氏在這裏把「心」喻為深不見底的「恒河水」，借這個譬喻表示「心」之難測莫名。

及至文章的末尾，瞿氏終於得出結論:心聲不在外面，也不在裏邊。當你靜悄悄地去聽，細細地去聽「心的聲音」時，「心」就在這裏。[68]因此，心聲是對外物的回響還是內在的呼喚，便不再成問題了。

表面看來，這裏有關「心的聲音」的沉思好像跟詹姆士的「意識之流」概念沒有直接關係。但只要我們能細心翻查一下當時的西方哲學介紹書籍，便不難發現把兩者串連起來的線索。1918年，商務印書館出版了日本新潮社編寫的《近代思想》的中譯本，此書的原著即是中澤臨川和生田長江合著的《近代思想十六講》(1915年)。如今，我們無法確定瞿秋白是否讀過這本書，但有兩件事情卻很值得我們留意：一、《近代思想》屬於「尚志叢書」系列，這套叢書當年亦收入了勒邦(Gustave Le Bon)《革命心理》(*La Révolution française et la psychologie des révolutions*)的中譯本，瞿秋白在寫於1920年的〈社會運動的犧牲者〉一文中，便曾引用此書的論點；[69]二、瞿世英後來於1925年翻譯了步茲(Meyrick Booth)介紹德國生命哲學家倭伊鏗的專著《倭伊鏗哲學》(*Rudolf Eucken: His Philosophy and Influence*)，而這個譯本亦被收入商務印書館的「尚志叢書」系列。可見瞿秋白和瞿世英當年不但已對這套叢書有所留心，很可能還跟相關的編者已有來往交誼。因此，瞿秋白很大機會留意到《近代思想》一書。

無論如何，在這本《近代思想》裏，便有一章專門討論柏格森的直觀哲學。這篇介紹文章在談到意識的流動特性時說：「吾人之意識。非固定之狀態也。往者嘗以吾人之意識。為由一狀態以移於他狀態。此其誤在以**物質界**。律**意識界**。吾前已言之矣。吾人之**意識**。**變化**而已。吾人之生活。雖一瞬亦不停息。一個之心的狀態。實有無窮變化。且即此狀態二字。已陷於以物質界。律意識界之弊。**意識並無所謂狀態也**。」[70]這裏，作者把意識或心理解為不斷變化的流程，並認為把「意識」視為某種固定狀態，其實是以物質界的規律比附意識界的現象。這種觀點明顯與前述詹姆士的「意識之流」概念相吻合。[71]此外，這篇文章更進一步指出，我們若要了解意識的流動特性，以音樂上的旋律為喻，可能比以視覺上的光譜取譬更為恰當。因為柏格森認為，在記憶和意識的領域裏惟有變化和運動本身存在，而「不變物」甚至「變化之物」其實都不存在。因此音樂的音波比光譜上的顏色更接近於意識或心，因為音波本身不帶物質形相，它是純粹的綿延，是純粹的「不可分之流」。[72]這個關於「心」或意識的概念，難道不正是瞿秋白所謂的「心的聲音」嗎？

事實上，柏格森有關「生命之流」和意識的概念和意象，在瞿秋白兩本「新俄國遊記」中可謂俯拾即是。但在以往的瞿秋白研究中，這一奇詭的寫作景觀，卻一直遭受冷遇。[73]這裏僅舉一例，以作詳細分析。以往的研究者一直沒有注意到，瞿秋白在〈赤都心史·序〉中把客觀的認知喻為「電影」的獨特手法。他說：「人生的經過，受環境萬千現象變化的反映，於心靈的明鏡上顯種種光影，錯綜閃鑠，光怪陸離，於心靈的聖鐘裏動種種音響，鏗鏘遞轉，激揚沉抑。然生活的意義於客觀上常處於平等的地位，只見電影中繼繼存存陸續相銜的影像，而實質上卻是一個一個獨立的影片。宇宙觀中盡成影與響，竟無建立主觀的餘地。」[74]「人生的經過」或「生活現象之歷史的過程」，是由萬千現象變化組合而成的。然而客觀的認知對種種萬千變化，卻一律平等[75]待之，一如電影把連續的生活世界分割成「一個一個獨立的影片」。如此一來，在這種宇宙觀中，便只有機械反射的影響關係，而根本沒有主觀認知的立足餘地。這裏有關「主觀」和「客觀」的劃分，明顯對應於柏格森有關「理知」和「直覺」的二分範疇。[76]

而文中有關「電影」這個意象的用法，其實來自柏格森的《創造進化論》(*Creative Evolution*)最後一章。[77]柏格森認為，生成變化和運動是綿延不可分割的。我們的理知或智力將之強行分成獨立片段，情形就像電影攝影機把行軍的運動過程拍攝成一個個獨立分割的底片。假使我們把這長串的底片放在我們面前，就算我們從頭到尾疾看下去，也總不能看見運動的畫面。我們要看運動的影像，便得依賴機器恢復影像的運動。電影攝影機以機械的、抽象而簡單的非個體運動，取代和重構每個特定運動的個體性，這正是它的功用所在。柏格森認為，電影攝影機的機制實際上也是我們日常知識的理知機制(the mechanism of our ordinary knowledge is of a cinematographical kind)，但我們卻無法透過這種機制與內部事態連繫起來，而只是將自己置於事態之外，以便用人為的辦法重新建構事態的生成變化。[78]這實際上也是瞿秋白所謂的電影的客觀認知模式。

如果客觀的認知類近於「電影」，那麼主觀的認知又是甚麼呢？瞿秋白的答案是「鏡面鐘身」。瞿秋白這次再次借用佛家的意象，他把「心靈」比作「明鏡」和「聖鐘」。不像電影的影片那樣規整齊一，鏡面有大小，鐘身有厚薄，它們各因煉製的過程而產生大小厚薄的差異。因此，「鏡面鐘身」意味着歷史過程和因緣來歷，它們包含着「生活現象之歷史過程」的實質差異。於是，憑藉這些佛家意象，我們得以跳出客觀的抽象概括，入於主觀的「具體單獨」。這樣，世間的不平等性、紛繁複雜，便得以彰顯輝映。[79]

第四節　佛教的人間化與共產主義的人間化

人們不禁會問，唯識宗和柏格森主義的哲學思考跟革命政治有何關係呢？面對這種表面看來理所當然的常識性問題，我們大可理直氣壯地反問道：怎會沒有關係呢？早於1909年，太虛大師已在廣東結識了當地的無政府主義者，並廣泛涉獵了社會主義和馬克思主義的著作。1911年，他擔任廣州白雲山雙溪寺住持，與革命黨人朱執信等結識，並不時參與革命黨人的秘密集會。同年，太虛因作〈弔黃花崗〉七古，被清廷發兵圍捕。他在民國元年成立佛教協進會時，引起了「大鬧金山」事件。而當他在1913年首次提出佛教人間化的三大革命時，他甚至抱持「無政府主義與佛教為鄰近」的想法。[80] 1933年，太虛大師在漢口市商會發表題為〈怎樣建設人間佛教〉的著名演講。他在演講之始便清楚道明他所提倡的「人間佛教」與社會改革事業之間的直接關係：

> 人間佛教，是表明並非教人離開人類去做神做鬼，或皆出家到寺院山林裏去做和尚的佛教，乃是以佛教的道理來改良社會，使人類進步，把世界改善的佛教：這是題目的概括意義〔……〕[81]

可以說，當太虛大師提出佛教革命的口號時，「革命」一詞並非純粹的口號修辭，恰恰相反，他所謂的「革命」是實質上的革命政治。換言之，對於民初的文人和知識分子來說，佛教的人生觀問題和革命政治的問題從來就是緊密關連的問題，探討佛教的人生觀問題同時也是探討革命政治的問題。[82]

黎錦熙在〈維摩詰經紀聞敍〉中指出，修習佛法的人起初大都沾滯事相，以為淨土是脱離現世的西方極樂世界。他認為，《維摩詰經》獨到的地方，正在於此經所説的「淨佛國土」專從本因着眼，所以淨土是自力創造的，而且隨時隨地都可以創造。經上説：「若人心淨，便見此土功德嚴淨」。一個人覺悟了，淨土便在他眼前。然而，個人覺悟還是不夠，因為無論甚麼世界，都是眾生「共同分業力」所造成的，所以凡是已經覺悟的人，都會發願要使世界上人人都覺悟。所以，黎氏認為，「淨土不是別的東西，就是已經覺悟的社會。」在這種前提底下，黎氏才能獲得如下的結論：我們不必等到種種條件成熟，當下便要創造新生活、新社會。我們不一定遠到鄉村去組織，當處便可構築新社會。所以，他呼籲道：「不要選擇，不要等候，隨時隨地用自力創造的，便是真淨土。」[83]

這樣便再清楚不過了，在民初的文化語境中，佛家的「覺悟」已緊緊與革命政治連結起來。如此一來，我們才能明白，為何在《餓鄉紀程》的一個著名的段落裏，瞿秋白竟能把菩薩行和佛教人間化的願心與五四運動甚至克魯泡特金的無政府主義暴動直接連結起來。他説：

> 菩薩行的人生觀，無常的社會觀漸漸指導我一光明的路。五四運動陡然爆發，我於是捲入漩渦，孤寂的生活打破了。〔……〕我們處於社會生活中，還只知道社會中了無名毒症，不知道怎樣醫治，——學生運動的意義是如此，——單由自己的體驗，那不安的感覺再也藏不住了。有「變」的要求，就突然爆發，暫且先與社會以一震驚的激刺，——克魯扑德金説：一次暴動勝於數千百萬冊書報。[84]

誠如黎錦熙所言，凡已經覺悟的人，若要宣傳一種合理的主義，便須如維摩詰般隨處開導、方便饒益。覺悟之人不計較苦樂，不擇淨穢，才能夠使這個世界變成「真淨土」。[85]因此，得到菩薩行人生觀指引的瞿秋白一下子擺脱孤寂的生活，轉而投身五四運動。而太虛大師在1933年〈怎樣建設人間佛教〉的演講裏，恰恰宣稱「菩薩是改良社會的道德家」，並解釋道：

菩薩是覺悟了佛法原理，成為思想信仰的中心，以此為發出一切行動的根本精神，實行去救世救人，建設人類的新道德；故菩薩是根據佛理實際上去改良社會的道德運動家。必如此，菩薩乃能將佛教實現到人間去。[86]

太虛大師在其1939年撰寫的《太虛自傳》中，曾回顧自己在1910年前後的無政府主義政治傾向：「我的政治社會思想，乃由君憲而國民革命、而社會主義、而無政府主義。並得讀章太炎建立宗教論、五無論、俱分進化論等，意將以無政府主義與佛教為鄰近，而可由民主社會主義以漸階進。」[87]根據路哲的解釋，民國初年，太虛將社會政治制度的演變過程套用於宗教領域，得出了宗教最後必然歸於消滅的結論。當時，他認為，社會政治制度的演變過程，是從部族到皇權，再從皇權到共和，最後從共和到無政府。而宗教的演變過程則是，從泛神論到一神論，從一神論到無神論，最後歸於消滅。未來理想的大同世界，就是無政府和無宗教的極樂世界。太虛大師就是抱着釋迦牟尼普救眾生的佛家心腸，信仰和宣傳無政府主義的。他把有政府統治的社會制度比作地獄，而無政府主義者和對佛教有虔誠信仰的和尚，都是為了把在地獄中受苦受難的芸芸眾生解救出來。因為他們都深信，世界上的罪惡都是由於人類的私欲心和政府造成的。只有把社會的階級界限、各種罪惡制度、各種罪惡的道德觀念鏟除乾淨，人類才可以抵達幸福的彼岸。[88]在1920年撰寫的〈唐代禪宗與現代思潮〉裏，他甚至認為唐代禪宗的叢林修行生活體現了「無政府社會主義的精神」。[89]

瞿秋白曾在〈多餘的話〉中剖白道：「我二十一、二歲，正當所謂人生觀形成的時期，理智方面是從托爾斯泰式的無政府主義很快就轉到了馬克思主義。」他並回憶道：「記得當時懂得了馬克思主義的共產社會同樣是無階級的、無政府、無國家的最自由的社會，我心上就很安慰了，因為這同我當初無政府主義，和平博愛世界的幻想沒有衝突了。所不同的是手段〔……〕。」[90]換言之，對於當時的瞿秋白來說，無政府主義和馬克思主義的理想根本沒有任何分別，不同的只是手段而已。考慮到民初佛教人間化運動與無政府主義之間的密切關係，我們大可放膽重寫和增補瞿秋白的臨終遺言，把他的佛教人間化的願心與無政府主義並置起來。[91] 於是，我們便能在瞿秋白的作品中重新釋讀出如下的思想關聯系列：

佛教人間化的願心——無政府主義的理想——共產主義的理想

這個理想是甚麼？那就是一個「無階級的、無政府、無國家的最自由的社會」。如此一來，我們便不難理解，為何瞿秋白這麼輕易便能從佛家的信仰轉到蘇俄式的共產主義上來。一切都很簡單直接，因為兩者都有同樣的理想，都要在人間現世創造「淨土佛國」。我們不要忘記，1921年6月到9月期間，瞿秋白在《晨報》發表了一系列的通訊文章，報道了第十次全俄共產黨大會的情形，這系列長篇報道的總題正好是「共產主義之人間化」。[92]

既然理想相同，瞿秋白又何須轉投共產主義呢？瞿秋白說得很清楚：所不同的是共產主義能提供創造「新社會」的手段。而這個手段便是階級鬥爭和無產階級專政。他說道：「為着要消滅『國家』，一定要先組織一時期的新式國家；為着要實現最徹底的民權主義(也就是無所謂民權的社會)，一定要〔先〕實行無產階級的民權。這表面上『自相矛盾』，而實際上很有道理的邏輯——馬克思主義所謂辯證法——使我很覺得有趣。」[93] 在這種很「有趣」的馬克思主義辯證法上面，大概也會刻寫上一點點佛家那種「表面上『自相矛盾』，而實際上很有道理」的思考邏輯罷。《餓鄉紀程》第十四章記錄了瞿秋白初抵莫斯科的心情。他在這則遊記中，把莫斯科喻為「歐洲無產階級『心海』的濤巔」和「燈塔」。他並說：

> 社會革命怒潮中的赤都只是俄勞動者社會心理的結晶。〔……〕三年以來，奔騰澎湃的熱浪在古舊黑暗的俄國內，勞動者的「生活突現」，就只勇往直前強力怒發的攻擊，具體的實現成就這一「現代的莫斯科」。他們心波的起伏就是新俄社會進化的史事，他們心海的涵量就是新俄社會組織的法式。[94]

誠如胡紹華所指出的，「心海」和「心波」這對意象其實是佛家典籍對阿賴耶識的描繪。他並引用《楞伽經》卷一〈一切佛語心品第一之一〉的經文以茲證明：[95]「譬如巨海浪，斯由猛風起，洪波鼓冥壑，無有斷絕時，藏識海常住，境界風所動，種種諸識浪，騰躍而轉生。」[96]對於瞿秋白來說，這個「心海」包含着新俄國社會進化的歷程和最新的社會組織方式，是俄國「勞動者的『生活突現』」。[97]

由普列漢諾夫和列寧等俄國社會主義者在實踐中提出的「領袖權」理論，正好就是蘇俄革命政治新創的一種階級鬥爭手段。無怪乎瞿秋白會被這個當時新創的政治概念深深吸引着，反覆運用它來分析當時中國的政治形勢，並藉此提出他的政治對策。因為對於他來說，這個來自新俄心海的「領袖權」理論，無異於讓眾生即刻創造新生活和新社會的途徑。在下一章裏，我們將進一步探討創造進化論、辯證唯物論和「領袖權」理論之間共同的理論前提，並進而說明這一理論前提如何影響二十世紀初左翼知識分子對革命政治的理解。

第五章

從創造進化論到領袖權理論

第一節 「柏格森分子」葛蘭西

在〈致一位嚴厲批評家的信〉("Letter to a Harsh Critic")中，德勒茲(Gilles Deleuze)曾這樣描述他的柏格森研究：「我想像自己來到一位作者的背後，使其生子，那是他的兒子，是畸形兒。那確實是他的兒子，這一點至為重要，因為確實需要作者說出我讓他說出的一切。而孩子是畸形的，這一點也十分重要，因為作者應該經歷那各種各樣令我高興的偏移、滑脱、斷裂、散逸。我覺得我關於柏格森的著作便是這樣一本書。」[1]上述的段落是論者在談論德勒茲《柏格森主義》(*Bergsonism*)一書時經常引用的説話，然而，卻甚少論者留意到，緊接着這段文字之後，德勒茲對《柏格森主義》一書所作的政治定位：

> 現在有人嘲笑我居然寫了柏格森。這是因為他們不甚了解歷史。他們不知道柏格森最初曾在大學院校中惹起了何等的仇恨，他曾怎樣充當了集合各式各樣恰好遍布於整個社會光譜的狂人和越軌者的旗幟。他是有心如此還是無意而為，這並不重要。[2]

在這段自辯的文字中，德勒茲明確地把他這本純哲學著作《柏格森主義》置放在反抗政治的議程中，他並提醒我們應該注意柏格森哲學在反抗政治領域中的接受史。然而，在這篇文章裏，德勒茲沒有再就他所謂的「歷史」多作補充，而《柏格森主義》亦只專注探討柏格森的哲學思想，對於與柏格森哲學相關的實質政治運動則未置一言。[3]

倒是中澤臨川和生田長江合著的《近代思想十六講》(1915年)，為我們提供了一點歷史線索。[4]中澤臨川和生田長江在介紹柏格森生平時，談到了柏格森對當時法國社會政治的巨大影響力，並提及三個不同的社會和宗教運動。其一是索列爾(Georges Sorel)鼓吹的工團主義運動(syndicalism)，其二是婦女平權運動，其三是天主教的現代主義運動。[5]我們不能確定德勒茲所說的「狂人」是否包括索列爾，但他當時確實被列寧戲稱為「那個著名的糊塗擁護者」。[6]也難怪列寧會對這位法國的俄國革命支持者作出如此負面的評價，因為索列爾確實是一個相當古怪的人物。為此，我們只需簡單審視一下他搖擺不定的政治立場，便足夠了。他年輕時是個正統派人物，到1889年依然是個傳統主義者，但到了1894年後成了一個馬克思主義者。不過，1898年，在克羅齊(Benedetto Croce)和愛德華·伯恩施坦(Eduard Bernstein)的影響下，他開始批判馬克思主義。大概也在這個時期，他開始被柏格森的思想深深打動。他在1899年是個德雷福斯派(Dreyfusian)，在隨後十年裏是革命的工團主義者，到1909年他又變成了德雷福斯派的死敵，並且在此後兩三年裏，成了保皇派分子的盟友和神秘民族主義的支持者。1912年，他以讚賞的口氣談論墨索里尼(Benito Mussolini)那種好戰的社會主義，1919年又對列寧讚賞有加，至死都全心全意支持布爾什維主義，同時在去世前幾年，他還暗中欣賞墨索里尼。[7]

因此，伯林(Isaiah Berlin)作出了下述的評斷：「索雷爾(即索列爾)生前充其量被視為一個好參與論戰的記者，一個筆鋒遒勁、偶爾迸發出不凡見識的業餘學者。他太任性，太不合常情，很難引起那些嚴肅而忙碌的人的注意。在這件事上，已經證明了他比他那個時代許多可敬的社會思想家更令人生畏，他對他們中的大多數人或是毫不注意，或是不加掩飾地報以蔑視。」[8]但我們卻不能因此輕視這位不合常情且毫無系統性可言的「業餘學者」。因為在當年歐洲的知識分子圈子裏，他確實擁有相當大的影響力。他的名著《論暴力》(*Reflections on Violence*)初版於1908年，很快便引起了不少回響。本雅明(Walter Benjamin)寫於1921年的著名論文〈暴力批判〉("Critique of Violence")，便是對該書的回應文章。本雅明在這篇文章中多番引用索列爾的觀點，並藉此闡發自己對政治暴力的深刻見解。[9]雖然盧卡奇後來(1954年)在《理性的毀滅》(*The Destruction of Reason*)中無情地批判了索列爾，但他卻無法否認自己早年寫作《小說理論》時，自己對社會現實的見解受到索列爾的強烈影響。[10]

根據意大利政治學者里沃爾西(Franco Livorsi)的研究，[11]早於1917年，葛蘭西已深受索列爾的神話論和柏格森的生命哲學影響。因此，1919年甚至有人指責葛蘭西和《新秩序》報(*Ordine Nuovo*)的同人，沾染上柏格森主義的壞影響。面對這些指責，葛蘭西不但沒有否認自己受到柏格森的影響，1921年他更在《新秩序》報發表題為〈柏格森分子〉的文章，高度讚揚柏格森和索列爾。他說：「柏格森是一座高山，而我們的實證主義者則是沼澤中的青蛙。」他並為索列爾辯護道：「從未有任何一位意大利社會黨人具有索雷爾那樣的縝密思維、獨創精神，以及觀察的敏鋭性和適應能力。」[12]事實上，在1920年的〈共產黨〉一文中，葛蘭西雖然反對論者濫用索列爾的觀點，但他亦以敬佩的口吻將索列爾和馬克思相提並論。他說：「不過應該馬上説明一點，即索列爾對其意大利的崇拜者的眼光狹隘和思想簡單沒有任何責任，正像卡爾·馬克思對『馬克思主義者』的荒謬的思想上的自命不凡沒有責任一樣。索列爾是歷史研究的『發明家』，對他是不能效法的，他沒有向想當他的學生的人提供一種隨時隨地都可以機械地運用並能取得優異效果的萬能方法。」[13]葛蘭西認為，索列爾是具有獨創精神的歷史研究「發明家」，因此，他是不能效法的，他的觀點也不能被機械地搬用。於此，我們不難發現葛蘭西對索列爾的崇敬之情。事實上，直到後來寫作《獄中札記》時，葛蘭西始終沒有掩飾自己與索列爾的思想連繫。在該書中，他明確指出，自己對「現代君主」問題的思考，受益於索列爾的神話論和柏格森的生命衝動概念。

按照德里克(Arif Dirlik)的介紹，《共產黨》雜誌是中國第一部布爾什維克的宣傳刊物，它在1920年11月和1921年7月期間共出版了六期。中國當時的共產黨員首次通過它接觸到了列寧的革命思想，也是這個刊物在中國最早發表了《國家與革命》(*State and Revolution*)的部分章節。這本雜誌便曾發表索列爾論列寧的文章。[14]當時瞿秋白身在蘇俄，沒有證據顯示他曾受到索列爾觀點的影響。另外，因為他曾參與1923年的科學與人生觀論戰，撰寫〈自由世界與必然世界〉一文，批駁張君勱等玄學派的「意志自由」論，所以有論者甚至認為他是一個反對生命哲學的馬克思主義者。[15]沒錯，瞿秋白確實曾撰文批評過中國的生命哲學提倡者張君勱，他從蘇俄歸國後亦不再直接引述柏格森的觀點。但這是否代表在短短的兩三年間，他便可以徹底清洗掉自己思想中的柏格森和唯識宗痕跡，當一個純正的布爾什維克？對此，我們深表懷疑。在本章裏，我們會重新審視一下，1923年以後，瞿秋白的社會思想與柏格森的創造進化論之間隱密的連繫，並進而指出，這種與創造進化論之間的曖昧連繫，其實並非瞿秋白所獨有，而是內含於當時蘇俄共產主義思想的核心。最終，我們會嘗試初步指明，這種糾纏不清的思想轇轕，在哪一點上與列寧的「領袖權」理論和政治實踐相呼應。由於瞿秋白在1920年代中期的思想深受布哈林的影響，而葛蘭西卻在《獄中札記》中猛烈抨擊布哈林，所以我會在以下一節先花點篇幅，討論葛蘭西對布哈林的批判，然後一步一步闡明瞿秋白與葛蘭西思想的內在聯繫。

第二節　創造進化論與辯證唯物論

一、葛蘭西對社會學的批評

賀麟在最初寫作《當代中國哲學》(1945年)時，明顯傾向否定當時流行的辯證唯物論(Dialectical Materialism)，[16]但他也無法否認，此說對全世界的思想青年所產生的強大影響力。他以同代人[17]的口吻評論道：「辯證法唯物論盛行於九一八前後十年左右，當時有希望的青年幾乎都會受此思潮的影響。那時的中國學術界，既沒有重要的典籍出版，又沒有偉大的哲學家領導，但青年求知的飢渴，不因此而稍衰，於是從日本傳譯過來的辯證法唯物論的書籍遂充斥坊間，佔據着一般青年的思想了。這情形不但中國如此，即歐美先進國家亦如此，意大利有一個新黑格爾學派（Neo-Hegelian）的大哲學家自述其年輕時代研讀馬克思而篤信其說，至於狂熱，歷許多年才把自己的思想轉變過來。」[18]賀麟後來因應歷史和政治環境的變化把此書改寫成《五十年來的中國哲學》（1986年），他在該書補上這位意大利新黑格爾學派哲學家的名字，我們才確切知道他指的正好是克羅齊。[19]對葛蘭西稍有認識的讀者都會知道，克羅齊是葛蘭西最重要的思想對手，其黑格爾式的歷史思想深刻地影響着葛蘭西的思想發展。約爾甚至認為，葛蘭西在寫作《獄中札記》時，他的腦袋裏似乎存在着「一場列寧與克羅齊之間的永恒對話」。[20]賀麟這裏加插了克羅齊年輕時代研讀馬克思的心路歷程，正好證明馬克思主義在當時是一個全球同步並行的思想潮流。他在《當代中國哲學》中繼續補充說，當時的青年沉溺於辯證唯物論，這股潮流並有取代在五四初期流行一時的實用主義（pragmatism）之勢。從當時社會政治文化等環境觀之，這一切都不足為奇。「因為當時青年情志上需要一個信仰，以為精神的歸宿，行為的指針。」與實用主義相比，辯證唯物論不但為當時的青年提供一個思想的信仰，並且前有俄國革命充其模範，國內又有嚴密堅固的政治組織，足證它能提供實際的行動方案。凡此種種，都是實用主義思想無法比擬的長處。此外，「在理論方面，辯證法唯物論也自成體系，有一整套的公式，以使人就範。同時辯證法唯物論又似乎有科學的基礎，此即十九世紀最發達的經濟學和社會學。足見辯證法唯物論之吸引青年決不是偶然的。」[21]

賀麟解釋得很清楚，辯證唯物論既能提供實際的行動方案，亦有「科學的基礎」作為其合法性的來源，故能取代其他同期發展的思潮而盛極一時。但葛蘭西卻極其反對這種公式化和科學化的辯證唯物論。他認為從馬克思主義的立場出發，根本不可能建立一門關於社會的科學，亦即社會學。他並引用恩格斯（Friedrich Engels）的觀點批評道：「把實踐哲學歸結為一種形式的社會學，具體地代表了恩格斯〔……〕已經批評過的那種退化傾向。這種退化傾向的錯誤就在於把一種世界觀歸結為一個世界公式，給人以整個歷史盡在掌握的印象。」[22] 葛蘭西並在《獄中札記》重點批駁了布哈林的名著《歷史唯物主義理論：馬克思主義社會學通俗讀本》（*The Theory of Historical Materialism: A Popular Manual of Marxist Sociology*），藉此展開他對這種「形式的社會學」的攻擊。

「**真正的**哲學是哲學的唯物主義，實踐哲學則是一種純粹的『社會學』。」[23] 在葛蘭西的詞彙中，「實踐哲學」（philosophy of praxis）指的是馬克思主義，他認為上述把馬克思主義與社會學等同起來的想法，正是布哈林書中暗含的前提。葛蘭西對布哈林這種想法頗為反感。他認為，社會學一直借用進化論的實證主義（positivism）體系所制定的形式，創造歷史政治科學的方法。雖然社會學對進化論的實證主義體系不無抗拒，但這些抗拒卻只停留於某些局部問題上。「所以它變成了一種自身獨立的趨向，變成了非哲學家的哲學。它企圖根據建立在自然科學模式基礎上的標準，為歷史的、政治的事實提供圖解式的描述和分類。所以，它企圖用『預言』橡樹將從橡果中生長出來的方式，『實驗地』推斷出人類社會發展的法則。」[24] 葛蘭西在《獄中札記》極力抨擊社會學的庸俗進化論傾向，真可謂不遺餘力。表面上看來，我們似乎很容易便能套用葛蘭西的觀點，狠批瞿秋白。因為當瞿秋白在1923年按照李大釗的意思協助籌辦上海大學時，他的職位正好就是社會系系主任。他同年為上海大學社會系編寫的講義《社會哲學概論》，其核心觀點正好就是葛蘭西大力抨擊的、那種沾染了庸俗進化論的馬克思主義社會學。[25] 翌年，他更將布哈林的《歷史唯物主義理論》首四章改寫成《現代社會學》，作為另一本上海大學社會系的授課講義。[26] 瞿秋白在1923年撰寫的〈自由世界與必然世界〉，其基本觀點亦來自布哈林的著作。[27]

二、從漸進進化論到創造進化論

然而，事情真的如此簡單明瞭嗎？就此，我們應該回過頭來，重新問一個看來相當愚蠢的問題：葛蘭西真的是一個反進化論者嗎？葛蘭西對進化論的鮮明批判立場，明顯源自索列爾的名著《進步的幻象》(*The Illusions of Progress*)。索列爾在此書的第五章〈進步的理論〉("Theories of Progress")中談到了達爾文(Darwin)的進化論。他首先區分出兩種設想歷史的方法：第一種方法認為，一個人可以展望未來並記下據稱能對各種事件給出徹底解釋的所有發展根源，這種設想方法隨之會把我們的關注引向各種創造。第二種方法則認為，一個人可以回顧過去，藉此發現各種對環境的適應是如何形成的。第二種方法就是進化學說。索列爾說：「達爾文研究的是一種已經完成的自然史，他想向我們表明某些物種形式的消除如何可以與食物尋求和交配(為了生存與性選擇的鬥爭)發生其間的環境聯繫起來。」他認為，正宗的達爾文主義無法指明創造新物種的力量，這種研究無法解決物種變異的問題。他並引用柏格森《創造進化論》一書中的觀點，為自己對達爾文的攻擊提供合法性。[28]很明顯，索列爾在這裏沒有完全拋棄進化論，他所否定的只是達爾文的環境適應論和漸進進化論。這也就是葛蘭西所謂的「庸俗進化論」。索列爾的態度其實很清楚，他否定達爾文的進化論，但卻肯定第一種設想歷史的方法，即認識過去是為了引發未來的創造。這其實也是一種進化論，但他不是達爾文的漸進進化論，而是柏格森的創造進化論。

我們在本書第四章第二節中曾經提及，柏格森區分了兩種認知模式，即直覺和理知；直覺用於把握內在生命創造的流程，理知用於對外在環境的科學研究。我們很容易會因為這種二分法以及柏格森對直覺的推崇，便逕自推斷柏格森揚直覺而抑理知。但正如《近代思想十六講》一書所指出的，柏格森本人曾在法蘭西哲學協會的討論中，明確表示這種想法是對他的誤解。在直覺和理知之間，他並無輕重之分。[29]早於1921年，瞿世英便已認識到柏格森的學說其實充斥着生物學的想法:「柏格森說生命的進化不是連合(association)或是加甚麼別的元子,卻是分化。研究生物學的結果,乃不得不歸束於生源動力。從生物學上看來,所謂生源動力就是由胚胎以達胚胎至無窮之力。這種衝動,分歧四散,分散後,各自發展。」[30]六年後,即1927年,巴赫金(Mikhail Mikhailovich Bakhtin)便在《佛洛伊德主義(批判綱要)》(*Freudianism: A Marxist Critique*)一書中明確指出,柏格森、齊美爾(Georg Simmel)、斯賓格勒(Oswald Spengler)、詹姆士和杜里舒等二十世紀初的思想家,都有一個明確的共同主題:他們哲學體系的中心都是生物學意義的「生命」。對於這種現象,巴赫金曾批評道:「當代哲學的整個體系始終貫穿着對歷史的特殊恐懼。它力圖不顧整個歷史和社會去開闢另外的世界,並且就在有機體的深處挖掘到了這一世界。這是資產階級世界瓦解和衰落的徵兆。」[31]姑勿論巴赫金的論斷是否正確,我們至少可以肯定,葛蘭西沒有在《獄中札記》裏告訴我們,他所推崇的柏格森和索列爾其實都沾染上這種時髦的生物論。

甚至葛蘭西本人也沒有跟生物學和進化論劃清界線。在他對「現代君主」(Modern Prince)概念所下的著名定義中,我們不難發現「有機體」、「細胞」和「胚芽」一類生物學的修辭,充斥於字裏行間。他說:「現代君主,作為神話-君主,不可能是某一現實人物或具體個人,它只能是一個有機體,一個錯綜複雜的社會要素,通過它,那個得到承認並在行動中多多少少得到維護的集體意志開始凝聚成形。歷史發展已經提供出來的這個有機體,就是政黨——它作為最初的細胞,包含着追求普遍與總體的胚芽。」[32]這一段文字的中譯者陳越,敏銳地指出「有機的」(organic)這種提法其實充斥於《獄中札記》裏,不少葛蘭西的著名術語其實都與這個提法相關,譬如有機知識分子(organic intellectual)、有機的運動(organic movements)等。[33]但陳越卻沒有留意到,這個提法與生物學之間的緊密關係。我們不要忘記,就在這段定義文字之前的兩個自然段,葛蘭西便直接引用柏格森的術語「生命衝動」,藉此分析群眾運動中的集體意志和自發性等問題。[34]

恰恰就在葛蘭西政治理論的核心，我們再次碰上他所極力抨擊的庸俗進化論。瞿秋白在他的社會學講義《社會哲學概論》中，便將達爾文的進化論稱作「有機發展論」。而達爾文的研究則與十九世紀胚胎學(embryology)和古生物學(palaeontology)的研究成果緊密關連。他並在講義中專闢章節介紹關於「細胞」的生物學常識。他說：「一切有機體都是細胞所組織成的，細胞乃是蛋白質的小球，內有細胞核，非常之小，要用顯微鏡方才能看得見。」「庸俗進化論」主張，凡有生命的必有蛋白質體；凡蛋白質體不在潰敗過程中的必發現生命。生命是蛋白質體存在的方式，其主要特性乃在於每一生物機體有時時「變易自己」的能力。因此生命「既是自己又是別物」。[35] 柏格森的追隨者及其著作最早的英文譯介者卡爾(Herbert W. Carr)，便一直主張把柏格森的哲學概括為「變易哲學」(the philosophy of change)。他在其寫於1911年的名作《柏格森之變易哲學》(*Henri Bergson: The Philosophy of Change*)[36]中，這樣概括柏格森的哲學：「柏格森的哲學不是一個系統，不是講宇宙的究竟性(ultimate nature of the universe)。〔……〕他最重要的結論，是說宇宙不是已完成之實在系統，宇宙的本身卻是流轉變易的。」[37]可以說，在最根本的前提上，柏格森、索列爾甚至葛蘭西與一般的進化論者沒有多大分別。他們都相信，生命是不斷流動和變化的，他們的共同核心概念都是「變易」(change)和「生成」(becoming)。[38]

然而，這並不代表柏格森、索列爾和葛蘭西與正統達爾文的進化論沒有任何分別。柏格森等人的創造進化論和達爾文的漸進進化論之間最重要的分別，隱含在上文提及的索列爾對兩種設想歷史之方法的區分上。換言之，關鍵之處是創造進化論者正面肯定當下的創造和變易，而漸進進化論者則把生命的發展消極地理解為對環境的適應。1930年，瞿世英編寫了《現代哲學思潮綱要》一書；1934年，他出版了題為《進化哲學》的介紹書。在這兩本書裏，瞿氏都明確討論了各種不同的進化論之間在學理上的微細分別。在《現代哲學思潮綱要》中，瞿世英說道：「從前柏格森(Bergson)著《創化論》，以為宇宙的實在是『轉變』。宇宙是一不斷的創造的行歷，即此是宇宙的進化。他的這種看法根本不贊成達爾文的機械論的解說。宇宙萬有是創造的進化，進化的動力是生之衝動(élan vital)。所謂創造的進化是承認創新，在進化的行動中有新的東西或性質出現。」[39]他接着更進一步提出兩種不同的進化看法：一是主張進化是潛伏的伸展，後來的以前已經規定，不過逐漸推展而已；二是主張在進化的行程當中有新性質出現，是一種創造的行歷。[40]瞿世英的二分法明顯對應於索列爾的二分法。我們明確認清了這種區分，才能真正判斷瞿秋白是否葛蘭西所說的庸俗進化論者，或更準確點說，漸進進化論者。

縱然瞿秋白沒有否定或駁斥過達爾文，但我們也無法否認他在《現代社會學》講義裏，曾明確主張「革命式的突變」。他認為，社會裏的革命類同於自然界裏的突變。突變並非無因而至的現象，社會裏的革命是社會結構的改造。社會發展的需要與社會的結構相衝突之時，便發生革命式的突變。因此，「社會裏與自然界裏的一切漸變都必行向突變，——一切進化(evolution)必行向革命(revolution)。」無論社會界還是自然界，每次都必須經過一種突變，才能開始一種新方向的漸變。所以，世事並非先經漸變和改良才能達於徹底的改造，恰恰相反，「往往必須經過一次改造(reconstruction)，方能開始一種新方向的改良(reform)。」[41]如此一來，我們得到的不是一種簡單的或常識意義上的漸變論，恰恰相反，在瞿秋白的論證中，突變和漸變的關係被重新顛倒過來：漸變不再是突變的必要條件，突變才是漸變的必要前提。正是在這一顛倒的前提下，瞿秋白才能宣稱：「普通的意見總以為『自然界沒有突然跳躍的事』〔……〕，這種守舊的格言，往往用來證明革命之不可能。然而實際上自然界裏和社會裏處處都有革命的突變的現象。」[42]無論怎麼說，我們大概也無法把瞿秋白這種「革命式的突變」說成是漸進進化論罷。

我們之前經已提及，《現代社會學》是由布哈林的《歷史唯物主義理論》首四章改寫而成的。上述談突變論的內容出自瞿氏講義的第四章第六節，題為〈社會科學中之突變論與漸變論〉。這一節顯然取材自《歷史唯物主義理論》的第二十四節〈社會科學中的飛躍變化論和革命變化論〉(“The Theory of Cataclysmic Changes and the Theory of Revolutionary Transformations in Social Sciences”)。只要稍為翻閱一下這個小節，我們不難發現，布哈林一直都堅持反對漸變論和進化論，並且認為當時資產階級學者對飛躍論和突變論的抗拒，其實源於他們對革命的恐懼。[43]他說：「資產階級學者否認發展的矛盾性，是出於他們害怕階級鬥爭和掩蓋社會矛盾。同樣，對飛躍的恐懼是出於對革命的恐懼。他們的全部聰明才智歸結為這樣的論斷：自然界沒有飛躍，任何地方都沒有也不可能有飛躍；這就是說，無產者們，你們誰敢來革命！」[44]布哈林認為，資產階級學者對飛躍和突變的拒絕，正正顯示他們的學術研究充滿着偏見和漏洞。他並以桑巴特(Werner Sombart)對馬克思理論有選擇性的接收作為例子，證明這個論斷。桑巴特在涉及進化的問題時，他對馬克思是恭維備至的，可是只要在理論上發現馬克思主義的革命因素，就立刻翻臉對馬克思進行攻擊。從資產階級學者的觀點出發，研究者可以在馬克思主義「採納」所有一切，唯獨「**革命的**辯證法」除外。[45]

誠如科恩(Stephen F. Cohen)所指出的，布哈林的「機械唯物論」(mechanistic materialism)一直都是其論爭對手的攻擊目標。[46]而對機械論的標準攻擊則是，它對運動的理解排除了從量到質的變化以及總體「飛躍」的可能性。這些敵手藉此將機械論定性為政治上漸進主義的哲學基礎。葛蘭西在《獄中札記》裏攻擊布哈林的馬克思主義社會學時，也使用過類似的措辭。他說：「庸俗進化論是社會學的根基，社會學不會知道從量到質的轉化這一辯證原則。但這種轉化卻擾亂着任何形式的進化以及庸俗進化論意義上理解的任何一致性法則。」[47]遺憾的是，布哈林的社會學並非葛蘭西所批評的社會學，布哈林的社會學教科書不但包含葛蘭西所說的從量變到質變的辯證法原理，而且將之視為他的馬克思主義社會學的重要原理。而瞿秋白把〈社會科學中的飛躍變化論和革命變化論〉改寫成〈社會科學中之突變論與漸變論〉時，亦重點保留了布哈林對「從量變到質變」原理的解釋。[48]

葛蘭西大概也意識到自己論證中自相矛盾的地方罷。因此，他在討論到布哈林書中的這一節內容時顧左右而言他，轉而指責布哈林闡釋不足，舉例不當：不引證《資本論》中曾提及的關於社會分工問題的例子，而只舉出自然科學的例子。葛蘭西反對以自然科學的例子來說明質和量的關係，認為解釋社會發展的法則或原則不可能是一種物理法則，「因為在物理學中，除了隱喻之外，人們並不離開定量的領域。然而，在實踐哲學中，質和量相互聯繫，而且這種聯繫或許是實踐哲學最豐富的貢獻。」[49]葛蘭西攻擊布哈林的主要原因，顯然是布哈林採納了自然科學和機械論的論證語言。因為葛蘭西認為，馬克思主義或實踐哲學應該採用文獻學或語文學(philology)[50]的治學方法，而不是科學化的社會學。[51]正是這種先入為主的想法，使葛蘭西無法對布哈林作出中肯的評價。在這個問題上，約爾的評斷相當準確。他說：「就布哈林信仰自由的探討，信仰馬克思主義是活生生的、變化着的哲學〔……〕而言，他的觀點同葛蘭西的觀點十分相似。到了1920年代晚期，甚至在他的實際政策中，他得出的關於農民問題的觀點同葛蘭西也相差無幾。但是儘管葛蘭西對布哈林《歷史唯物主義》一書的批判有時是不公正的〔……〕，但是，葛蘭西給布哈林的著作所做的註釋卻為葛蘭西自己的馬克思主義理論以及他的思想活動和假設提供了有趣的證據。」[52]

第三節　社會有定論與意志自由說

1923年2月14日，張君勱在清華學校給學生發表了一場題為「人生觀」的演講。這次演講的講辭後來收錄於第272期的《清華周報》，當年中國思想界的一場著名論戰——「人生觀論戰」——便從此拉開了序幕。張氏在演講中把學術研究劃分成「科學」和「人生觀」兩個截然二分的領域。他認為：「科學為因果律所支配，而人生觀則為自由意志的。」他並說：「關於物質全部，無往而非因果之支配。即就身心關係，學者所稱為心理的生理學者，如見光而目閉，將墜而身能自保其平衡，亦因果為之也。若夫純粹之心理現象則反是，而尤以人生觀為甚。」張氏並明確斷言，人生觀是主觀的、直覺的、綜合的、自由意志的、單一性的。所以，儘管科學如何發達，人生觀問題之解決，決非科學所能為力，而只能仰賴人類自身。[53] 1923年12月24日，瞿秋白寫作〈自由世界與必然世界〉一文，借用布哈林的「有定論」(déterminisme)反駁張氏的「意志自由」說。[54]他後來於1924年寫作《現代社會學》講義時，亦以張氏的論點作為教材，解釋和批評「目的論」(téléologie)的設問法和前提。[55]

我們很容易會因為瞿秋白批評了張君勱的「意志自由」說，便誤以為瞿氏否定「意志自由」，甚至以為他否定個人意志的存在。但事實又是否如此呢？非也。瞿氏並沒有否定「意志自由」，他真正否定的是「無定論」(indéterminisme)的意志自由，或簡單點說，「無束縛」的意志自由。他認為，這種「無定論」推論到底，是這樣的一種想法：人的意志若是絕對自由、絕無聯繫，那他就是無原因的。換言之，這種想法的潛臺辭是：宇宙間的一切，從臭蟲到太陽系的運行，都有公律；但唯獨人類的意志是例外的，人類猶如天神，站在全宇宙之上，而不是自然界的一部分。他認為，這種意志自由論簡直就是一種宗教式的神秘思想，對於人類的意志絲毫無所說明和解釋，不過是一種盲目的信仰。[56]

瞿氏認為，這些無定論派往往把「無束縛」的感覺與客觀的「無束縛」混淆為一。他舉了一個日常生活的例子，以茲說明：一個會議的演說家，他拿起杯子要喝水。他拿杯子的時候有何感覺呢？他當然會覺得是自己決定要喝水的。他覺得，誰也沒有強迫他，「他那時完全感覺自己的自由：他站在臺上自己決定喝水而不跳舞。」他確實有「自由之感覺」，但我們能說他的行動完全沒有原因，毫無束縛嗎？「不能。隨便甚麼人，——只要有半點智識——都能知道的。他說『這是因為演說家口渴了』。這就是說因說話太用力而口裏發生一種變化，使他不得不發生喝水的願望。這是原因。有機體內的變化(生理的原因)引起一定的願望。」[57]瞿秋白認為，主張無定論意志自由說的人，就像這個演說家一樣，混淆了感覺與客觀的現實。

當然，我們可以説，張君勱還是承認像口渴這種生理反應屬於有定論的範疇，他反對的只是把人生觀和哲學思想也納入因果律的系統裏。但這裏我們必須緊記，瞿秋白只是用演説家的例子來作譬喻，在他的舉證中，下至市場價格的釐定，上至思想流派的形成，所有牽涉人類意志的社會現象，統統都被牽扯進因果的大網之中。他並借用佛家「因緣和合」、「因果相續」的説法來描述這種狀態。因此，對於瞿秋白來説，「不論是經常的現象，是異常現象，一個人的意志、感覺、行動都有一定的原因，是有定的，是有所聯繫的，——一因不具，果即不現。」[58]這裏「一因不具，果即不現」的概括，明顯借用了佛家的「因緣」概念。「因緣」是梵文hetupratyaya的意譯。杜繼文等學者在《佛教小辭典》中指出：「因緣」是「『因』和『緣』的合稱，指得以形成事物、引起認識和造就『業報』等現象所依賴的原因和條件。《俱舍論》卷六：『因緣和合，諸法即生。』在生『果』中起主要直接作用的條件叫『因』，起間接輔助作用的條件叫『緣』。」[59]太虛大師曾在〈因緣所生發義〉中談及「因緣」與「法」(dharma)之間的關係：「法即事事物物，而因緣即每法親生之因與助成之緣；如柏樹然，其種子為能生起之親因，日光、水土、肥料、人工、氣候等為其助緣；此樹不離因緣，即生成此樹之因與緣亦皆各由其各別之因緣而成。樹是植物如此，推而下至鑛物，乃至天空之星球，無不皆然。〔……〕由此推而至宇宙萬事萬物，無一法不從因緣生。」太虛大師並斷言：「因緣即是一切法，一切法即是因緣。」[60]換言之，瞿秋白認為，在這張「因緣和合」的大網裏，如果我們像那位演説家那樣，以為自己的意志和思想可以不受任何異己的環境和因素束縛影響，那麼，我們便無異於把「無束縛」的感覺誤認為客觀現實了。

推論至此，我們很容易會像葛蘭西那樣，以為瞿秋白是把自然界和人類意識兩個不同的領域混淆起來，才會得到這種有定論和因果之説。很可惜，這次我們的回答也是否定的。瞿秋白曾多番表明，自然界和社會生活確實是兩個性質不同的領域，但這並不代表社會生活便完全沒有束縛，沒有一定的規律性。他説：「人類社會的發展與自然界的發展各有不同的歷史。最顯著的差異，便是：自然界裏只有無意識的盲目的各種力量流動而互相影響；此中共同因果律的表現，亦僅只因為這些力量的**互動**。自然界裏絕對無所謂願望、目的。人類社會的歷史裏卻大不同——這裏的行動者是有意識的人，各自秉其願欲或見解而行，各自有一定的目的。〔……〕**然而並不能因此而否認歷史的進程之共同因果律**。」[61] 人類既是有意識的人，他／她會秉持自己的願望和目的行事，但他／她又是被歷史進程的共同因果律所決定的。這種説法究竟是如何成立的？究竟瞿秋白所抱持的又是一種怎樣的社會觀？

事實上，當瞿秋白嘗試為「社會」下定義時，他恰恰是從「個人意志」説起的。他説：「社會是由個人組成的，而社會就是無數個人的感情、情緒、意志、行動積集組合而成的總體。換句話説，社會現象便是個性現象的『結聚』(Resultat)。」他並以「市場價格」的釐定作為例子，藉此説明「社會」與「個人意志」之間的關係：市場上有買家和賣家，一邊有錢，一邊有貨，各人要達到自己的目的。於是，講價、稱貨、讓價、付錢——這一系列的買賣過程便出現了。在這個過程中，買賣雙方又互相較勁，結果一種「市場價格」便在競爭之中規定下來了。但這已不是各個買家和賣家心上想要的價錢了。於此，我們看到的是，「一種社會的現象成就於各個的『意志』互相鬥爭之結果」。[62]

在這個「市場價格」的例子上，我們不難再推進一步，發現以下的狀況：由各個意志總匯而成的「社會結果」，最終會成為一種「社會意識」，反過來決定各個人的行為。譬如，一旦市場上一斤菜的價格被確定下來，那時買家和賣家便會預先按照這個價錢計算他們的支出和收入。「這就是社會的現象(價錢)能規定個性的現象(計算)。」因此，瞿秋白最終得出這樣的結論：「社會的產物」(即社會現象)統治着個人。這裏的意思不單是「社會現象規定人的行為」，而且是説「社會現象與個人願望相離異」。[63]

在這種社會的異化狀態下，我們可以怎樣談論「意志自由」呢？瞿秋白的解釋是這樣的：「自由」並非指，我們可以在幻想中背離自然律而遺世獨立，恰恰相反，「自由」指的是，我們有能力探悉這些自然和社會公律。「因為只有探悉公律之後，方才能利用這些公律，加以有規劃的行動，而達某種目的。」因此，我們應該把「意志自由」理解為：「確知事實而能處置自如之自由」。瞿氏認為，如果我們不知因果律或規律性，便無從決定行為。如此一來，我們便只有孤注一擲的賭博僥倖心理，而絕無所謂的自由意志。所以，人的意志愈根據於事實，人便愈有自由；人的意志若超越因果律，愈不以事實為根據，人也就愈不自由。[64]正是在上述的前提下，瞿秋白才能得出如下的結論：「總之，社會現象是人造的，然而人的意志行為都受因果律的支配；人若能探悉這些因果律，則其意志行為更切於實際而能得多量的自由，然後能開始實行自己合理的理想。」這樣，我們才能明白，為何瞿秋白可以說他自己主張的「有定論」不是「宿命論」(fatalisme)。[65]因為我們只有理解和接受了規律性的存在，我們才能知道如何透過實際的行動，擺脱神秘的「命運」和「宿命」。

在這一點上，瞿秋白的布哈林式社會觀再次與葛蘭西不期而遇。葛蘭西在《獄中札記》的〈進步和生成〉(“Progress and Becoming”)一節裏，同樣把人設想成「社會關係的**總和**」(*ensemble* of social relations)。既然人是他/她自己生活條件的總和，人們便可以衡量自己支配自然和偶然事故的程度和能力。葛蘭西認為：「可能性(possibility)並非現實性(reality)：但它本身就是一種現實性。」因為，人能夠還是不能夠做某件事？這一問題在人估量自己實際要做的事情時，具有很大的重要性。「可能性意味着『自由』。」人的可能性正是衡量其自由的尺度。但是，我們有了客觀條件，有了可能性或自由，還是不夠的。我們還必須「認識」它們，並且知道怎樣去利用它們，還要去實際地去利用它們。[66]我們不禁要問，這種「自由」觀跟瞿秋白的布哈林式「意志自由」觀有何區別呢？瞿秋白所謂的「確知事實而能處置自如之自由」，跟葛蘭西所謂的對「可能性」的評估又有何實質分別呢？

也正正是在有關「可能性」和「現實性」的討論上，葛蘭西開始引入他對個人意志的定義。他認為：「人是具體的意志，也就是説，把抽象的意志或生命衝動有效應用到實現這樣一種意志的具體手段上去。」換言之，柏格森所謂的「生命衝動」，是人類具體落實其意志的手段。然而，生命衝動可以如何被具體運用呢？葛蘭西在這裏明確提出三個具體的方法：一、我們首先得賦予自己的生命衝動或意志以一個特定的、具體的(「合理的」)方向；二、然後識別出一系列手段，這些手段能將我們的意志轉化成具體的、特定的意志，而不是任意的意志；三、在我們自身的限度和能力的範圍內，以最富成效的形式，致力於改變實現我們意志的具體條件的總和。[67] 在這三個具體方法的指引下，我們很難想像，葛蘭西所謂的「生命衝動」會是一種盲目、任意和無束縛的意志。在這一點上，葛蘭西所謂的「可能性」或「自由」，根本就是瞿秋白所說的擺脫了「宿命論」的「有定論」。

反觀瞿秋白，我們同樣可以發現，他的「有定論」銘刻了生命哲學的痕跡。只要我們重新翻開《餓鄉紀程》，不難發現早於該書討論柏格森「生命大流」概念的段落裏，便已隱含了從生命哲學向有定論過渡的思想趨向。在該書的第二節中，瞿秋白這樣寫道：

> 社會現象吞沒了個性，好一似洪爐大冶，熔化鍛煉千萬鈞的金錫，又好像長江大河，滾滾而下，旁流齊匯，泥沙畢集，任你魚龍變化，也逃不出流域以外。這「生命的大流」虛涵萬象，自然流轉，其中各流各支，甚至於一波一浪，也在那裏努力求突出的生活，因此各相搏擊洴湧，轉變萬千，而他們——各個的分體，整體的總體——都不知道自己，不知道自己的轉變在空間時間中生出甚麼價值。只是蒙昧的「動」，好像隨「第三者」的指導，愈走愈遠，無盡無窮。——如此的行程已經幾千萬年了。[68]

如此一來，「生命的大流」便與「社會」等同起來。它們猶如一個大熔爐，吞噬了一切生命衝動，把各種「個性」和「分體」都歸於整個總體。於是，在各種「蒙昧的『動』」上面，便好像存在着一個「第三者」，指導着總體的方向。社會吞沒了一切，一切都隨它自流自轉。人生成了社會現象的痕跡，社會現象亦不過是人生反映的海市蜃樓。所以，瞿秋白不禁感嘆道：「人生在這『生命的大流』裏，要求個性的自覺(意識)，豈不是夢話！」[69]這種「個性」和「社會」相互銘刻、相互決定的構想，已跟布哈林式的「有定論」相去不遠了。

瞿秋白在這裏提出的「第三者」概念，相當接近於德勒茲在討論柏格森哲學時提及的「非人稱的時間」(impersonal time)。德勒茲在《柏格森主義》第三章〈作為潛在共存的記憶〉("Memory as Virtual Coexistence")裏，借用了一個柏格森的例子來討論「各種不同的綿延的共存性」的問題：「當我們坐在河邊，水的流動、船的滑行或鳥的飛翔、我們內在生命不斷的低語對於我們來說是三種不同的東西或一種隨心所欲的東西⋯⋯」在這一情景中，水的流動、鳥的飛翔、我生命的低語構成了三種不同的流，並具備同時性。而這三種流之所以具備同時性並得以共存於這一情景中，實源於「我」。因為正是在「我」的冥思玄視中，衍生出一種能包容三種不同的流的綿延。據此，我們可以進一步分析出綿延或流的三重性：首先，我的綿延(即一個旁觀者的綿延)必然既是一種流又是總體時間的代表，這樣坐在河邊低語的「我」才能意識到水的流動、鳥的飛翔、我生命的低語三者的同時性，這已隱含了流的兩重性；其次，既然我們可以擔當一種總體時間的代表，這便意味着一種所有的流都沉沒其中的時間，至此我們已進入了第三重的綿延，亦即「非人稱的時間」。德勒茲稱這種「非人稱的時間」為「象徵」(symbolic)，因為它不是任何一種特殊的流，它不是個人以至任何活物的特殊經驗，而只是各種相互差異的綿延得以同時展露的唯一時間的「象徵」。[70]

據此，我們可以說：「柏格森的**同時性**理論是要確認綿延的概念，是指所有的程度在唯一的和同一的時間潛在**共存**。」[71]而這個「在唯一的和同一的時間潛在**共存**」的狀態亦即「非人稱的時間」。如此一來，在柏格森的宇宙大全(the Whole of the universe)裏，便只會有一種時間、一種綿延，所有的東西都會參與進去，包括我們的意識，包括各種生物，包括物質世界的一切。所以，德勒茲說：「柏格森最滿意的正是這種假設：一種時間、一、普遍的、非個人的。總之是一種時間的一元論⋯⋯。」[72]

現在，我們終於能夠明白，為何1921年還篤信柏格森主義和新唯識宗的瞿秋白，1923年竟能搖身一變，成了一名布爾什維克。因為在瞿秋白看來，那因果相續、恒轉如暴流的生命大流或阿賴耶識，與布哈林所昭示的因果律世界根本無甚差別。瞿秋白在《現代社會學》中這樣寫道：「因為宇宙永永在動之中，——所以研究一切現象，應當看他們之間的**聯繫**，而不可以刻舟求劍的只見『**絕對的分劃**』。實際上宇宙各部分互相聯繫，一部分小有變動便能影響到別的部分，牽動全局。」正正因為這是一個「動」的世界，所以才會造就一個因果相聯，牽一髮而動全身的大網。所謂因果律，指的正是這個不斷運動的世界的關聯規律。而我們賴以研究這個「動」的世界的「動力觀」便是「互辯法」或「互變律」（dialectique），亦即我們現在所說的「辯證法」。從辯證法的觀點出發，瞿秋白得到了考察一切現象的兩個基本步驟：「第一要看現象之間的不斷聯繫，第二要看他們的動象。」[73]從「創化論」到「互變律」，原來不過一線之隔。

第四節　領袖權與「合理的」生命衝動

瞿秋白和葛蘭西思想的創新之處，並不在於把生命哲學的想法引入辯證唯物論，恰恰相反，他們思想創新的地方是以辯證唯物論重寫「生命衝動」這個概念。[74]而瞿秋白的「領袖權」理論亦恰好在這個反常的理論創見中誕生。

〈自由世界與必然世界〉的最後一節題為「社會與個性」。[75]布哈林的《歷史唯物主義理論》中雖然也有同名的章節，[76]但瞿秋白在他的文章中，卻嘗試處理一個布哈林書中沒有提及的問題：我們如何在「社會有定論」的前提下解釋「個性天才」的問題？

在文章中，瞿秋白首先簡單說明了，從社會有定論的觀點出發，社會心理和個性是如何產生的：首先，在每一個時期人與自然的鬥爭中，人對自然的適應過程產生了技術上的變革；在這個基礎上，人必須綜合現有技術的成果而發展一套系統的智識，這便是科學。但技術的變革必定影響經濟關係；經濟關係又漸漸確立新的政治制度，進而變更人與人之間的鬥爭形勢。於是，在政治制度較為穩定的時期，大家服膺於當時既有及承認了的智識，便得到大致相同的人生觀及宇宙觀，並養成一種時代的心理。如此輾轉流變，及至新技術、新科學、新鬥爭再次出現，新人生觀亦會隨之出現。這便是人生觀隨時代變遷的原因。[77]

瞿秋白認為：「個性孕育在社會裏，他受當代社會心理的暗示，他亦受當時社會裏階級鬥爭的影響。」他並借用佛經的譬喻解釋道，如果我們夢見人頭生角，那是因為我們清醒時「此處見頭，彼處見角」。我們決不能夢見我們絕對沒有概念或印象的東西。因此，學者不能製造出社會所沒有的問題。他們之所以好像能無中生有，提出大家無法提出的問題，不過是因為他們在大家還視為理所當然的事情裏，看出種種疑問而已。「個性天才」也一樣。當新的社會心理開始出現或政治制度劇變之時，平時隱匿未見的階級矛盾明顯地爆發出來。「個性天才」不過是那些能先發現新時代的人生觀的人。他們在大家還未發覺問題所在的時候，便立於新階級的觀點與舊階級開展思想上的鬥爭。「這是人生觀所以有個性的（實即階級的）不同之原因。」[78]

所以，「個性天才」的出現根本不是甚麼神秘的現象，恰恰相反，這不過是他們憑藉自己的智慧，洞悉了「歷史的必然」而已。「偉大的個性能超越階級而『自由』選擇觀點，是因為這一鬥爭的過程顯示了必然的因果律，使他不得不轉移其觀點於新階級，結果仍舊是階級的觀點。所以**個性的動機僅僅是群眾動機的先鋒、階級動機的向導**。」[79]換言之，真正的「個性天才」和「意志自由」，並非我們一般以為的，由神秘的直覺和盲目的生命衝動所造就，恰恰相反，「個性天才」和「意志自由」表現於覺悟和理智的選擇。「個性天才」之所以能違背自己的階級屬性，作出異於常人的決定，正在於他洞悉了「必然的因果」。

我們不要忘記，葛蘭西認為，人類落實其具體意志的第一個方法正好是：「賦予自己的生命衝動或意志以一個特定的、具體的

(「合理的」"rational")方向」。[80]無論瞿秋白還是葛蘭西，其實都違背了柏格森對理知與直覺、物質環境和生命最基本的二元劃分。在他們的政治思想中，改造和創新並非源自盲目的衝動，而是來自對「歷史的必然」或「可能性」的理智洞察。

「個性天才」洞悉了歷史流變的「必然因果」，遂能背離自己的舊階級意識，「自由」選擇新階級的人生觀。這位「個性天才」因而成了「群眾動機的先鋒」。個體的「個性天才」能夠「自由」選擇，集體的「階級個性」當然也可以作出這種異常的舉措。在瞿秋白的討論中，無產階級便具備了這種階級覺悟的「個性」。他說：「無產階級的『階級個性』依**利己**主義而向現存制度進攻；階級鬥爭的過程裏發見社會現象的公律，能使無產階級覺悟：『非解放人類直達社會主義不能解放自己』，——實在亦是**利他**。個性之於階級，亦與階級之於人類的關係相同。」換言之，因為無產階級在解放自身的過程中，發現了「歷史的必然」和「社會現象的公律」，了解到若要解放自己，便得同時解放全人類，讓大家共同進入無階級、無剝削的共產主義社會。正正是這種階級覺悟，使無產階級的解放運動脫離「正常」的利己主義運動，轉變成「反常」的利他的解放事業。[81]

然而，這種抽象的說法真的能夠用來解釋具體的歷史事件和政治狀況嗎？瞿秋白同年所寫的〈自民權主義至社會主義〉一文，正好為我們提供一次具體的操作示範；也正是在這篇文章裏，瞿秋白首次系統地闡述了他對領袖權或領導權理論的理解。1923年，中國的歷史發展進程到達了爭取資產階級民權、進行國民革命的階段。在這個歷史時刻，中國的無產階級群眾面臨一個歷史性的抉擇：究竟無產階級應不應該參與這場資產階級的民權運動？在這場革命運動中，「資產階級和無產階級究竟哪一個能取得革命運動的領袖？」[82]

瞿秋白對這個問題的回答相當明確，他說：「中國客觀的政治經濟狀況及其國際地位，實在要求資產階級式的革命；同時此種絕對資產階級性的所謂『民族民權革命』卻非借重國際的及國內的無產階級不可。獨有無產階級能為直接行動，能徹底革命，掃除中國資本主義的兩大障礙；就是以勞工階級的方法行國民革命。**勞工階級在國民革命的過程中因此日益取得重要的地位以至於指導權。勞工階級的最後目標在社會主義，那麼，到國民革命的最高度，很可以與世界革命合流而直達社會主義。**」[83]學界一般認為，瞿秋白這裏所謂的「指導權」，其實是「領袖權」或「領導權」的同義語。[84]瞿秋白的意思很清楚，唯獨無產階級能夠採取直接行動，徹底推行革命，所以中國資產階級需要國內和國際上的無產階級力量，才能對抗軍閥和帝國主義列強，落實「民族民權革命」。這樣，無產階級在民權革命中的重要地位和「領袖權」，便呼之欲出了。他並認為，到了國民革命的頂峰，中國的無產階級甚至可以與世界革命合流而直達社會主義。

瞿秋白當然不是憑空提出這個結論的。他這篇長篇論文旁徵博引，既引述了馬克思和列寧的著作，也提出德俄革命的種種事例以及當時中國政經狀況的實質分析，以茲佐證。但在這一系列紛繁複雜的論證中，值得注意的是，他引用了俄國1905年革命的例子和列寧的相關分析，藉此說明落後國家的無產階級在民權革命中的「領袖權」問題。

瞿秋白分析道：「原來那時的俄國，已經有民權主義的政治上、經濟上的改造之必要。這種改造運動不但還不足以表明資本主義的崩敗，資產階級的崩敗；而恰恰相反，正要有這類民權主義的政治經濟的改革，才能掃清障礙，讓俄國的資本主義好好的發展，進於純粹歐洲式資本主義的發展，而不永滯於亞洲式的半自給經濟；有這種種改革才能使俄國有完全資產階級式的統治。」換言之，那時俄國惟有經過民權革命，資本主義才能發展起來。然而民權革命不但代表勞工平民，而且代表全資產階級社會的利益。既然有資本主義，在資本主義的社會裏，工人便不免會被資產階級統治。「所以可以說：民權革命代表資產階級的利益多，而代表無產階級的利益少。」正是基於這些理由，當時俄國的民粹主義者主張，無產階級用不着資產階級的政治自由，並進而否定資產階級的代議制和革命，甚至否定一切當時的政治鬥爭。[85]

但列寧卻按照馬克思主義的原則指出：在商品經濟的基礎上，資本主義的發展必不可免，無論怎麼不能禁止資產階級的成長，要想跨過資產階級立刻實現烏托邦是必不可能的事情。因此，一個真正的馬克思主義者，不會要求無產階級避開資產階級革命或不參與其中，恰恰相反，一個真正的馬克思主義者會鼓吹無產階級竭力引導這場民權革命到底，甚至將這場革命推到極點，變資產階級的民權革命為無產階級的社會主義革命。所以，當時列寧說道：「我們不能跳出俄國革命之『資產階級民權主義的範圍』，可是我們能夠竭力去擴大這個範圍；我們能夠並且應當在這範圍之內爭無產階級的利益，爭他們生活裏迫切的需要，爭他們預備將來再戰而能徹底勝利的條件。」[86]正正是在這種政治形勢中，「領袖權」的理論才得以具體形成。因為民權革命是有「全民」意義的，它是一場「總的政治鬥爭」，所以這個運動便要求一個跨階級的「統一意志」、一個跨階級的聯盟。因為要參與這一跨階級的聯盟運動，無產階級爭取民權革命「領袖權」的政治策略，便被提上議事日程。[87]

在這一具體形勢裏，列寧在《怎麼辦？》中對俄國社會民主黨員所提出的「異常」要求，便顯得合情合理。他的要求是：俄國社會民主黨員不應單單「往工人間去」，而更「應當往**各階級**去，應當派遣自己軍隊到**各方面**去」。[88]恰好在這一「異常」的時刻，對無產階級的階級利益來說極為「反常」的領袖權策略，便赫然成為無產階級顯示自己「階級個性」和覺悟的「自由」選擇。在這種「自由」選擇中，無產階級才能像葛蘭西所言，具體落實他們「合理的」生命衝動，貫徹他們自身的生命意志。

第三部分

自殺之道

第六章

「擠出軌道」的孤兒

第一節　瞿秋白的魯迅論

1933年2月上旬，瞿秋白的住處又再發生問題。當時中共的上海中央局獲得情報，指國民黨特務打算破壞中共在紫霞路的一處機關。經分析後，認為瞿秋白和楊之華夫婦的住所很可能會發生危險。於是，在黃玠然護送下，瞿氏夫婦第二次到魯迅家中避難。[1]瞿氏夫婦這次避難住的時間較久，瞿秋白和魯迅有更多的時間促膝談心，展開更深入的交流。這次避難期間，他們一起編輯了《蕭伯納在上海》和蘇聯版畫集《引玉集》；而瞿秋白更就談話所得，或者跟魯迅商量以後，寫了〈苦悶的答覆〉、〈出賣靈魂的秘訣〉等十多篇雜文。根據楊之華的回憶，「這些雜文，為了不讓敵人發覺它們的真正作者，秋白有意模仿了魯迅的筆調，魯迅請別人另抄一份，署上自己的筆名，送給《申報》副刊《自由談》等處發表。」[2]

在這段期間，魯迅和瞿秋白的關係無疑是極為密切的。1933年3月初，魯迅在上海四處奔走，為瞿氏夫婦在東照里12號租到了一個亭子間。[3]正是在這個亭子間裏，瞿秋白展開了編輯《魯迅雜感選集》的工作，並於4月初花了四個晚上，寫成了逾17,000字的〈《魯迅雜感選集》序言〉。[4]楊之華曾經憶述魯迅第一次閱讀這篇〈序言〉的情景：

> 魯迅走進房間，在椅子上坐下來，抽着香煙。秋白把那篇〈序言〉拿給他看。魯迅認真地一邊看一邊沉思着，看了很久，顯露出感動和滿意的神情，香煙快燒着他的手指頭了，他也沒有感覺到。[5]

魯迅後來更向馮雪峰表示，這篇〈序言〉的「分析是對的。以前就沒有這樣批評過。」[6]曹聚仁曾慨嘆為魯迅造像之難：「我們都是不敢替魯迅作特寫的，因為我們沒有這份膽識〔……〕。」[7]瞿秋白不但有這份膽識，更抓住了癢處，他為魯迅所作的特寫，就連曹聚仁也為之折服。他用以下幾句說話，生動地勾勒出魯迅的整體輪廓：

> 魯迅是萊謨斯，是野獸的奶汁所餵養大的，是封建宗法社會的逆子，是紳士階級的貳臣，而同時也是一些浪漫諦克的革命家的諍友！他從他自己的道路回到了狼的懷抱。[8]

這裏，瞿秋白借用羅馬城的神話傳説，[9]回答了曹聚仁無法直接回答的問題：「魯迅是誰？」

那個神話是這樣的：亞爾霸・龍迦（Alba Longa）的公主萊亞・西爾維亞（Rhea Silvia）被戰神馬爾斯（Mars）強姦後，誕下一胎雙生兒：一個是羅謨魯斯（Romulus），一個是萊謨斯（Remus）。這兩兄弟一出生便被遺棄在荒山裏，如果不是一隻母狼以自己的奶汁哺育他們，也許早就餓死了。後來，羅謨魯斯居然創造了羅馬城，並且乘着大雷雨飛上了天，做了軍神；而萊謨斯卻被他的兄弟羅謨魯斯殺了，因為他膽敢蔑視那莊嚴的羅馬城，一腳跨過那可笑的城墻。但故事説到這裏，瞿秋白卻引入了一個微妙的轉折：「萊謨斯的命運比魯迅悲慘多了。這也許因為那時代還是虛偽統治的時代。而現在，吃過狼奶的羅謨魯斯未必再去建築那種可笑的像煞有介事的羅馬城，更不願意飛上天去高高的供在天神的寶座上，而完全忘記了自己的乳母是野獸。雖然現代的羅謨魯斯也曾經做過這類的傻事情，可是，他終於屈服在『時代精神』的面前，而同着萊謨斯雙雙回到狼的懷抱裏來。」[10]不少論者都會抽取寓言中意旨較為顯明的部分，指瞿秋白是最早把魯迅喻為狼族的文評家；[11]然而卻鮮有論者理會，瞿氏為這個神話故事引入的微妙轉折。

這大概是因為瞿秋白對現代的羅謨魯斯的詮釋所指不明罷。但我更希望指出，瞿氏對現代的羅謨魯斯的詮釋，實際上牽涉到他對整個時代的知識分子乃至他自身身份認同的獨特理解，亦即是說：他、魯迅乃至辛革命前夕到五卅之間幾輩中國知識分子，都是「被中國畸形的資本主義關係的發展過程所**『擠出軌道』的孤兒**」。[12]而所謂現代的羅謨魯斯，則可以從兩個層面來加以理解：從整體時代變遷的層面入手，我們可以將之理解為辛亥革命前夕以來幾輩的中國現代知識分子，或用瞿秋白自己的話說來，即「現代式的小資產階級的智識階層」；從個人的層面入手，我們或許可以直接說，現代的羅謨魯斯就是瞿秋白本人。

第二節　無法回去的「故鄉」

要訴說這個被「擠出軌道」的孤兒的故事，是困難的；但在瞿秋白的一生裏，這個難題卻時時來襲。1920年，他初次遠赴蘇俄，面臨人生的重大轉折，他首次開腔訴說這個孤兒的故事。1933年，他被逐步擠出共產黨的領導核心，在國民黨的偵測和搜捕中，過着流離失所的地下生活，他藉着談論魯迅而舊事重提，再次講述這個故事。1935年，他在汀州獄中面臨死亡的大限，這個故事又再在他的臨終告白裏出現。換言之，這個孤兒的故事就像一個始終纏擾不去的幽靈，總在他人生的轉折點現身顯靈。

然而，在〈《魯迅雜感選集》序言〉裏，瞿秋白又是怎樣重述這個故事的？配合之前講述的有關羅馬城的神話故事，瞿秋白這樣講道：

> 魯迅也是士大夫階級的子弟，也是早期的民權主義的革命黨人。不過別人都有點兒慚愧自己是失節的公主的親屬。本來帝國主義的戰神強姦了東方文明的公主，這是世界史上的大事變，誰還能夠否認？這種強姦的結果，中國的舊社會急遽的崩潰解體，這樣，出現

> 了華僑式的商業資本，候補的國貨實業家，出現了市儈化的紳董，也產生了現代式的小資產階級的智識階層。[13]

換言之，瞿秋白把歐美的帝國主義理解為神話故事中的戰神馬爾斯，把中國理解為萊亞．西爾維亞公主；而帝國主義入侵中國的歷史過程，則被理解為戰神強姦公主的強暴事件。至於在「中國畸形的資本主義關係的發展過程」中產生的「現代式的小資產階級的智識階層」，則是強姦過後，公主誕下的私生兒。

在這個神話故事的脈絡裏，魯迅在成長過程中跟農村野孩子之間的密切關係，便被理解為他的萊謨斯性格的來源。「他的士大夫家庭的敗落，使他在兒童時代就混進了野孩子的群裏，呼吸着小百姓的空氣。這使得他真像吃了狼的奶汁似的，得到了那種『**野獸性**』。」這種「野獸性」使他「不慚愧自己是私生子」，能夠直面包含於自己思想中的士紳階級的卑劣、醜惡和虛偽，「真正斬去『過去』的葛藤」。[14]

「士大夫家庭的敗落」是魯迅和瞿秋白成長中的決定性因素。正是這個共同的成長經歷，使他們共同感受到一種被「擠出軌道」的孤獨和被遺棄感。魯迅在其中成長的周家，雖是一個日漸破落的仕宦家庭，但魯迅兒時仍可算得上「在封建社會做少爺」。[15]他的祖父介孚公是進士，曾任知縣、教官等職。父親則屢考鄉試未中，且不善營生。魯迅12歲時，祖父因科場案下獄，繼而父親患病連年，於是「從小康人家墜入困頓」，因而「看見世人的真面目」，[16]「感到所謂上流社會的虛偽和腐敗」。[17]他的母親魯瑞的娘家在農村，魯迅曾去暫住，故「能間或和許多農民相親近，逐漸知道他們是畢生受着壓迫，很多苦痛。」[18]誠如黃繼持所言，這種種經歷，使得魯迅在18歲離家遠行前，已對中國社會與人生境況，有了「切身而痛楚的認識」。[19]

可以說，瞿秋白的成長經歷是魯迅成長故事的翻版。在〈多餘的話〉裏，他曾這樣說道：「我雖然到了十三、四歲的時候就很貧苦了，可是我的家庭，世代是所謂『衣租食稅』的紳士階級，世代讀書，也世代做官。我五、六歲的時候，我的叔祖瞿賡韶，還在湖北布政使任上。他死的時候，正署理湖北巡撫。因此，我家的田地房屋雖然在幾十年前就已經完全賣盡，而我小的時候，卻靠着叔父的官俸過了好幾年十足的少爺生活。」[20]然而，瞿秋白十來歲時，他的家庭卻徹底敗落了，他不得不告別這種少爺生活，被殘酷的現實粗暴地「擠出軌道」。

當時，瞿母金衡玉已侍候了瞿秋白那病癱的祖母16年，到1913年秋，因家裏絕了經濟來源，與瞿父世瑋商量，把瞿秋白的祖母送到杭州的親戚家裏。瞿秋白的祖母不願離開故土，對此事大表不滿。而事有湊巧，瞿祖母到杭州後兩年便去世了。1913年，瞿世瑋因絕了生計而外出謀事，1915年，瞿祖母死後不久，瞿秋白也因家裏繳不起學費而中途輟學。瞿母在重重困境下，還要受親友的無端責難，說她「搬死了」婆婆，「逼走了」丈夫，「不給兒子中學畢業」。因此，1916年的農曆年初六，瞿母趁瞿秋白外出到無錫接洽執教的事宜，於家中服毒自盡。[21]當時，瞿秋白只有17歲，母親的突然離世，對他造成了極大的刺激，使他一下子被拋進殘酷的現實世界裏。

瞿秋白在《餓鄉紀程》裏曾多次談及他母親的死亡。在他的敍述裏，母親的死亡成了一個創傷的原點。從這一點起，瞿秋白開始踏入他至死都無法安定下來的漂泊生涯。他說：

> 從我母親去世之後，一家星散，東飄西零〔……〕[22]
>
> 母親死後，一家星散，我隻身由吳而鄂，由鄂而燕。[23]
>
> 後來我因母親去世，家庭消滅，跳出去社會裏營生，更發見了無量數的「？」。和我的好友都分散了。來一窮鄉僻壤，無錫鄉村裏，當國民學校校長，精神上判了無期徒刑。[24]

正是為了解答這無量數的問號，瞿秋白才會「決然捨棄老父及兄弟姊妹親友而西去」，在1920年遠赴蘇俄域外，探求諸般社會人生問題的答案。然而，何以「母親之死」會牽扯到社會人生的問題呢？

瞿秋白在《餓鄉紀程》中説得很清楚，因為他以為自己的母親是被「『窮』驅逐出宇宙之外」的，而歸根究柢，這一切都源自中國現代化過程中士紳階級的破產這個社會問題。[25]

事實上，由「士大夫家庭的敗落」所帶來的種種創傷，也是魯迅選擇「走異路，逃異地」的原因所在。魯迅在〈《吶喊》自序〉裏，寫下了這段著名的話：

> 有誰從小康人家而墜入困頓的麼，我以為在這途路中，大概可以看見世人的真面目；我要到N進K學堂去了，彷彿是想走異路，逃異地，去尋求別樣的人們。我的母親沒有法，辦了八元的川資，説是由我的自便；然而伊哭了，這正是情理中的事，因為那時讀書應試是正路，所謂學洋務，社會上便以為是一種走投無路的人，只得將靈魂賣給鬼子，要加倍的奚落而且排斥的〔……〕[26]

N指的是南京，K學堂指的是江南水師學堂。正是沿着這條「學洋務」的逃逸路線，魯迅最終決定遠走日本，到仙台學習醫學。「將靈魂賣給鬼子」，最初固然是奚落和嘲弄別人的無聊話，但安在魯迅和瞿秋白的頭上，卻顯得別具意義。因為這兩個毅然把自己的靈魂拋向域外異地的孩子，最終都不約而同地發現，自己已無法回到他們童年時代的「故鄉」。

在〈《朝花夕拾》小引〉中，魯迅曾表達類似的情緒和感受：「我有一時，曾經屢次憶起兒時在故鄉所吃的蔬果：菱角，羅漢豆，茭白，香瓜。凡這些，都是極其鮮美可口的；都曾是使我思鄉的蠱惑。後來，我在久別之後嚐到了，也不過如此；唯獨在記憶上，還有舊來的意味留存。他們也許要哄騙我一生，使我時時反顧。」[27]正因為已無法回到童年時代的「故鄉」，正因為這個「故鄉」只存留於記憶的領域裏，因此，那些「極其鮮美可口的」故鄉食物，才會是叫人思鄉的蠱惑。

無法回去的「故鄉」，它同樣是纏擾着瞿秋白的幽靈。在《餓鄉紀程》中，我們不難發現跟上引〈《朝花夕拾》小引〉的段落極其類近的文字：「我幼時雖有慈母的扶育憐愛；雖有江南風物，清山秀水，松江的鱸魚，西鄉的菘菜，為我營養；雖有豆棚瓜架草蟲的天籟，曉風殘月詩人的新意，怡悅我的性情；雖亦有耳鬢廝磨噥噥情話，亦即亦離的戀愛，安慰我的心靈；良朋密友，有情意的親戚，溫情厚意的撫恤，——現在都成一夢。」[28]對於瞿秋白來說，慈母早已故逝，被「驅逐出宇宙之外」；而故鄉的風物和良朋密友，則隨着時間而化成記憶中的夢境。而他身處的「慘酷的社會」，則是造成「現在的我」和「過去的故鄉」之間無法彌補的縫隙的原因所在。因此，瞿秋白緊接着上述的懷舊文字這樣寫道：「雖然如此呵！慘酷的社會，好像嚴厲的算術教授給了我一極難的天文學算題，悶悶的不能解決；我牢鎖在心靈的監獄裏。」[29]

如此一來，我們才能明白，在〈《魯迅雜感選集》序言〉裏，瞿秋白何以要把「故鄉」理解為「荒野」。他說道：

> 萊謨斯是永久沒有忘記自己的乳母的，雖然他也很久的在「孤獨的戰鬥」之中找尋着那回到「故鄉」的道路。他憎惡着天神和公主的黑暗世界，他也不能夠不輕蔑那虛偽的自欺的紙糊的羅馬城，這樣一直到他回到「故鄉」的荒野，在這裏找着了群眾的野獸性，找着了掃除奴才式的家畜性的鐵掃帚，找着了真實的光明的建築，——這不是甚麼可笑的猥瑣的城牆，而是偉大的簇新的星球。[30]

如果「天神和公主的黑暗世界」意味着帝國主義對中國封建宗法社會強行入侵所帶來的混亂局面的話，那麼，這個黑暗混亂局面所動搖的不是別的，正是瞿秋白在《餓鄉紀程》裏反覆提到的「士的階級」的地位。由於「舊的家族生產制快打破了。舊的『士的階級』，尤其不得不破產了。」[31]而這個在「顛危簸盪的社會組織中破產的『士的階級』」，實際上也是瞿秋白和魯迅的「誕生地」，是他們過了好幾年封建「少爺」生活的「過去的故鄉」。如果這個「過去的故鄉」已隨着黑暗混亂局面的到來而一去不復返的話，那麼，瞿秋白和魯迅便只能在一無所有的「荒野」和「群眾的野獸性」中重新尋找別樣的「故鄉」了。或者再進一步說，這個別樣的「故鄉」與其說是尋回來的，倒不如說是在荒野的廢墟上重新建立起來的新建築。因此，瞿秋白才會說道：「在這裏找着了群眾的野獸性，〔……〕找着了真實的光明的建築，——這不是甚麼可笑的猥瑣的城牆，而是偉大的簇新的星球。」[32]

第三節　現代的羅謨魯斯

正是基於上述的理解，我們才會推斷，那個陪同現代的萊謨斯雙雙回到狼的懷抱的現代羅謨魯斯，指的很可能便是瞿秋白本人。當然，所謂現代的羅謨魯斯，首先指的是辛亥革命前夕以來的「現代式的小資產階級的智識階層」。在〈《魯迅雜感選集》序言〉裏，瞿秋白花了不少篇幅敍述辛亥革命前夕以來中國知識分子群體的幾次重大分化，並說明了魯迅在這幾次分化中的位置和立場。

辛亥革命前夕，隨着帝國主義和資本主義的入侵，中國既產生了「文明商人」和「維新紳董」，也產生了「現代式的小資產階級的智識階層」。雖然這兩類人都產生自以往的士大夫階層，但「文明商人」和「維新紳董」卻希望用改良主義使滿清中興，而像魯迅這樣的「現代式的小資產階級的智識階層」，則「能夠用對於科學文明的堅決信仰」，來反對「文明商人」和「維新紳董」的復古和反動種子。換言之，在這段期間，隨着士大夫階層的現代轉型，開始產生了魯迅一類偏向革命的現代知識分子。[33]

及至五四的前夜，這個「現代式的小資產階級的智識階層」發生了第一次大分裂，劃分成國故派和歐化派。偏向歐化派的《新青年》作家群體，打着民主和科學的旗號，反對國故派。瞿秋白認為，《新青年》發動的新文化運動，是資產階級民權革命的深入，也是現代知識階層生長發展的結果。而「魯迅的**參加**『思想革命』是在這時候開始的。」[34]

五四到五卅前後，中國思想界又發生了第二次大分裂。這一次不再是國故和新文化的分別，而是新文化運動內部的分裂：「一方面是工農民眾的陣營，別方面是依附封建殘餘的資產階級。」瞿氏認為，新的分裂所產生的保守派已披上了歐化，或所謂五四化的新衣裳，以掩飾自己的保守傾向。而魯迅當時創辦的《語絲》雜誌、其間的「革命的小資產階級的文藝思想和批評」，正是針對這些以新面孔示人的保守派的。在這個時期，五四一代的「父與子」鬥爭所包含的階級鬥爭內核，隨着歷史的開展而逐漸明晰地展露出來。[35]

1927年以後，隨着社會主義運動的發展，中國的思想界出現了革命文學的實踐和討論。當時的革命文學作者實際上都出自小資產階級的智識階層。但他們之間又分成兩類：一是像魯迅一類的早期革命作家，他們因與中國農村和農民群眾多少有點聯繫，因此看得見農民、小私有者群眾的「馴服的奴隸性」；可是，他們往往看不到這種群眾的「革命可能性」。[36]

另一類則是五四到五卅期間中國城市裏迅速積聚起來的「薄海民」(Bohemian)。「薄海民」現譯波希米亞人，瞿氏當時將之理解為「小資產階級的流浪人的智識青年」。他認為，這些智識青年和魯迅一類早期的士大夫階級的「逆子貳臣」，「同樣是中國封建宗法社會崩潰的結果，同樣是帝國主義和軍閥官僚的犧牲品，同樣是被中國畸形的資本主義關係的發展過程所『擠出軌道』的孤兒。」但是這些智識青年卻欠缺了早期革命作家和農村的聯繫，沒有前一輩黎明期作家的「清醒的現實主義」；他們反而感染了歐洲的世紀末氣質。這些新崛起的知識分子，因為他們的熱情，往往首先捲進革命的怒潮裏，但是，他們若克服不了自己的浪漫諦克主義，便會很快「落荒」，或者「頹廢」，甚至「叛變」。[37]

在這個歷史敘述的整體視野之中，我們才能明白，為何瞿秋白在討論現代的羅謨魯斯時會說，他終於屈服於「時代精神」面前，不再去「建築那種可笑的像煞有介事的羅馬城，更不願意飛上天去高高的供在天神的寶座上」，跟着萊謨斯雙雙的回到狼的懷抱裏。[38]所謂「時代精神」，指的便是階級鬥爭這一歷史發展的核心矛盾和社會主義運動的發展。而現代羅謨魯斯的回心轉意，指的實際是在上述幾次知識分子的大分裂中，一部分批判性知識分子終於發現自己跟工農民眾分享着共同的歷史目標，不再「依附封建殘餘的資產階級」。這些批判性知識分子也就成了我們在第五章第四節曾經論及的「階級的先覺」。

在整個歷史敍述中，魯迅這個現代的萊謨斯，成了激進知識分子的價值指標，他成了判別其他知識分子（即羅謨魯斯）的激進性的標準。當我們把時間的坐標調到1930年代時，當時跟魯迅這個現代的萊謨斯相對的羅謨魯斯，正是瞿秋白所謂的「薄海民」。因此，這些「薄海民」是否能夠克服自己的浪漫諦克主義，回到萊謨斯的一邊，便成了判別他們激進性的關鍵所在。

從這一點出發重新回顧〈多餘的話〉，我們不難發現瞿秋白在文章裏分析自己脆弱的二元性格時，其中的一面正是「沒落的中國紳士階級意識」和「城市的波希美亞」。在文章裏，他狠狠地批評了自己這一面的傾向：

> 沒落的中國紳士階級意識之中，有些這樣的成分：例如假惺惺的仁慈禮讓，避免鬥爭⋯⋯以至寄生蟲式的隱士思想。完全破產的紳士往往變成城市的波希美亞——高等的遊民，頹廢的、脆弱的、浪漫的，甚至狂妄的人物。説得實在些，是廢物。[39]

這樣説來，瞿秋白在1930年代初寫下了〈革命的浪漫諦克〉、〈學閥萬歲〉等批評革命浪漫主義和波希米亞知識分子的文章，難道不正是他回心轉意，重新認同魯迅這個現代萊謨斯的明證嗎？因此，我們不妨作出以下大膽的推測：當他説「薄海民」和士大夫階級的逆子貳臣同樣都是被「擠出軌道」的孤兒時，他心裏想到的，除了魯迅，大概還有自己罷。

第四節　「自殺」與現代性

現代化的進程會生產出各種各樣「擠出軌道」的孤兒。葛蘭西同樣也意識到這個現代性的問題。1932年2月8日，葛蘭西在獄中給他妻子的二姐塔吉婭娜．舒赫特（Tatiana Schucht）寫了一封信。信中，葛蘭西與塔吉婭娜討論到他妻子朱莉婭的精神病問題，他並談到自己對心理分析理論的意見。他認為，心理分析只對那些被陀思妥耶夫斯基稱作「被欺凌與被侮辱的」（the “insulted and injured”）社會成員有益。這些人與現代生活水火不相容，他們無法用自己的手段與「過去」形成一種對立關係，以適應現代生活。換言之，他們無法適應現代與過去之間的對立，以達成集體的意志衝動與個人所追求的目標之間的平衡狀態，葛蘭西將這種狀態稱為「道德的新平靜」(a new moral serenity and tranquility)。他說：「當環境狂熱到極度緊張，當巨大的集體力量被煽動，壓迫個人直至消逝，以便獲得創造意志衝動的最大效率，那麼，在一定歷史時刻和一定環境中，形勢就變成悲劇性。對於非常敏感和追求完美的氣質的人來說，形勢成為災難性的。」[40]在葛蘭西眼中，現代化是一個釋放龐大集體力量和創造意志衝動的歷史過程。在這一歷史進程中，「個人」必然會受到這股強大集體力量擠壓，以至徹底消散的境地。因此，某些具備「非常敏感和追求完美的氣質的人」，便會因為無法適應而陷入災難性的心理衝突狀態。

葛蘭西反對借助心理分析來解決這些內心的衝突，因為他認為我們所有人都應該有能力成為「自身的醫生」，為自己重新尋求平衡的狀態。[41]他說：「每人每天都在形成和分解自己的個性和性格，同本能、衝動、低劣的反社會傾向作鬥爭，保持同集體生活的高水平相一致。在這一切中沒有任何例外和個人悲劇。每個人都向自己的鄰人和同類學習，讓與並獲取、喪失並贏得、忘記並聚積觀念、特徵和習慣。」換言之，我們每個人都可以憑藉自身的力量，與這股現代的集體力量重新達成妥協，從而擺脫內心的鬥爭。而一位文化人(a person of culture)、一位社會積極分子應該比其他人更能成為自己的醫生，以達致「道德的新平靜」。[42]

對於葛蘭西來說，要達致「道德的新平靜」顯然並非甚麼無法跨越的障礙。但對於瞿秋白來說，這卻是一等一的大難題，比最難的「天文學算題」還要難。但他也沒有放棄要成為葛蘭西所謂的「文化人」。面對社會主義運動所釋放出來的龐大集體力量，瞿秋白這位過時的「文人」沒有選擇逃避。恰恰相反，他在一生之中，不斷調動起自己每一寸極度敏感的神經，像飛蛾撲火般[43]擁抱「無產階級」這股龐大的現代集體力量，直到徹底將「自我」葬送於這個巨大的「心海」裏，[44]一無所有。這種行徑已跟「自殺」沒有甚麼兩樣。然而，瞿秋白這種「自殺」的念頭又是如何產生的呢？以下的第七章和第八章，我將分別從他早年和晚年的作品入手，抽絲剝繭，重新理清這個「自殺」的頭緒。

第七章

去國、自殺與異托邦想像

無論是混凝土公寓大樓上面冬日長空的陰沉天色，還是貧民窟鐵皮屋頂的波浪紋理，都能滿足旅行者；只要這些景象能向旅行者展示他長久以來尋求的目標，並在它們本身的異域性(foreignness)中讓旅行者直接發現他朝思暮想、念茲在茲的：真正的無產階級。這就是鮮花，其鮮活的真實性只待我們擷取，在毛澤東的某些文本裏，他也曾向那些拋掉書本、離棄城市、下馬途步上路的出走的人們，允諾了這種鮮活的真實性。這裏存放着：真實性，它拒斥書本的浮華，卻又向我們提供書本促使我們期許、言詞促使我們戀慕的事物。

——洪席耶(Jacques Rancière)[1]

如此孤獨寂寞，雖或離人生「實際」太遠，和我的原則相背，然而別有一餓鄉的「實際」在我這一葉扁舟的舷下，——羅針指定，總有一日環行宇宙心海而返，返於真實的「故鄉」。

——瞿秋白[2]

第一節　秋白與羅莎

1923年1月15日，瞿秋白從蘇俄返抵北京後第二天，便出席了馬克思主義研究會為紀念李卜克內西和羅莎·盧森堡殉難四周年召開的大會，並在會上發表了演說。[3]這個極具象徵意義的悼念儀式開啟了瞿秋白在中國的革命事業。同年8月，瞿氏寫了〈新的宇宙〉一文，以此悼念盧森堡。在這篇僅僅兩頁的短文裏，瞿氏花了一頁半的篇幅去引述盧森堡兩封獄中書信的文字片段。在其中一段書信文字中，盧森堡面對生命的盡頭，竟對她的友人説道：「你知道，我的人生觀雖是這樣，我正能死於我所應盡天責之處：街市上的血戰中或是在這監獄中。然而我心靈上與我的**蚱蜢**反相親近，與我的同志卻要比較的疏遠。」然而，盧森堡卻並不認為，自己這種對議會和同志的疏遠、對大自然反相親近的心態，是「**對社會主義變節的朕兆**」。[4]

1935年5月，瞿秋白同樣面對自己生命的盡頭，他在〈多餘的話〉中寫道：「永別了，親愛的同志們！——這是我最後叫你們『同志』的一次。我是不配再叫你們『同志』的了。告訴你們：我實質上離開了你們的隊伍好久了。〔……〕我的脱離隊伍，不簡單的因為我要結束我的革命，結束這一齣滑稽劇，也不簡單的因為我的痼疾和衰憊，而是因為我始終不能夠克服自己的紳士意識，我終究不能成為無產階級的戰士。」[5]當瞿氏向他的「同志」告別和坦白之際，他大概會想起自己引述過的盧森堡的説話罷。事實上，縱然他認為自己終究無法成為無產階級的戰士，他卻始終沒有背離心中那個無產階級的理想。他依舊留戀這個「美麗的世界」。在這個「美麗的世界」裏，不但有大自然的美景，也有那生生不息、無止無盡的鬥爭的生命。

> 這世界對於我仍然是非常美麗的，一切新的、鬥爭的、勇敢的都在前進。那麼好的花朵、果子，那麼清秀的山和水，那麼雄偉的工廠和煙囱，月亮的光似乎也比從前更光明了。[6]

因此，我們大可借用盧森堡的說法，點明瞿秋白最後對「美麗的世界」的懷戀，並不是一位「精神破產的政治家」的遁世退息之舉，而是對盧森堡所說的「新宇宙」的渴望。[7]

這裏所說的「新宇宙」的渴望並不單純是一種烏托邦空想。誠如邁斯納所言，截至十八世紀末葉，西方世俗的烏托邦傳統依然既不包含歷史期望，也不要求政治上的積極行動。但到了近代資本主義、啟蒙運動和法國革命這三大衝擊出現以後，烏托邦和歷史進步觀念才開始聯繫起來。如此一來，世俗烏托邦思想便成了一種強大的歷史動力。然而，烏托邦作為歷史動力的源頭，卻必須包含着對烏托邦的實現的排斥。「因為歷史是一種不完美的狀態，包含着過程和變化；而烏托邦是一種完美的狀態，應當是靜止的、不動的、無生命和枯燥的狀態。如果烏托邦已然實現，就將標誌着歷史的終結。」[8]從這個角度看來，瞿秋白和盧森堡在其生命的終點對「美麗的世界」和「新宇宙」的懷戀，便不能單純地被理解為一種對大自然和過去的懷舊之情，而應理解為一種邁斯納所謂的「現代世俗烏托邦想像的激情」，或更準確點說，一種索列爾所謂的「革命神話」式的意志。[9]無論瞿秋白還是盧森堡，他們畢生對現代革命事業的投入，實際上都源於這種「革命神話」的強大動力。

瞿秋白的遊記寫作是一次成長和抉擇的儀式。他那兩卷「新俄國遊記」——《餓鄉紀程》和《赤都心史》——實際上也是他投身左翼革命的門檻。在本章中，我們將嘗試引入福柯(Michel Foucault)所提出的異托邦(heterotopias)概念，藉此重新釋讀這兩卷遊記中獨特的空間想像；然後，我們會在這個分析基礎上進一步點明，早年的瞿秋白究竟以一種怎樣的方式重新部署他個人的情感意志，藉此與二十世紀初的集體革命力量相配合，並從而獲得葛蘭西所謂的「道德的新平靜」。以下一節，我們會首先闡明包含於現代西方世俗烏托邦論述的空間構想，並進而指出，這種烏托邦想像何以無法解釋瞿秋白遊記中所展現的空間想像，以此作為我們後續討論的起點。

第二節　烏托邦和異托邦的空間遊戲

在〈馬克思主義和烏托邦主義〉("Marxism and Utopianism")一文中，邁斯納引述了芒福德(Lewis Mumford)對烏托邦(utopia)一詞的定義，指出烏托邦一詞兩種截然不同的希臘語來源：*eutopia*的意思是「福地樂土」，而*outopia*則是「烏有之鄉」。邁斯納認為，烏托邦在詞意上的含混不清，反映了烏托邦思維方式的含混性，也意味着它跟歷史之間糾纏不清的關係。烏托邦是超歷史的道德理想的產物，而道德要求和歷史現實之間正是一種最微妙和難以確定的關係。烏托邦是人類渴望的完美前景，而歷史則是人們正在創造的不完美前景，兩者並不一致。正是基於這種不一致的意識，烏托邦思想才被賦予了道德感傷的意義和歷史的含混性。在道德上，烏托邦或許是福地樂土，但在歷史上，它則可能是烏有之鄉。[10]

除了上述有關福地樂土和烏有之鄉之間的含混關係，烏托邦想像還包含另一組含混矛盾的概念，即自由想像的空間遊戲和集權主義的空間實踐。哈維(David Harvey)在《希望的空間》(*Spaces of Hope*)一書中專闢章節，分析了以托馬斯．莫爾(Sir Thomas More)的《烏托邦》(*Utopia*)一書為典範的烏托邦論述。他指出，在這些論述中，烏托邦都被設想為一個人工創造的島嶼，其功能則是要維繫一個與世隔絕、組織縝密、巨大的封閉空間的調節機制。島嶼內部的空間秩序嚴格地規範着一個穩定和不變的社會流程。如此一來，島嶼的空間形式操控着時間性，一種想像的地理學則控制着社會變動和歷史的可能性。[11]

哈維認為，所有以莫爾的《烏托邦》為典範的烏托邦形式，都可稱為「空間形式的烏托邦」(utopias of spatial form)。因為，當社會穩定能被一種固定的空間形式所保證時，社會流程的時間性和社會轉變的辯證過程(亦即真實歷史)便會被排除掉。然而哈維卻並不傾向把這種烏托邦形式理解為一種完全排斥歷史可能性的構想。他借用馬林(Louis Marin)的術語「作為空間遊戲的烏托邦學」(utopics as spatial play)指出，以莫爾為典範的多個烏托邦計劃，實際上開拓和展示了一系列有關社會關係、道德秩序、政治經濟系統等議題的競爭性意念和構想。這些可能的空間秩序的無盡展示，為我們打開了潛在的各種社會世界的無盡可能性。[12]

哈維認為，馬林的「空間遊戲」概念，抓住了隱含在烏托邦計劃中「自由的想像遊戲」這一特點。但哈維卻又提醒我們，這種自由的想像遊戲無可避免會跟統治的威權和規範形式糾纏在一起。在各種烏托邦計劃裏，我們都會發現一種福柯所説的「全景敞視效應」(panopticon effect)，亦即是説，烏托邦計劃裏包含着監視和控制的空間系統。[13]

福柯曾敏鋭地指出，法國空想社會主義者(utopian socialist)古丹(Jean-Baptiste Godin)在巨茲(Guise)地區所組織的工業合作社，其建築雖已清晰地指向人民的自由，但其建築中的全景敞視特性卻同樣可被用作監獄之用。[14]李大釗和瞿秋白在1919年和1920年間所關注的空想社會主義的新村便是這類烏托邦計劃，然而他們那時卻還未發現這些烏托邦計劃所隱含的集權主義一面。[15]

但我們卻不能把瞿秋白在《餓鄉紀程》和《赤都心史》中所展現的世界圖景，理解為這種莫爾式的烏托邦想像。因為瞿秋白在遊記中所描述的蘇俄並非烏有之鄉，而是一個實在的地方。而且瞿秋白在遊記中並沒有迴避蘇俄是一個充滿苦難的「餓鄉」這個事實。因此，雖然夏濟安在《黑暗的閘門》中有意指瞿秋白盲目崇拜蘇俄，但他卻只能輕描談寫地説一句：「蘇維埃俄國正是他[16]的應許之地(promised land)，能實現他虔誠的理想。」[17]由於瞿氏的蘇俄想像的獨特性，夏氏無法將之比附於以莫爾為典範的烏托邦典型，以致他只能用朝聖者的形象來描述瞿氏：「這個前赴餓鄉的虔誠的朝聖者不停地提醒自己：這些人[18]雖然是討人厭的個體，但是他們組成了群眾，他應該要贏得群眾的喜愛。理性將擁抱感官上厭惡的事物。在哈爾濱以及日後在莫斯科，他看到了不少生活中的醜惡面，他必須為之辯解，否則沒法繼續堅持從書中理論得出的那些真理。」[19]

瞿秋白遊記中這種獨特的空間想像，或許可被理解成洪席耶在《人民之地的短暫航程》(*Short Voyages to the Land of the People*)一書中所論述的旅行者烏托邦。洪席耶認為，在旅行的異鄉人的凝視(gaze)之下，新天新地的形象會隨着他步履的節奏誕生和消逝。這並不單純因為異鄉人開始懂得某種語言，或因為其實際經驗喚醒了他的凝視。洪席耶所展開的旅行論題，有別於一般從實證知識和理性政治對現實的建構這類框架出發所展示的現實經驗，他所關注的是在海市蜃樓或烏托邦式瘋狂中所開啟的輕微的出神狀態。對他而言，真正的烏托邦經驗是事物本身所提供的無言的見證，這才是詞與物真正統一的時刻。在出神狀態中，異鄉人堅持其凝視的好奇心，移置其觀看的角度，重新構設把言詞和形象結合起來的方式，模糊了地方的確定性。如此一來，這種出神狀態喚醒了存在於我們身上的力量，這種力量讓我們在一般被理解為現實的地方和路徑的地圖之上，成為一個異鄉人。這種力量讓我們以一種新的、陌生的視角把詞與物重新配搭起來。[20]

瞿秋白在他的蘇俄之旅中不斷遭遇事物本身所提供的無言的見證。他不斷變換自己理解和觀看事物的視角，力求尋覓一種語言解釋自己所看到的一切景象，但卻一次又一次無功而還。在整個旅程中，他一直受着病魔和心靈苦悶的折磨，在各種身體和心理的異常狀態中不時進入出神狀態，並在這種狀態中不斷轉換理解自身和世界的視角。他不但以一個真實旅行者的身份成為異鄉人，更在自我懷疑的過程中成了自己內在的異鄉人。他自己在《餓鄉紀程》的〈跋〉中便這樣說道：

> 如此孤獨寂寞，雖或離人生「**實際**」太遠，和我的原則相背，然而別有一餓鄉的「**實際**」在我這一葉扁舟的舷下，——羅針指定，總有一日環行宇宙心海而返，返於真實的「故鄉」。[21]

在環遊「心海」的過程中，瞿秋白最終進入了洪席耶所說的烏托邦出神狀態，成了自身的局外人。

雖然洪席耶在《人民之地的短暫航程》中分別以專章分析了華茲華斯(Wordsworth)、畢希納(Buchner)和里爾克(Rilke)的旅行文本，但他卻沒有對旅行者的烏托邦想像作進一步的系統闡述。因此，為了進一步分析瞿秋白的遊記，我們必須借助福柯有關異托邦的分析框架，藉此擺脱經典烏托邦想像的空間圖式為我們設下的分析界限。

福柯最早在1966年出版的《詞與物》(*Les mots et les choses*)[22]中，提出異托邦這個術語。他從語言和經驗之間關係的角度入手，討論了烏托邦和異托邦之間的分別。他認為，烏托邦會給我們提供安慰。縱然烏托邦沒有真實的所在地，但它們卻能夠在一個幻想的、沒有煩擾的區域裏展開自身。因此烏托邦向我們允諾寓言和論述，它們順着語言的經緯展開，坐落在寓言的基本維度上。相反，異托邦則是擾亂人心的，因為它暗中妨礙語言的運作，使我們無法區分和命名「這裏」和「那裏」，粉粹和混淆了共有的名詞。它們預先摧毀了「句法」，這些句法不僅是我們用以建構句子的句法，也包括促使詞與物結成一體、相互配搭的句法。因此異托邦使辭令枯竭，使言詞停滯於自身，並在其根源處抵制語法的生成條件。它們腐蝕了我們的神話，使我們的抒情語句枯竭。福柯並以失語症(aphasia)和失所症(atopia)來描述這種異托邦經驗。[23]可見福柯提出的異托邦，實際上跟洪席耶所謂的旅行者烏托邦的出神狀態，處於同一個經驗維度。

其後，福柯在1967年發表了一個題為〈論異度空間〉("Of Other Spaces")的演講，在是次演講中，他進一步發展了異托邦這個概念，並將之應用到對空間想像的分析。他在這次演講亦有談及烏托邦，他説：「烏托邦是沒有真實地方的位址(sites)。〔……〕它們以完美的形式呈現社會，或者社會被顛倒過來，但無論如何，這些烏托邦基本上是非真實的空間。」相對於這種以直接或倒轉的方式與真實社會空間相近似的烏托邦，福柯把異托邦理解為一種類似於反位址(counter-sites)的真實地方，它們是被搬演的烏托邦(enacted utopia)。在文化裏所有其他的真實存在的地方，都會同時被這種反位址所呈現、抵制和倒轉。由於這些反位址極具特異性，縱然我們能在現實中標明它們的位置，這些地方卻始終被理解為外在於一切地方的地方。[24]

然而，究竟這些異托邦指涉着哪些真實存在的地方呢？福柯在演講中談及十九世紀以來現代的異托邦特點時，提及了一系列的例子。它們包括養老院、精神病院和監獄等。福柯把這些現代異托邦稱為「偏差的異托邦」(heterotopias of deviation),因為它們都是用以安置那些偏離了社會規範的人群的地方。但福柯所舉的異托邦的例子卻不止於此,他亦舉了一些與旅行和流徙有關的例子。譬如,直到二十世紀中葉,西方仍保有一個叫「蜜月旅行」的傳統,年輕女性的落紅只能在「無處」(nowhere)發生,並且,當它在火車上或蜜月旅館中發生的那一刻,的確是在這種無處的地點裏,這種異托邦沒有任何地理標記。又如他在演講的結尾把船作為異托邦的極致表現,他指出,船是空間的浮動碎片,是沒有地方的地方(a place without a place)。它既自我封閉又被賦予了大海的無限性,是不羈想像最偉大的儲藏所。「船是異托邦的極致範例。在沒有船的文明裏,夢想會枯竭,間諜活動取代了冒險,警察代替了海盜。」[25]可見福柯所說的異托邦不但包括了偏差的位址,亦包括與旅行有關的無地之地。

事實上,在《餓鄉紀程》中,火車這一背景正好構成了這種無地之地的異托邦。火車這種現代大型交通工具,把不同國籍、不同社會階層和分屬於不同位址的人群都移置到同一個無地之地裏,如此一來,火車便成了一個把社會裏其他真實位址同時再現和倒置的地方。對此,瞿秋白是有所感悟的,並把這種感悟展示於《餓鄉紀程》第一章對候車室和車廂裏人群的描寫之中。[26]此外,我們也不難發現,正是在《餓鄉紀程》敍寫的火車之旅中,瞿秋白開始重新審視和反省自身的生存環境和自己赴俄的決定,正是在這片無地之地裏,他開始產生自我懷疑,並成了自己內在的局外人。

另外,值得注意的是,瞿秋白從一開始便把蘇俄喻作「罰瘋子住的地方」,這一空間想像隱然對應於福柯所謂的現代的「偏差的異托邦」。在本章第四節中,我們會進一步探討瞿秋白這一空間想像所包含的異托邦邏輯。然而,在回到有關異托邦的討論之前,我們得先探討瞿氏在赴俄以前,其思想裏所包含的「自殺」衝動,並闡明這種「自殺」衝動如何影響他作出赴俄的決定。

第三節　自由神就是自殺神

在〈多餘的話〉中，瞿秋白曾談及他在1918年到1919年間的政治立場。他說：「1918年開始看了許多新雜誌，思想上似乎有相當的進展，新的人生觀正在形成。可是，根據我的性格，所形成的與其說是革命思想，無寧說是厭世主義的理智化。所以最早我同鄭振鐸、瞿世英、耿濟之幾個朋友組織《新社會》雜誌的時候，我是一個近於托爾斯泰派的無政府主義者，而且，根本上我不是一個『政治動物』。」[27]正是基於這段自白，畢克偉（Paul Pickowicz）認為，瞿秋白早期在北京生活的幾年，是一個空想社會主義者（utopian socialism）。[28]畢氏並在《馬克思主義文學思想在中國：瞿秋白的影響》（*Marxist Literary Thought in China: The Influence of Ch'u Ch'iu-pai*）一書中闢出大量篇幅，討論了托爾斯泰、俄國民粹派（Russian populist school）和俄式空想社會主義文學思想對瞿秋白早期思想的影響。[29]

畢氏的研究無疑是極為重要的，他為我們點明了瞿秋白與俄式空想社會主義文學思想之間緊密的連繫。然而他的研究卻低估了李大釗對瞿秋白的決定性影響，也忽略了隱含於瞿氏早期思想中各種相互糾纏的思想脈絡。

首先，瞿秋白在我們上面引述的〈多餘的話〉的段落裏表示，自己在五四時期「是一個近於托爾斯泰派的無政府主義者」。這裏所說的托爾斯泰式的無政府主義，指的是托爾斯泰所提倡的「非暴力倫理學」。[30]事實上，早於1913年4月，李大釗已在《言治》月刊上發表了〈托爾斯泰主義之綱領〉一文，藉此介紹托爾斯泰的倫理和政治思想。李氏此文乃摘譯自中里介山（彌之助）《托爾斯泰言行錄》（《トルストイ言行錄》）一書所引述的托爾斯泰言論。[31]李氏後來於1917年2月發表〈日本之托爾斯泰熱〉一文，並在文章裏簡介托爾斯泰的「無抵抗主義」：「抑托翁之思想，實以無抵抗主義為基礎。所謂無抵抗主義者，即本基督教旨『人欲批其左頰，吾更以右頰承之；人欲索其外衣，吾更以內衣與之』之說而立者也。托翁理想中之平和，即遵此道以求之。」[32]

另外，在〈多餘的話〉緊接的段落裏，瞿秋白更進一步談及李大釗等人對他的影響：「不久，李大釗、張崧年他們發起馬克思主義研究會〔……〕我也因為讀了俄文的倍倍爾的《婦女與社會》的某幾段，對於社會——尤其是社會主義最終理想發生了好奇心和研究的興趣，所以也加入了。這時候大概是1919年底1920年初，學生運動正在轉變和分化，學生會的工作也沒有以前那麼熱烈了。我就多讀了一些書。」[33]瞿秋白是在1920年3月21日參加「馬克思主義研究會」的。但早於1920年1月，瞿氏已在《新社會》雜誌上發表了一篇題為〈讀《美利堅之宗教新村運動》〉的評論文章，討論李大釗〈美利堅之宗教新村運動〉一文的內容和論點。若我們能進一步對照閱讀瞿氏和李氏二人在1919年至1920年期間所寫的文章，會發現在不少社會議題上兩人都分享着相同的觀點。

瞿秋白對空想社會主義的了解，很可能受益於李大釗的介紹。在〈讀《美利堅之宗教新村運動》〉中，瞿氏曾説道：「然而我們對於烏托邦一派的運動，不容易去知道，現在守常先生把他介紹過來，我們非常之感謝，可惜為篇幅所限，只登了宗教新村一篇，我們還很希望守常先生快把那歐文派、傅利耶派、伊加利派的新村發表出來。我們就可以研究研究這烏托邦派的社會主義運動是怎麼樣。」[34]事實上，除了這篇〈美利堅之宗教新村運動〉以外，李大釗在1920年亦寫了兩篇介紹空想社會主義思想家的文章：一篇題為〈歐文(Robert Owen)底略傳和他底新村運動〉，寫於1920年12月；另一篇談聖西門(Saint-Simon)的講義，後來以〈桑西門(Saint-Simon)的歷史觀〉為題，發表於1923年的《社會科學季刊》第一卷第四號上。瞿秋白在1920年離開中國以前，應該無法讀到這兩篇文章，但他有可能通過與李大釗的交往以及參與「馬克思主義研究會」的討論，認識到空想社會主義的某些想法。值得注意的是，1923年，他從蘇俄回來以後，寫了一篇題為〈歐文的新社會〉的短文，可見他對歐美等地的空想社會主義的興趣始終沒有減退。

瞿秋白這個時期對社會主義的理解，實際上是混雜不純的。他後來在《餓鄉紀程》中談到了當時中國學術界對社會主義的理解：

「根據中國歷史上的無政府狀態的統治之意義，與現存的非集權的暴政之反動，又激起一種思想，迎受『社會主義』的學説，其實帶着無政府主義的色彩——如托爾斯泰派之宣傳等。或者更進一步，簡直聲言無政府主義。於是『德謨克拉西』和『社會主義』有時相攻擊，有時相調和。實際上這兩個字的意義，在現在中國學術界裏自有他們特別的解釋，並沒有與現代術語——歐美思想界之所謂德謨克拉西，所謂社會主義——相同之點。」[35]可見當時中國學術界對「社會主義」學説的接收和討論，基本上毫無學術規範可言。正是在這一思想狀態中，瞿秋白從倍倍爾(August Bebel)[36]的歷史唯物論、空想社會主義、柏格森主義甚至佛學思想中攝取養分，建立他自己的「世間的唯物主義」。瞿氏這種駁雜的「世間的唯物主義」，與李大釗在五四運動前後的思想狀態可謂如出一轍。石川禎浩便曾分析李大釗在1916年發表的著名文章〈青春〉，藉此點明：「〈青春〉隱含着難以形容的獨特的思維方式。關於〈青春〉的哲學性質也有諸多解釋。如黑格爾(Hegel)流的絕對觀念論、愛默生(R. W. Emerson，美國哲學家)的超越論哲學、柏格森(H. Bergson)的創化論、唯物辯證法的宇宙論、天人合一論的傳統思想，或者是這些思想的複合體等等。」[37]我們在第四章中已深入探討過瞿秋白跟柏格森主義和佛學思想的關係，這裏，我們會把注意力集中於他跟空想社會主義和倍倍爾的歷史唯物論之間錯綜複雜的思想關聯。

在《餓鄉紀程》中，瞿秋白借用了管同的「餓鄉説」，以比喻自己前赴蘇俄的心情。夏濟安在討論這個比喻時説道：「『及餓且死』正是儒家理想的高尚傳統。他[38]所做的正是傳統的儒家君子應當做的，對物質享受和個人安危的顧慮不應當妨礙對崇高理想的追求。蘇維埃俄國正是他的應許之地，能實現他虔誠的理想。」[39]然而，除了這裏所謂的傳統儒家精神以外，在瞿秋白遠赴蘇俄的崇高理想背後，實際上亦銘刻了倍倍爾的歷史唯物主義、空想社會主義的信仰和佛家的思想。

在《餓鄉紀程》的首三章裏，瞿秋白敍述自己赴俄以前向親友一一道別的過程，彷彿他這次一去，便要斷絕塵緣，不再回來。[40]

他說：「我這次『去國』的意義，差不多同『出世』一樣，一切瑣瑣屑屑『世間』的事，都得作一小結束，得略略從頭至尾整理一番。」又說：「我現在是萬緣俱寂，一心另有歸向。一揮手，決然就走。」[41] 在第三章中，瞿秋白談及了他堂兄瞿純白竭力反對他赴俄，認為他是「自趨絕地」。對他堂兄的勸阻，瞿秋白的想法竟是「我卻不是為生乃是為死而走」。他認為自己在北京住的四年，雖然都是在兄嫂的庇蔭中度過，但他自己「被『新時代的自由神』移易了心性，不能純然坐在『舊』的監獄裏」，因此無論堂兄如何勸阻，他自有自己的想法，不肯屈從。[42]

瞿秋白這裏所說的「新時代的自由神」究竟是怎麼一回事？竟有這麼大的力量使他立下自趨絕地的決心？有關「自由神」，瞿秋白曾在〈自殺〉一文中下了一個簡單的定義：「自由神就是自殺神。」[43] 要清楚了解瞿秋白這句話的意思，我們得先了解瞿氏寫作〈自殺〉一文的背景。事情是這樣的，北京大學法律系一位三年級學生林德揚，「五四」時正患病療養，但他卻抱病投入五四運動。林氏後來創辦了北京第一國貨店，常廢寢食，致勞病篤，且以傷時，遂於1919年11月16日晨，到北京萬牲園投溪自殺。他是北京大學生中第一個自殺者。[44] 這次事件在當時北京知識分子中間引起了頗大回響：李大釗在1919年11月和12月分別寫了〈一個自殺的青年〉和〈青年厭世自殺問題〉兩篇文章；蔡元培在1919年12月14日發表了〈在林德楊追悼會上的演說辭〉；陳獨秀則在1920年初發表了〈自殺論——思想變動與青年自殺〉。鄭振鐸更在《新社會》第五期組織了一個「自殺」專號，專門回應這次事件。瞿秋白則在這一期《新社會》上發表了〈自殺〉和〈唉！還不如……〉兩篇散文詩，藉此回應這個專題。鄭振鐸本來也想在專號上發表瞿氏的分析文章〈林德揚君為甚麼要自殺呢？〉，但因篇幅所限，無法輯入。[45] 最後，瞿氏這篇文章便只好改在《晨報》發表。[46]

在〈林德揚君為甚麼要自殺呢？〉一文中，瞿秋白提出了他有關青年厭世自殺問題的診斷。他認為，五四運動是重估中國國民性的時刻，在這個時期，很多青年竭力往前奮鬥，發現了社會的種種惡象，並受到不少挫折。在這個過程中，青年們因發現了社會的腐敗而感到痛苦，並在無法承受的情況下選擇自殺一途。因此，瞿氏認為，這種痛苦和自殺的念頭實際上是覺悟的表現。覺悟到自己被舊社會的宗教、制度、習慣、風俗等枷鎖束縛着，身處於「精神上身體上的牢獄」裏，遂生起無法忍受的感覺，「沒有辦法，只有撞殺在牢獄裏。」[47]

然而瞿氏卻認為，這種因覺悟到社會的罪惡而心生自殺念頭的想法，最終亦不算真正的覺悟。他認為，我們若真的覺悟，便會在奮鬥的困難中發現樂趣；而自殺者則沒有覺悟到困難中的樂趣。因此，他總結道：「困難愈多樂趣愈多，我們預備着受痛苦，歷困難，痛苦就是快樂，快樂就在困難中；我們不預備受痛苦，歷困難，痛苦也就愈大，困難也就愈多。所以預備以自殺為奮鬥的結局的始終是以奮鬥為苦，於改造事業上無形中有影響的。」[48]

除了這種在困難和痛苦中尋找樂趣的想法外，瞿秋白在文章裏還進一步討論了向舊社會宣戰的青年的「自殺之道」。他指出，青年既然向萬惡的舊社會宣戰，他們所做的每件事都是犯眾怒的，都是「世人皆欲殺」的。他認為，這雖然不是自殺，卻是「自殺之道」。等到青年在抗爭中奮鬥至精疲力盡之時，社會裏還沒有人來殺他們，他們又為何多此一舉呢？[49]瞿氏在〈自殺〉這篇小雜感中便以抒情的手法來發揮這裏所說的「自殺之道」：

> 自殺！自殺！趕快自殺！〔……〕你不能不自殺，你應該自殺，你應該天天自殺，時時刻刻自殺。你要在舊宗教，舊制度，舊思想的舊社會裏殺出一條血路，在這暮氣沉沉的舊世界裏放出萬丈光焰，你這一念「自殺」，只是一線曙光，還待你漸漸的，好好的去發揚他〔……〕自由神就是自殺神。[50]

值得注意的是，瞿秋白有關「自殺」的討論，其觀點不但跟李大釗同時期相關文章的觀點相類似，甚至在字句用語上也有相類的地方。首先，「自由神」一詞其實來自李大釗的著名論文〈民彝與政治〉

(1916年)。李氏在文末討論革命與懺悔之間的關係時,便曾提到「革命健兒」血灑「自由神」前的意象:

> 托爾斯泰詮革命之義曰:「革命者,人類共同之思想感情遇真正覺醒之時機,而一念興起欲去舊惡就新善之心覺變化,發現於外部之謂也。除悔改一語外,無能表革命意義之語也。」今者南中倡義,鐵血橫飛,天發殺機,人懷痛憤,此真人心世道國命民生之一大轉機也。一念之悔,萬劫都銷,此則記者齋戒沐浴,願光奉其懺悔之心,以貢於同胞之前。而求以心印心,同去舊惡,同就新善,庶不負革命健兒莊嚴神聖之血,灑於自由神前,為吾儕洗心自懺之用矣。[51]

有趣的是,李氏在這裏恰恰就是以托爾斯泰對「革命」的定義,引出他有關革命與懺悔的討論。

另外,對應於我們之前引述的瞿秋白〈自殺〉一文中的段落,我們可以在李大釗的〈青年厭世自殺問題〉找到相關說法:

> 由此說來,青年自殺的流行,是青年覺醒的第一步,是迷亂社會頹廢時代裏的曙光一閃。我們應該認定這一道曙光的影子,努力向前衝出這個關頭,再進一步,接近我們的新生命。〔……〕我不願青年為舊生活的逃避者,而願青年為舊生活的反抗者!不願青年為新生活的絕滅者,而願青年為新生活的創造者![52]

當我們讀到「曙光的影子」這個意象時,大概也會記起《餓鄉紀程》〈緒言〉中那個由陽光所帶來的「陰影」罷。正是受了這「陰影」的召喚,瞿秋白才會決定捨棄「黑甜鄉」(夢鄉)[53]裏的美食甘寢,到「罰瘋子住的」餓鄉尋找光明的真理。[54]

至此,我們大概會發現,這種「自殺之道」多少包含着一種宗教信仰的犧牲精神。事實上,瞿秋白亦不諱言自己對「新社會」的渴求是一種「新信仰」。他曾說:「所以我主張攻擊舊道德並不是現在的急務,創造新道德、新信仰,應該格外注意一點。〔……〕我很希望中國少出幾個名士英雄，多出幾個純粹的學者，可以切實確定我們的新道德、新信仰」。[55] 然而這種宗教信仰的邏輯又如何跟民主、科學和社會主義等想法連接起來呢？就此，我們大可參考李大釗對法國空想社會主義者聖西門的討論。

在〈桑西門(Saint-Simon)的歷史觀〉一文中，李大釗指出，聖西門實際上把未來的社會組織理解為一個類似於中世紀天主教會的組織。他說：「將來的計劃，是依科學的原理組織成的協合。中世時代的加特利教教會給吾人以立在一個普遍的教義上的大社會組織的例證，現代的世界亦須是一個社會的組織，但那普遍的主義，將是科學，不是宗教。精神的權威，將不存在於僧侶，而存在於指導科學及公共教育的進步的學者。」李氏並介紹了聖西門晚年的「新基督教」觀，指出聖西門在晚年時並不認為宗教精神最終會在世界消亡，而是變換成另一種形式繼續存在。「桑西門以為新社會的學說，必須不只是由教育與立法所傳播的，必須為新宗教所裁決。〔……〕新宗教的原則，簡舉如下：神是一，神是全體，就是全體是神。他是普遍的愛，自顯而為精神與物質。宗教、科學、產業的三界，適合於這三體一致論(triad)。」[56] 可以說，瞿秋白和李大釗等人有關啟蒙和信仰的想法，實際上包含了跟聖西門相類似的宗教精神。

事實上，除了空想社會主義的思想脈絡以外，瞿秋白對自殺和犧牲的想法還包含着他當時所接收的倍倍爾歷史唯物論思想。在〈將來的社會與現在的逆勢〉一文中，瞿氏嘗試為倍倍爾的一段說話下一註解。這段說話是這樣的：「革命的改造根本上變更一切生活狀況和婦女底特殊地位，現在已經有動機了，我們可以看得見。這不過是**時間**上的問題。苟能促進或越過社會改革底歷程，就能使社會取得那一種改造，改造以後，必定能使人人〔……〕都有能力去參與享受那無量無數的利益。」瞿氏特意在「時間」二字之下加上着重號，並呼籲世界的社會運動者不要輕視這個時間的問題。因為在獲得「無量無數的利益」以前，在這段過渡的「時間」裏，我們還得忍受人類所造下的種種惡業，還得經受「無量無數的痛苦」。[57] 可見瞿氏對於現時種種痛苦的忍受及其犧牲精神，亦建基於傳統的歷史唯物論所展示出來的歷史進步圖景上。正是為了未來人類「無量無數的利益」，我們現在所忍受的痛苦才不致徒勞和白費。

誠如哈維所指出的，縱然把馬克思這個歷史唯物論者理解為烏托邦論者的做法有點奇怪，但我們卻絕對有理由把他的社會主義思考理解為一種「時間進程的烏托邦主義」(utopianism of temporal process)。不同於莫爾等空間形式的經典烏托邦想像，馬克思不會憑空構想出一個理想的空間秩序，然而他把一個無階級的社會主義社會的理想設想成歷史進步的終點，則明顯包含着一種烏托邦想像和衝動，只是這種烏托邦想像和衝動並不在空間形式中開展，而是在時間的進程中開展而已。[58]事實上，正是基於這種「時間進程的烏托邦主義」信仰，瞿秋白才能在面對蘇俄種種醜惡的社會現實和困苦景象時，依然維持他對社會主義革命事業的信仰，堅持沿着他那條駛向餓鄉的既定航道前進。

事實上，瞿秋白這種獨特的「自殺之道」，或者說「時時刻刻自殺」的犧牲精神，始終貫串於他兩部「新俄國遊記」之中。當我們追隨瞿氏的心路歷程，一頁一頁翻到《赤都心史》的最後一章時，我們會赫然發現以下一段文字：「生活是『動』，求靜的動，然而永不及靜的。正負兩號在代數中是相消的，在生活中是相集的。〔……〕動而向上，動而向下，兩端相應，積極消極都是動。所以欣然做工者，憩然休息者，忿然自殺者都在生活中。永不及靜，是以永永的生活。」既然一切都是「動」和「生活」，既然「現實」是「靜」和「死寂」的反面，既然連「自殺者」都被包納進生活的「動」之中，那麼，我們何不「起而為協調的休息與工作」呢？因為這才是「真正的生活」啊！[59]從這一刻起，「自殺」的衝動被深深地銘刻進「生活」和「工作」的概念之中，成了瞿秋白終身無法擺脱的「生命衝動」。如果説「自由神就是自殺神」，那麼，瞿秋白的兩卷「新俄國遊記」便肯定是一部記錄了他追尋「自由」的心路歷程的「自殺之書」。然而要進一步了解這部「自殺之書」，我們還得回到「異托邦」的討論上來。

第四節　倒錯的「真實」與「道德的新平靜」

在〈異度空間〉中，福柯曾以鏡子的比喻來思考異托邦的問題。他認為異托邦就像一面鏡子般，是非地之地(placeless place)，因此也是另一種的烏托邦。依循這一脈絡，福柯把異托邦理解為「鏡影烏托邦」(utopia of the mirror)。在異托邦的鏡子裏，「我在鏡面之後所開展的非真實的、虛像的空間中，見到了其實不存在那裏的我自己。我在那兒，那兒卻又非我之所在，這影像將我自身的可見性(visibility)賦予了我，使我在我缺席之處看見自己〔……〕。」[60]換言之，異托邦在對自我的倒錯呈現中，展現了一種關於自我的可見性或異己「真實」。這種異己「真實」最終促使自我從顛倒和位移的凝視出發，重新進行自我反思。

> 從鏡子的角度，我發現了我於我所在之處的缺席，因為我見到自己在另外一邊。從這個指向我的凝視、從鏡面彼端的虛像空間，我回到我自身；我再次地注視自己，並且在我所在之處重構我自己。鏡子做為一異托邦的作用乃是：它使得我注視鏡中之我的那瞬間，我所佔有的空間成為絕對現實，和周遭的一切空間相連結，同時又絕對地不真實，因為要能感知其存在，就必須通過鏡面後的那個虛像空間。[61]

從這個關於鏡子和自我關係的角度切入思考瞿秋白的遊記，我們不難發現，對於瞿秋白而言，蘇俄所包含的「新社會」真理就像福柯所說的「鏡影烏托邦」。在《餓鄉紀程》的緒言中，瞿氏把自己想像成一個住在沒有半點陽光的黑甜鄉(夢鄉)的人。這個黑甜鄉裏雖有甘食美寢，但由於其「陰沉沉，黑魆魆」的環境，使他的「視覺本能幾乎消失了」。在這個黑甜鄉裏，「苦呢，說不得，樂呢，我向來不曾覺得，依戀着難捨難離，固然不必，趕快的掙扎着起來，可是又往哪裏去的好呢？」正是在這種狀態中，他心裏產生了一個無法名狀的謎題，這個謎題把他喚醒，並轉化成一個不時來纏擾他的「陰影」。這個「陰影」實際上指涉着他當時對「新社會」的渴望以及對未來前路的疑惑。這個陰影後來跟遠方射來的光明(這裏指涉着蘇俄)結合起來，引導他走向「紅艷艷光明鮮麗的所在」。[62]從這整個象徵系列中，我們不難發現陰影和光明的意象基本上佔據着福柯所說的鏡子的位置。它們的出現使瞿氏獲得覺悟，使他更了解自己的處境。而他之所以要前往「紅艷艷光明鮮麗的所在」，為的是要撥開重障，放光明進黑甜鄉(夢鄉)，讓那裏的人都能覺悟。而更為有趣的是，在瞿氏的敍述中，他關於陰影和光明的真理的想法，竟被黑甜鄉(夢鄉)的人們理解為「瘋話」，而他所說的「紅艷艷光明鮮麗的所在」則是「罰瘋子住的地方」。這一論述的轉折使瞿氏的思路更接近於福柯所謂的鏡影烏托邦，因為在鏡子之中「真實」是以倒置的形式出現的。

其次，隨着遊記寫作的展開，這個倒置的鏡影邏輯便愈來愈顯著。在《餓鄉紀程》第二章中，瞿秋白便借用柏格森的術語，把社會整體理解為「生命大流」。對於身處這一大流中的人們，「『生命大流』的段落，不能見的，如其能見，只有世間生死的妄執，他的流轉是不斷的；社會現象，仍仍相因，層層銜接，不與我們一明澈的對象，人生在他中間，為他所包涵，意識(覺)的廣狹不論，總在他之中，猛一看來，好像是完全汩沒於他之內。——不能認識他。」他認為，社會現象就是這種「生命大流」，身處其中的人根本無法認識它，而只能在其中按自身的個性作出相關的響應。此一心靈最根底的動力是不可見的，我們所能看到的只是環境反映出來的徵象和痕跡。因此，瞿氏把自己力求認識和理解社會的想法想像為這樣一個過程：「**在鏡子裏看鏡子，雖然不是真實的……可是真實的在哪裏？……**」[63]

瞿秋白在這裏提出的「在鏡子裏看鏡子」的鏡影邏輯，其實是從《大般若波羅密多經》的著名典故「夢中說夢」轉化而來的。「夢中說夢」典出自《大般若波羅密多經》第十六會〈般若波羅密多分〉。這一會的開端講述善勇猛菩薩向佛世尊請教：「世尊處處為諸菩薩摩訶薩眾宣說般若波羅蜜多，何謂般若波羅蜜多？云何菩薩摩訶薩修行般若波羅蜜多？」然而世尊卻回答善勇猛菩薩說：「汝等當知！實無少法可名般若波羅蜜多，甚深般若波羅蜜多超過一切名言道故。」[64]般若波羅密多本身超出世間一切名言，它不能示現形相，是看不見、摸不到的。佛菩薩要教化眾生，好讓眾生懂得運用智慧了解世間一切幻相，故在世間假設施說，宣說超越一切名言的佛法智慧，並將這種「慧能遠達諸法實性」的佛法智慧勉強稱作「般若波羅蜜多」。[65]世尊並在後面嘗試解說真如與般若的關係：「真如者謂諸法性，非如愚夫異生所得亦非異彼。然諸法性如諸如來及佛弟子、菩薩所見，如是法性理趣真實常無變易故名真如，即此真如說為菩薩甚深般若波羅蜜多。」但由於真如法性從根本上來說，是不可顯示、不可宣說的，亦無自性可言，因此，世尊認為，諸佛菩薩假借「般若」所宣說的一切，「如人夢中說夢所見種種自性」。[66]

誠如杜繼文等學者在《佛教小辭典》中所指出的，「般若波羅蜜多」(Prajñāpāramitā)的「主要特點，在用以觀察諸法實相，基本理論為『緣起性空』。」佛家認為，世間萬事萬物都是因緣和合所成，故根本沒有「固定不變之自性」。世俗知識及其所認知的對象，從根本上來說，是虛幻不實的。因此，我們惟有借助「般若」智慧才能超越世俗知識，了知諸法真如實相。但因為「般若無所知，無所見」，所以佛家惟有採用破除世俗知識的方式，以否定的方法宣說不可宣說的「般若」。[67]如此一來，我們才能明白，世尊為何會對善勇猛菩薩說道：「復次，善勇猛！如人夢中說夢所見種種自性，如是所說夢境自性都無所有。何以故？善勇猛！夢尚非有，況有夢境自性可說！如是般若波羅蜜多雖假說有種種自性，而此般若波羅蜜多實無自性可得宣說。」[68]世間萬事萬物都不過是因緣和合所成，並無實在的自性。因此，就像有人在夢中說自己夢見種種自性，若說有種種自性，只是假說，而實則並無實在的自性可言。從佛經的「夢境自性」譬喻引伸發揮，瞿秋白說道：「在鏡子裏看鏡子，雖然不是真實的……可是真實的在哪裏？……」他的意思是，「生命大流」猶如佛家所說的「諸法真如實相」，身處其中的人根本無法認識它。我們在「生命大流」之中運用覺識認知「生命大流」的舉措，就像「在鏡子裏看鏡子」。「在鏡子裏看鏡子」猶如「夢中說夢」，固然不是真實的；

但我們只要回頭一想，「真實」一如佛家的「自性」，從一開始便不存在，那麼，我們便會恍然大悟：「真實」又可以在哪裏覓得呢？佛家認為，世間萬事萬物均為因緣和合所成，本無「自性」；與此相應，瞿秋白則認為，「生命大流」始終流轉不斷，根本沒有「真實」可言。

此外，在第八章裏，瞿氏更明確指出自己赴俄之旅實際上也是一次求知之旅：「冒險好奇的旅行允許我滿足不可遏抑的智識欲，可愛的將來暗示我無窮的希望。宇宙的意志永久引導人突進，動的世界無時不賴這一點『求安』的生機。你如其以『不得知而不安』就自然傾向於『知』。」順着這條思想線索，他的思路逐漸展開，最終把矛頭回轉過來，指向自身，發現自己的尋求實際上「既無益於抽象的中國社會文化，又無味於具體的枯燥生活。」而一切念頭的萌發，都只是好奇心和求知欲的驅策而已。因此，他在這一章末尾說道：「興興然而去看『好奇』，也許不幸奄然而就死……」[69]這裏，旅行者的自我懷疑，使瞿氏在反思中跳出我執之見，反過來從一個局外人的陌生視角重新審視自己的內在慾望。

在瞿秋白的遊記寫作中，異托邦的空間元素一直都是一個重要的因素，譬如我們在本章第二節所談及的火車空間這個無地之地，便構成瞿氏自我反思的重要背景。另外，他在蘇俄時入住的高山療養院也是一個重要的異托邦背景。事實上，他在入住高山療養院前後寫作的遊記，也是他展示出對自我問題極度關注的篇章。譬如在〈「我」〉這一篇裏，我們不難發現他搖擺於自我的否定和肯定兩極的擺盪心情。他一面說：「我自然只能當一很小很小無足重輕的小卒，然而始終是積極的奮鬥者。」[70]另一面卻又說：「『我』的意義：我對社會為個性，民族對世界為個性。無『我』無社會，無動的我更無社會。」在隨後的〈生存〉這一章裏，他甚至記述自己夢見一隻貓在恥笑他，並指斥「人」的種種劣根性。[71]及至到了〈中國之「多餘的人」〉一篇，自我懷疑感更為強烈，以致他在篇末竟要以激烈的語句來警醒自我：

> 療養院靜沉的深夜，一切一切過去漸漸由此回復我心靈的懷舊裏：江南環溪的風月，北京南灣子頭的絲柳。咦！現實生活在此。我要「心」！我要**感覺**！我要哭，要慟哭，一暢⋯⋯亦就是一次痛痛快快的親切感受我的現實生活。[72]

然而，當我們着迷於瞿秋白這些關於內在自我的沉思片段時，我們也不要忽略一個外部的傳記事實：1921年5月，瞿秋白經張太雷介紹，加入俄共(布)黨組織，成為預備黨員，後於同年9月轉為正式黨員。[73]他入黨後三個月，即因肺病病情加劇，被送進高山療養院。而上述那些自我反省的文字，便是在他入黨後到因病住院這段期間寫成的。如此一來，他那些有關世界、民族和社會等集體與「我」之間關係的思考，便顯得再合理不過了。這裏，我們不難發現，瞿秋白遊記中的異托邦邏輯與現實的群眾政治之間的緊密連繫。到頭來，我們才恍然大悟，瞿氏在火車、「罰瘋子住的地方」和高山療養院等異托邦的倒錯空間中展開的反思，其實一刻不離現實政治的抉擇和思考。事實上，正正是在這些倒錯的空間中，他才獲得了一種「倒錯」的思考邏輯，將自己這個「擠出軌道」的孤兒，重新安置到無產階級群眾那波濤洶湧的「心海」裏。[74]所以，當我們翻到遊記的最後一頁時，我們會赫然發現以下一段文字：

> 所以：——為文化而工作，而動，而求靜——故或積累，或滅殺，務令於人生的「夢」中，現**現實的世界**；凡是現實的都是活的，凡是活的都是現實的；新文化的動的工作，既然純粹在現實的世界，現實世界中的工作者都在生活中，都是**活的**人。[75]

在「夢」和「現實」之間短路式的詭異連結中，他終於回到「活的」現實世界，重新肯定「動的工作」。然而，我們千萬不要忘記，在這段積極的文字下面還有一句：「3月20日莫斯科高山療養院」。[76]換言之，在最直接的當下，瞿秋白所身處的「現實世界」依然是異托邦的倒錯空間，也就是「夢中說夢」、「在鏡子裏看鏡子」。

瞿氏最終還是獲得了葛蘭西所謂的「道德的新平靜」，與集體的群眾力量重新和解。然而，在這個新的平衡點下面，卻始終交織着「自殺之道」和異托邦邏輯等一系列倒錯的生命軌跡。無論怎樣說，這始終都是危險的平衡。於是，在十多年後，我們再次在〈多餘的話〉裏，發現這「道德的新平靜」的（不）可能性。

第八章

歷史與劇場

第一節　赤裸的面具

1999年2月10日，巴迪悟在巴黎國際哲學院(Collège international de philosophie)發表了題為〈對真實的激情與表象的蒙太奇〉("The Passion for the Real and the Montage of Semblance")的演講，這次演講的紀錄延至2005年才正式收錄於演講集《世紀》(*Le Siècle*)，成為該書的第五章。[1]在這篇講稿中，巴迪悟借用了意大利戲劇家皮藍德婁(Luigi Pirandello)所提出的劇場意象——「赤裸的面具」(Naked Masks)，指出：在二十世紀的藝術和政治領域裏，「真實」(the real)或「赤裸」(the naked)惟有依附於「面具」和「表象」(semblance)之上，才能道成肉身。換言之，真實的力量惟有弔詭地通過虛構作品，才能孕育成形；而這些虛構的形式發展到極點，甚至會脱離它背後的意義，轉換成獨立運作的實體。於是，在二十世紀的藝術和政治領域裏，我們發現了以下的命題：真實的力量把自身展現為「面具」本身。[2]

巴迪悟在講稿中並舉出斯大林(Joseph Stalin)在1930年代「大清洗」(the great purges)期間精心安排的莫斯科審判，藉此闡明這種隱含於「對真實的激情」(passion for the Real, *la passion du réel*)[3]中詭異的「表象」真實力量。他認為，我們不能僅僅把這些精心安排的公審秀理解為斯大林排除異己的政治手段這麼簡單。因為在「大清洗」期間，一大批的蘇聯政府高層官員都是在地下室裏被秘密處決的。然而，斯大林卻精心選擇了季諾維也夫和布哈林這些十月革命的元老作為公審秀的鬧劇主角，顯然別具深意。在這些審判中，忠誠的布爾什維克被荒誕地指控為日本間諜、希特勒(Hitler)的傀儡和反革命的叛徒。究竟這些誇張失實的公開羞辱意旨何在呢？[4]

巴迪悟認為，惟有從「赤裸的面具」這一命題入手，我們才能真正理解這些政治公審秀的意義。因為這些審判是「純粹的戲劇虛構作品」(pure theatrical fictions)。在公審開始之前，受審者已被指派了既定的舞臺角色，在某些情況裏，他們在受審前甚至已綵排好應訊的臺辭。巴迪悟指出，這些公審秀的關鍵之處在於：因為「真實」本身包含着偶然的絕對性(contingent absoluteness)，使它始終無法擁有足夠的真實性，以擺脱「表象」的嫌疑。所以，「真實」必須自相矛盾地借助虛構作品的表演體系，在這個表象體系中重新扮演「真實」的角色，否則「真實」便永遠無法獲得「真實」的位置。因此，斯大林必須透過「大清洗」的公審表演，將所有十月革命的元老一一在表演中「清洗」掉；他的革命政權才能在這個洗刷的過程中，徹底擺脱革命的具體指涉物和人事關係，從而昇華為純粹的「真實」或「赤裸的面具」。如此一來，我們才能明白，為何斯大林竟會大聲疾呼：「黨會在清洗的過程中變得更強。」[5]

在他的課堂中，巴迪悟帶領我們一步一步接近「對真實的激情」的恐怖漩渦，了解箇中的運作邏輯。可惜的是，他的討論始終停留於理論邏輯的推理層面，無法讓我們在歷史的具體情節中，切身體會這個恐怖的深淵。瞿秋白的一生正好為「赤裸的面具」這個劇目提供了一場精湛的演出，並以他的具體生命補充了巴迪悟的不足。因為在演講中，巴迪悟始終無法清楚道明「對真實的激情」的黑暗面與布爾什維克所信奉的馬克思主義之間的連接邏輯。但在瞿秋白那篇不可多得的臨終告白〈多餘的話〉裏，則精確地為我們展示出，「對真實的激情」和「赤裸的面具」在哪一點上導源於馬克思有關「歷史」和「無產階級」的經典論述。

第二節　遺失的手稿

在《歡迎光臨真實荒漠》的開端，齊澤克講了一則題為「失掉的墨水」(missing ink)的東歐軼聞：在前東德民主共和國，一名德國工人得到了一份西伯利亞的工作。他意識到自己所有往來郵件都會遭受審查，於是向朋友提議：「不如我們建立一套密碼：如果我在寄給你的信中以普通的藍墨水書寫，那麼，這封信的內容便是真的；如果我以紅墨水書寫，那麼，信裏的內容便是假的。」一個月後，他的朋友收到他第一封來信，用的是藍墨水：「這裏的一切都美妙極了：商場滿是貨品，住宅單位又大又溫暖，電影院裏放映的都是西片，這裏還有很多漂亮的女孩等着跟你發生關係哩——但唯一可惜的是，這裏找不到紅墨水。」[6]

雖然故事中的工人無法以預設的方法向朋友點明自己在說謊，但他仍能成功讓朋友了解自己所要傳遞的訊息。工人透過把解碼的參照系刻寫進已製碼的訊息中，成功向朋友傳遞自己的訊息。正是缺乏紅墨水這一被聲稱的事實，生產出真理的效應。換言之，即使那名工人實際上可以在西伯利亞找到紅墨水，但沒有紅墨水這一謊話卻在這特定的處境中成了保證真實訊息得以成功傳遞的基點。[7]

在瞿秋白的作品系列裏，他的臨終告白〈多餘的話〉正好就是那失掉的紅墨水，承擔着傳遞真實訊息的功能。正如瞿秋白在〈多餘的話〉的「代序」中所言，「現在我已經完全被解除了武裝，被拉出了隊伍，只剩得我自己了。心上有不能自已的衝動和需要：說一說內心的話，徹底暴露內心的真相。布爾塞維克所討厭的小布爾喬亞智識者的『自我分析』的脾氣，不能夠不發作了。」[8]正正是在國民黨的牢獄裏，被無情地拉出了布爾塞維克隊伍的孤獨時刻，他才獲得了訴說「內心的真相」的機會。因此，縱然他明明知道自己所寫的未必能夠到達讀者的手裏，也未必有出版的一天，他仍然選擇在自己「絕滅的前夜」，在很可能永遠無法得到見證的危機時刻，向着某位注定缺席或遲到的讀者傾吐他的內心真相。

關於〈多餘的話〉真偽的爭論，學界如今已有共識，論者大都以為文章乃出自瞿氏手筆。[9]然而，直到1979年以前，在瞿秋白的眾多親友和左翼作家的圈子裏，這篇遺稿一直都被視為偽托之作。在《回憶秋白》一書中，楊之華便回憶道：「解放後，鄭振鐸和茅盾都對我說過：鄭振鐸當時通過關係去《逸經》雜誌社查看過那篇所謂『全文』底稿，全都不是秋白的筆跡。」[10]丁玲也說：「我第一次讀到〈多餘的話〉是在延安。洛甫[11]同志同我談到，有些同志認為這篇文章可能是偽造的。」[12]事實上，直到現在，這篇文章的原手稿始終未能尋獲。[13]

1935年6月4日，《福建民報》的記者李克長到獄中訪問瞿秋白，後來寫成了〈瞿秋白訪問記〉。這篇訪問記最早披露了瞿秋白在獄中寫作〈多餘的話〉的情況。[14]然而，楊之華在1950年代末寫作《回憶秋白》時，卻一口否定這篇訪問記的可信性，大罵道：「國民黨反動派對於堅貞不屈的共產黨人，殘殺以後，還要製造謠言，進行反動宣傳，以誣蔑烈士和共產黨。這是他們的慣技。果然，這個記者所說的秋白寫的〈多餘的話〉手稿，從此石沉大海。」[15]但有趣的是，後來劉福勤在考證〈多餘的話〉真偽時，竟發現了楊之華的回憶錄和李克長的訪問記之間一個能夠相互印證的細節。劉氏說，李克長在訪問記曾經指出，〈多餘的話〉的原稿本是用「鋼筆藍墨水」寫在「黑布面英文練習本」上的，[16]其中「黑布面」的說法，恰好與楊之華回憶瞿秋白離開上海前往江西蘇區時，帶走的「黑漆布面的本子」相吻合。[17]楊之華的回憶是這樣的：

> 快要天亮的時候，他[18]看見我醒了，就悄悄地走過來，拿着我買給他的十本黑漆布面的本子(這是他最愛用的)，把它們分成兩半，對我說：「這五本是你的，這五本是我的。我們離開以後不能通信，就把要說的話寫在上面，重見時交換着看。」[19]

李克長的訪問記寫於1935年，楊之華的回憶錄寫於1959至1963年之間。誠如劉福勤所言，李克長不可能讀過楊之華的回憶錄才寫他的訪問記。而楊之華是堅持否定李克長的訪問的可信性，她也不會以自己的回憶迎合李氏的報道。[20]然而，在楊之華的回憶裏，瞿秋白那句「把要説的話都寫在黑漆布面本子」是如此刺眼，以致我們不得不懷疑：當楊之華在1950年代中國大陸「階級鬥爭論」的氣氛愈來愈濃重的情勢下，力主〈多餘的話〉乃偽托之作時，她是否也跟齊澤克故事裏那名找不到紅墨水的前東德工人一樣，懷抱着同樣的心情呢？[21]

然而，面對這個遺失了的「黑漆布面本子」，我們可以如何入手呢？或者我們可以從兩個往往被論者忽視的意象入手：「滑稽劇」和「死鬼」。

第三節　面具背後

劉福勤在其力作《心憂書〈多餘的話〉》裏，為〈多餘的話〉做了一篇評註，是迄今為止對該文最為詳盡的註解。在這篇註解裏，劉氏差不多把〈多餘的話〉每一個重要的詞語和句子都解釋了一遍，當然不會放過「滑稽劇」這個在文章中反覆出現了好幾次的意象。然而，對於這個意象，劉氏卻採取否定的態度：

> 「滑稽劇」，比喻很失分寸，即使指作者所説不適合當領袖而當了領袖，即使指因多方面的弱點和有違「興趣」而發生了錯誤，也是不妥當的，即使是「歷史的誤會」，也是不可用「滑稽劇」來比的，而況適不適合當政治領袖，有其相對性，承擔領導工作時有錯誤更有功績呢。就歷史客觀規律的嚴肅性而論，就更不能説是「滑稽」的了。使用這比喻，是作者的心情一時由深自內疚轉為妄自鄙棄的表現。[22]

劉氏這裏明顯是在替瞿秋白辯護，他對瞿秋白的愛惜之情可謂溢於言表，然而，正正是這一愛惜之情，使劉氏忽略了「滑稽劇」這個比喻對於瞿秋白的重要性。劉氏解釋的那段話出自文章的第七節「告別」：

> 一齣滑稽劇就此閉幕了！
>
> 我家鄉有句俗話，叫做「捉住了老鴉在樹上做窠」。這窠是始終做不成的。一個平凡甚至無聊的「文人」，卻要他擔負幾年的「政治領袖」的職務。這雖是可笑，卻是事實。[23]

瞿秋白在這裏把自己想像成一個無法勝任「政治領袖」職務的「文人」。這種想法其實並非如劉福勤所言，「是作者的心情一時由深自內疚轉為妄自鄙棄的表現」，正相反，這種想法貫穿於瞿秋白的一生，它恰恰展示了瞿氏對自我身份認同矛盾的深刻體會。瞿秋白曾用過一個筆名「犬耕」，魯迅敏感地意會到箇中深意，曾向瞿秋白問個究竟。瞿秋白坦率地答道：政治上負擔主要的工作，他的力量不夠。耕田本來是用牛的，狗耕田當然就不好了。[24]劉福勤自己亦曾指出，瞿秋白早於1920年代寫作《餓鄉紀程》時，已抱持「無牛則賴犬耕」的想法。[25]可見這種擺盪於「政治」和「文學」之間的身份認同矛盾，一直都是瞿秋白無法解決的兩難困境。然而，這種身份認同矛盾的體會又是從何而來的？瞿秋白為何會以滑稽劇的丑角來比喻這種身份認同矛盾？

瞿秋白在〈多餘的話〉裏曾這樣描述自己在這個滑稽劇舞臺上的尷尬狀況：「一生沒有甚麼朋友，親愛的人是很少幾個。而且除開我的之華以外，我對你們[26]也始終不是完全坦白的。就是對於之華，我也只露一點口風。我始終戴着假面具。我早已說過：揭穿假面具是最痛快的事情，不但對於動手去揭穿別人的痛快，就是對於被揭穿的也很痛快，尤其是自己能夠揭穿。現在我丟掉了最後一層假面具。你們應當祝賀我。」[27]在整篇文章中，瞿秋白始終把自己理解為一個在革命政治舞臺上戴着假面表演的丑角，而書寫〈多餘的話〉則是他第一次（也是最後一次）自我揭露的表演。惟有透過這次臨終前的表演，他才能卸下所有假面，安心離開人世的舞臺。

我們現在已無法考究瞿秋白有沒有讀過馬克思的著名文章〈《黑格爾法哲學批判》導言〉（"Introduction to a Contribution to the Critique of Hegel's Philosophy of Right"），但〈多餘的話〉裏有關「滑稽劇」和揭穿假面的比喻，卻明顯來自馬克思這篇名作。在文章裏，馬克思把當時德國落後的制度和政治狀況比喻為「喜劇」的「丑角」(comedian)：

> 現代德國制度是時代錯誤，它公然違反普遍承認的公理，它向全世界展示舊制度毫不中用；它只是想像自己有自信，並且要求世界也這樣想像。如果它真的相信自己的**本質**，難道它還會用一個異己本質的**外觀**來掩蓋自己的本質，並且求助於偽善和詭辯嗎？現代的舊制度不過是**真正主角**已經死去的那種世界制度的**丑角**。歷史是認真的，經過許多階段才把陳舊的形態送進墳墓，世界歷史形態的最後一個階段是它的**喜劇**。[28]

馬克思認為，當時德國的政治制度不過是舊制度的腐敗殘餘，它的存在完全違反當時世界普遍承認的政治公理。這種陳舊的政治形態，最終只會被歷史送進墳墓，它現在之所以依舊在政治舞臺上佔一席位，不過是它絕滅前夕的最後一次表演罷了；而這次落幕前的表演則是一齣「真正主角」已經退出舞臺的丑劇。換言之，在這個空洞的喜劇舞臺上，就只剩下丑角獨自表演，獨自凝視他自身的死亡。於是，我們不得不想起〈多餘的話〉臨近尾聲的一幕：「總之，滑稽劇始終是閉幕了。舞臺上空空洞洞的。有甚麼留戀也是枉然的了。好在得到的是『偉大的』休息。至於軀殼，也許不由我自己作主了。」[29]

馬克思認為，1843年德國落後的政治制度是一種「時代錯亂」(anachronism)的現象。因為德國的政治制度是如此地落後於歐洲各國，即使他否定了1843年的德國制度，也不會達致1789年時法國的政治水平。[30]而馬克思筆下的「丑角」則是這種「時代錯亂」現象的徵兆，他的存在完全建基於這個時間錯位的時刻。在瞿秋白眼中，「文人」同樣是這種在時間錯位的時刻現身的丑角，他說：「『文人』是中國中世紀的殘餘和『遺產』——一份很壞的遺產。我相信，再過十年八年沒有這一種智識〔分〕子了。」他認為，「文人」不同於現代的專業知識分子，文人甚麼都懂得一點，但卻缺少真實和專業的知識。他不過是「讀書的高等遊民」。[31]而這個瞿秋白始終無法擺脱的「高等遊民」類型，最終亦只會被歷史巨輪所淘汰。因此，一個關於時間的悖論想法始終貫穿於〈多餘的話〉的字裏行間：瞿秋白不時表示自己很願意「回過去再生活一遍」，但卻又發現面前已沒有回頭的餘地。一如哈姆雷特(Hamlet)那句經典的臺辭：「時間脱節了」(The time is out of joint)，然而這次被卡在這個時間錯位時刻的人物不是那位憂鬱的丹麥王子，卻是一名注定要被歷史送進墳墓的丑角。

1980年，丁玲寫了一篇回憶文章〈我所認識的瞿秋白同志〉。文章中，她自言最初讀到在《逸經》上發表的〈多餘的話〉，便已斷定文章出自瞿秋白手筆。[32]這確實不是她事後的誇大之辭。[33]1939年11月27日，丁玲在香港《星島日報》的「星座」版上，發表了一篇題為〈與友人論秋白〉的短論。丁玲這篇文章是當年左翼作家圈子裏對〈多餘的話〉最早的肯定和正面回應。她在文章的開端便說：「秋白詩原文並未見，在『逸經』上也見過，並有『多餘的話』。有些人以為是造謠，因為他們以為有損與秋白。我倒不以為然，我以為大約是秋白寫的。」[34]

這篇文章篇幅雖短，卻一矢中的，把握住〈多餘的話〉的要點所在。在文章裏，丁玲把瞿秋白的一生理解為「與自己做鬥爭」的過程，這一描述無疑是準確的。在〈多餘的話〉裏，瞿秋白對自己也有相近的理解：「從我的一生，也許可以得到一個教訓：要磨煉自己，要有非常巨大的毅力，去克服一切種種『異己的』意識以至最微細的『異己的』情感，然後才能從『異己的』階級裏完全跳出來，而在無產階級的革命隊伍裏站隱自己的腳步。」[35]這裏所謂「異己的」意識和情感，正是丁玲所說的「自己」，亦即是瞿秋白在〈多餘的話〉裏反覆提及的文人和紳士意識。瞿秋白認為，這種文人和紳士意識與馬克思主義的思想方法之間無法化約的矛盾，構成了他自己始終無法擺脱的二元化人格。

誠如丁玲所言，瞿秋白是一個沒落的官紳子弟，受舊的才子佳人薰染頗深。因此，在私人感情上，他難免有些「舊的殘餘」。中共以前生活亦較為散漫，所以他也沒有機會反省這種舊式的感情和習染。然而，「在他情感上雖還保存有某些矛盾，在他在平生卻並未放縱牠，使牠自然發展開過，他卻是朝着進步方向走的。這種與自己做鬥爭，勝利了那些舊的，也不為不偉大，小資產階級，知識分子到共產主義中來的途程原來就是艱苦的。」[36]可以說，無論在瞿秋白還是丁玲的論述裏，馬克思那種把陳舊的制度和形態送進墳墓的想法，始終佔據着主導性的位置。只是馬克思批判的是一個彷彿外在於他自己的舊制度，而瞿秋白要批判的卻是一種內在於他自身的「異己」意識。

如此一來，我們才能明白，為何瞿秋白會把自己無法擺脱的文人和紳士意識理解為「異己的」意識。瞿秋白在這裏刻意以引號標明的形容詞「異己的」，其實來自〈《黑格爾法哲學批判》導言〉。在這篇文章中，馬克思試圖以這樣一句話揭穿當時德國政治制度的假面：「如果它真的相信自己的**本質**，難道它還會用一個異己本質的**外觀**來掩蓋自己的本質，並且求助於偽善和詭辯嗎？」[37]這裏尤其值得注意的是「異己本質的**外觀**」（the *semblance* of an alien essence）一詞。按照馬克思的說法，所謂「異己本質的**外觀**」實際上是指當時德國政治制度一種自欺欺人的想法：「現代德國制度是時代錯誤，它公然違反普遍承認的公理，它向全世界展示舊制度毫不中用；它只是想像自己有自信，並且要求世界也這樣想像。」[38]而瞿秋白眼中的「文人」一如馬克思筆下的「現代德國制度」，他所有存在的依據便只有一個自欺欺人的自我想像、一個「異己本質的**外觀**」。

因此，瞿秋白不得不在〈多餘的話〉裏，回憶自己與布哈林的一次談話：

> 記得布哈林初次和我談話的時候，説過這麼一句俏皮話：「你怎麼和三層樓上的小姐一樣，總那麼客氣，説起話來，不是『或是』，就是『也許』、『也難説』……等。」其實，這倒是真心話。可惜的是人家往往把我的坦白當作「客氣」或者「狡猾」。[39]

在布哈林這位共產國際的革命領袖面前，瞿秋白這個中國舊式文人就連「坦白」的説話，都變成了「狡猾」的客套話。因此，他注定只能當一個「戲子」——舞臺上的演員，他「扮覺〔着〕大學教授，扮着政治家，也會真正忘記自己而完全成為『劇中人』。」[40]

德勒茲(Gilles Deleuze)在《差異與重複》(*Difference and Repetition*)的導言裏，把齊克果(Søren Kierkegaard)和尼采(Friedrich Nietzsche)譽為一種把劇場的邏輯引入哲學領域的新型思想家。無論齊克果還是尼采，他們都超越了黑格爾(Hegel)。因為黑格爾仍然執迷於「再現」的被反映因素(the reflected element of "representation")，而齊克果和尼采卻能把劇場的「重複」運動引入到哲學的領域裏。而馬克思在批判黑格爾主義那種抽象的虛假運動和中介(mediation)觀念時，他也同樣接近了齊克果和尼采那種本質上屬於「劇場」的觀念。[41]正如德勒茲所言，「假面是重複的真正主體。」重複不同於再現，他不會把某一個被再現者理解為最終的普遍真理或概念，恰恰相反，被重複者既意指着另一個被重複者，也為其他被重複者所意指；它既是被掩蓋之物，也掩蓋着其他被掩蓋之物。假面正是這樣的事物，它同時既偽裝又被偽裝，面具背後沒有別的，惟有另一副面具。沒有等待被面具重複的初始點，只有面具本身的無盡重複。[42]因此，德勒茲認為，齊克果和尼采為我們重新提出有關假面的問題，並深切體會到假面的內在空無(the inner emptiness of masks)。[43]難道我們真的不能説，瞿秋白這位中國的馬克思主義者，在他「生命的盡期」，也同樣體會到這種假面的內在空無嗎？

1933年，瞿秋白發表了〈馬克斯、恩格斯和文學上的現實主義〉一文。在這篇文章裏，他介紹了馬克思和恩格斯(Friedrich Engels)對巴爾札克(Balzac)的《人間喜劇》(*La Comédie humaine*)的評論。值得注意的是，瞿秋白在這篇文章裏，恰好把*La Comédie humaine*譯作《人的滑稽戲》。在這篇文章中，瞿秋白認為，無產階級文學應該繼承和發展巴爾札克這位資產階級偉大藝術家的「文化遺產」，即揭露資產階級和資本主義的內部矛盾。用瞿秋白的話説來，無產階級需要學習「過去時代的大文學家」，「揭穿一切種種假面具」。[44]不錯，無產階級應該揭穿一切種種假面具，他們應該具備揭穿假面的精神，因為他們是「未來」的主人，毀滅了一切種種「過去」的假面，那背後的「未來」便是他們的回報和救贖。但萬一，那個執意要揭穿假面的人，竟是一個屬於舊時代、屬於那個注定要死亡的階級的「文人」，那麼，我們又可以如何理解他這種自殺式的行為呢？

第四節　至死的痼疾

齊澤克在《幻見的瘟疫》(*The Plague of Fantasies*)中曾經談及齊克果的著名説法「至死的痼疾」(sickness unto death)。齊澤克分辨出兩種絕望。第一種絕望是一般的個體絕望。在這種絕望裏，個體擁有着兩種相互矛盾的想法：一方面，他清楚知道死亡等於終結，永生的超越境界根本不存在；另方面，他卻又懷着一種難以壓制的慾望去相信，死亡並非人生的終局，他很想相信來生的確存在，在那裏，他可以獲得救贖和永恒的福報。第二種絕望則是「至死的痼疾」，這種絕望與一般的個體絕望不同，它涉及一個完全相反的主體悖論：一方面，主體清楚知道死亡絕非終局，他有一個永生不朽的靈魂，但他卻無法面對這個要求，因為他無法放棄那些毫無用處的審美快感(aesthetic pleasures)，專心致志為他的救贖埋頭苦幹。因此，他絕望而孤注一擲地要去相信，死亡**就是**終結，壓在他身上的神的無條件要求根本不存在。[45]

瞿秋白正好患了這種「至死的痼疾」。對他來説，投身左翼政治、加入無產階級革命的行列，是為了未來的救贖事功。「一切新的，鬥爭的，勇敢的都在前進。」[46]共產主義所預言的沒有階級鬥爭的烏托邦終必到來。但另方面，他卻又無法拋下自己的「文人」習性，在階級鬥爭的戰場上，依舊抱持着種種「弱者的道德」——忍耐、躲避、講和氣、希望大家安靜些仁慈些等等。[47]這種想像自我仍然擁有一個「美麗靈魂」的幻象，無疑就是齊澤克所説的「審美快感」。他無法拋下這些「文人」的審美快感，以致他在〈多餘的話〉的結尾這樣寫道：

最後⋯⋯

俄國高爾基的《四十年》、《克里摩·薩摩京的生活》，屠格涅夫的《魯定》，托爾斯泰的《安娜·卡里寧娜》，中國魯迅的《阿Q正傳》，茅盾的《動搖》，曹雪芹的《紅樓夢》，都很可以再讀一讀。

中國的豆腐也是很好吃的東西，世界第一。

永別了！[48]

丁玲說：「不過秋白能連這些多餘的話也不說，無人了解的心情也犧牲了吧不更好些麼！⋯⋯」[49]丁玲這句話可謂一矢中的。書寫〈多餘的話〉這個舉動本身，正正表明瞿秋白無法放下自己的「美麗靈魂」。正是這個文人的「美麗靈魂」，使他終究無法成為「無產階級的戰士」，使他最終「脱離」了無產階級的隊伍。因着這顆「美麗靈魂」的存在，他始終無法完全認同無產階級的革命事業，他始終覺得這種關乎救贖的事功是「替別人做的」。他就像華格納（Richard Wagner）歌劇《漂泊的荷蘭人》（*Der Fliegende Holländer, The Flying Dutchman*）裏的主人公，絕望而孤注一擲地尋死。他說：「七八年來，我早已感覺到萬分的厭倦。這種疲乏的感覺，有時候〔⋯⋯〕，簡直厲害到無可形容、無可忍受的地步。我當時覺着，不管全宇宙的毀滅不毀滅，不管革命還是反革命等等，我只要休息，休息，休息！！好了，現在已經有了『永久休息』的機會。」[50]就像「漂泊的荷蘭人」，瞿秋白不顧一切地尋求生命的終結和自我的絕滅，為的是要把自己從「不死的」（undead）存在地獄中拯救出來。

「該死的不死」，這正正是瞿秋白晚年作品中反覆探討的主題。馬克思在《資本論》第一卷的〈1867年第一版序言〉（"Preface to the First German Edition, 1867"）中提出了一個著名的說法。他認為當時的德國和西歐大陸的國家跟英國相比，它們的人民不但苦於資本主義的生產，而且更苦於資本主義的不發展。他說：「除了現代的災難而外，壓迫着我們的還有許多遺留下來的災難，這些災難的產生，是由於古老的、陳舊的生產方式以及伴隨着它們的過時的社會關係和政治關係在苟延殘喘。不僅活人使我們受苦，而且死人也使我們受苦。死人抓住活人！」[51]這段話的最後一句，馬克思引用了法國人的一句諺語：Le mort saisit le vif!（死人抓住活人！）

瞿秋白在〈多餘的話〉中，聲稱自己從未讀過《資本論》，並說：「尤其對於經濟學我沒有興趣。」[52]然而，在他晚年的雜文和論著中，卻反覆引用〈1867年第一版序言〉中的這句法文諺語。這句話最早出現於1931年的雜文〈畫狗罷〉。文章中，瞿秋白這樣說道：「法國人有句俗話，叫做：『Le mort saisit le vif』——『死人抓住了活人』。中國的情形，現在特別來得湊巧——簡直是完全應了這句話。袁世凱的鬼，梁啟超的鬼，……的鬼，一切種種的鬼，都還統治着中國。尤其是孔夫子的鬼，他還夢想統治全世界。」[53]不難發現，瞿秋白對這句諺語的理解跟馬克思是如出一轍的，即1931年中國跟1867年的西歐大陸國家一樣，不但苦於資本主義生產，而且苦於資本主義的不發展，遭受到古老的、陳舊的社會和政治關係所帶來的種種災害。在另一篇遺稿〈馬克思文藝論底斷篇後記〉中，瞿秋白甚至直接指出，這句諺語取自馬克思的著述：「馬克思說，藝術繁盛底一定時期和社會物質基礎底發展並沒有任何適應。『死鬼常常會抓住活人的』。過去時代的意識往往會殘留在現代，何況統治階級總是些『駭骨迷戀者』，時常利用『死鬼』來箝制『活人』，而一些小資產階級的文人學者，也會**無意之中**做了死鬼的爪牙。」[54]

隨着1931年在〈畫狗罷〉中引入了馬克思的這句「Le mort saisit le vif」，「殭屍」、「死人」、「死鬼」、「骷髏」和「活死人」等系列意象便反覆在瞿秋白的作品中現身，成了他晚年寫作的一個奇景。在眾多的研究者中，就只有馮契察覺到這個現象。他在〈瞿秋白的歷史決定論〉中寫道：「雖已經過辛亥革命，推翻了封建王朝，然而專制主義的鬼、玄學的鬼、孔教的鬼，仍然統治着中國。瞿秋白把這叫做『殭屍統治』……瞿秋白在30年代提出的『死鬼抓住活人』這一論點，是十分深刻的。」[55]可惜的是，馮契在文章中只簡單的提醒讀者注意這個現象，卻沒有就此作更多的引伸和闡述。

無論如何，馮契還是抓住了癢處。在瞿秋白的晚年寫作中，這系列「死鬼」的意象實際上佔據着核心的地位。瞿秋白不但如馮契所言，通過這系列意象來理解和研究當時的中國國情，尤有甚者，他更借助這系列意象理解自己的歷史處境和生命境遇。在〈多餘的話〉中，瞿秋白曾剖析自己道：「而馬克思主義是甚麼？是無產階級的宇宙觀和人生觀。這同我潛伏的紳士意識，中國式的士大夫意識，以及後來蛻變出來的小資產階級或者市儈式的意識，完全處於敵對的地位……。」[56]如此說來，他便跟自己在〈《魯迅雜感選集》序言〉裏所抨擊的歐化紳士和洋場市儈沒有兩樣了。他們共同構成了現代中國的「殭屍統治」集團。[57]如果說「孔夫子的鬼」抓住了在生的活人，繼續統治着中國，那麼，瞿秋白自己便肯定是這些死鬼的一分子。

瞿秋白在〈《魯迅雜感選集》序言〉裏批評歐化紳士和洋場市儈時，曾這樣說道：「**這些歐化紳士和洋場市儈，後來就和『革命軍人』結合了新的幫口，於是殭屍統治，變成了戲子統治**。殭屍還要做戲，自然是再可怕也沒有了。」[58]這裏所說的「革命軍人」，指的是當時自命「革命」的軍閥和國民黨官員；而歐化紳士和洋場市儈，指的則是在這些「革命軍人」身邊充當幫閒文人的學究。在這一上下文脈裏，瞿秋白當然沒有任何自況的意味。然而，當瞿秋白在〈多餘的話〉裏把自己理解為紳士和小資產階級市儈時，上述引文中牽涉到的從殭屍到戲子的意象轉換，便成了一把極為重要的鑰匙。憑藉這把鑰匙或意象轉換的修辭邏輯，我們才能體會到，當瞿秋白在〈多餘的話〉中把自己比喻為「戲子」、「舞臺演員」和「劇中人」時，他是多麼討厭他自己。

無論「殭屍」、「紳士」還是「戲子」，都是瞿秋白晚年極力抨擊的對象，但在〈多餘的話〉中，他卻一下子把自己比作這些攻擊對象。正是在這一弔詭的轉折中，這篇絕筆之作的一切清醒的沉痛，才得以徹底展現出來。當他斷斷續續寫作這篇支離破碎的告白時，他大概也會記起魯迅這句著名的話罷：「我的確時時解剖別人，然而更多的是更無情面地解剖我自己。」[59]

第五節　歷史即劇場

然而，我們還是不禁要重新提出丁玲的問題：「不過秋白能連這些多餘的話也不説，無人了解的心情也犧牲了吧不更好些麼！……」

馬克思在《路易・波拿巴的霧月十八日》(*The 18th Brumaire of Louis Bonaparte*)的開端，提出了一個著名的説法：「黑格爾在某個地方説過，一切偉大的世界歷史事變和人物，可以説都出現兩次，他忘記補充一點：第一次是作為悲劇出現，第二次是作為笑劇出現。」[60]德勒茲認為，馬克思這個説法在某種程度上點出了「歷史即劇場」(history is theatre)的觀念。於此，劇場意味着重複，歷史隨着重複中的悲劇和喜劇變奏，形成了運動的條件，在這個條件下，演員和主人公才能為歷史生產出新事物。因為重複的劇場有別於再現的劇場，它是一股純粹的力量，一種空間中的動力線。它不必通過任何中介，便能直接作用於精神之上。它是一種先於文字的語言，它是一種先於任何組織化身體的姿態。它也是先於面孔的面具，先於人物的鬼魅。整部重複的機器有如一股「恐怖的力量」。[61]正是在這股無名的恐怖力量的重複運動裏，歷史才能擺脱過去的「死鬼」，創造出新的可能性。如此一來，我們才能真正明白馬克思在〈《黑格爾法哲學批判》導言〉中的這個説法。他認為，在歷史的進程中，過去的制度必須死兩次，第一次是悲劇性的死亡，第二次是喜劇性的死亡。他説：「歷史竟有這樣的進程！這是為了人類能夠**愉快地**同自己的過去訣別。我們現在為德國政治力量爭取的也正是這樣一個**愉快的**歷史結局。」[62]惟有在重複的表演運動中，歷史才能真正引入新的力量，向過去的一切作別。

瞿秋白所希求的，大概就是這個「**愉快的**歷史結局」罷。1930年代初，瞿秋白翻譯了恩格斯1888年4月初致英國女作家哈克納斯(Margaret E. Harkness)的信。在信中，恩格斯談及巴爾札克的《人間喜劇》，他説：「固然，巴爾札克在政治上是個保皇主義者。他的偉大著作，是不斷的對於崩潰得不可救藥的高等社會的挽歌；他的同情，是在於注定要死亡的階級方面。然而不管這些，他對於他所深切同情的貴族，男人和女人，描寫他們的動作的時候，他的諷刺再沒有更尖利的了，他的反話再沒有更挖苦的了。」[63] 瞿秋白畢竟不是巴爾札克，他不是一個保皇主義者，他對於那個注定要死亡的階級也沒有任何同情和憐憫，縱然他知道他自己也誓將跟隨這個階級一同絕滅。因此，他在〈多餘的話〉這樣向他的「同志」道別：「你們應當祝賀我。我去休息了，永久休息了，你們更應當祝賀我。」[64] 這完全為了讓他的「同志」能**愉快地**與「過去」的一切訣別。我們大概都曾看過這樣一個卡通場景：一隻貓走到了懸崖邊上，但牠並沒有停步，牠一直平靜地向前走着，而且儘管牠已經懸掛在空中，腳不着地，但牠並沒有掉下去——牠甚麼時候掉下去呢？當它向下看，而且意識到自己懸掛在空中的那一刻。[65] 瞿秋白晚年的寫作和翻譯正是這個「向下看」的時刻。他用盡一切氣力，為的是要喚醒他自己所屬的那個注定要死亡的階級，讓他們意識到自己業已死去，並徹底崩潰。馬克思說：「無產階級宣告**迄今為止的世界制度的解體**，只不過是揭示**自己本身的存在的秘密**，因為它就**是**這個世界制度的**實際**解體。」[66] 如果馬克思沒有錯，瞿秋白便能藉着他自身的死亡和自我否定，重新回到「無產階級」的懷抱。

第六節　亞伯拉罕的牲體

1926年11月8日，葛蘭西在去議會的途中，被墨索里尼（Benito Mussolini）的警察逮捕。1928年，他正式被判監禁20年。1935年8月26日，經醫生檢查後，葛蘭西證實患上波特氏病、肺結核、嚴重高血壓、心絞痛、關節痛。他的處境叫人絕望。他獲准提前釋放，在1937年4月21日即將服刑期滿時，他寫了一封信回家，希望之後能回撒丁島過與世隔絕的生活。但他這個願望最終也無法實現，4月27日，他終因腦溢血死於羅馬的奎斯撒那（Quisisana）診所。[67]

不知道這是幸運還是不幸。因被法西斯主義者長期監禁，葛蘭西毋須面對1929年開始的蘇共黨內鬥爭所引發的種種叫人難堪的政治處境。1928至1930年間，聯共(布)黨內關於社會主義建設的路線、方針、政策發生尖銳的分歧和鬥爭。布哈林認為工農聯盟有破裂的危險，反對要農民為工業化「納貢」，主張國民經濟綜合平衡，放慢工業發展速度，推遲農業集體化，反對剝奪和消滅富農。1929年，聯共(布)中央批判布哈林領導「右傾反對派」，4月解除其《真理報》主編職務，7月解除共產國際執委會主席團成員職務，11月被開除出聯共(布)中央政治局。[68]於是，一場斯大林發動的反布哈林運動和「大清黨」運動便正式啟幕。背運的瞿秋白剛好趕上這次「大清黨」運動。

1928年6月，中共「六大」在莫斯科近郊正式召開。月底，當時的共產國際書記布哈林在會議上宣布，共產國際決定在莫斯科設立一個常駐共產國際的中國代表團。7月11日，中共「六大」閉幕後，瞿秋白和張國燾被選為中國代表團的代表，因此需要留駐莫斯科執行職務。[69]也在此時，瞿秋白和中國代表團被捲入了莫斯科中山大學的內部糾紛之中，得罪了斯大林的親信、時任中山大學校長的米夫(Pavel Mif)。1929年下半年起，聯共(布)在蘇聯掀起了「清黨」運動，米夫正好借此機會，利用中山大學成立的一個清黨委員會攻擊和誣陷瞿秋白和中國代表團。但由於中共代表團的成員並不參加中山大學的「清黨」，所以清黨委員會無權對代表團成員進行組織處理。[70]

然而，在中山大學學習的代表團成員家屬卻無法倖免於難。當時在中山大學「特別班」學習的楊之華，一直謹言慎行，但還是受到嚴厲的審查和指責。瞿秋白的三弟瞿景白，當時正好是中山大學學生，由於對「清黨」運動的做法表示不滿，年輕氣盛的他在某次會議上當場向聯共區委退還他自己的聯共黨員證，以示抗議。結果，瞿景白在當天就神秘「失蹤」了。當時，有很多人像瞿景白一樣突然「失蹤」，至今生死未明。[71]瞿秋白估計，他三弟肯定是被捕了，被蘇聯保安機關處決了。瞿母自殺後，一家星散，[72]瞿景白主要跟着瞿秋白一起生活，並逐步參與革命工作，因此，這件事對瞿秋白打擊很大。[73]

中山大學「清黨」前後持續了三個月，在將近尾聲之際，共產國際領導人之一柏金斯基召開了一次秘密會議，瞿秋白和張國燾也在座。在會議上，中山大學清黨委員會作出了報告，指中山大學學生之間長期存在一個托派小組織，但中共代表團對此一直持放任態度。報告並指，瞿秋白曾讓學山劉仁靜經土耳其回國，劉氏卻在那裏與托洛茨基見面，向他請示機宜，回國後從事托派運動。而其他若干托派分子，也是經由瞿秋白提議，一一派遣回國的；學生中的不可靠分子也與瞿秋白過從甚密。這些誣陷弄得瞿秋白面紅耳赤，無法應對。這次會議之後，瞿秋白便成了應對中山大學托派事件負主要責任的人物。[74]

1930年6月6日，共產國際執委會政治書記處政治委員會召開會議。這次會議決定：「堅決譴責中共代表團成員對待中國勞動者共產主義大學[75]派別關鍵的行為方式，並建議中共中央更新其代表團必要數量的成員，新的任命應與共產國際執委會政治書記處商定」。共產國際的決議「終止」了瞿秋白代表團團長的職務和身份。1930年8月，他和周恩來一起取道歐洲回國。[76]

誠如魯迅所言，最難受的不是來自敵人的攻擊，而是來自「同一營壘」的「冷箭」。然而，瞿秋白晚年卻受盡這類「冷箭」。1934年10月，中共紅軍第五次反國民黨「圍剿」嚴重失利，中共中央不得不放棄中央蘇區，並開始戰略大轉移。在這次轉移中，中央幾乎帶走所有重要人員，卻惡意拋下瞿秋白、何叔衡、毛澤覃等人。當時，瞿秋白曾為此事專門找過張聞天，請求隨大部隊一同長征，張聞天去找博古商量，博古卻毫不猶疑地拒絕了瞿氏的要求。瞿秋白當時身患重病，手無縛雞之力，又戴着重近視眼鏡，他根本無法掩飾文弱書生的身份，留在被敵軍重重包圍的江西蘇區打游擊。中共中央的這一決定，明顯是拋下他不管，任其自生自滅。毛澤東等人曾對這一決定表示不滿。果然，幾個月後，瞿秋白便被國民黨逮捕。[77]

在李克長的〈瞿秋白訪問記〉中，瞿秋白曾說，李立三下臺後，他當上了總書記。「自己總覺得文人結習未除，不適合於政治活動，身體不好，神經極度衰弱，每年春間，即患吐血症。我曾向人表示，『田總歸是要牛來耕的，現在要我這匹馬暫時耕田，恐怕吃力不討好。』他們[78]則說，『在沒有牛以前，你這匹馬暫時耕到再說。』不久，牛來了，就是秦邦憲，陳紹禹，張聞天他們回來了。他們在莫斯科足足讀了六年書，回來發動他們的領導權，大家都無異議。」[79]博古是秦邦憲的筆名，陳紹禹亦即是米夫在中山大學的親信王明的真實姓名。正是在上述蘇共「清黨」的歷史背景下，我們才能明白瞿秋白這段答話的弦外之音。

1930年，瞿秋白被共產國際「終止」了中共代表團的職務。那麼，布哈林又怎樣呢？根據俄國著名的蘇共黨史專家羅伊．麥德維傑夫（Roy Aleksandrovich Medvedev）的研究，雖然布哈林是個身經百戰的革命家，但他根本不擅長在「自己的」黨內搞對抗。面對斯大林貓捉老鼠般的「清黨」遊戲，布哈林開始感到身體不適，無法工作，並終日以淚洗面。剛好也在1930年，馬雅可夫斯基自殺身亡，布哈林大為震驚。因為當他主編《真理報》時，經常在報上發表馬雅可夫斯基的詩作。4月15日，布哈林突然現身於馬雅可夫斯基的追悼會，沒有發表講話便從後門離開，直接上了赫爾岑街，回到了克里姆林宮的住所。他後來承認，正是從1930年春天起，他開始考慮自殺。[80]然而在此後多番的折騰中，他始終無法成功自殺。

1937年2月23日，斯大林和布哈林的貓捉老鼠遊戲到達了高潮。布哈林在中央人民委員會對他的審問中作出答辯：

> 布哈林：我不會開槍自殺，因為那樣人民就會說我自殺為的是破壞黨的形象。但是，如果我是病死的話，你們又會失去甚麼呢？（笑聲。）
>
> 喊聲：敲詐者！
>
> 伏羅希洛夫（Voroshilov）：你這個混蛋！閉嘴！多麼無恥！你竟敢如此放肆！
>
> 布哈林：但是，你們必須理解——我很難繼續活下去。
>
> 斯大林：我們就容易嗎？！

伏羅希洛夫：你們大家聽見沒有：「我不會開槍自殺，但是我會死？！」

布哈林：你們談論我的事情當然很容易。你們究竟會失去甚麼呢？我說，如果我是個破壞分子，不是個東西的話，那麼為甚麼要寬恕我？我對甚麼都一無所求。我只是在描述我的想法，描述我正在經歷的事情。如果這樣做會在政治上造成任何破壞的話，無論這種破壞多麼微小，那麼，毫無疑問，我將按你們所說的去做。（笑聲。）你們笑甚麼？我說的絕對沒有一點好笑之處〔……〕[81]

在〈當政黨自殺時〉（"When the Party Commits Suicide"）一文中，齊澤克通過文本細讀，敏鋭地發現了在這些會議記錄中出現的「笑聲」，幾乎跟卡夫卡（Franz Kafka）《審判》（*The Trial*）中，主角約瑟夫·K（Joseph K）受審時出現的笑聲一模一樣。他認為，這些笑聲來自一種斯大林主義的觀點。按照這種觀點，自殺毫無主觀真實性可言，它被視為一種工具，被貶為反革命陰謀的「最狡猾的」形式之一。因此，斯大林在審問的過程中這樣説道：「你們從那次自殺事件[82]中看到了，那是一個人在臨死之前，在離開這個世界之前，最後一次用來蔑視黨、欺騙黨的最狡猾、最容易的手段之一。布哈林同志，那是過去發生的幾起自殺事件的深層原因。」[83]

換言之，斯大林把布哈林等人的主體性完全否定了。布哈林是被托洛茨基戲稱為「布爾什維克老衛隊」（Bolshevik Old Guard）之一的忠誠黨員。但在「大清洗」期間的政治公審秀中，他竟被誣陷為外國間諜，更是企圖暗殺列寧、斯大林和高爾基（Maksim Gorky）等人的叛徒！於是，布哈林等受審者被推到一場鬧劇的臺前。在這場鬧劇中，他們的主體性被徹底否定掉，他們被視為一件純粹彰顯黨的權威的工具。因此，當布哈林表示無從承認對他的無理指控時，斯大林竟怪誕地回答道：「你可以用槍打死我，如果你願意的話。那是你的事。但是，我不想讓我的榮譽被玷污。」他並向布哈林表示：「我所說的並不是針對你個人。」[84]瞿秋白曾在〈歷史的工具——列寧〉、〈列寧〉和〈托洛茨基〉等幾篇文章中，提出一種他所謂的「歷史工具」論。他認為，列寧因為能夠把自己徹底轉化成一件「歷史工具」，所以他成了一位沒有領袖地位的真正領袖。[85]從這個邏輯出發，我們才能理解布哈林等忠誠的黨員在政治公審秀中所處的位置。因為他們不過是「歷史的工具」，所以他們在公審中一切的表白都無關乎他們自己的主體性，與此相反，他們的供詞恰恰是黨的權威甚至「無產階級運動」成敗的關鍵。如此一來，「歷史工具論」被推到極點。在黑格爾所謂的「理性的詭計」(cunning of reason)或「歷史的詭計」(cunning of history)的無情運轉中，布哈林等忠誠的黨員被徹底轉換成「歷史的工具」，成為政治公審秀的鬧劇傀儡。

《歷史唯物主義理論》的作者布哈林當然信仰着瞿秋白所謂的「歷史工具論」。因此，1937年12月10日便出現這樣的奇景，這一天，布哈林寫了一封信給斯大林。布哈林在信中表示，他在公眾面前願意遵從儀式認罪，但在私人層面，他卻希望得到斯大林的了解，他完全是清白無辜的。他把斯大林比作《聖經》中的亞伯拉罕(Abraham)，會按照「歷史」的邏輯揮劍斬殺他。但他很清楚，「歷史」畢竟不是上帝，這次不會有天使降臨拯救他，奪下斯大林的利劍。他認為，「大清洗」是一個偉大的政治主張，這個計劃的利益高於一切。在這個前提下，斯大林正好肩負起「世界和歷史意義的重任」，布哈林覺得，自己最深切的「個人」痛苦根本不能與此相提並論。因此，他說道：

> 〔……〕**假如**我能絕對肯定你的想法也完全如此的話，那麼，我的心情將會無比的平靜。唉，那又怎麼樣！如果非得那樣的話，那就讓它去吧！但是，請相信我，當我想到你也許**相信**我犯下了那些罪行，想到你**本人**在內心深處認為我的確對所有那些恐怖負有罪責的時候，我便難捺心中的怒火。**假如你那樣看待我的話**，那將意味着甚麼？[86]

對於這封信，齊澤克嘖嘖稱奇。他並引伸出一個弔詭的邏輯：按照罪行和責任之間「正常」的邏輯，如果斯大林真相信布哈林有罪的話，那麼，他對布哈林的懲處是可被原諒的；若斯大林明知道布哈林無辜卻依然指控他有罪的話，這便成了不可原諒的道德罪行。但現在布哈林的邏輯卻恰恰顛倒過來，「如果斯大林指控布哈林犯了滔天大罪，而他完全知道這些指控是假的，那麼他的行為就像是一個地地道道的布爾什維克，把黨的需要置於個人的需要之上，這對布哈林來說，是完全可以接受的。相反，他絕對難以忍受的是，斯大林可能**真的**相信他有罪。」[87]

然而，齊澤克不知道，早於1935年，瞿秋白已在〈多餘的話〉中把這種徹底否定主體性的「歷史」邏輯演繹得淋漓盡致。面對生命的盡頭，他同樣把他的「歷史工具論」推到極致，把自己的死亡視作自己所屬的逝必滅亡的階級快將崩潰的徵兆。他期望透過自己的死亡表演，為他的「同志」提供一場歷史的丑劇，讓他們**愉快**地與「過去」告別，迎向美好的未來。於是，在瞿秋白和布哈林叫人嘆為觀止的死亡表演上，我們終於發現了知識分子在「無產階級」群眾運動中的終極位置，即作為「歷史詭計」或「歷史必然性」的祭品，以他們的死亡和恥辱為歷史巨輪的運轉提供推動力。[88]

伴隨着瞿秋白丑劇的落幕時刻，我們終於能聽清楚瞿秋白的「多餘的話」。無論瞿秋白還是布哈林，他們都以自己的生命為我們提供了「歷史」真理的重要證詞。他們就像竊火的普羅米修斯（Prometheus），以自己的痛苦和恥辱換取人類的進步，然而他們最終得到的，卻不是「英雄偉人」的名聲，而是一個把「歷史」真理的告白轉換成「多餘的話」的微妙時刻。在所有「偉大」的現代文學作品裏，就只有卡夫卡的遺作《審判》的結局，能精確描繪出這個微妙的時刻：

> 然而，一個人的兩手扼住了K的喉嚨，另一個人將刀深深地刺進他的心臟，並轉了兩下。K的目光漸漸模糊了，他看見那兩個人就在他的前面，頭挨着頭，觀察着這最後一幕。「真像是一條狗！」他說，意思似乎是：他的恥辱應當留在人間。[89]

「真像是一條狗！」這便是「歷史」的真理。

結語

「心」的兩面

第一節　心持半偈萬緣空

周楠本在他所編著的《多餘的話——瞿秋白獄中反思錄》裏，選輯了三篇當年報刊上發表的有關瞿秋白被槍決經過的報道。[1]這三篇報道都輯錄了一首題為〈偶成〉的集句詩。此詩並附有小序，現抄錄如下：

> 一九三五年六月十七日晚，夢行小徑中，夕陽明滅，寒流流咽，如置身仙境，翌日讀唐人詩，忽見「夕陽明滅亂山中」句，因集句得偶成一首：
>
> 夕陽明滅亂山中，（韋應物）
> 落葉寒泉聽不窮；（郎士元）
> 已忍伶俜十年事，（杜甫）
> 心持半偈萬緣空。（郎士元）[2]

學界一般將這首〈偶成〉稱作瞿秋白的「絕命詩」。[3]按照周楠本的註解，這四句詩分別集自三首唐詩，第一句集自韋應物的〈自鞏洛舟行入黃河即事寄府縣僚友〉，第二、第四句集自郎士元的〈題精舍寺（一作酬王季友秋夜宿露臺寺見寄）〉，而第三句則集自杜甫的〈宿府〉。[4]

我們在本節裏只集中分析〈偶成〉的第四句「心持半偈萬緣空」。因為羅寧在〈瞿秋白與佛學〉一文裏，正是憑着對這句詩句的分析，證明瞿秋白從容就義之舉與佛家思想之間有着相當緊密的連繫。羅寧的分析是這樣的：「詩中的『心持半偈』指『諸行無常，是生滅法；生滅滅已，寂滅為樂』偈中的後二句，典出《涅槃經》卷十四雪山童子為求『半偈』而捨身的故事。瞿秋白在生死關頭，能夠視死如歸，不能不說是佛教『菩薩行的人生觀，無常的社會觀』使他無所畏懼地正視現實，否則他是不會有『生滅滅已，寂滅為樂』的超脫感的。」[5] 究竟雪山童子為求「半偈」而捨身的故事是一個怎樣的故事？為何這個故事能夠讓瞿秋白在面對生死關頭之際，依然「無所畏懼地正視現實」?

雪山童子的故事是世尊釋迦牟尼的其中一個本生故事。按照藍吉富主編的《中華佛學百科全書》的介紹，雪山童子是「釋尊於過去世修菩薩行之名。又稱雪山大士、雪山婆羅門。以住雪山修行，故有此名。」[6]這個故事典出自《大般涅槃經》卷十四。[7]故事講述：

> 釋尊於過去世，曾為婆羅門，住雪山修菩薩行。當時，釋提桓因變身為羅剎像，至雪山宣說過去佛所說的半偈，即「諸行無常，是生滅法」。釋尊聞此半偈，心生歡喜，欲聞後半偈，但羅剎謂為饑苦所逼，需食人暖肉，飲人熱血始能續説下半偈。釋尊為聞後半偈而願捨身，羅剎乃為說「生滅滅已，寂滅為樂」之半偈。既聞此偈，釋尊將之書於壁、樹等處，然後上高樹，投身樹下。是時羅剎還復帝釋身，於空中接取佛身，安置平地。釋提桓因及諸天人皆頂禮於佛足下，謂佛於未來必成就阿耨多羅三藐三菩提。釋尊由於為半偈捨身之因緣，乃得超越十二劫之修行期，而在彌勒之前成佛。[8]

故事裏的雪山童子，為了得聞化身羅剎的帝釋天所宣說的後半佛偈，而願捨棄身命。這後半偈指的是「生滅滅已，寂滅為樂」兩句。按照孫昌武註解，最後一句的「寂滅」一詞，正是「涅槃的異譯」。[9] 換言之，這兩句偈語所宣說的佛理，正正是佛教「三法印」中的第三印「涅槃寂靜印」。誠如弘學所言，「三法印」指的是「諸行無常，諸法無我，涅槃寂靜」三大義理，它們是古今佛教徒和佛學家用來判別佛教學說的公認標準。[10]第三印「涅槃寂靜印」又作「寂滅涅槃印」。按照弘學的解釋，「『涅槃』是梵語，意譯為寂滅，所以『寂滅涅槃』是同意複詞。寂是無為空寂之滅，『滅』是指滅生死大患，所以『涅槃』是體證無為空寂的實相，斷滅引致生死流轉的煩惱。」佛經中的「涅槃」(Nirvāṇa)包括消極和積極兩個不同面向，消極方面的含義指的是「貪瞋癡滅」、「無明滅」等斷滅煩惱方面的意義，積極方面的含義指的是由此證得的「不死」、「清涼」和「最高樂」等解脱境地。[11]這樣一來，我們才能明白，雪山童子捨身求得的最後一句偈語為何是「寂滅為樂」。

另外，弘學亦指出，「寂滅」是舊譯法，玄奘法師另將涅槃新譯作「圓寂」。[12]而「圓寂」在俗語中則習慣用來形容僧人逝世。綜合上述論及的「涅槃寂靜印」的各種意義，我們不難發現瞿秋白臨終前的言行，正好與這一法印所包含的義理相契合。譬如，當年的記者曾記述他在刑場的中山公園內「自斟自飲，談笑自若，神色無異」的神態，並説道：「人公餘稍憩，為小快樂；夜間安睡，為大快樂；辭世長逝，為真快樂。」[13]再如，他在〈多餘的話〉亦談到要「永久休息」：「我當時覺着，不管全宇宙的毀滅不毀滅，不管革命還是反革命等等，我只要休息，休息，休息！！好了，現在已經有了『永久休息』的機會。」[14]凡此種種，都足以證明他在寫下「心持半偈萬緣空」一句時，肯定同時想起雪山童子捨身求得的半偈：「生滅滅已，寂滅為樂」。

這裏，我們再次回到瞿秋白「絕命詩」的最後一句：「心持半偈萬緣空」。值得注意的是，當瞿氏從郎士元的詩作引來這一句時，他同時改易了一字。郎士元原句是「僧持半偈萬緣空」，而瞿秋白則將「僧」字改成「心」字。這一字之易，相當重要。因為這表明「心」字正是全句的重點所在。我們只要簡單回想一下，我們在本書第七章所談及的瞿秋白早期那種將「去國」等同於「自趨絕地」的心態，還有我們在本書第四章所談及的他那種將莫斯科喻為「歐洲無產階級

『心海』的濤巔」和「燈塔」的想法，再與上述雪山童子捨身求道的故事相互印證，便不難發現箇中玄機：他絕命詩最後一句裏的「心」，指的很可能就是他早年在《餓鄉紀程》一書裏所表明的：「因研究佛學試解人生問題，而有就菩薩行而為佛教人間化的願心。」[15]

我們希望在這裏指出的是，瞿秋白這種將「佛教人間化」與「共產主義人間化」獨創性地連結起來的「世間唯物主義」，才是構成馬克思主義中國化最堅實的理論源頭和基礎，它標誌着二十世紀初中國知識分子為左翼思想所作出的理論貢獻，而這一貢獻則是以生命換取的，一如雪山童子捨身求道。如果上述瞿秋白的「佛教人間化的願心」只是他的「心」的「一個方面」，那麼，我們必須將討論跳到史華慈所謂的「另一個方面」去，藉此進一步了解瞿氏對「心」的另一重思考。

第二節　夢可

> 維特（Werther），是不是要繼續下去？維特的朋友威廉（Wilhelm）是個講究倫理的人。所謂倫理，是一種無從辯駁的行為科學。這種倫理實際上是一種邏輯：要就這樣，不然就那樣；如果我選擇（決定）這樣，接着便又是要就這樣，不然就那樣：一直延續下去，直到這串選擇的瀑布最終引出一個不折不扣的行動——再也不後悔或猶豫了。你愛夏洛蒂（Charlotte）：**要就是你有些希望，並由此而行動；不然就是你毫無希望，因此你得死了這條心。要就這樣/不然就那樣（either/or）**，這便是「心智健全」的人的語言。但戀人（像維特那樣）答道：我偏要搖擺於兩極選擇之間，**也就是說，我不抱希望，但我仍然要**……或者，我偏要選擇不做選擇；我寧願遊移不定，**就這樣繼續下去**。
>
> ——羅蘭．巴特（Roland Barthes）
> 〈「怎麼辦？」〉（“What Is to Be Done?”）[16]

瞿秋白在〈多餘的話〉中曾供稱，自己是從「破產的紳士」變成的「城市的波希美亞」，亦即「高等的遊民」，他並狠批自己是「頹廢的、脆弱的、浪漫的，甚至狂妄的人物。説得實在些，是廢物。」[17]但翻查他的作品，卻很難發現他有這方面的傾向。為何他會説自己是「城市的波希美亞」呢？為此，我們可以請教丁玲。

原來丁玲早年和瞿秋白的第一任妻子王劍虹是中學同學和密友。她曾在〈我所認識的瞿秋白同志〉一文中，將這些往事和盤托出。1918年夏天，丁玲考入桃源的第二女子師範預科學校，她便是在那裏認識王劍虹的。起初，她們還沒有太多來往交誼。不久，丁玲又轉校到長沙周南女子中學和岳雲中學繼續學業。她們之間真正交誼的開始是在1921年。那年寒假，丁玲回常德，與母親到舅舅家裏住。王劍虹正好同她的堂姑王醒予到常德探望丁玲的母親。因為她們二人的姐姐都是丁玲母親的學生。她們代表姐姐來看望丁玲的母親，同時動員丁玲去上海，入讀陳獨秀和李達等人創辦的平民女子學校。丁玲當時因對岳雲中學頗感失望，再加上王劍虹那三寸不爛之舌，所以她便答應了王氏一起上路，到上海去「尋找真理」。自始以後，她們便成了摯友。[18]

然而，事與願違，她們在平民女子學校的遭遇不太如意。所以，她們最終還是決定離校到外面的世界去闖蕩一番。丁玲曾這樣描述她們當時的心情：「我們決定自己學習，自己遨遊世界，不管它是天堂或地獄。當我們把錢用光，我們可以去紗廠當女工、當家庭教師，或當傭人、當賣花人，但一定要按照自己的理想去讀書、去生活，自己安排自己在世界上所佔的位置。」[19]她們這種想法，實際上已跟波希米亞人無異了。

後來，她們也確實開展了這種波希米亞式的遊蕩生活。1923年夏天，王劍虹和丁玲二人流浪到南京。她們在那裏過着極度儉樸的生活。她們盡量節省日常生活的開支，減少物質的消費，但卻「把省下的錢全買了書」。然而，她們卻十分滿意自己這種浪蕩和知性的生活。[20]也正好是在這年夏天，共青團在南京開「二大」。瞿秋白因此也來到了南京。會議期間，施存統硬拉着瞿秋白要他一道去看望兩位原來在平民女子學校念書的女孩子。這兩位女孩子便是王劍虹和丁玲。[21]丁玲這樣描述她初會瞿秋白時的印象：「這個朋友瘦長個兒，戴一副散光眼鏡，説一口南方官話，見面時話不多，但很機警，當可以説一兩句俏皮話時，就不動聲色地渲染幾句，惹人高興，用不驚動人的眼光靜靜地飄過來，我和劍虹都認為他是一個出色的共產黨員。」[22]

後來，瞿秋白又再三到這兩位女孩子的住處探望她們。當他知道她們讀過托爾斯泰、普希金(Alexander Pushkin)、高爾基(Maxim Gorky)等俄國文豪的著作時，他的話便更多了。丁玲後來追憶道：「我們就像小時候聽大人講故事似地都聽迷了。」然而，瞿秋白為何會被這兩位女孩子吸引住了呢？丁玲在回憶裏，總算露了一點口風。她説：「他對我們這一年來的東流西蕩的生活，對我們的不切實際的幻想，都抱着極大的興趣聽着、讚賞着。」[23]換言之，瞿秋白之所以喜歡她們，正正是因為她們身上流露了強烈的波希米亞氣質。

瞿秋白並順勢邀請她們到他任教的上海大學聽課。然而，丁玲和王劍虹不免懷疑，這是不是另一所平民女子學校，「是培養共產黨員的講習班」。以她們二人的波希米亞氣質，當然受不了這種黨員培訓班了。於是，瞿秋白便向她們保證道，這是一所正式學校，她們參加文學系可以學到一些文學的基礎知識，可以接觸到一些文學上有修養的人，兼而學到一點社會主義。這所學校是國民黨辦的，共產黨在學校裏只負責社會科學系。他保證她們到那裏「可以自由聽課，自由選擇。」[24]

丁玲和王劍虹最終決定到上海大學聽課。她們到了上海後，住進施存統夫婦隔壁的亭子間裏。那時，瞿秋白幾乎每天下課後都到她們的亭子間，跟她們談天説地。瞿秋白是上大的社會系系主任，因此他在課堂上只能談社會學思想和哲學。然而他跟王劍虹和丁玲二人聊天時，卻不講哲學，只講文學和社會生活。「講希臘、羅馬，講文藝復興，也講唐宋元明。」他還教她們直接以俄文讀普希金的詩。[25]而瞿秋白和王劍虹的愛情故事也從這裏開始。正如我們在本書前言中所論及的，丁玲後來的名作《韋護》，便直接以他們三人在南京和上海的生活事跡作藍本；而書中的女主角麗嘉，則是參照王劍虹的形象改寫而成的。

50多年以後，丁玲這樣回憶她寫作《韋護》時的心情：「我想寫秋白、寫劍虹，已有許久了。他的矛盾究竟在哪裏，我模模糊糊地感覺一些。但我卻只寫了他的革命工作與戀愛的矛盾。當時，我並不認為秋白就是這樣，但要寫得更深刻一些卻是我力量所達不到的。」[26]雖然無法「寫得更深刻一些」，但丁玲畢竟掌握了瞿秋白思想中關鍵的難題：鐘擺般的二元性格。在丁玲的眼裏，鐘擺的兩端便是「革命工作」和「戀愛」。如果丁玲的小說無法透徹展示瞿秋白深刻的矛盾思想，那麼，我們不妨回過頭來，請教瞿秋白本人。

1924年，正當瞿秋白和王劍虹熱戀期間，瞿氏寫了不少情書給王氏。這一束情書一直由瞿秋白的第二任妻子楊之華收藏起來，沒有正式公開發表。我們以往只能從文革時批鬥瞿秋白的小報文章所摘錄的零碎片段窺看其中一二。[27]直到2018年年底，瞿獨伊和李曉雲為紀念瞿秋白120周年誕辰（2019年1月29日），終於將這束書信全數整理出來，編進《秋之白華：楊之華珍藏的瞿秋白》一書。[28]在1924年1月26日的情書裏，瞿氏談到他「內部矛盾的人生觀」。他說：「我內部矛盾的人生觀，雖然有時使我苦痛，然而假使缺少矛盾中的一方面，我便沒有生命：沒有『愛』，我便沒有生命的內容，沒有『事』，我便沒有生命的物質。」[29]這裏，瞿氏講得很清楚，愛情和工作構成了生命無法或缺的兩面。愛情是「生命的內容」，「世間的事」或工作則是「生命的物質」。這兩者的最基本的矛盾衝突，構成了他「內部矛盾的人生觀」的基本形式。

愛情和工作是矛盾的最基本的形式。然而，在瞿秋白的情書中，他並沒有止於這個層面的討論。在寫於1月28日的另一封信中，瞿氏進一步把這個基本問題轉換成「戀愛和社會的調和」這個問題上來。他說：

〔……〕我苦得很——我自己不得你的命令，實在不會解決我的人生問題。我自己承認是「愛之囚奴」，「愛之囚奴」！我算完全被征服了！

戀愛和社會的調和，——**我不過抽象的説**，——本是我一生的根本問題，我想他們本是調和的，我自己不敢信，要問我的「心」，「心」若給我一個承認，我可以壯壯氣往這條路上走去。自己的「心」都不肯給我作主，誰又作得主呢？[30]

這裏的「心」，指的是王劍虹。因為他在1月12日和7月1日的信中稱王氏為「夢可」。[31]按丁玲的回憶，瞿氏當年經常稱呼王氏為「夢可」，而「夢可」則是法文「我的心」(mon coeur)的譯音。[32]而瞿秋白在書信中，亦多次直接稱呼王劍虹為mon coeur。[33]在這一段文字中，瞿氏認為，惟有愛情的絕對律令，才能讓他把戀愛和社會兩端重新調和起來，並解決他自己內在矛盾的「人生問題」。因此，他甘願為了獲得這股調和的力量，而成為「愛之囚奴」。

此外，我們在1月13日的信中，則看到這個「戀愛和社會的調和」的問題，被置換成自由和社會之關係的問題。瞿氏這樣寫道：

〔……〕我昨天問你，究竟你允許不許我調和社會生命和戀愛生命的問題，你快些答覆我。我現在有了「自己」，可以有商量，不像從前一味的機器兒似的開做，做，寫，寫，做。做寫，寫做好也要有生命的人才行，沒有生命的機器究竟於社會有甚麼益處。我們要一個共同生活相親相愛的社會，不是要一機器棧房呵。這一點愛苗是人類將來的希望。……

「要愛，我們大家都要愛——是不是？

——沒有愛便沒有生命；誰怕愛，

誰躲避愛，他不是自由人。」——

他不是自由花魂。[34]

在這裏，矛盾的核心被完全顯露出來。革命工作和愛情的矛盾、社會和戀愛之無法調和，它們共同指向的核心是「社會和自由」的兩難式。因此，當社會依然等同於「機器」和「機器棧房」這些異化存在時，我們便無法落實「生命」、「愛」和「自由」。瞿秋白想得很清楚，惟有將外部的世界徹底轉換成「一個共同相親相愛的社會」，人類的「生命」和「自由」才得以落實，而「這一點愛苗是人類將來的希望」。對他來說，「愛」絕對不單單是「個人」的問題。所以，他認為，大家都應該敢於迎受「愛」。誰躲避「愛」，他／她便不是「自由花魂」。在寫於1月5日的另一封信中，他甚至呼喊道：

> 生命要享受，一切形式主義要摧折。可是……
>
> 不要閒愁，不要……好生的……只有規律外的放浪是自由快意的；那單純的放浪任意只能使神智空泛得難受……[35]

顯然，瞿秋白所追求的理想社會，其實是一個解除了一切規律、自由放浪、相親相愛的波希米亞社會。這個社會的基本連結原則便是「愛」。然而，這個理想的社會和存在狀態，卻明顯與他這一時期的革命理論——「歷史工具論」相違背。[36]於是，我們便得到了以下的兩難公式：要成就革命和解放，革命者便得完全否定個人的自由，將自己徹底異化成「歷史」和群眾運動的工具；然而革命者參與革命的最終目的，卻是為了實現自身波希米亞式的自由慾望。如此一來，我們便得到一個永遠無法化解的悖論公式。這個公式所形成的鐘擺運動，貫穿於瞿秋白的一生，使他永遠無法擺脫內心的煎熬。

這裏，我們不妨借用路況在〈五月之磚——68學運影想錄〉一文中所提出的時間的「頓挫」(césure)，進一步探討瞿秋白這種鐘擺運動的兩難公式如何體現了路況所謂的真正最徹底的「現代性」(modernity)。我們一般都會以「靜態停滯」來界定傳統社會，而以「運動速度」來界定現代社會。但路況卻認為，這種劃分法無法把握「現代性」的核心意義。因為無論傳統社會還是現代社會，都有其獨特的運動節奏和步調。而真正最徹底的「現代性」，其實體現在相對於一切社會運動的、突然「頓挫」或「空白」的一刻。而這一「純粹的時間頓挫」具體指的正是「革命」讓社會絕對癱瘓的時刻。[37]在這一頓挫的歷史時刻，我們被推到歷史的門檻，直接面對由量變到質變的突變時刻。

在文章中，路況曾以一個革命政治的具體形象，詩意地將這個時刻呈現出來。他說：「現代性開始於普遍的大蕭條大失業，時間脫節，世界停擺，所有人都突然游離他既定的位置角色功能，變成無所適從、百無聊賴的無業遊民。但這最憂鬱無力、懸而未決的一刻，同時也指向一個決定性的行動瞬間，翻轉為一個高喊列寧前衛口號『做甚麼？』(que faire?) 最激昂亢奮的一刻，引爆一切總罷工總路線的革命運動。現代性就是一點點純粹的時間，而這一點點純粹的時間卻是最純粹的躁鬱症狀態，從絕對的憂鬱無能在一瞬間翻轉為無限的躁進狂飆。」[38]可以說，瞿秋白一生都活在這個「純粹的時間頓挫」的空格之中。自從瞿母自殺、一家星散，他便注定被「擠出軌道」，永遠遊離於既定的社會位置之外。他就像在二十世紀初大蕭條大失業之中那些被拋到街頭的「無業遊民」，一生都在焦躁亢奮地準備，隨時響應列寧「怎麼辦？」的先鋒口號，投身革命運動。

對於瞿秋白畢生承受着的這種焦躁亢奮的狀態，丁玲在《韋護》中把握得相當準確。正如王一川的統計顯示，《韋護》共分3章29節，但小說講述主角韋護焦慮兩難心境的情節，竟多達17個。在革命和愛情的兩難抉擇中，韋護的情緒一步一步，從煩躁上升到焦慮再而暴躁。[39]可以說，丁玲在小說中，緊緊把握着瞿秋白永遠閉鎖於鐘擺運動中的懸置狀態，並將之完美展露出來。在小說的第2章第12節，配角浮生的妻子雯，懷疑韋護喜歡上自己，所以她把韋護比作「維特」。[40]沒錯，就是歌德 (Johann Wolfgang von Goethe) 的名作《少年維特的煩惱》(*The Sorrows of Young Werther*) 中的主角少年維特。丁玲這一神來之筆，或許只是無心插柳。但我們卻恰好可以用巴特 (Roland Barthes) 分析維特時所下的斷語，為瞿秋白這位永遠處於躁動的「脆弱的二元人物」重新刻寫墓誌銘：

我偏要搖擺於兩極選擇之間，**也就是説，我不抱希望，但我仍然要**……或者，我偏要選擇不做選擇；我寧願游移不定，**就這樣繼續下去**。[41]

後記

生命書寫

「諸法因緣生」，本書是諸般因緣和合的結果。本書得以孕育成形，首先要感謝業師李歐梵教授多年以來悉心指導和教誨。記得我初中的時候，誤打誤撞，在家附近的破舊小書店購得李老師的《中西文學的徊想》，及後在高中期間開始認真學習老師的著作。可以說，李老師對魯迅、張愛玲、施蟄存、穆時英、劉吶鷗、卡夫卡、昆德拉、馬奎斯、卡爾維諾、艾柯、伯林和巴特等重要作家和理論家的引介和評論，構成了我世界文學知識的基礎。機緣巧合，十多年前有幸拜入李老師門下，最終在老師的指導下完成我的瞿秋白研究。我當時因沉迷齊澤克的著作，而將歐美文化理論經典視作聖書膜拜，亦步亦趨，緊跟其後。多得李老師的循循善誘、多次提醒，讓我能放下歐美理論的包袱，重新認識清末民初華文知識分子在世界思想史上的貢獻，以平等的眼光，重新理解歐美理論與東亞思想的關係。李老師在教學過程中所提供的思想史、比較文化和世界文學的研究視野，讓我能在更為宏大的架構裏，將我所面對的研究對象「歷史化」。還記得我在研究的瓶頸期，老師偶然問道：「瞿秋白留俄期間，還有甚麼其他國家的革命分子同在莫斯科這個『赤都』取經？」老師的大哉問，無疑是我研究生涯的轉捩點，開啟了我之後一系列對二十世紀文化理論和思想史的跨文化探索。過去十多年在香港中文大學（中大）的時光，如今仍歷歷在目。有一回，我和老師如常一同離開學校，從山腰的校園本部漫步走到山腳的港鐵站。當時老師興奮地向我解説史華慈教授的「『雙方面』的辯證法」：他首先舉起左手，説道：「on the one hand」，然後彷彿有一個無形的小球在他手裏，他將這個小球拋向隨之舉起的右手，並隨即説道：「on the other hand」。老師那回的講授是本書方法論的因緣來歷。那回以後，我便開始明白人文學科傳統為何如此重視「師承」和「師徒制」。「道以人傳」，某些無形的經驗只有在老師親身面授的過程中，才能通過身心的臨在（presence）傳承下去。這種人文經驗的身心傳承，無法以量化的方式評估；但我們惟有通過這種身心傳承，才能確保傳統文化和經驗的「可傳遞性」（transmissibility）。

我亦得感謝另一位博士論文指導老師黃慧貞教授。本書從初步構思到完稿，都得到黃老師的悉心指導和多方照顧。在攻讀博士學位期間，我選修或旁聽了所有黃老師講授的研討課和獨立研究課，在課上，老師與同學們以逐句細讀的方式研習了多本文化理論經典，其中便包括我在本書中引用過的葛蘭西的《獄中札記選》、盧卡奇的《歷史與階級意識》、拉克勞和慕孚的《領袖權與社會主義戰略》以及德勒茲的《柏格森主義》等。黃老師在教學和指導的過程中，讓我見識了她在芝加哥大學所接受的人文和思想經典的閱讀訓練。老師在閱讀上之細緻、推論之綿密，讓我始終感到無法望其項背。黃老師的嚴格訓練，構成了我治學方法的重要基礎。

我從2007年正式通過博士論文答辯以後，便開始13年漫長的書稿修改過程。因近年數位人文（digital humanities）的迅速發展，我得以大量發現和閱讀過去無法查閱的清末民初著作和歷史資料，以致本書最終需要大幅改寫，增補超過五分之一的篇幅，舊有的部分亦做了不少重要的增訂。書稿的研究框架和結構亦在增訂的過程中，須重新設定和編排。本書數易其稿，但我仍因未能將所有新發現的材料寫進書稿，而想繼續修改。兩位指導老師深知我的性格缺點，一再敦促我停止修改，趕快定稿。可以説，沒有兩位老師多年來的指導和照顧，本書根本無法最終完稿。我謹以此書獻給兩位指導老師。

2005年，我因李老師和王德威教授的推薦，有幸參加當年在蘇州大學舉行的「文學行旅與世界想像：第三屆國際青年學者漢學會議」。當時回想自己在高中時因購得王老師翻譯的福柯名著《知識的考掘》如何欣喜雀躍，簡直無法相信自己竟有機會向王老師親領教益。我在這次會議宣讀的論文〈鏡影烏托邦的短暫航程：論瞿秋白遊記中的異托邦想像〉，也是我的瞿秋白研究的首項成果。我其後於2009年成功申請哈佛燕京學社的訪問學人計劃，在王老師的指導下進一步研究瞿秋白的遊記。我在哈佛大學訪學期間，旁聽了王老師兩門課，受益匪淺。感謝李老師和王老師多年以來的支持和鼓勵，讓我在漢學界和中國研究的領域逐步成長。

記得唸中大本科中文系的時候，盧瑋鑾教授（小思老師）曾在課堂上向我們推介黃子平教授的研究著作。我當時便開始認真學習黃老師的著作。沒想到，我從攻讀博士學位開始，竟有機會長期參加黃老師在香港浸會大學中文系開設的「理論經典讀書會」。讀書會持續了近十年。幾乎逢周末舉行一次的讀書會，成了我、內子郭詩詠以及幾位相熟的文友的另類禮拜活動。我們在黃老師的引領下，細讀了齊澤克、阿爾都塞、賽義德、克里斯蒂娃、福柯、柄谷行人、阿甘本、米歇爾．德．塞爾托、德勒茲和加塔利等理論大師的經典著作。黃老師不時關心我的瞿秋白研究，他睿智和獨到的評論，總能啟發我從不同的角度重新審視自己的研究。也感謝黃老師在這段期間介紹我認識上海的幾位重要學者。因小思老師和黃老師的關係，我認識或拜會了施蟄存教授、賈植芳教授、丁景唐先生、陳子善教授、王曉明教授、蔡翔教授、羅崗教授、倪文尖教授、薛毅教授、孫曉忠教授、毛尖教授、董麗敏教授、雷啟立教授和湯惟杰教授等中國現當代文學的重要學者。上海的前輩老師一直都在我的研究路途上給予重要的幫助、鼓勵和支持，在此一併向他們致意。

從2012年起，李歐梵老師發起一個香港中文大學和中央研究院（中研院）的合作研究計劃，在隨後的幾年裏，組織了一系列討論「左翼世界主義」（left-wing cosmopolitanism）的工作坊和研討會。我有幸參與其中，與中研院的彭小妍研究員和陳相因研究員合作籌辦工作坊和會議。在這系列工作坊和會議中，我有機會與來自臺灣、香港、中國大陸、美國、日本、法國、韓國、新加坡等多個國家和地區的學者交流，並在這個交流平臺中逐步構思和完成我於2013/14年度成功申請的香港研究資助局優配研究金三年研究計劃——「重繪民初中國的跨文化現代性版圖：中國左翼知識分子對柏格森生命哲學的接受」(GRF Project number: 14402114)。本書也是這個研究計劃的部分研究成果。香港研究資助局所提供的研究資助，讓我能聘請三名研究助理，協助我收集大量有關瞿秋白與生命哲學的研究資料，為我完成本書書稿提供重要的研究資源。現謹向香港研究資助局致謝，並感謝這個計劃的合作研究員李歐梵老師的指導和協助，也感謝這個計劃的三位研究助理(吳君沛先生、楊明晨女士和高俊傑先生)幫忙搜集研究資料。回顧過去八年的研究生涯，中研院中國文哲研究所(文哲所)無疑是我最重要的學術交流平臺。我在本書中有關「跨文化現代性」的探索，很大程度上受益於彭小妍老師和陳相因老師的指點和啟發。我同時也感謝文哲所的胡曉真研究員、楊貞德研究員、楊小濱研究員、黃冠閔研究員、林月惠研究員、李育霖研究員和劉瓊云研究員等，還有文哲所的行政人員和助理蔣宜芳女士、黨可菁女士和陳亮孜女士，在過去八年的學術交流過程中，對我的幫助、支持、鼓勵和提點。感謝文哲所批准我成為中研院2019/20年度的訪問學人。在這一年香港以至全球動蕩的環境裏，中研院為我提供了一個寧靜安穩、世界一流的學術環境，讓我能安心完成本書的最終修訂。

1996年，我首次踏進黃繼持教授的課堂。還記得我第一天上他的課，便寫了十多個問題挑戰他，但他不但沒有動氣，反而約我到他的辦公室裏長談。與老師談話期間沉默時時襲來，自然成了交流的一部分。還記得在他昏暗的辦公室裏，柔和的陽光從窗外鑽進來，灑在凌亂的書堆上。還記得他在課堂上吟唱《野草》時四下肅穆的情景。還記得我首次向他報告自己在讀本雅明的波特萊爾論時，他面上流露的欣悅之情。黃老師的魯迅課是我進入中國現代作家研究的啟蒙課。他的課總會從禪宗的「心心相印」談起，他總強調香港的邊緣位置如何為中國現代文學研究提供了另類的「啟迪」(illuminations)和可能性。1997/98年度，他指導我撰寫中大中文系的本科畢業論文。我曾夢見他突然從瘦小的老人變成孔武有力的拳手，但當他脫下外衣準備與我交手時，我才發現他的身體是畫滿符咒的枯乾了的屍身。於是，我便明白了，拉康所説的「大他者」(the Other)指的是甚麼。我最終無法按照老師的期望，以本雅明解讀波特萊爾的方法，研究魯迅與其身處的時代之間微妙複雜的關係。我當時只能憑藉有限的學識眼界和歷史材料，完成有關魯迅和本雅明的平行比較研究。黃老師在課堂上經常強調「生命情調」的重要性。我當時還以為，這只是一個普通用語。我後來才知道他的碩士論文指導老師是牟宗三先生，再加上我近年有關「生命哲學在中國」的研究心得，才赫然發現某個從二十世紀初至今華語思想界隱密的思想潛流。

我最初是在小思老師的課堂上聽到瞿秋白、王劍虹和丁玲三人錯綜複雜的愛情故事的。當年老師在課上講到一半，便突然打住，着我們去圖書館搜索相關的資料，自行將故事的結局找出來。想不到這個突然中止的愛情故事，最終成了本書「結語」的研究材料。我更一度因為無法找到完整的瞿秋白和王劍虹情書而感到失落。幸好在本書最後定稿前，瞿獨伊和李曉雲為紀念瞿秋白120周年誕辰，終於將這束書信全數整理出來，編進《秋之白華：楊之華珍藏的瞿秋白》一書。這批由瞿氏家族後人珍藏多年的寶貴文獻，將故事的結局和盤托出，解開了我求解20多年的謎題。無論如何，小思老師在教學過程中傳授的文本細讀技藝和歷史資料的研究法，都構成了我治學的重要基礎，所以也趁此機會向老師致意。

前年(2018年)與中學時的老師和同學聚會，得知我的啟蒙老師賴光朋博士已從教學崗位退下來，正計劃退休後的生活。我當時問老師有甚麼計劃，老師回答道：他其中一個計劃，便是認真將老師牟宗三先生的全集重讀一遍。賴老師的身教和言教總讓我想起「新亞學規」上的訓誡：

> 一、求學與做人，貴能齊頭並進，更貴能融通合一。
>
> 二、做人的最高基礎在求學，求學之最高旨趣在做人。

我高中的時候，賴老師正於農圃道的新亞研究所跟隨晚年的牟先生撰寫研究論文。記得我當年曾問老師，如果要學習牟先生的著作，應從哪裏入手。老師指點我從《中國哲學的特質》這本小書入門，然後再讀《中國哲學十九講》。這兩本書我一直帶在身邊。我後來才赫然發現，牟先生竟從「生化」(becoming) 原理入手，解讀《中庸》裏「化」這個關鍵概念。Becoming一詞乃德勒茲的常用語，現在一般譯為「生成」。這兩位表面看來風馬牛不相及的思想大家，竟然不約而同採用同一用語來闡發他們的核心思想。我一直對此感到奇怪，直至近年，才因「生命哲學在中國」的研究，而終於發現兩位大師的共同思想源頭——「生命哲學」。

香港中文大學出版社（中大出版社）一直都為華文學界的人文和社會科學研究著作提供優質的學術出版平臺。近年全球學界都開始關注「人文危機」的問題。可以說，華文書寫的人文學科研究當下面對的，是百年未有之危局。在這樣的危局之下，中大出版社仍能堅持一直以來的優良傳統，讓我不得不佩服甘琦社長的識見和魄力，謹此致意。中大出版社出版的學術著作也是我研究時的重點參考書。我最近清點了一次家中的藏書，才發現自己收藏的中大出版社的學術著作超過一個書櫃。本書是我第一本正式出版的個人專著，有幸列入中大出版社的學術出版物，無疑是我的榮譽。本書兩位匿名評審人的報告，是我近年看到的最為專業的評審意見。感謝兩位評審人肯定本書的學術和出版價值。他們專業的評論意見也啟發我重寫本書的長篇「導論」。我同時也要感謝本書的編輯彭騰女士。她細心認真，在處理書籍封面美術設計和排版校對等一系列編輯工作的過程中，總為我提供專業的意見和協助。

最感謝的當然還是我的家人。眾所周知，香港是一個寸金尺土、市場壟斷的資本主義城市。但我的父母卻一直深信書本和學問知識的意義和價值，在競爭激烈的生存環境中，盡力為我提供良好的成長和學習空間。他們放手讓我追尋自己的文學夢，支持我走自己的人文學術異路。可以說，沒有他們的養育和寬容，我肯定無法如現在般自由選擇自己的人生道路。也感謝內子郭詩詠多年來充當我的研究論文初稿的讀者和評審人，耐心聆聽我的奇思異想，並在長期的對話中讓我逐步釐清自己龐雜紛亂的思緒。

我從宣讀首篇瞿秋白研究論文至今，其間歷經15個寒暑。承蒙多位前輩老師和學長友人的鼓勵、支持、提點和協助，我的瞿秋白研究才得以最終成書。除了上文提及的老師、前輩和友人，在此亦同時向以下前輩老師和學長朋友致謝：陳建華教授、季進教授、李子玉女士、鄧文正博士、黃心村教授、吳國坤教授、羅靚教授、黃峪教授、吳展良教授、傅修海教授、白井澄世博士、陳平原教授、張隆溪教授、方維規教授、鄭毓瑜教授、梅家玲教授、鄭文惠教授、葉月瑜教授、李孝悌教授、王道還研究員、吳曉東教授、王風教授、張麗華教授、季劍青研究員、張春田教授、李國華教授、鄭績研究員、符杰祥教授、宋明煒教授、劉劍梅教授、張萬民教授、楊佳嫻教授、潘少瑜教授、鍾欣志教授、高嘉謙教授、胡金倫先生、雷勤風(Christopher G. Rea)教授、羅仕龍教授、陳碩文教授、橋本悟教授、馬筱璐教授、魏簡(Sebastian Veg)教授、龔卓軍教授、吳佩珍教授、吳奕芳教授、柳書琴教授、德利克(Arif Dirlik)教授、陳光興教授、千野拓政教授、王宏志教授、劉紀蕙教授、蘇哲安(Jon Solomon)教授、黃宗儀教授、劉人鵬教授、鄭聖勳教授、宋玉雯教授、蕭旭智教授、陳惠敏博士、金良守教授、呂正惠教授、彭明偉教授、徐秀慧教授、黃文倩教授、周文鵬教授、程惠芳女士、陳越教授、賀照田研究員、洪子誠教授、賀桂梅教授、劉康教授、袁盛勇教授、王璞教授、朱康教授、薛羽博士、張慧瑜教授、羅小茗研究員、程凱研究員、金浪教授、潘家恩教授、吳子楓教授、黃平博士、羅成教授、易蓮媛教授、張宇教授、陳國球教授、朱耀偉教授、洛楓教授、葉蔭聰教授、張光裕教授、華瑋教授、嚴志雄教授、鄺可怡教授、樊善標教授、何杏楓教授、黃念欣教授、何志華教授、黃耀堃教授、佘汝豐老師、徐瑋教授、關詩珮教授、李貴生教授、崔文東教授、黎志添教授、林松輝教授、鍾珮琦教授、彭麗君教授、梁偉怡先生、饒欣淩女士、李維怡女士、鄧小樺女士、廖偉棠先生、謝曉虹教授、James Shea教授、韓麗珠女士、鄧正健博士、袁兆昌先生、陳志華先生、李智良先生、李智海先生、江康泉先生、岑朗天先生、查映嵐女士、孟浪先生、杜家祁博士、潘國靈先生、陳東禹先生、楊華慶先生、余文翰先生、張翠瑜女士、盧勁馳先生、譚以諾博士、洪曉嫻女士、李薇婷女士、羅樂敏女士、關天林博士、鄭政恆先生、鄭瑞琴博士、梁偉詩博士、梁淑雯教授、徐啟軒教授、黃宇軒博士、蔡俊威先生、李瀟雨博士、袁夢倩研究員、吳穎濤先生、謝采善女士、黎子元博士、張嘉榮先生、董牧孜女士、陳巧盈女士、陳曉婷女士、鄭中邦先生、黎國威博士、張振先生、肖承捷女士、蔣之涵女士、王亦鳴女士。

2020年2月22日於臺北南港

註釋

導論

1　普瑞斯（Kimala Price）曾以知識雜交或思想雜交（intellectual hybridity）這一概念反思和推進有關跨學科研究的討論，詳參Kimala Price, "Reflections on Intellectual Hybridity," *Journal of Feminist Scholarship*, 2 (Spring 2012). pp. 54–68.

2　Benjamin Schwartz, "The Intellectual History of China: Preliminary Reflections," *Chinese Thought and Institutions*, ed. John K. Fairbank (Chicago and London: The University of Chicago Press, 1957), p. 26.

3　我們對瞿秋白生平的分期，主要以他兩次出訪莫斯科為界線：早期指的是1899年至1923年期間，亦即以他在1923年1月首次從莫斯科回到中國作為界線；中期指的是1923年至1928年期間，亦即以他在1928年5月第二次抵達莫斯科作為界線；後期指的則是1928年至1935年期間。

4　許華斌：《丁玲小説研究》（上海：復旦大學出版社，1990），頁53。

5　丁玲著、少侯編：《丁玲文選》（上海：仿古書店，1936），頁221、218。

6　近年有關丁玲與瞿秋白之間關係的討論，可參閱以下四項研究成果：一、鄭績：〈革命的側面——丁玲創作與生平中的愛情家庭〉，《現代中文學刊》2013年第4期（總第25期），頁41–44；二、李向東、王增如：《丁玲傳》上冊（北京：中國大百科全書出版社，2015），頁28–52；三、徐秀慧：〈中國知識分子革命實踐的路徑——從韋護形象與丁玲的瞿秋白論談起〉，《文學評論》2015年第2期，頁71–82；四、賀桂梅：〈丁玲主體辯證法的生成：以瞿秋白、王劍虹書寫為線索〉，《中國現代文學研究叢刊》2018年第5期，頁1–33。

7　丁玲著、少侯編：《丁玲文選》，頁218。

8　丁玲：《韋護》（香港：開明書店，1953），頁153。上述的故事簡介，參考了許華斌《丁玲小説研究》中的相關介紹文字。見許華斌：《丁玲小説研究》，頁54–55。

9 丁玲著、張炯主編：《丁玲全集》(第八卷)(石家莊市：河北人民出版社，2001)，頁91。
10 同上，頁91。
11 丁景唐、丁言模編：《瞿秋白印象》(上海：學林出版社，1997)，頁132。
12 瞿秋白：〈自民治主義至社會主義〉，《新青年》季刊第二期，1923年12月，頁79。
13 陳相因：〈「自我」的符碼與戲碼——論瞿秋白筆下「多餘的人」與〈多餘的話〉〉，《中央研究院中國文哲研究集刊》第四十四期(2014年3月)，頁109。吳之光在〈秋白人生觀中的佛學思想探微〉一文中亦有類似的觀察：「佛學思想在秋白的作品中有所反映外，還反映在他的筆名上。他共用了101個筆名〔……〕，十分之一和佛教有關。從1920年在《嚮導》第47期用『巨緣』，1922年以後用『維它』、『屈維它』、『維』、『它』、『史維它』、『V. T』、『韋護』、『維嘉』等等。『維』『它』是『維它』的分拆，『V. T』是『維它』的拼音字母簡寫，『維嘉』，『韋護』是『維它』的諧音。」吳之光：〈秋白人生觀中的佛學思想探微〉，《瞿秋白研究：紀念瞿秋白誕辰九十周年(1899.1–1989.1)》(1)，1989年1月，頁348。
14 黃寶生譯註：《梵漢對勘維摩詰所說經》(北京：中國社會科學出版社，2011)，頁4。
15 羅寧：〈瞿秋白與佛學〉，《法音》，1988年第7期，頁37。
16 李歐梵：《我的哈佛歲月》(香港：牛津大學出版社，2005)，頁34。
17 史華慈著、王中江編：《思想的跨度與張力——中國思想史論集》(鄭州：中州古籍出版社，2009)，頁13–14；Benjamin Schwartz, "The Intellectual History of China: Preliminary Reflections," p. 27.
18 李歐梵：《我的哈佛歲月》，頁34–35。
19 王汎森近年亦開始關注這一現象，他將之稱為「晚清以來的『複合性思維』」，詳見王汎森：〈如果把概念想像成一個結構：晚清以來的「複合性思維」〉，《思想史》第6期(2016年3月)，頁239–249。
20 史華慈著、王中江編：《思想的跨度與張力——中國思想史論集》，頁12–13；Benjamin Schwartz, "The Intellectual History of China: Preliminary Reflections," p. 26.
21 李歐梵著、季進編：《李歐梵論中國現代文學》(上海：上海三聯書店，2009)，頁200。
22 同上，頁201。
23 同上，頁200；許紀霖、朱政惠編：《史華慈與中國》(長春：吉林出版集團有限責任公司，2008)，頁18–19。
24 關於唯識宗，任繼愈曾做過簡單介紹：「中國佛教宗派之一。創始人為唐玄奘及其弟子窺基(632–682)。這一流派的遠祖，是印度的無着(約410–500)和世親(約420–500)，中間經過護法和他的弟子戒賢而傳到中國。窺基常住長安慈恩寺，世稱慈恩大師，故唯識宗也稱為『慈恩宗』。又因為該宗從分析法相入手，以表達『唯識真性』，所以又稱『法相宗』或『法相唯識宗』。〔……〕窺基根據玄奘講授印度唯識學派的大意，糅合印度瑜伽行派對世親《唯識三十頌》的十家註釋，輯為《成唯識論》。《成唯識論》實際上是唯識宗的綱領性典籍。唯識宗主張『唯識無境』，認為世俗人相信外界事物為真實存在，但在唯識宗看來，那不過是『識』所變現出來的。引起『識』的境界並不是由於有獨立於外界的客觀物質實體，而是由『識』幻現出境界的影相，再由各個識來認識它。認識，不是主觀與客觀兩者發生關係，只是人們的心認識自己的過程。『外界』只是『唯識所變』。唯識宗認為一般人所謂『境』(外界、對象)，並不真正存在，只不過是人們自己的識所變相的『相分』，是人們思想中顯現出的外境的形相。他們認為沒有離開心而獨立的客觀事物。〔……〕唯識宗完全忠實於印度學說。在唐太宗、高宗時期曾風靡一時，前後不過40年即一蹶不振。辛亥革命(1911)以後至抗日戰爭以前，唯識學說曾一度流行，不久又消沉。」任繼愈：〈唯識宗〉，《中國大百科全書》，中國大百科全書總編輯委員會編(臺北：智慧藏學習科技股份有限公司，2001)，http://163.17.79.102/%A4%A4%B0%EA%A4j%A6%CA%AC%EC/Content.asp?ID=52737(瀏覽日期：2020年2月3日)

25 王德威：《抒情傳統與中國現代性：在北大的八堂課》(北京：生活・讀書・新知三聯書店，2010)，頁145。

26 我有關「讀書空間」的理解，啟發自潘光哲對「書本地理學」和「讀書地理」的討論和介紹。潘氏在論及晚清士人讀書世界的轉變時，是這樣定義「書本地理學」這個術語的：「士人讀書世界的轉變，復有賴於現實物質/經濟條件。與書報的生產、流通與消費息息相關的『書本地理學』(geography of the book)，絕對是士人閱讀世界的構成要素。」潘氏並進一步介紹了永嶺重敏在《摩登都市的讀書空間》(《モダン都市の読書空間》)一書中所提出的「讀書地理」(読書地理)概念：「永嶺重敏考察了作為現代(摩登)都市的東京，展現的獨特『読書地理』風貌，如住在郊區搭乘火車或地鐵上班的受薪階級作為『通勤読者』，書店也會生產製作『通勤読物』，車站裏自然也會出現販賣這等書報的小商舖，相輔相生等等相關場面」。潘光哲：《晚清士人的西學閱讀史(一八三三——一八九八)》(臺北：中央研究院近代史研究所，2014)，頁18、頁41註122。讀者亦可進一步參閱永嶺重敏《摩登都市的讀書空間》的第一章——〈摩登東京的讀書地理〉(〈モダン東京の読書地理〉)。永嶺重敏：《モダン都市の読書空間》(東京：日本エディタースクール出版部，2001)，頁3–50。

27 姜濤：《公寓裏的塔：1920年代中國的文學與青年》(北京：北京大學出版社，2015)，頁28。

28 馮光廉、劉增人編：《王統照研究資料》(北京：知識產權出版社，2009)，頁2。

29 「讀書裝置」(読書装置)這個術語，最初由日本學者永嶺重敏提出。莊勝全在〈紅塵中有閒日月：1920年代黃旺成的社會觀察、政治參與及思想資源〉一文中，借用了這一術語來討論甲午戰爭後日本和臺灣的公共圖書館和準圖書館性質的組織的發展狀況：「隨着印刷出版業的發達，圖書館作為印刷技術革新後典藏、流通數量繁增的書籍，及因應近代知識的邊界不斷擴增、分類與重整書籍秩序的空間，也在甲午戰爭後被日本視為文明的象徵，並開始以全國性的規模增設公共圖書館以取代此前傳遞訊息情報的新聞縱覽所（明治維新以降），成為培養『讀書國民』最主要的『讀書裝置』。臺灣雖然自日治初期開始就已出現私人設立的文庫、讀書俱樂部、閱報社等準圖書館性質的組織，但是1914年脫胎自臺灣文庫的臺灣總督府圖書館，才是第一所參考與通俗閱覽兼備的現代化圖書館（同時也是日治時期唯一的官立圖書館），且於1920年代各地才陸續增設公、私立圖書館。」莊勝全：〈紅塵中有閒日月：1920年代黃旺成的社會觀察、政治參與及思想資源〉，《臺灣史研究》第23卷第2期（2016年6月），頁145。讀者亦可進一步參考永嶺重敏有關現代東京都市空間中「讀書裝置」分布狀況的歷史分析。永嶺重敏：《モダン都市の読書空間》，頁19–38。

30 《憶秋白》編輯小組編：《憶秋白》（北京，人民文學出版社，1981），頁119–120。

31 瞿秋白原著、周楠本編：《多餘的話：瞿秋白獄中反思錄》（臺北：獨立作家，2015），頁53註7。

32 丁景唐、丁言模編：《瞿秋白印象》，頁21。

33 瞿秋白原著、周楠本編：《多餘的話：瞿秋白獄中反思錄》，頁48。

34 中國革命博物館編：《回憶李大釗》（北京：人民出版社，1980），頁29。

35 同上，頁30。

36 李樹權編著：《蔡元培李大釗與中國大學圖書館》（長春：吉林大學出版社，1990），頁117。

37 裴瑞芳：〈李大釗對我國近代圖書館事業的貢獻〉，《唐山師範學院學報》，第36卷第5期（2014年9月），頁157。

38 有關西方和日本的「思想資源」在清末民初時期大量湧入中國的總體圖景，可參閱王汎森：〈「思想資源」與「概念工具」——戊戌前後的幾種日本因素〉，《中國近代思想與學術的系譜》（長春：吉林出版集團有限責任公司，2010），頁183–196。讀者亦可參閱潘光哲：《晚清士人的西學閱讀史（1833–1898）》，頁1–7。

39 《憶秋白》編輯小組編：《憶秋白》，頁109。

40 劉小中、丁言模編著：《瞿秋白年譜詳編》（北京：中央文獻出版社，2008），頁52。

41 瞿秋白原著、周楠本編：《多餘的話：瞿秋白獄中反思錄》，頁48。

42 丁景唐、文操合編：《瞿秋白著譯繫年目錄》（上海：上海人民出版社，1959），頁1–5。

43 劉小中、丁言模編著：《瞿秋白年譜詳編》，頁2。

44 潘正文：《「五四」社會思潮與文學研究會》（北京：新星出版社，2011），頁4。

45 丁景唐、文操合編：《瞿秋白著譯繫年目錄》，頁2、4–5。
46 張濤甫：《報紙副刊與中國知識分子的現代轉型：以〈晨報副刊〉為例》（桂林：廣西師範大學出版社，2007），頁29。
47 張黎敏：〈《時事新報．學燈》：文化傳播與文學生長〉（上海：華東師範大學人文學院中國語言文學系博士論文，2009），頁16–19。
48 李喜所、元青：《梁啟超新傳》（北京：商務印書館，2015），頁414–415。
49 張朋園：《梁啟超與民國政治》（上海：上海三聯書店，2013），頁132–139。
50 丁景唐、文操合編：《瞿秋白著譯繫年目錄》，頁104。
51 李歐梵著、王宏志等譯：《中國現代作家的浪漫一代》（北京：新星出版社，2005），頁8。
52 劉小中、丁言模編著：《瞿秋白年譜詳編》，頁17、31。
53 羊牧之：〈霜痕小集〉，《黨史資料叢刊》1981年第3輯（總第8輯），頁54–55。
54 李子寬：〈追憶學生時期之瞿秋白、張太雷兩先烈〉，《文史資料選輯》第1期（1959年12月），頁2。
55 張靜如等編：《李大釗生平史料編年》（上海：上海人民出版社，1984），頁19。
56 崔銀河：〈《晨報》副刊與李大釗〉，《海南師範大學學報（社會科學版）》，2007年第5期，頁20。
57 鄭振鐸：《鄭振鐸文集》（第四卷）（北京：人民文學出版社，1985），頁305。
58 同上，頁303。
59 同上，頁304。
60 張榮華：《張元濟評傳》（南昌：百花洲文藝出版社，1997），頁105。
61 瞿秋白原著、周楠本編：《多餘的話：瞿秋白獄中反思錄》，頁64。
62 張榮華：《張元濟評傳》，頁106。
63 田露：《20年代北京的文化空間——1919–1927年北京報紙副刊研究》（北京：社會科學文獻出版社，2015），頁58–59。
64 李北東：《四川抗戰哲學史》（北京：中國文聯出版社，2015），頁21。
65 張榮華：《張元濟評傳》，頁106。
66 李北東：《四川抗戰哲學史》，頁20–21。
67 李新、孫思白、朱信泉等主編：《中華民國史：人物傳》（第3卷）（北京：中華書局，2011），頁1847。
68 李北東：《四川抗戰哲學史》，頁21。
69 蔡元培：《簡明哲學綱要》（北京：北京出版社，2015），頁123。
70 《憶秋白》編輯小組編：《憶秋白》，頁119。
71 王觀泉：《一個人和一個時代——瞿秋白傳》（天津：天津人民出版社，1998），頁78。
72 《憶秋白》編輯小組編：《憶秋白》，頁112。劉小中、丁言模編著：《瞿秋白年譜詳編》，頁105–106。瞿秋白自己也在《赤都心史》的〈引言〉裏，提及《餓鄉紀程》改名的事情：「《餓鄉紀程》已出版，商務印書館改名為《新俄國遊記》」。瞿秋白：《瞿秋白文集（文學編）》卷一（北京：人民文學出版社，1998），頁115。

73 賈植芳等編：《文學研究會資料》（鄭州：河南人民出版社，1985），頁3。

74 唐天然：〈最初評論《餓鄉紀程》的精闢文字——讀一九二二年王統照所寫的《新俄國遊記》一文〉，《瞿秋白研究：紀念瞿秋白誕辰90周年（1899.1–1989.1）》第1輯（1989年1月），頁20–21。

75 劍三：〈新俄國遊記〉，《晨光》1922年1卷3期，頁1、7。

76 唐天然：〈最初評論《餓鄉紀程》的精闢文字——讀一九二二年王統照所寫的《新俄國遊記》一文〉，頁24。傅修海：《時代覓渡的豐富與痛苦：瞿秋白文藝思想研究》（北京：中國社會科學出版社，2011），頁2–3。

77 劍三：〈新俄國遊記〉，《晨光》1922年1卷3期，頁4。

78 唐天然：〈最初評論《餓鄉紀程》的精闢文字——讀一九二二年王統照所寫的《新俄國遊記》一文〉，頁22。

79 劍三：〈新俄國遊記〉，《晨光》1922年1卷3期，頁6–7。

80 唐天然：〈最初評論《餓鄉紀程》的精闢文字——讀一九二二年王統照所寫的《新俄國遊記》一文〉，頁23。

81 劍三：〈新俄國遊記〉，《晨光》1922年1卷3期，頁3–4。

82 賈植芳等編：《文學研究會資料》，頁3。

83 瞿世英：〈創作與哲學〉，《小說月報》第12卷第7號（1921年7月），頁2–3。

84 同上，頁3。

85 錢理群、溫儒敏、吳福輝：《中國現代文學三十年（修訂本）》（北京：北京大學出版社，1998），頁16。

86 瞿秋白原著、周楠本編：《多餘的話：瞿秋白獄中反思錄》，頁48。

87 同上，頁60。

88 彭小妍：〈「人生觀」與歐亞後啟蒙論述〉，《文化翻譯與文本脈絡：晚明以降的中國、日本與西方》，彭小妍主編（臺北：中央研究院中國文哲研究所，2013），頁221。另見彭小妍：《唯情與理性的辯證：五四的反啟蒙》（新北市：聯經出版事業股份有限公司，2019），頁52–53。

89 張曉京編：《羅家倫卷》（北京：中國人民大學出版社，2015），頁255。

90 杜亞泉：《人生哲學》（上海：商務印書館，1934），頁1。

91 同上，頁10。

92 翁賀凱編：《張君勱卷》（北京：中國人民大學出版社，2014），頁53、55。

93 杜亞泉：《人生哲學》，頁10–11。

94 同上，頁11。

95 同上，頁11。

96 同上，頁11–12。

97 彭小妍：〈「人生觀」與歐亞後啟蒙論述〉，頁221。另見彭小妍：《唯情與理性的辯證：五四的反啟蒙》，頁52。

98 呂希晨：《中國現代資產階級哲學思想評述》(通化：吉林人民出版社，1982)，頁60–61。

99 丁守和：《瞿秋白思想研究》(成都：四川人民出版社，1985)，頁144。

100 馮契主編：《中國近代哲學史(修訂版)》(下冊)(北京：生活·讀書·新知三聯書店，2014)，頁581。

101 鄧中好：《瞿秋白哲學研究》(北京：中國文史出版社，1992)，頁119–120。

102 季甄馥：《瞿秋白哲學思想評析》(上海：華東師範大學出版社，1998)，頁186。

103 張慶：《20世紀中國人生觀論爭》(廣州：廣東高等教育出版社，2000)，頁94。

104 袁偉時：〈試論瞿秋白的哲學思想〉，《中國現代哲學史論文選》，李振霞、管培月編(齊齊哈爾：紅旗出版社出版，1986)，頁149–150。

105 鄧中好：《瞿秋白哲學研究》，頁7。

106 夏濟安著、萬芷君等譯、王宏志審訂：《黑暗的閘門：中國左翼文學運動研究》(香港：中文大學出版社，2016)，頁xxv, xxviii。Tsi-an Hsia, *The Gate of Darkness: Studies on the Leftist Literary Movement in China* (Hong Kong: The Chinese University Press, 2015), pp. xxiii, xxvi.

107 夏濟安著、萬芷君等譯、王宏志審訂：《黑暗的閘門：中國左翼文學運動研究》，頁vii。

108 同上，頁xv。

109 同上，頁xv–xvi。

110 同上，頁20。Tsi-an Hsia, *The Gate of Darkness: Studies on the Leftist Literary-Movement in China*, p. 22.

111 詳見吳展良尚未正式發表的博士論文，Chan-liang WU, "Western Rationalism and the Chinese Mind: Counter-Enlightenment and Philosophy of Life in China, 1915–1927," Unpub. Ph.D. diss. (New Haven: Yale University, 1993), pp. 292–294.

112 白井澄世：〈五四期におけるベルクソン·生命主義に関する一考察：瞿秋白を中心に〉，《東京大学中国語中国文学研究室紀要》第10號(2007年11月)，頁16–48。

113 白井澄世：〈第五章：五四期におけるベルクソン·生命主義に関する一考察：瞿秋白を中心に〉，《近代中国におけるロシア文学の受容－李大釗·魯迅·瞿秋白ら五四期知識人を中心に－》(兵庫県西宮市：関西学院大学出版会，2015)，頁85–110。〔白井澄世博士特意惠寄大作予筆者參考，謹此致謝！〕

114 白井澄世：〈五四期におけるベルクソン·生命主義に関する一考察：瞿秋白を中心に〉，頁19–24。

115 同上，頁24–34。

116 同上，頁34–41。

117 同上，頁18、44註8。

118 張歷君：〈心聲與電影：論瞿秋白早期著作中的生命哲學修辭〉，《現代中國》第11輯（2008年9月），頁198–209。

119 Xinmin Liu, *Signposts of Self-Realization: Evolution, Ethics, and Sociality in Modern Chinese Literature and Film* (Leiden & Boston: Brill, 2014), pp. 42–43, 116–156.

120 白井澄世：〈五四期におけるベルクソン・生命主義に関する一考察：瞿秋白を中心に〉，頁21–22。

121 錢智修：〈現今兩大哲學家學說概略〉，《東方雜誌》第十卷第一號（1913年7月），頁1–9。

122 錢智修：〈布格遜哲學說之批評〉，《東方雜誌》第十一卷第四號（1914年10月），頁1–11。

123 董德福：《生命哲學在中國》（廣州：廣東人民出版社，2001），頁64–65。

124 梁啟超著、吳松等點校：《飲冰室文集點校》（第四集）（昆明：雲南教育出版社，2001），頁2228–2229。中國之新民：〈余之死生觀〉，《新民叢報》第三年第十二號（1905年1月6日第60號），頁1–3。

125 森紀子：〈梁啟超的佛學與日本〉，《梁啟超・明治日本・西方：日本京都大學人文科學研究所共同研究報告》，狹間直樹編（北京：社會科學文獻出版社，2001），頁205。王俊中：〈救國、宗教抑哲學——梁啟超早年的佛學觀及其轉折（1891–1912）〉，《東亞漢藏佛教史研究》（臺北：東大圖書公司，2004），頁202。

126 森紀子：〈梁啟超的佛學與日本〉，《梁啟超・明治日本・西方：日本京都大學人文科學研究所共同研究報告》，狹間直樹編，頁205。

127 楊度：〈楊敍〉，《中國之武士道》，梁啟超（上海：中華書局，1941），頁8。

128 森紀子：〈梁啟超的佛學與日本〉，《梁啟超・明治日本・西方：日本京都大學人文科學研究所共同研究報告》，狹間直樹編，頁205。

129 李石岑：〈自序〉，《人生哲學》（臺北：地平線出版社，1973），頁3。

130 劉小中、丁言模編著：《瞿秋白年譜詳編》，頁17、31。

131 李子寬：〈追憶學生時期之瞿秋白、張太雷兩先烈〉，《文史資料選輯》第1期（1959年12月），頁2。

132 瞿秋白原著、周楠本編：《多餘的話：瞿秋白獄中反思錄》，頁64。

133 胡適：《中國哲學史大綱》（卷上）（上海：商務印書館，1919），頁1–2。

134 李慶餘：《在出世與入世之間：梁漱溟先生對佛學的理解與定位》（臺北：臺灣學生書局有限公司，2015），頁47–48。

135 李慶餘：《在出世與入世之間：梁漱溟先生對佛學的理解與定位》，頁46–47。

136 梁漱溟：《究元決疑論》（上海：商務印書館，1923），頁30。

137 遠生：〈想影錄〉，《東方雜誌》第十三卷第二號（1916年2月），頁2。

138 田桐：〈凡例〉，《人生問題》（上海：中華書局，1921），頁1。

139 賈植芳等編：《文學研究會資料》，頁3。

140 商金林：《葉聖陶傳論》(合肥：安徽教育出版社，1995)，頁186–187。
141 遠生：〈想影錄〉，《東方雜誌》第十三卷第二號(1916年2月)，頁3–5。
142 郁根(Rudolf Eucken)今譯倭伊鏗或奧伊肯，布格遜(Henri Bergson)今譯柏格森。
143 錢智修：〈德國大哲學家郁根傳〉，《教育雜誌》第七卷第二號(1915年2月)，頁1–12。
144 錢智修：〈法國大哲學家布格遜傳〉，《教育雜誌》第八卷一號(1916年1月)，頁1–6。
145 伊藤虎丸著、李冬本譯：《魯迅與終末論：近代現實主義的成立》(北京：生活．讀書．新知三聯書店，2008)，頁332–333。
146 同上，頁333。
147 北京魯迅博物館：《魯迅譯文全集》(第八卷)(福州：福建教育出版社，2008)，頁140。
148 同上，頁155。
149 瞿秋白：《瞿秋白文集(文學編)》卷二，頁3。
150 傑姆斯(William James)今譯威廉．詹姆斯。
151 塔果爾(Rabindranath Tagore)今譯泰戈爾。
152 日本新潮社著、過耀根譯：《近代思想》(上海：商務印書館，1918)，頁478–479。中澤臨川、生田長江：《近代思想十六講》(東京：新潮社，1916)，頁520–521。
153 工藤貴正著、吉田陽子等譯：《廚川白村現象在中國與臺灣》(臺北：秀威經典，2017)，頁194–195。
154 末木文美士著、周以量譯：《日本宗教史》(北京：社會科學文獻出版社，2016)，頁211。
155 鈴木貞美著、魏大海譯：《日本文化史重構——以生命觀為中心》(北京：中國社會科學出版社，2011)，頁100。鈴木貞美：《日本人の生命観：神．恋．倫理》(東京：中央公論新社，2008)，頁141。
156 鈴木貞美著、魏大海譯：《日本文化史重構——以生命觀為中心》，頁123–124；鈴木貞美：《日本人の生命観：神．恋．倫理》，頁171。
157 工藤貴正著、吉田陽子等譯：《廚川白村現象在中國與臺灣》，頁196。
158 石川禎浩著、袁廣泉譯：《中國近代歷史的表與裏》(北京：北京大學出版社，2015)，頁164。
159 同上，頁164。
160 彭小妍：《浪蕩子美學與跨文化現代性：一九三〇年代上海、東京及巴黎的浪蕩子、漫遊者與譯者》(臺北：聯經出版事業股份有限公司，2012)，頁10–11。
161 同上，頁10。

第一章

1 劉康在他2000年出版的專著《美學與馬克思主義》(*Aesthetics and Marxism*)中，曾力陳「區域研究」和「中國研究」所包含的東方/西方、傳統/現代、第一世界/第三世界等主導的二元對立思考模式，如何局限和制約相關的研究實踐。[Kang Liu, *Aesthetics and Marxism: Chinese Aesthetic Marxists and their Western Contemporaries* (Durham, N.C.: Duke University Press, 2000), p. xii.] 因此，縱然他在一篇1995年擬就的研究隨筆中，大膽以「瞿秋白和葛蘭西」作為正題，他卻還是不禁要加上一個起限定作用的副題——「未相會的戰友」。〔劉康：《全球化/民族化》(天津：天津人民出版社，2002)，頁86。〕劉氏對歐美學界盛行的「區域研究」和「中國研究」為學者構成的學科規範壓力相當敏感，以致他在文章中謹慎地寫道：「話説瞿秋白和葛蘭西這對『戰友』，一生從未相會(瞿當年在『赤都』當記者時常見列寧，是否聽説過葛氏，未曾考證)。」〔劉康：《全球化/民族化》，頁86。〕

2 直到2008年為止，就只有張志忠曾在〈在熱鬧與沉寂的背後——葛蘭西與瞿秋白的文化領導權理論之比較研究〉一文中，稍稍提及瞿氏和葛蘭西二人生平的這個重合點。(張志忠：〈在熱鬧與沉寂的背後——葛蘭西與瞿秋白的文化領導權理論之比較研究〉，《文藝爭鳴》2008年第11期，頁25。)但可惜的是，張氏沒有在文章中進一步探討，「共產國際」在二人各自形成其「領袖權」(hegemony)理論的過程中所起的決定性作用。

3 王觀泉：《一個人和一個時代——瞿秋白傳》，頁114；張秋實：《瞿秋白與共產國際》(北京：中共黨史出版社，2004)，頁17。

4 王觀泉：《一個人和一個時代——瞿秋白傳》，頁170。

5 張秋實：《瞿秋白與共產國際》，頁38、44–45。

6 同上，頁42–43、47。

7 堯子河是瞿秋白的譯法，現譯雅烏扎河。瞿秋白：《瞿秋白文集(文學編)》卷一，頁244–245。

8 瞿秋白：《瞿秋白文集(文學編)》卷一，頁218–219。

9 張秋實：《瞿秋白與共產國際》，頁49。

10 同上，頁51。

11 丁守和：《瞿秋白思想研究》，頁49。

12 有關1919年至1920年期間意大利的工廠委員會運動的詳細介紹，可參閱約爾(James Joll)《葛蘭西》(*Gramsci*)一書的第三章。James Joll, *Gramsci* (London: Fontana, 1977), pp. 36–45.

13 約爾著、郝其睿譯：《葛蘭西》(長沙：湖南人民出版社，1988)，頁52；James Joll, *Gramsci*, pp. 46–47.

14 徐崇溫：《西方馬克思主義》(天津：天津人民出版社，1986)，頁173；費奧里著、吳高譯：《葛蘭西傳》(北京：人民出版社，1983)，頁163–167；Giuseppe Fiori, *Antonio Gramsci: Life of a Revolutionary*, trans. Tom Nairn (New York: Schocken Books, 1973), pp. 154–158.

15 徐崇溫：《西方馬克思主義》，頁173–174；費奧里著、吳高譯：《葛蘭西傳》，頁169；Giuseppe Fiori, *Antonio Gramsci*, pp. 159–163.

16 費奧里著、吳高譯：《葛蘭西傳》，頁163；Giuseppe Fiori, *Antonio Gramsci*, p. 154.

17 劉康：《全球化／民族化》，頁86–94；Kang Liu, *Aesthetics and Marxism: Chinese Aesthetic Marxists and their Western Contemporaries*, pp. 60–71.

18 有關瞿秋白與共產國際和中共之間錯綜複雜的關係，可進一步參閱張秋實的《瞿秋白與共產國際》和《解密檔案中的瞿秋白》(北京：東方出版社，2011) 以及丁言模的《瞿秋白與共產國際代表》(北京：中國社會出版社，2014) 的詳盡分析。上述三部專著是迄今為止有關這個問題的最深入的論著。關於葛蘭西與共產國際和意共早期領袖波爾迪加之間的關係，可進一步參閱霍爾 (Quintin Hoare) 和史密斯 (Geoffrey Nowell Smith) 為英譯《獄中札記選》(*Selections from the Prison Notebooks of Antonio Gramsci*) 所寫的長篇導言，見Antonio Gramsci, *Selections from the Prison Notebooks of Antonio Gramsci*, ed. and tran. Quintin Hoare and Geoffrey Nowell Smith (New York: International Publishers, 1999), pp. xvii–xcvi.

19 Hegemony現時流行的中文譯法包括「霸權」、「文化霸權」和「領導權」等，「領袖權」是瞿秋白在其著名論文《中國革命中之爭論問題》提出的譯法，(瞿秋白：《瞿秋白文集 (政治理論編)》卷四〔北京：人民出版社，1987–1998〕，頁435。) 我將在下一節詳細討論相關的問題。

20 威廉斯著、劉建基譯：《關鍵詞》(北京：三聯書店，2005)，頁202–203；Raymond Williams, *Keywords* (New York: Oxford University Press, 1985), p. 144.

21 田時綱曾撰寫〈「egemonia」是「領導權」還是「霸權」?〉一文，詳細討論這個理論術語的翻譯問題。以下是田氏文章的結論：「綜上所述，葛蘭西所使用的egemonia，只具該詞的轉義或引伸義，同漢語中的『領導權』最接近。在現代漢語中，『霸權』主要是個國際政治概念，並在貶義上使用。顯然，同葛蘭西理解的政治概念——egemonia相距甚遠。從葛蘭西的政治學說的整個體系來看，從egemonia同『市民社會』(“società civile”)、『認同』(“consenso”)、『無產階級』(“proletariato”)、『知識分子』(“intellettuali”) 的關係來看，egemonia不適宜譯作『霸權』，譯成『領導權』比較貼切。筆者無從考察哪位學者最先將『egemonia』譯成『領導權』，但我從開始研究葛蘭西政治理論起，就一直沿用這個譯名，並且今後仍將沿用。為此，我要感謝那位不知姓名的學者——是他引導我走上正確之路，避免了『誤入歧途』。」田時綱：《真與詩：意大利哲學、文化論叢》(北京：社會科學文獻出版社，2016)，頁249。

22 威廉斯著、劉建基譯：《關鍵詞》，頁202–203；Raymond Williams, *Keywords*, pp. 145–146.

23 Perry Anderson, “The Antinomies of Antonio Gramsci,” *New Left Review*, 100 (Nov. –Dec. 1976), pp. 15–20.

24 同上，頁15。

25 同上，頁15–16。

26 同上，頁16。

27 列寧著、中共中央馬克思恩格斯列寧斯大林著作編譯局編：《列寧選集》卷二（北京：人民出版社，1975），頁309、310；英譯本見Vladimir Ilich Lenin, "Reformism in the Russian Social-Democratic Movement," *Lenin Internet Archive*. http://www.marxists.org/archive/lenin/works/1911/sep/14.htm（瀏覽日期：2020年1月23日）。

28 Perry Anderson, "The Antinomies of Antonio Gramsci," pp. 17–18.

29 同上，頁18。

30 Antonio Gramsci, *Selections from the Prison Notebooks of Antonio Gramsci*, pp. 357, 365–366, 381–382.

31 Perry Anderson, "The Antinomies of Antonio Gramsci," p. 20.

32 列寧在他的主要著作如《怎麼辦？》和《社會民主黨在民主革命中的兩種策略》（*Two Tactics of Social-Democracy in the Democratic Revolution*）中較常使用的是領導權（leadership, rukovodstvo）一詞。兩位譯者的處理手法明顯是要為葛蘭西和列寧劃清界線。Antonio Gramsci, *Selections from the Prison Notebooks of Antonio Gramsci*, p. 55.

33 Antonio Gramsci, *Selections from the Prison Notebooks of Antonio Gramsci*, pp. 55–56.

34 Perry Anderson, "The Antinomies of Antonio Gramsci," p. 19.

35 王關興：〈瞿秋白研究60年——論點綜述〉，《瞿秋白研究》第八輯（1996年8月），頁532–533。

36 瞿秋白：《瞿秋白文集（政治理論編）》卷二（北京：人民出版社，1987–1998），頁7、8–9。

37 魯振祥：〈瞿秋白探索中國革命的傑出貢獻〉，《瞿秋白研究》第八輯（1996年8月），頁106。

38 這篇文章的題目後來改成〈自民權主義至社會主義〉。瞿秋白：《瞿秋白文集（政治理論編）》卷二，頁193。

39 瞿秋白：《瞿秋白文集（政治理論編）》卷二，頁221、208。

40 魯振祥：〈瞿秋白探索中國革命的傑出貢獻〉，頁107–108。

41 余玉花：《瞿秋白學術思想評傳》（北京：北京圖書館出版社，2000），頁167。

42 瞿秋白：《瞿秋白文集（政治理論編）》卷三，頁420、462。

43 丁守和：《瞿秋白思想研究》，頁166–290。

44 我於2010年正式發表的論文，最早指出瞿秋白將hegemony譯成「領袖權」，見張歷君：〈現代君主與有機知識份子：論瞿秋白、葛蘭西與「領袖權」理論的形成〉，《現代中文學刊》2010年第1期（總第4期），頁40–41。我這篇論文發表後三年（2013年），日本學者江田憲治亦在他正式發表的論

文中，指出瞿秋白對hegemony的這個獨特的譯法，但他在文章中只以一個自然段的篇幅討論這個問題。見江田憲治：〈中国共産党史における翻訳概念——「路線」と「コース」をめぐって〉，《近代東アジアにおける翻訳概念の展開：京都大学人文科学研究所附属現代中国研究センター 研究報告》，石川禎浩、狹間直樹編（京都：京都大学人文科学研究所，2013），頁344。江田氏的論文於2015年譯成中文，見江田憲治：〈中國共產黨史中的翻譯概念——「路線」與「コース」〉，《近代東亞翻譯概念的發生與傳播》，石川禎浩、狹間直樹主編（北京：社會科學文獻出版社，2015），頁371。

45 瞿秋白：《瞿秋白文集（政治理論編）》卷四，頁435。

46 王鐵仙於2005年發表的〈瞿秋白的大眾文藝論與葛蘭西的文化霸權思想〉一文，明顯是對劉康的〈瞿秋白與葛蘭西——未相會的戰友〉一文的回應，詳見王鐵仙：〈瞿秋白的大眾文藝論與葛蘭西的文化霸權思想〉，《華東師範大學學報（哲學社會科學版）》第37卷第5期（2005年9月），頁32–35。

47 劉康：《全球化／民族化》，頁86。

48 賽義德著、謝少波等譯：《賽義德自選集》（北京：中國社會科學出版社，1999），頁138；Edward Said, *The World, the Text, and the Critic* (Cambridge, Mass.: Harvard University Press, 1983), p. 226.

49 賽義德著、謝少波等譯：《賽義德自選集》，頁147–148；Edward Said, *The World, the Text, and the Critic*, p. 236.

50 劉康：《全球化／民族化》，頁87。

51 Kang Liu, *Aesthetics and Marxism: Chinese Aesthetic Marxists and Their Western Contemporaries*, pp. 68–71.

52 同上，頁199。

53 瞿秋白：《瞿秋白文集》卷一（北京：人民文學出版社，1953–1954），頁5。

54 聶長久、張敏：〈論瞿秋白和葛蘭西國家觀差異的社會根源〉，《徐州工程學院學報（社會科學版）》（2008年05期），頁56。

55 張志忠：〈在熱鬧與沉寂的背後——葛蘭西與瞿秋白的文化領導權理論之比較研究〉，收入《文藝爭鳴》2008年第11期。2008年以後的相關研究成果，主要包括以下一部法文專著、四篇未發表的學位論文和一篇期刊論文：一、Florent Villard, *Le Gramsci chinois : Qu Qiubai, penseur de la modernité culturelle* (Lyon: Tigre de papier, 2009)；二、賈麗娟：〈瞿秋白文藝大眾化理論研究〉（汕頭大學文藝學碩士學位論文，2009）；三、張亞驥：〈瞿秋白的文藝思想與文化領導權〉（蘇州大學文藝學博士學位論文，2009）；四、郭靈穎：〈瞿秋白的文化領導權思想及其當代價值研究〉（西南交通大學馬克思主義理論碩士學位論文，2012）；五、曹雪：〈瞿秋白與葛蘭西哲學思想比較探析〉（寧夏大學外國哲學碩士學位論文，2013）；六、陳朗：〈瞿秋白的知識分子論與「文化領導權」〉，《學習與探索》2014年第4期（總第225期），頁130–134。

56 瞿秋白有關「文化問題」的想法，牽涉他對於文藝理論、文化革命以及語言與翻譯的政治等一系列議題的思考。讀者如對上述課題的最新研究進展感興趣，可進一步參閱以下三項研究成果：一、傅修海：《時代覓渡的豐富與痛苦——瞿秋白文藝思想研究》（北京：中國社會科學出版社，2011）；二、楊慧：《思想的行走：瞿秋白「文化革命」思想研究》（北京：商務印書館，2012）；三、費南（Florent Villard）：〈瞿秋白——翻譯理論與語言共同體：尋找一個「中國讀者」〉，彭小妍編著《文化翻譯與文本脈絡：晚明以降的中國、日本與西方》（臺北：中央研究院中國文哲研究所，2013），頁111–127。
57 瞿秋白：《瞿秋白文集（政治理論編）》卷四，頁435。
58 葛蘭西著、陳越譯：《現代君主論》（上海：上海人民出版社，2006），頁1。Antonio Gramsci, *Selections from the Prison Notebooks of Antonio Gramsci*, p. 125.

第二章

1 楊之華：《回憶秋白》（北京：人民出版社，1984），頁55–56。
2 同上，頁57。
3 同上，頁58。
4 同上，頁59–60。
5 方銘編：《蔣光慈研究資料》（銀川：寧夏人民出版社，1983），頁53。
6 引者按：原文如此，應作les sans-culottes。
7 蔣光赤：《短褲黨》（上海：泰東圖書局，1927），頁1。
8 方銘〈蔣光慈傳略〉：「蔣光慈，學名蔣如恒，後父改其名為蔣宣恒，又自號俠生，或俠僧，開始發表詩文時用筆名蔣光赤，最後改名光慈。」〔方銘編：《蔣光慈研究資料》〕，頁3。
9 鄭超麟著、范用編：《鄭超麟回憶錄》卷二（北京：東方出版社，2004），頁343。
10 同上，頁343–344。
11 瞿秋白：《瞿秋白文集（文學編）》卷三，頁204註46。
12 霍布斯鮑姆著、王章輝等譯：《革命的年代》（南京：江蘇人民出版社，1999），頁89；Eric Hobsbawm, *The Age of Revolution* (London: Weidenfeld and Nicolson, 1969), pp. 67–68.
13 霍布斯鮑姆著、王章輝等譯：《革命的年代》，頁84、87–89；Eric Hobsbawm, *The Age of Revolution*, pp. 64, 66–67.
14 馬斯泰羅內著、黃華光譯：《歐洲民主史》（北京：社會科學文獻出版社，1998），頁33。
15 同上，頁33。
16 關於《短褲黨》小說人物的現實對應，鄭超麟曾列出一個清單：「小說題材是描寫中國共產黨領導下的上海工人第二次武裝起義。書中楊直夫和秋華夫婦，就是瞿秋白和楊之華夫婦的化身，書中的老頭子鄭仲德即陳獨秀，魯德甫即彭述之，史兆炎即趙世炎，何樂佛，即羅亦農，林鶴生即何今亮(汪壽華)，易寬即尹寬，曹雨林即鄭超麟。此外，小說中的沈船舫即孫傳芳，張仲長即張宗昌，李普璋即李寶章，皮書城即華庶澄，章奇即張繼，鄭啟即曾琦，李明皇即李璜，左天寶即左舜生。」〔鄭超麟著、范用編：《鄭超麟回憶錄》卷二，頁147。〕

17 蔣光赤：《短褲黨》，頁71–72。

18 引者按：即雅各賓。

19 引者按：即吉倫特派。

20 瞿秋白：《瞿秋白文集(政治理論編)》卷二，頁506–507。

21 同上，頁221。

22 韋伯爾(Hermann Weber)著、王源譯：《列寧》(*Lenin*)(石家莊市：河北教育出版社，1999)，頁194–195。

23 瞿秋白：《瞿秋白文集(政治理論編)》卷二，頁486。

24 同上，頁487。

25 同上，頁307。

26 同上，頁307–308。

27 瞿秋白：《瞿秋白文集(政治理論編)》卷七，頁546。

28 同上，頁539。

29 同上，頁539。

30 引者按：指托洛茨基。

31 瞿秋白：《瞿秋白文集(政治理論編)》卷七，頁547–548。

32 瞿秋白：《瞿秋白文集(政治理論編)》卷二，頁487–488。

33 同上，頁501。

34 同上，頁501、509。

35 同上，頁488。

36 索雷爾著、樂啟良譯：《論暴力》(上海：上海人民出版社，2005)，頁98；Georges Sorel, *Reflections on Violence*, trans. T. E. Hulme (New York: AMS Press, 1975), p 125.

37 索雷爾著、樂啟良譯：《論暴力》，頁98–99；Georges Sorel, *Reflections on Violence*, pp. 125–126.

38 葛蘭西著、陳越譯：《現代君主論》，頁4–5。Antonio Gramsci, *Selections from the Prison Notebooks of Antonio Gramsci*, pp. 127–129.

39 葛蘭西著、陳越譯：《現代君主論》，頁5–6。Antonio Gramsci, *Selections from the Prison Notebooks of Antonio Gramsci*, pp. 129–130.

40 麥克萊倫著、李智譯：《馬克思以後的馬克思主義》(北京：中國人民大學出版社，2004)，頁201–202；David McLellan, *Marxism after Marx: An Introduction* (New York: Harper & Row, Publishers, 1979), p. 180.

41 這篇文章把Ivanov-Razumnik的中譯名誤植為「伊凡諾夫臘和摩尼克明」，文章也沒有標出該作者名字的拉丁拼音。（瞿秋白：《瞿秋白文集（政治理論編）》卷一，頁363。）筆者據相關的資料，推斷這位曾撰寫《俄國社會思想史》的作家，應該是瞿氏在《俄國文學史》中曾經論及的伊凡諾夫·臘朱摩尼克（Ivanov-Razumnik）。（瞿秋白：《瞿秋白文集（文學編）》卷二，頁233。）

42 瞿秋白：《瞿秋白文集（政治理論編）》卷一，頁363。

43 同上，頁363。

44 葛蘭西著、曹雷雨、姜麗、張跣譯：《獄中札記》（北京：中國社會科學出版社，2000），頁5；Antonio Gramsci, *Selections from the Prison Notebooks of Antonio Gramsci*, p. 8.

45 葛蘭西著、曹雷雨、姜麗、張跣譯：《獄中札記》，頁1；Antonio Gramsci, *Selections from the Prison Notebooks of Antonio Gramsci*, p. 5.

46 葛蘭西這裏所謂的「社會集團」是「階級」的替代詞。

47 瞿秋白：《瞿秋白文集（政治理論編）》卷二，頁2–4。

48 同上，頁4。

49 葛蘭西著、曹雷雨、姜麗、張跣譯：《獄中札記》，頁2–3、5；Antonio Gramsci, *Selections from the Prison Notebooks of Antonio Gramsci*, pp. 7, 9.

50 葛蘭西著、曹雷雨、姜麗、張跣譯：《獄中札記》，頁4–5、9；Antonio Gramsci, *Selections from the Prison Notebooks of Antonio Gramsci*, pp. 9, 14.

51 瞿秋白：《瞿秋白文集（政治理論編）》卷一，頁173。

52 葛蘭西著、曹雷雨、姜麗、張跣譯：《獄中札記》，頁10；Antonio Gramsci, *Selections from the Prison Notebooks of Antonio Gramsci*, p. 15.

53 葛蘭西著、曹雷雨、姜麗、張跣譯：《獄中札記》，頁10、5–6；Antonio Gramsci, *Selections from the Prison Notebooks of Antonio Gramsc*, pp. 15–16, 10.

54 葛蘭西著、曹雷雨、姜麗、張跣譯：《獄中札記》，頁11、5；Antonio Gramsci, *Selections from the Prison Notebooks of Antonio Gramsc*, p. 16, 10.

55 瞿秋白在1928年8月翻譯了斯徒巧夫的《無產階級政黨之政治的戰術與策略》。這本政治策略的教科書便曾清晰說明了這一著名命題：「階級的發展裏，我們必須指出兩個階段來。第一階段是：**某一階級的存在，還僅僅只是生產中的一個動力，這種動力有具體的意義，在生產中有具體的作用**——如此而已。這就是說，這一階級不覺得自己是一個階級，還不能成為**具有一定分量的自覺的社會力量。等到這一階級成了自覺的社會力量的時候，那就是第二階段了**。那時，這一階級**便不僅是生產中的一個動力，而且成了一種社會力量，自己知覺的階級地位和作用，了解自己的階級利益，看得見自己階級利益與別的階級相矛盾，——於是成了知道自己的目的而想達到這種目的的階級了。**

「當然，這第二階段必定是某一階級已經完全形成，達到了成熟的程度之後的一個階段。馬克思對於階級發展中的這兩個階段，曾經下過這樣的定義：僅僅只是生產之動力的階級，謂之『**自在之階級**』(class in itself)；已經能自覺是一種社會力量，而且能以自己的利益和目的與其他階級相對抗的階級，謂之『**自為之階級**』(class for itself)。只有到了第二階段，這一階級之利益，才變成『**階級的利益**』。」斯徒巧夫著、瞿秋白譯：《無產階級政黨之政治的戰術與策略》(北京：新時代出版社，1938)，頁10–11。另見鄭惠、瞿勃編：《瞿秋白譯文集》卷二(南京：譯林出版社，1999)，頁399。

56 瞿秋白：《瞿秋白文集(政治理論編)》卷二，頁508。列寧的原話可參閱《列寧選集》第一卷，見列寧著、中共中央馬克思恩格斯列寧斯大林著作編譯局編：《列寧選集》卷一，頁247。英譯本見Vladimir Ilyich Lenin, *What Is to Be Done?* In *Lenin Internet Archive*: http://www.marxists.org/archive/lenin/works/1901/witbd/ii.htm#02_A(瀏覽日期：2020年1月28日)

57 葛蘭西著、曹雷雨、姜麗、張跣譯：《獄中札記》，頁370；Antonio Gramsci, *Selections from the Prison Notebooks of Antonio Gramsc*, pp. 452–453.

第三章

1 多伊徹著、施用勤、張冰、劉虎譯：《先知三部曲——托洛茨基：1879–1940》卷一(北京：中央編譯出版社，1999)，頁234–235；Isaac Deutscher, *The Prophet Armed: Trotsky, 1879–1921* (Oxford: Oxford University Press, 1987), pp. 211–212.

2 安德森著、高銛等譯：《西方馬克思主義探討》(臺北：桂冠圖書股份有限公司，1991)，頁16；Perry Anderson, *Considerations on Western Marxism* (London & New York: Verso, 1989), pp. 13–14.

3 盧卡奇著、張亮、吳勇立譯：《盧卡奇早期文選》(南京：南京大學出版社，2004)，頁I；Georg Lukács, *The Theory of the Novel*, trans. Anna Bostock (Cambridge, Mass.: M.I.T. Press, 1977), p. 11.

4 引者按：即馬克斯·韋伯(Max Weber)的妻子。

5 盧卡奇著、張亮、吳勇立譯：《盧卡奇早期文選》，頁II；Georg Lukács, *The Theory of the Novel*, p. 11.

6 盧卡奇著、張亮、吳勇立譯：《盧卡奇早期文選》，頁II–III；Georg Lukács, *The Theory of the Novel*, pp. 11–12.

7 盧卡奇著、杜章智、任立、燕宏遠譯：《歷史與階級意識：關於馬克思主義辯證法的研究》(北京：商務印書館，1995)，頁4；Georg Lukács, *History and Class Consciousness: Studies in Marxist Dialectics*, trans. Rodney Livingstone (Cambridge, Massachusetts: The MIT Press, 2002), p. xi.

8 霍布斯鮑姆著、鄭明萱譯：《極端的年代》卷一(南京：江蘇人民出版社，1998)，頁78；Eric Hobsbawm, *Age of Extremes* (London: Abacus, 1995), p. 55.

9 「短促的二十世紀」是霍布斯鮑姆提出的現代史分期概念，它以第一次世界大戰爆發（1914年）為起點，到蘇聯解體（1991年）為止。霍布斯鮑姆認為，這是一段具有前後一貫性的歷史時期〔霍布斯鮑姆著、鄭明萱譯：《極端的年代》卷一，頁8；Eric Hobsbawm, *Age of Extremes*, p. 3〕，他並將這段時期喻為「極端的年代」（Age of Extremes）。

10 霍布斯鮑姆著、鄭明萱譯：《極端的年代》卷一，頁80；Eric Hobsbawm, *Age of Extremes*, pp. 56–57.

11 霍布斯鮑姆著、鄭明萱譯：《極端的年代》卷一，頁84；Eric Hobsbawm, *Age of Extremes*, pp. 59–60.

12 葛蘭西著、中共中央馬克思恩格斯列寧斯大林著作編譯局國際共運史研究所編譯：《葛蘭西文選（1916–1935）》（北京：人民出版社，1992），頁9–10；Antonio Gramsci, *Selections from Political Writings (1910–1920)*, trans. John Mathews (London: Lawrence & Wishart, 1988), p. 34.

13 約爾著、郝其睿譯：《葛蘭西》，頁37；James Joll, *Gramsci*, pp. 34–35.

14 史華慈著、陳瑋譯：《中國的共產主義與毛澤東的崛起》（北京：中國人民大學出版社，2006），頁7；Benjamin I. Schwartz, *Chinese Communism and the Rise of Mao* (Cambridge, Massachusetts: Harvard University Press, 1961), p. 13.

15 「當時俄國曆法仍用舊曆（Julian），而西方其他基督教國家則已改用格里高利新曆（Gregorian）。前者比後者慢了13天。所以一般所說1917年俄國二月革命，按新曆其實發生在當年3月。當年的十月革命，則發生在新曆11月7日。」〔霍布斯鮑姆著、鄭明萱譯：《極端的年代》卷一，頁80；Eric Hobsbawm, *Age of Extremes*, p. 57.〕

16 李大釗：《李大釗文集》卷二（北京：人民出版社，1999），頁219。

17 李大釗：《李大釗文集》卷二，頁244。

18 葛蘭西著、中共中央馬克思恩格斯列寧斯大林著作編譯局國際共運史研究所編譯：《葛蘭西文選（1916–1935）》，頁165；Antonio Gramsci, *Selections from Political Writings (1910–1920)*, p. 330.

19 瞿秋白：《瞿秋白文集（政治理論編）》卷一，頁167。

20 同上，頁168。

21 引者按：指俄國的共產主義運動。

22 瞿秋白：《瞿秋白文集（政治理論編）》卷一，頁168。

23 瞿秋白：《瞿秋白文集（文學編）》卷一，頁5。

24 同上，頁31。

25 同上，頁83。

26 葛蘭西著、中共中央馬克思恩格斯列寧斯大林著作編譯局國際共運史研究所編譯：《葛蘭西文選（1916–1935）》，頁30；Antonio Gramsci, *Selections from Political Writings (1910–1920)*, p. 52.

27 葛蘭西著、中共中央馬克思恩格斯列寧斯大林著作編譯局國際共運史研究所編譯：《葛蘭西文選（1916–1935）》，頁30–32；Antonio Gramsci, *Selections from Political Writings (1910–1920)*, pp. 52–54.

28　葛蘭西著、中共中央馬克思恩格斯列寧斯大林著作編譯局國際共運史研究所編譯：《葛蘭西文選(1916–1935)》，頁32–33；Antonio Gramsci, *Selections from Political Writings (1910–1920)*, pp. 54–55.
29　葛蘭西著、中共中央馬克思恩格斯列寧斯大林著作編譯局國際共運史研究所編譯:《葛蘭西文選(1916–1935)》，頁165; Antonio Gramsci, *Selections from Political Writings (1910–1920)*, p. 330.
30　葛蘭西著、中共中央馬克思恩格斯列寧斯大林著作編譯局國際共運史研究所編譯:《葛蘭西文選(1916–1935)》，頁166; Antonio Gramsci, *Selections from Political Writings (1910–1920)*, pp. 330–331.
31　葛蘭西著、中共中央馬克思恩格斯列寧斯大林著作編譯局國際共運史研究所編譯:《葛蘭西文選(1916–1935)》，頁167–168; Antonio Gramsci, *Selections from Political Writings (1910–1920)*, p. 332.
32　「對真實的激情」這個概念最先由巴迪悟提出，他的演講集《世紀》(*Le Siècle*)的第五章便題為〈對真實的激情與表象的蒙太奇〉("The Passion for the Real and the Montage of Semblance")。[Alain Badiou, *The Century*. Trans. Alberto Toscano (Cambridge & Malden: Polity Press, 2007), pp. 48–57.]這篇講稿原是巴迪悟於1999年2月10日在巴黎國際哲學院(Collège international de philosophie)的講課紀錄。這篇講稿延至2005年才正式收錄於演講集《世紀》。齊澤克在《歡迎光臨真實荒漠》中討論「對真實的激情」時，便引用了這篇演講稿的未刊稿。
33　齊澤克著、季廣茂譯:《意識形態的崇高客體》(北京: 中央編譯出版社，2002)，頁62; Slavoj Žižek, *The Sublime Object of Ideology* (London & New York: Verso, 1989), pp. 44.
34　齊澤克著、季廣茂譯：《意識形態的崇高客體》，頁63；Slavoj Žižek, *The Sublime Object of Ideology*, pp. 44-45.
35　齊澤克著、季廣茂譯：《意識形態的崇高客體》，頁63-64；Slavoj Žižek, *The Sublime Object of Ideology*, p. 45.
36　齊澤克著、季廣茂譯：《意識形態的崇高客體》，頁64；Slavoj Žižek, *The Sublime Object of Ideology*, p. 45.
37　Slavoj Žižek, *Welcome to the Desert of the Real* (London & New York: Verso, 2002), pp. 5–6.
38　鄭異凡：《天鵝之歌》(瀋陽：遼寧教育出版社，1996)，頁22。

第四章

1　瞿純白乃瞿秋白的堂兄，王觀泉在《一個人和一個時代——瞿秋白傳》裏誤記為表兄。王觀泉：《一個人和一個時代——瞿秋白傳》，頁120–124。有關瞿秋白與其堂兄瞿純白之間的關係，詳見吳之光編著：《瞿秋白家世》(北京：中央文獻出版社，2003)，頁165–171。

2 瞿秋白：《瞿秋白文集（文學編）》卷一，頁34–35。
3 同上，頁35–36。
4 我已於本書「導論」部分，初步論及這些生命哲學和人生觀概念和用語，詳參〈導論：瞿秋白與跨文化現代性〉第四節和第五節。
5 王鐵仙：《瞿秋白論稿》（上海：華東師範大學出版社，1984），頁179。讀者亦可參閱吳之光編著：〈族叔瞿世英〉，《瞿秋白家世》，頁172–178。
6 張耀南、陳鵬：《實在論在中國》（北京：首都師範大學出版，2002），頁47。
7 吳之光編著：《瞿秋白家世》，頁178。
8 張耀南、陳鵬：《實在論在中國》，頁47–55。
9 黃見德：《西方哲學東漸史》卷一（北京：人民出版社，2006），頁400–402、470–473。
10 楊之華：《回憶秋白》，頁99。
11 周永祥：《瞿秋白年譜新編》（上海：學林出版社，1992），頁87、84。
12 瞿世英編：〈《近代哲學家》第十八章「柏格森」〉，《時事新報．學燈》（1921年11月12日），第四張第一版。
13 吳先伍：《現代性的追求與批評：柏格森與中國近代哲學》（合肥：安徽人民出版社，2006），頁28。
14 《民鐸》雜誌社編：「柏格森號」，《民鐸》雜誌第三卷第一號（1921年12月）；董德福著：《生命哲學在中國》（廣州：廣東人民出版社，2001），頁77。
15 今譯「創造進化論」。
16 今譯「生成」。
17 今譯「生命衝動」。
18 今譯「綿延」。
19 瞿世英：〈柏格森與現代哲學之趨勢〉，《民鐸》雜誌第三卷第一號（1921年12月），頁1–6。
20 同上，頁1–2。
21 瞿秋白：《瞿秋白文集（文學編）》卷一，頁34。
22 同上，頁36。
23 引者按：指瞿秋白。
24 Tsi-an Hsia, *The Gate of Darkness: Studies on the Leftist Literary Movement in China*, p. 22.
25 艾愷（Guy Salvatore Alitto）在《最後的儒家——梁漱溟與中國現代化的兩難》（*The Last Confucian: Liang Shu-ming and the Chinese Dilemma of Modernity*）的第二章中，曾談及清末民初知識分子與法相唯識學之間的關係。他說：「唯識宗（法相或Dharmalaksana）主要流行在唐代，但似乎在公元845年以後就隨着其典籍的逸失而失勢了。中國二十世紀佛教復興之父楊文會（仁山）重新將唯識經典介紹到中國來。」他並指出：「梁漱溟通過佛教特別是唯識學以求為自己尋找一個治病方法並不完全是偶然的。佛教當時在中國正值復興和改革的時期，而唯識學則正處於這運動的理智的前沿。僅僅幾年前，在日本發現了唯識學的原始經典。此後的幾年中，梁漱溟與歐陽竟無、太虛、梁啟超一起成了這一復興運動的主要發言人。」（艾愷著、王宗煜等譯：《最後的儒家——梁漱溟與中國現代化的兩難》〔南京：江蘇人民出版社，2003〕，頁34。）

26 董德福：《生命哲學在中國》，頁86–96。

27 創刊時名為《青年雜誌》。

28 陳獨秀：《獨秀文存》（安徽：安徽人民出版社，1996），頁5、8。

29 李大釗：《李大釗文集》卷一，頁140。

30 Maurice Meisner, *Li Ta-chao and the Origins of Chinese Marxism* (Cambridge, Massachusetts: Harvard University Press, 1967), p. 25.

31 茅盾：《茅盾全集》卷十四（北京：人民文學出版社，1987），頁313。

32 瞿秋白：《瞿秋白文集（政治理論編）》卷一，頁37。

33 瞿世英：〈柏格森與現代哲學之趨勢〉，《民鐸》雜誌第三卷第一號（1921年12月），頁1–6。

34 瞿秋白亦曾撰文詳細探討「愛」與社會和功德罪惡之間的關係，詳見他寫於1920年的〈社會與罪惡〉一文。瞿秋白：《瞿秋白文集（政治理論編）》卷一，頁63–69。

35 張保勝釋譯：《圓覺經》（臺北：佛光文化事業有限公司，2016），頁109。

36 吳汝鈞：《佛教的概念與方法（修訂本）》（臺北：臺灣商務印書館股份有限公司，2000），頁287–288。

37 吳汝鈞：《佛教的概念與方法（修訂本）》，頁288–289。

38 釋正剛：《唯識學講義》（北京：宗教文化出版社，2006），頁29。

39 宗密：〈《圓覺經大疏釋義鈔》卷第二（之上）（釋疏終權實對辨中立三種教）〉，《卍新纂續藏經》第九冊 No. 245（臺北：CEBTA中華電子佛典協會，1998–2020），http://www.cbeta.org/result/normal/X09/0245_002.htm。（瀏覽日期：2020年1月29日）

40 韓廷傑釋譯：《成唯識論》（臺北：佛光文化事業有限公司，2012），頁175。

41 同上註，頁172。

42 楊惠南：〈論俱時因果在成唯識論中的困難〉，《國立臺灣大學哲學論評》第四期（1981年1月），頁222。

43 「八識」包括眼識、耳識、鼻識、舌識、身識、意識、末那識和阿賴耶識。關於「阿賴耶識」，釋正剛曾解釋道：「ālayavijnānam，其中ālaya的譯音為『阿賴耶』，義譯為『藏』。此第八識的作用就如倉庫一樣，是貯藏一切染淨有無漏法種子的地方。賴耶識就像是一個巨大的、與宇宙同體的倉庫，它能貯藏種種心識的習氣，一切過去和現在世所造的業習氣的種子都存放於此，我們的學問的積累與增長，才能的形成，都要藉此賴耶識保持習氣種子才能得以成就。〔……〕所以，唯識上把賴耶識作為宇宙人生的總樞紐、總根源，人生宇宙間的種種事物，都是藉此賴耶識攝藏習氣才得有的。賴耶識是我們凡情眾生一期生命延續的總報體，從心法上真正體現了一期生命現象的存在。」釋正剛：《唯識學講義》，頁159–160。

44 梁漱溟：《梁漱溟全集》第四卷（濟南：山東人民出版社，1991），頁649。

45 吳展良：〈中國現代保守主義的起點：梁漱溟的生生思想及其對西方理性主義的批判（1915–1923）〉，《當代儒學論集：傳統與創新》，劉述先主編（臺北市：中央研究院中國文哲研究所籌備處，199），頁83。另外，吳氏亦在其尚未正式發表的博士論文裏敏鋭地指出，瞿秋白源於柏格森、泰戈爾和佛學思想的世界觀，相當類近上述梁漱溟的生生思想和變化歷程觀。 詳見Chan-liang WU, *Western Rationalism and the Chinese Mind: Counter-Enlightenment and Philosophy of Life in China, 1915–1927*, p. 293。

46 吳先伍：《現代性的追求與批評：柏格森與中國近代哲學》，頁36。

47 釋太虛著、《太虛大師全書》編委會編集：《太虛大師全書》第九卷（北京：宗教文化出版社，2004），頁139–140。

48 釋太虛著、《太虛大師全書》編委會編集：《太虛大師全書》第一卷，頁164–166。關於太虛大師和柏格森的關係，還有一段小軼聞。1928年，太虛大師以中國佛學會會長的身份，前往歐洲諸國宣講佛學，並準備在巴黎籌組世界佛學院。他為了會見平素敬仰的柏格森，特請蔡元培備下了介紹信。是年秋天，太虛大師抵達巴黎。然而他的願望卻未能實現，因為柏格森當時健康欠佳，正在海濱療養。（陳衛平、施志偉：《生命的衝動——柏格森和他的哲學》〔上海：三聯書店，1988〕，頁175。）蔡元培的介紹信全文，見高平叔編：《蔡元培哲學論著》（石家莊：河北人民出版社，1985），頁391。

49 黎錦熙：〈維摩詰經紀聞敍〉，收入釋太虛、《太虛大師全書》編委會編集：《太虛大師全書》第三十二卷，頁433。

50 瞿秋白：《瞿秋白文集（文學編）》卷一，頁25。

51 麻天祥：《20世紀中國佛學問題》（武昌：武漢大學出版社，2007），頁63；印順：《太虛大師年譜》（新竹：正聞出版社，2014），頁20–46；太虛大師：《太虛自傳》（香港：佛教慈慧服務中心，2018），頁23；路哲：《中國無政府主義史稿》（福州：福建人民出版社，1990），頁129。

52 印順：《太虛大師年譜》，頁50–96；太虛大師：《太虛自傳》，頁43；麻天祥：《20世紀中國佛學問題》，頁64。

53 麻天祥：《20世紀中國佛學問題》，頁67。

54 「理知」是瞿世英的譯法，黎錦熙的譯法是「智力」。

55 瞿世英：〈柏格森與現代哲學之趨勢〉，頁2。

56 引者按：今譯柏格森。

57 黎錦熙：〈維摩詰經紀聞敍〉，收入釋太虛、《太虛大師全書》編委會編集：《太虛大師全書》第三十二卷，頁437。

58 太虛在〈新的唯識論〉中亦曾提出過類似的説法：「業習氣，即有趣習氣，創能招感二十五有善趣惡趣之身命故。有業習氣招感身命，説之則有十二種流轉生化之緣力，唯柏格森所云：『宇宙創造轉化流動遷變之活本體』，為能近之。無始無始之經過皆存於現在綿綿轉起之一念心，無盡無盡之將來亦存於現在綿綿轉起之一念心，順逐之則流轉無止，逆解之則圓寂可期，流轉圓寂，皆唯在識。」〔釋太虛、《太虛大師全書》編委會編集：《太虛大師全書》第九卷，頁174–175。〕

59　引者按：指「意識之流」概念。

60　引者按：指詹姆士。

61　杜威著、胡適口譯：《杜威五大講演》(合肥：安徽教育出版社，2005)，頁232。

62　同上，頁233。

63　同上，頁230。

64　同上，頁233–234。

65　瞿秋白：《瞿秋白文集（文學編）》卷二，頁5–6。

66　曇無讖譯：《優婆塞戒經》卷一，《大正藏》第24冊No. 1488第1卷(臺北：CEBTA中華電子佛典協會，1998–2020)，https://tripitaka.cbeta.org/T24n1488_001。(瀏覽日期：2020年1月30日)

67　釋太虛、《太虛大師全書》編委會編集：《太虛大師全書》第十七卷，頁89。

68　瞿秋白：《瞿秋白文集（文學編）》卷二，頁7。

69　瞿秋白：《瞿秋白文集（政治理論編）》卷一，頁52。

70　日本新潮社編寫、過耀根譯：《近代思想》，頁395；中澤臨川、生田長江：《近代思想十六講》，頁435。

71　事實上，這篇介紹文章（〈柏格森之直觀哲學〉）的最後一節，專門討論了柏格森和詹姆士兩人思想會通之處。見日本新潮社編寫、過耀根譯：《近代思想》，頁424–426；中澤臨川、生田長江：《近代思想十六講》，頁462–465。另外，無論在瞿世英的短論〈柏格森與現代哲學趨勢〉還是在杜威的「現代的三個哲學家」系列演講中，「意識之流」概念都被視為柏格森和詹姆士思想的會通點。見瞿世英：〈柏格森與現代哲學之趨勢〉，頁5。另見杜威著、胡適口譯：《杜威五大講演》，頁241–242。

72　日本新潮社編寫、過耀根譯：《近代思想》，頁395–396；中澤臨川、生田長江：《近代思想十六講》，頁435–436。

73　在眾多瞿秋白研究者中，就只有夏濟安、魯雲濤、吳展良、胡紹華、白井澄世、張歷君、傅修海和劉辛民等八位論者，直接談及這個問題：一、Tsi-an Hsia, *The Gate of Darkness: Studies on the Leftist Literary Movement in China*, p. 22；二、魯雲濤：《瞿秋白評傳》(成都：四川人民出版社，1991)，頁39–40；三、Chan-liang WU, *Western Rationalism and the Chinese Mind: Counter-Enlightenment and Philosophy of Life in China, 1915–1927*, pp. 292–294；四、胡紹華著：〈瞿秋白文學活動中的佛教影響〉，《湖北三峽學院學報》第21卷第1期（1999年2月），頁14；五、白井澄世：〈五四期におけるベルクソン・生命主義に関する一考察：瞿秋白を中心に〉，頁39–41。六、張歷君：

〈心聲與電影：論瞿秋白早期著作中的生命哲學修辭〉，頁198–209；七、傅修海《時代覓渡的豐富與痛苦——瞿秋白文藝思想研究》，頁45–46；八、Xinmin Liu, *Signposts of Self-Realization: Evolution, Ethics, and Sociality in Modern Chinese Literature and Film*, pp. 42–43, 116–156.

74 瞿秋白著：《瞿秋白文集（文學編）》卷一，頁113。

75 平等（Upekṣā），佛家語，簡稱「等」，意謂無差別或等同。它指一切現象在共性或空性、唯識性和心真如性上沒有差別。見杜繼文、黃明信主編：《佛教小辭典》（上海：上海辭書出版社，2006），頁275 。

76 柏格森把人的認知模式分成兩種：一是直覺（intuition），一是理知（intellect）。詳見上一節的相關介紹，亦可參閱瞿世英：〈柏格森與現代哲學之趨勢〉，頁2。

77 早於1920年，張東蓀已將此書譯成中文，收入商務印書館的「尚志叢書」系列。

78 柏格森著、肖聿譯：《創造進化論》（北京：華夏出版社，2000），頁263–264。Henri Bergson, *Creative Evolution*, trans. Arthur Mitchell (New York: Henry Holt and Company, 1911), pp. 304–306. 張東蓀的譯本可參考柏格森著、張東蓀譯：《創化論》（臺北：先知出版社，1976），頁336–338。

79 瞿秋白：《瞿秋白文集（文學編）》卷一，頁113。

80 麻天祥：《20世紀中國佛學問題》，頁63；印順：《太虛大師年譜》，頁33–69。有關太虛大師與民初無政府主義運動的關係，可進一步參閱路哲在《中國無政府主義史稿》中的相關介紹，見路哲：《中國無政府主義史稿》，頁129–134。

81 釋太虛著、《太虛大師全書》編委會編集：《太虛大師全書》第二十五卷，頁354。

82 有關五四時期政治思想與人生問題之間關係的分析，可參閱王汎森：〈「煩悶」的本質是甚麼——「主義」與中國近代私人領域的政治化〉，《思想史》第1輯（2013年9月），頁87–102。

83 黎錦熙：〈維摩詰經紀聞敍〉，收入釋太虛著、《太虛大師全書》編委會編集：《太虛大師全書》第三十二卷，頁433–434。

84 瞿秋白：《瞿秋白文集（文學編）》第一卷。頁25–26。

85 黎錦熙：〈維摩詰經紀聞敍〉，收入釋太虛著、《太虛大師全書》編委會編集：《太虛大師全書》第三十二卷，頁434。

86 釋太虛著、《太虛大師全書》編委會編集：《太虛大師全書》第二十五卷，頁375。

87 太虛大師：《太虛自傳》，頁43。

88 路哲：《中國無政府主義史稿》，頁130–131。

89 太虛大師在〈唐代禪宗與現代思潮〉裏這樣闡釋無政府主義精神：「無政府者謂無強權也。而強權實依國或家的私產而起。為保國與家的私產——私產之義甚廣，若所謂國化及家傳等等，亦屬私產——而存。故根本上即不容有國與家的兩種私產之存在。然於人既有各個的及社會之不同主張。於產亦有屬個人主義之分產的獨產的、及屬社會主義之共產的集產的之不同主張。然以社會主義為正，而猶以社會共產主義為無政府主義正宗。」他並認為：「而在唐代被禪宗之風化者，多習杜多之苦行，其已完全脱離乎家與國之私產關係及一切強權關係，審矣！然近於個人主義而復絕無分產獨產之關係，乃進而為無產主義者也。而在百丈未立清規前所成之禪宗叢林，各從禪宗中成就其自性道德，以共同食息為钁頭邊生活，此真無政府共產主義的精神之淵源之根本歟！」〔太虛：《中國佛學特質在禪》(臺北：佛光文化事業有限公司，2010），頁139。〕

90 瞿秋白著：《瞿秋白文集（政治理論編）》第七卷，頁701、704–705。

91 值得注意的是，黎錦熙在〈維摩詰經紀聞敍〉中解釋佛家的「自心的解脱」時，便重點引述了托爾斯泰的觀點，見黎錦熙著：〈維摩詰經紀聞敍〉，收入釋太虛著、《太虛大師全書》編委會編集：《太虛大師全書》第三十二卷，頁439–440。

92 瞿秋白著：《瞿秋白文集（政治理論編）》第一卷，頁184–230。

93 瞿秋白著：《瞿秋白文集（政治理論編）》第七卷，頁704–705。

94 瞿秋白：《瞿秋白文集（文學編）》第一卷。頁99–100。

95 胡紹華：〈瞿秋白文學活動中的佛教影響〉，頁16。胡紹華的論文將引文的出處——「《楞枷經》的偈頌」，誤植為《羅伽經頌》。

96 求那跋陀羅譯：《楞伽阿跋多羅寶經》第1卷，《大正藏》第16冊No. 0670第1卷（臺北：CEBTA中華電子佛典協會，1998–2020），http://tripitaka.cbeta.org/T16n0670_001。（瀏覽日期：2020年1月31日）

97 瞿秋白：《瞿秋白文集（文學編）》第一卷。頁99–100。

第五章

1 德勒茲著、劉漢全譯：《哲學與權力的談判——德勒茲訪談錄》（北京：商務印書館，2000），頁6–7。Gilles Deleuze, *Negotiations*, trans. Martin Joughin (New York: Columbia University Press, 1995), p. 6.

2 德勒茲著、劉漢全譯：《哲學與權力的談判——德勒茲訪談錄》，頁7。Gilles Deleuze. *Negotiations*, p. 6.

3 Gilles Deleuze, *Bergsonism*, trans. Hugh Tomlinson and Barbara Habberjam (New York: Zone Books, 1988).

4 1918年，商務印書館出版了此書的中譯本，題為《近代思想》。有關瞿秋白與《近代思想》之間關係的討論，詳見本書第四章第三節。

5 日本新潮社編寫、過耀根譯：《近代思想》，頁381；中澤臨川、生田長江：《近代思想十六講》，頁422。

6 Georg Lukács, *The Destruction of Reason*, trans. Peter Palmer (Atlantic Highlands, N. J.: Humanities Press, 1981), p. 30.

7 伯林著、馮克利譯：《反潮流：觀念史論文集》（南京：譯林出版社，2006），頁354–355。Isaiah Berlin, *Against the Current: Essays in the History of Ideas* (Oxford, Toronto & Melbourne: Oxford University Press, 1981), p. 297.

8 伯林著、馮克利譯：《反潮流：觀念史論文集》，頁354–355。Isaiah Berlin, *Against the Current: Essays in the History of Ideas*, p. 298.

9 Walter Benjamin, *One-Way Street and Other Writings*, trans. Edmund Jephcott & Kingsley Shorter (London: Verso, 1997), p. 132–154.

10 盧卡奇著、張亮、吳勇立譯：《盧卡奇早期文選》，頁x。Georg Lukács, *The Theory of the Novel*, p. 18.

11 里沃爾西的論文題為〈葛蘭西與左翼的政治文化〉，收錄於意大利當代著名政治思想史學者馬斯泰羅內（Salvo Mastellone）主編的論文集《一個未完成的政治思索：葛蘭西的〈獄中札記〉》（*Gramsci: i "Quaderni del carcere": Una riflessione politica incompiuta*）。此書暫無英譯本。

12 葛蘭西的〈柏格森分子〉暫無英譯本，以上引文轉引自里沃爾西的論文。馬斯泰羅內編、黃華光、徐力源譯：《一個未完成的政治思索：葛蘭西的〈獄中札記〉》（北京：社會科學文獻出版社，2000），頁103–104。

13 葛蘭西：《葛蘭西文選（1916–1935）》，中共中央馬克思恩格斯列寧斯大林著作編譯局國際共運史研究所編譯，頁165。Antonio Gramsci, *Selections from Political Writings (1910–1920)*, trans. John Mathews, p. 330.

14 德里克著、孫宜學譯：《中國革命中的無政府主義》（桂林：廣西師範大學出版社，2006），頁196、200。Arif Dirlik, *Anarchism in the Chinese Revolution* (Berkeley: University of California Press, 1993), pp. 208, 213.

15 陳衛平、施志偉：《生命的衝動——柏格森和他的哲學》，頁181–182。有關瞿秋白介入「科玄論戰」的情況，可進一步參閱季甄馥在《瞿秋白哲學思想評析》中的介紹，見季甄馥：《瞿秋白哲學思想評析》，頁181–187。

16 以下是蕭前為「辯證唯物主義」所作的簡單定義：「馬克思和恩格斯創立的唯物主義和辯證法相統一的無產階級的世界觀和方法論，即關於自然、社會和人類思維發展的最一般規律的科學。它是唯物主義的高級形式。『辯證唯物主義』這一術語最早出在狄慈根（J. Dietzgen）1886年出版的《一個社會主義者在哲學領域中的漫遊》一書中，狄慈根用這一概念表述馬克思主義世界觀。後來普列漢諾夫也是這樣表述的。列寧、斯大林、毛澤東在講到馬克思主義世界觀時，還用過『完備的唯物主義』、『唯物辯證法』等概念。這些概念的實質完全一致，只是側重點有不同。在馬克思主義世界觀中，唯物主義和辯證法是互相滲透密不可分的，它們的有機統一構成了馬克思主義的哲學理論基礎。辯證唯物主義是徹底的唯物主義，是客觀世界的最一般規律的自覺反映。它看到物質的原因是自然界和人類社會一切現象的基礎，世界的統一性在於它的物質性。它認為意識是物質世界長期發展的產物，是人腦這一高度組織的物質的機能，是人腦對客觀世界的能動的反映。辯證唯物主義又是徹底的辯證法，是最完整深刻而無片面性弊病的關於發展的學說。它揭示了事物內部矛盾雙方的相互聯繫和相互鬥爭是事物發展的內在原因，是一切現象自我運動的根據的客觀真理。」〔蕭前：〈辯證唯物主義〉，《中國大百科全書》，中國大百科全書總編輯委員會編（臺北：智慧藏學習科技股份有限公司，2001），http://163.17.79.102/%A4%A4%B0%EA%A4j%A6%CA%AC%EC/Content.asp?ID=56065 。（瀏覽日期：2020年2月1日）〕

17 賀麟生於1902年，比瞿秋白年輕三歲，同屬1900年前後出生的一輩中國知識分子。

18 賀麟：《當代中國哲學》（臺北：宗青圖書出版公司，1978），頁72–73。

19 賀麟：《五十年來的中國哲學》（北京：商務印書館，2002），頁67。

20 約爾著、郝其睿譯：《葛蘭西》，頁93–94。James Joll, *Gramsci*, p. 76.

21 賀麟：《當代中國哲學》，頁73。

22 葛蘭西著、曹雷雨、姜麗、張跣譯：《獄中札記》，頁343。Antonio Gramsci, *Selections from the Prison Notebooks of Antonio Gramsci*, pp. 427–428.

23 葛蘭西著、曹雷雨、姜麗、張跣譯：《獄中札記》，頁341。Antonio Gramsci, *Selections from the Prison Notebooks of Antonio Gramsci*, p. 425.

24 葛蘭西著、曹雷雨、姜麗、張跣譯：《獄中札記》，頁342。Antonio Gramsci, *Selections from the Prison Notebooks of Antonio Gramsci*, p. 425.

25 瞿秋白：《瞿秋白文集（政治理論編）》卷二，頁310–376。

26 同上，頁395–481。

27 同上，頁294–308。

28 索雷爾著、呂文江譯：《進步的幻象》（上海：上海人民出版社，2003），頁276、278。Georges Sorel, *The Illusions of Progress*, trans. John and Charlotte Stanley (Berkeley, Los Angeles & London: University of California Press, 1972), pp. 134、136.

29 日本新潮社編寫、過耀根譯：《近代思想》，頁380–381；中澤臨川、生田長江：《近代思想十六講》，頁421-422。

30 瞿世英：〈柏格森與現代哲學之趨勢〉，頁2。

31 巴赫金著、曉河等譯：《巴赫金全集》第一卷（石家莊：河北教育出版社，1998），頁381、384。Valentin Voloshinov, *Freudianism: A Marxist Critique*, trans. I. R. Titunik (London & New York: Verso, 2012), pp. 12–13, 16.

32 葛蘭西著、陳越譯：《現代君主論》，頁5。Antonio Gramsci, *Selections from the Prison Notebooks of Antonio Gramsci*, , p. 129.

33 葛蘭西著、陳越譯：《現代君主論》，頁5註1。

34 Antonio Gramsci, *Selections from the Prison Notebooks of Antonio Gramsci*, p 127.

35 瞿秋白：《瞿秋白文集（政治理論編）》卷二，頁342–347。

36 董德福認為，1918年以前，中國國內尚無柏格森哲學的中譯本問世，當時李大釗和陳獨秀等人是從卡爾這本《柏格森之變易哲學》初步了解其哲學思想。這本書後來在1920年代曾有三種譯本。〔董德福：《生命哲學在中國》，頁94。〕本文引述的中譯本是張聞天在1924年發表的譯本。

37 程中原編：《張聞天譯文集》(南京：譯林出版社，1999)，頁202。Herbert W. Carr, *Henri Bergson: The Philosophy of Change* (London: T. C. and E. C. Jack, 1912), pp. 11–12.

38 葛蘭西在《獄中札記》裏曾論及「進步與生成」的關係。他說：「進步是一種意識形態；生成則是一個哲學概念。『進步』取決於一種特定的心態，構成這種心態的是歷史規定的某些文化要素，而『生成』則是一個可能與『進步』無涉的哲學概念。進步的觀念暗含着從量的和質的方面衡量的可能性，暗含着『更多』和『更好』的可能性。」〔葛蘭西：《獄中札記》，頁270。Antonio Gramsci, *Selections from the Prison Notebooks of Antonio Gramsci*, p. 357.〕但葛蘭西卻沒有因此全然否定「進步」觀念。他認為，作為政治概念的「進步」和作為哲學概念的「生成」，它們是同時誕生的。在「生成」的觀念中，有一種拯救「進步」的具體面向的企圖，這種面向指的是「運動」，或者更確切點說，是「辯證的運動」。〔葛蘭西：《獄中札記》，頁271–272。Antonio Gramsci, *Selections from the Prison Notebooks of Antonio Gramsci*, p. 358.〕換言之，無論是「進步」還是「生成」，都包含着「辯證運動」這一不能被否定和拋棄的元素。

39 瞿菊農編：《現代哲學思潮綱要》(上海：中華書局，1934)，頁84。

40 同上，頁85。

41 瞿秋白：《瞿秋白文集(政治理論編)》卷二，頁462–463。

42 同上，頁461。

43 布哈林著、何國賢等譯：《歷史唯物主義理論》(北京：人民出版社，1983)，頁84–87。Nikola Ivanovich Bukharin, *Historical Materialism: A System of Sociology* (Ann Arbor: University of Michigan Press, 1969), pp. 81–83.

44 布哈林著、何國賢等譯：《歷史唯物主義理論》，頁85。Nikola Ivanovich Bukharin, *Historical Materialism: A System of Sociology*, p. 82.

45 布哈林著、何國賢等譯：《歷史唯物主義理論》，頁86。Nikola Ivanovich Bukharin, *Historical Materialism: A System of Sociology*, p. 83.

46 按照《中國大百科全書》的介紹，機械唯物主義「指16–18世紀在西方盛行的唯物主義哲學，是唯物主義發展的第二種形態。機械唯物主義承認世界的物質統一性，認為世界上除了物質實體之外不存在其他任何東西，一切物體都受着力學規律的支配，具有機械運動的屬性。一些機械唯物主義者甚至把世界視之為一部巨大的機器，把人視之為精妙的小機器，認為人的情感活動也是由純粹的機械原因引起的。主要代表人物有英國的霍布斯(Thomas Hobbes)，法國的拉美特里(Julien La Mettrie)、狄德羅(Denis Diderot)等。」〔曙光：〈機械唯物主義〉，收入中國大百科全書總編輯委員會編：《中國大百科全書》(臺北：智慧藏學習科技股份有限公司，2001)，http://163.17.79.102/%E4%B8%AD%E5%9C%8B%E5%A4%A7%E7%99%BE%E7%A7%91/Content.asp?ID=56611&Query=1 。(瀏覽日期：2020年2月1日)〕

有關布哈林思想中的「機械唯物論」傾向，科恩曾作出以下闡釋：「在他（引者按：指布哈林）看來，機械論顯示了馬克思主義唯物主義駁斥了那些堅持把社會概念『精神化』和『心理化』的思想家。布哈林在給每一個社會類別下定義時都着眼於保持這種意象：社會是『一個龐大的工作機器，裏面有許多細微的社會勞動分工』；生產關係就是『人們（作為「活的機器」）在空間與時間中的勞動關係』；等等。」〔科恩著、徐葵等譯：《布哈林與布爾什維克革命：政治傳記（1888–1938）》（北京：人民出版社，1982），頁170。Stephen F. Cohen, *Bukharin and the Bolshevik Revolution: A political Biography, 1888–1938* (New York: Vintage Books, 1975), pp. 115–116.〕

47 葛蘭西著、曹雷雨、姜麗、張跣譯：《獄中札記》，頁342。Antonio Gramsci, *Selections from the Prison Notebooks of Antonio Gramsci*, p. 426.

48 瞿秋白：《瞿秋白文集（政治理論編）》卷二，頁461–462。

49 葛蘭西著、曹雷雨、姜麗、張跣譯：《獄中札記》，頁387。Antonio Gramsci, *Selections from the Prison Notebooks of Antonio Gramsci*, p. 469.

50 關於葛蘭西對文獻學或語文學的理解，《獄中札記選》（*Selections from the Prison Notebooks of Antonio Gramsci*）的英譯者霍爾和史密斯曾作過如下介紹：「葛蘭西在這裏使用『文獻學』這個詞，一方面是按其通常意義，即指對語言和歷史文獻的研究；另一方面也接受了克羅齊根據維科（Giambattista Vico）的著述所恢復的意義，維科把知識分為兩類：作為探索真理的科學的哲學及作為考證事實的『文獻學』（Philology）。」（葛蘭西：《葛蘭西文選（1916–1935）》，頁628註206。Antonio Gramsci, *Selections from the Prison Notebooks of Antonio Gramsci*, p. 428n75.）

51 葛蘭西著、曹雷雨、姜麗、張跣譯：《獄中札記》，頁344。Antonio Gramsci, *Selections from the Prison Notebooks of Antonio Gramsci*, p. 428.

52 約爾著、郝其睿譯：《葛蘭西》，頁95–96。James Joll, *Gramsci*, p. 77.

53 張君勱等：《科學與人生觀》第一冊（沈陽：遼寧教育出版社，1998），頁33–35。有關張君勱思想與「人生觀」論述的研究，可參閱彭小妍：〈「人生觀」與歐亞後啟蒙論述〉，《文化翻譯與文本脈絡：晚明以降的中國、日本與西方》彭小妍編著，頁221–268。

54 瞿秋白：《瞿秋白文集（政治理論編）》卷二，頁294–308。

55 同上，頁412–413。

56 同上，頁424。

57 同上，頁424。

58 同上，頁427。

59 杜繼文、黃明信主編：《佛教小辭典》，頁265。

60 太虛大師著、印順法師編：《太虛大師選集》卷一（新竹：正聞出版社，2008），頁121–122。

61 瞿秋白：《瞿秋白文集（政治理論編）》卷二，頁294–295。

62 同上，頁427–428。

63 同上，頁429–430。

64 同上，頁297–298。

65 同上，頁302–303。

66 葛蘭西著、曹雷雨、姜麗、張跣譯：《獄中札記》，頁274。Antonio Gramsci, *Selections from the Prison Notebooks of Antonio Gramsci*, pp 359–360.

67 葛蘭西著、曹雷雨、姜麗、張跣譯：《獄中札記》，頁274。Antonio Gramsci, *Selections from the Prison Notebooks of Antonio Gramsci*, p. 360.

68 瞿秋白：《瞿秋白文集（文學編）》卷一。頁12。

69 同上，頁12–13。

70 德勒茲著、張宇凌、關群德譯：《康德與柏格森解讀》（北京：社會科學文獻出版社，2002），頁170–173。Gilles Deleuze. *Bergsonism*, pp. 80–83.

71 德勒茲著、張宇凌、關群德譯：《康德與柏格森解讀》，頁176。Gilles Deleuze. *Bergsonism*, p. 85.

72 德勒茲著、張宇凌、關群德譯：《康德與柏格森解讀》，頁168。Gilles Deleuze. *Bergsonism*, , p. 78.

73 瞿秋白：《瞿秋白文集（政治理論編）》卷二，頁450–451。

74 以下是科拉柯夫斯基（Leszek Kolakowski）在《柏格森》（*Bergson*）一書為「生命衝動」所下的定義：「生命衝動這一詞由於『柏格森主義』的反覆使用而聞名於世。這種原始的能由於有無數的分叉點和克服了物質的阻力，便產生出日益高級的本能和理智的變種。一切物種和單個的有機體都在某種程度上保存着這種原始的衝動，只不過其在不知不覺地發揮作用而已。生命衝動這一概念不斷受到攻擊，因為它被看作為一種缺乏任何解釋價值的語詞手段，即一種空洞的『玄奧能力』。」（科拉柯夫斯基著、牟斌譯：《柏格森》（北京：中國社會科學出版社，1992），頁79–80。Leszek Kolakowski, *Bergson* (South Bend, Indiana: St. Augustine's Press, 2001), p. 57.）

而伯林在《反潮流》中亦直接指出，生命衝動「這種內在力量是不能用理性來理解或表述的，它開闢着自己的道路，衝向空洞而不可知的未來，並且塑造着生物的成長和人類的活動。」（伯林著、馮克利譯：《反潮流：觀念史論文集》，頁376。Isaiah Berlin, *Against the Current: Essays in the History of Ideas*, p. 311.）

75 瞿秋白：《瞿秋白文集（政治理論編）》卷二，頁303–308。

76 布哈林著、何國賢等譯：《歷史唯物主義理論》，頁100–110。Nikola Ivanovich Bukharin. *Historical Materialism: A System of Sociology*, pp. 93–101.

77 瞿秋白著：《瞿秋白文集（政治理論編）》卷二，頁304。

78 同上，頁304–305。

79 同上，頁306。

80 葛蘭西著、曹雷雨、姜麗、張跣譯：《獄中札記》，頁274。Antonio Gramsci, *Selections from the Prison Notebooks of Antonio Gramsci*, , p. 360.

81 瞿秋白：《瞿秋白文集（政治理論編）》卷二，頁306–307。

82 同上，頁194。
83 同上，頁221。
84 有關中國大陸學界對這個問題的研究狀況，請參閱本書第一章第二節。
85 瞿秋白：《瞿秋白文集（政治理論編）》卷二，頁200–201。
86 同上，頁202–204。
87 同上，頁208。
88 同上，頁209。列寧的原話可參閱列寧：《列寧選集》第一卷，中共中央馬克思恩格斯列寧斯大林著作編譯局編，頁293。英譯本見Vladimir Ilyich Lenin, *What Is to Be Done?* (Marxists Internet Archive 1999), http://www.marxists.org/archive/lenin/works/1901/witbd/iii.htm#03_E。（瀏覽日期：2020年2月2日）

第六章

1 陳鐵健：《從書生到領袖：瞿秋白》（上海：上海人民出版社，1995），頁391。
2 楊之華：《回憶秋白》，頁134。
3 楊之華曾在〈《魯迅雜感選集》序言是怎樣產生的〉裏談及，瞿秋白在寫作這篇文章時他和魯迅之間的關係：「那時候，許多與我們熟悉的朋友、同學知道我們從事革命工作，都躲避我們，生怕與我們接近會給他們帶來麻煩。可是以魯迅為代表的一些朋友不但沒躲避我們，而且關懷我們，掩護我們。〔……〕魯迅幾乎每天到日照里來看我們，和秋白談論政治、時事、文藝各方面的事情，樂而忘返。〔……〕秋白一見魯迅，就立刻改變了不愛說話的性情，兩人邊說邊笑，有時哈哈大笑，衝破了像牢籠似的小亭子間裏不自由的空氣。」〔楊之華：〈《魯迅雜感選集》序言是怎樣產生的〉，《語文學習》1958年1月號，頁13。〕
4 楊之華：《回憶秋白》，頁134–136。
5 楊之華：《回憶秋白》，頁137。
6 《憶秋白》編輯小組：《憶秋白》，頁263。
7 曹聚仁：《魯迅評傳》（上海：東方出版中心，1999），頁5。
8 瞿秋白：《瞿秋白文集（文學編）》卷三，頁97。
9 瞿秋白是從赫爾岑（Alexander Herzen）致屠格涅夫（I. S. Turgenev）的書信集〈終結與開端〉（"Ends and Beginnings: Letters to I. S. Turgenev, 1862–1863"）那裏，借來這個羅馬城起源的神話的。Alexander Herzen, "Ends and Beginnings: Letters to I. S. Turgenev (1862–1863)," in *My Past and Thoughts*, trans. Constance Garnett (London: Chatto & Windus, 1968), pp. 1680–1682.
10 瞿秋白：《瞿秋白文集（文學編）》卷三，頁97。
11 林賢治：《一個人的愛與死》（上海：東方出版中心，2006），頁172。

12 着重號乃引用者所加。瞿秋白：《瞿秋白文集（文學編）》卷三，頁113。
13 瞿秋白：《瞿秋白文集（文學編）》卷三，頁98。
14 同上，頁99。
15 魯迅：《魯迅全集》卷十三（北京：人民文學出版社，1981），頁196。
16 魯迅：《魯迅全集》卷一，頁415。
17 魯迅：《魯迅全集》卷七，頁389。
18 同上，頁389。
19 黃繼持編：《魯迅卷》（香港：商務印書館〔香港〕有限公司，1994），頁2。
20 瞿秋白：《瞿秋白文集（政治理論編）》卷七，頁701。
21 劉福勤：《從天香樓到羅漢嶺——瞿秋白綜論》（桂林：廣西師範大學出版社，1995），頁44–45。
22 瞿秋白：《瞿秋白文集（文學編）》卷一，頁7。1982年，瞿秋白的妹妹瞿軼群寫了回憶文章〈母親之死〉，文章最後一節，清楚交代了金衡玉之死如何令家人留下不同程度的創傷，並決定各人日後的命運。瞿軼群的文章無疑是對瞿秋白這句話的最佳註解。見瞿軼群：〈母親之死〉，《瞿秋白研究》第二輯（1990年1月），頁315–316。
23 瞿秋白：《瞿秋白文集（文學編）》卷一，頁16。
24 同上，頁24。
25 同上，頁14。
26 魯迅：《魯迅全集》卷一，頁415–416。
27 魯迅：《魯迅全集》卷二，頁229–230。
28 瞿秋白：《瞿秋白文集（文學編）》卷一，頁15。
29 同上，頁15。
30 瞿秋白：《瞿秋白文集（文學編）》卷三，頁97。
31 瞿秋白：《瞿秋白文集（文學編）》卷一，頁13–14。
32 瞿秋白：《瞿秋白文集（文學編）》卷三，頁97。
33 同上，頁98–102。
34 同上，頁102–103。
35 同上，頁106–111。
36 同上，頁113。
37 同上，頁113–114。
38 同上，頁97。
39 瞿秋白：《瞿秋白文集（政治理論編）》卷七，頁702。
40 葛蘭西著、田時綱譯：《獄中書簡》（北京：人民出版社，2007），頁405。Antonio Gramsci, *Prison Letters*, trans. Hamish Henderson (London & Chicago: Pluto Press, 1996), pp. 191–192.
41 葛蘭西著、田時綱譯：《獄中書簡》，頁414。Antonio Gramsci, *Prison Letters*, p. 198.
42 葛蘭西著、田時綱譯：《獄中書簡》，頁406。Antonio Gramsci, *Prison Letters*, p 192.

43 「飛蛾撲火」是瞿秋白對丁玲性格的判語。丁玲曾回憶道：「秋白曾在甚麼地方寫過，或是他對我說過。『冰之是飛蛾撲火，非死不止。』誠然，他指的是我在1922年去上海平民女校尋求真理之火，然而飛開了〔……〕。」丁景唐、丁言模編：《瞿秋白印象》，頁141。
44 有關瞿秋白為「心海」一詞所賦予的獨特意義，請參閱本書第四章第四節的討論。

第七章

1 Jacques Rancière, *Short Voyages to the Land of the People*, trans. James B. Swenson (Stanford, Calif.: Stanford University Press, 2003), p. 2.
2 瞿秋白：《瞿秋白文集（文學編）》卷一，頁109。
3 姚守中、馬光仁、耿易編著：《瞿秋白年譜長編》（南京：江蘇人民出版社，1993），頁111–112。
4 瞿秋白：《瞿秋白文集（文學編）》卷一，頁285。
5 瞿秋白：《瞿秋白文集（政治理論編）》卷七，頁720。
6 同上，頁722。
7 瞿秋白：《瞿秋白文集（文學編）》卷一，頁285。
8 邁斯納著、張寧、陳銘康等譯：《馬克思主義、毛澤東主義與烏托邦主義》（北京：中國人民大學出版社，2005），頁2–4。Maurice Meisner, *Marxism, Maoism, and Utopianism* (Wisconsin & London: University of Wisconsin Press, 1982), pp. 4–6.
9 有關索列爾對「神話」概念的解釋，請參閱本書第二章第二節的討論。
10 Maurice Meisner, *Marxism, Maoism and Utopianism*, p. 3.
11 David Harvey, *Spaces of Hope* (Berkeley: University of California Press, 2000), p. 160.
12 同上, pp. 160–161.
13 同上, pp. 161–162.
14 Michel Foucault, *Power*, ed. James D. Faubion, trans. Robert Hurley and other (London: Penguin Books, 2002), pp. 355–356.
15 瞿秋白：《瞿秋白文集（政治理論編）》卷一，頁56–62。李大釗：《李大釗文集》卷三，頁148–160、327–333。
16 引者按：指瞿秋白。
17 夏濟安著、萬芷君等譯、王宏志審訂：《黑暗的閘門：中國左翼文學運動研究》，頁16。Tsi-an Hsia, *The Gate of Darkness: Studies on the Leftist Literary Movement in China*, p. 17.
18 引者按：指當時的哈爾濱平民。
19 夏濟安著、萬芷君等譯、王宏志審訂：《黑暗的閘門：中國左翼文學運動研究》，頁26。Tsi-an Hsia, *The Gate of Darkness: Studies on the Leftist Literary Movement in China*, p. 29.

20 Jacques Rancière, *Short Voyages to the Land of the People*, pp. 3–4.

21 瞿秋白：《瞿秋白文集（文學編）》卷一，頁109。

22 英譯本題為*The Order of Things*。

23 Michel Foucault, *The Order of Things* (New York: Vintage Books, 1994), pp. xviii–xix.

24 Michel Foucault, "Of Other Spaces," trans. Jay Miskowiec, *Diacritics*, Vol. 16, No. 1 (Spring, 1986), p. 24.

25 Michel Foucault, "Of Other Spaces," pp. 24–25, 27.

26 瞿秋白：《瞿秋白文集（文學編）》卷一，頁8–10。

27 瞿秋白：《瞿秋白文集（政治理論編）》卷七，頁695–696。

28 Paul Pickowicz, *Marxist Literary Thought in China: The Influence of Ch'u Ch'iu-pai* (Berkeley & London: University of California Press, 1981), p. 23.

29 同上，頁22–33.

30 徐鳳林：〈托爾斯泰的道德哲學〉，《俄羅斯宗教哲學》（北京：北京大學出版社，2006），頁64–73。

31 李大釗：《李大釗全集（修訂本）》卷五（北京：人民出版社，2013），頁543–545。中里介山：《トルストイ言行錄》（東京：內外出版協會，1906〔明治39年〕）。

32 李大釗：《李大釗全集（修訂本）》卷一，頁442。

33 瞿秋白：《瞿秋白文集（政治理論編）》卷七，頁696。

34 瞿秋白：《瞿秋白文集（政治理論編）》卷一，頁56。

35 瞿秋白：《瞿秋白文集（文學編）》卷一，頁29。

36 倍倍爾（August Bebel, 1840–1913），「德國和國際工人運動活動家，德國社會民主黨領袖、創始人之一。〔……〕1861年參加萊比錫職工教育協會。1863年6月在美因河畔法蘭克福參與建立德國工人協會聯合會。1865年8月結識李卜克內西，在其幫助下成長為社會主義者。1866年與李卜克內西創建薩克森人民黨，加入第一國際。次年當選為德國工人協會聯合會主席，並促使該會於1868年參加第一國際。1867年當選北德意志聯邦議會議員，成為議會中第一個工人代表。他和李卜克內西於1869年8月共同創建德國社會民主工黨（愛森納赫派），並制定了黨綱。〔……〕80年代末，倍倍爾投入創建第二國際的工作。〔……〕主要著作有《婦女和社會主義》、《我的一生》等。」詳見洪肇龍、朱毅：〈倍倍爾〉，《中國大百科全書》，中國大百科全書總編輯委員會編（臺北：智慧藏學習科技股份有限公司，2001），http://163.17.79.102/%A4%A4%B0%EA%A4j%A6%CA%AC%EC/Content.asp?ID=53725&Query=1 。（瀏覽日期：2020年2月2日）

37 石川禎浩：〈李大釗早期思想中的日本因素——以茅原華山為例〉，《一九一〇年代的中國》中國社會科學院近代史研究所民國史研究室、四川師範大學歷史文化學院編（北京：社會科學文獻出版社，2007），頁370。

38 引者按：指瞿秋白。

39 夏濟安著、萬芷君等譯、王宏志審訂:《黑暗的閘門: 中國左翼文學運動研究》，頁16。Tsi-an Hsia, *The Gate of Darkness: Studies on the Leftist Literary Movement in China*, p. 17.
40 瞿秋白：《瞿秋白文集（文學編）》卷一，頁6–22。
41 同上，頁17、22。
42 同上，頁16–17。
43 瞿秋白：《瞿秋白文集（文學編）》卷二，頁3。
44 李大釗：《李大釗文集》卷三，頁352。讀者亦可參閱以下三位學者對林德揚自殺事件的介紹和分析：一、劉長林：〈林德揚自殺的意義〉，《武漢理工大學學報（社會科學版）》第21卷第4期（2008年月），頁574–578；二、海青：《「自殺時代」的來臨？——二十世紀早期中國知識群體的激烈行為和價值選擇》（北京：中國人民大學出版社，2010），頁34–54；三、顏浩：〈「五四」青年動員的話語策略與價值取向——以「林德揚自殺」為中心〉，《青海社會科學》（2014年第3期），頁154–159。
45 鄭振鐸：〈自殺 · 附記〉，《新社會》第五期（1919年12月），第一版。
46 瞿秋白：《瞿秋白文集（政治理論編）》卷一，頁34。
47 同上，頁34–35。
48 同上，頁36。
49 同上，頁36。
50 瞿秋白：《瞿秋白文集（文學編）》卷二，頁3。
51 李大釗：《李大釗全集（修訂本）》卷一，頁287–288。
52 李大釗：《李大釗文集》卷三，頁123。
53 「黑甜鄉」即「夢鄉。元 · 馬致遠《陳摶高臥 · 第四折》：『笑他滿朝朱紫貴，怎如我一枕黑甜鄉。』」中華民國教育部：《教育百科》（臺北：中華民國教育部，2014），https://pedia.cloud.edu.tw/Entry/Detail/?title=%E9%BB%91%E7%94%9C%E9%84%89 。（瀏覽日期：2020年2月2日）
54 瞿秋白：《瞿秋白文集（文學編）》卷一，頁3–5。
55 瞿秋白：《瞿秋白文集（政治理論編）》卷一，頁18。
56 李大釗：《李大釗文集》卷三，頁299–301。
57 瞿秋白：《瞿秋白文集（政治理論編）》卷一，頁72–73。
58 David Harvey, *Spaces of Hope*, pp. 173–174.
59 瞿秋白：《瞿秋白文集（文學編）》卷一，頁251。
60 Michel Foucault, "Of Other Spaces," p 24.
61 同上, 頁24.
62 瞿秋白：《瞿秋白文集（文學編）》卷一，頁3–5。
63 瞿秋白：《瞿秋白文集（文學編）》卷一，頁12–13。着重號為引用者所加。
64 三藏法師玄奘譯：〈《大般若波羅蜜多經》卷第五百九十三〉，《大正藏》第7冊No. 220第593卷（臺北：CEBTA中華電子佛典協會，1998–2020），http://www.cbeta.org/result/normal/T07/0220_593.htm 。（瀏覽日期：2020年2月3日）

65 三藏法師玄奘譯：〈《大般若波羅蜜多經》卷第五百九十三〉，，http://www.cbeta.org/result/normal/T07/0220_593.htm 。（瀏覽日期：2020年2月3日）張子敬居士講述、真如居士校輯：《大般若經精要（修訂版）》（新北市：大千出版社，2012），頁494–495。

66 三藏法師玄奘譯：〈《大般若波羅蜜多經》卷第五百九十六〉，《大正藏》第7冊No. 220第596卷（臺北：CEBTA中華電子佛典協會，1998–2020），http://www.cbeta.org/result/normal/T07/0220_596.htm 。（瀏覽日期：2020年2月3日）

67 杜繼文、黃明信主編：《佛教小辭典》，頁292。

68 三藏法師玄奘譯：〈《大般若波羅蜜多經》卷第五百九十六〉，《大正藏》第7冊No. 220第596卷，http://www.cbeta.org/result/normal/T07/0220_596.htm 。（瀏覽日期：2020年2月3日）

69 瞿秋白：《瞿秋白文集（文學編）》卷一，頁58–59。

70 同上，頁213。

71 同上，頁214–217。

72 同上，頁220。

73 瞿秋白：《瞿秋白文集（政治理論編）》卷七，頁724。

74 有關瞿秋白為「心海」一詞所賦予的獨特意義，請參閱本書第四章第四節的討論。

75 瞿秋白：《瞿秋白文集（文學編）》卷一，頁252。

76 同上，頁252。

第八章

1 Alain Badiou, *The Century*, trans. Alberto Toscano, pp. 48–57.

2 同上，頁51.

3 有關齊澤克對這一概念的理解和回應，請參閱本書第三章第二節。

4 Alain Badiou, *The Century*, pp. 51–52.

5 同上，頁52–53。

6 Slavoj Žižek, *Welcome to the Desert of the Real*, p. 1.

7 同上 1–2。

8 瞿秋白著：《瞿秋白文集（政治理論編）》卷七，頁694。

9 《瞿秋白文集（政治理論編）》第七卷以附錄的形式收入了〈多餘的話〉，並在編者按中作出了如下的說明：「〈多餘的話〉至今未見到作者手稿。從文章的內容、所述事實和文風看，是瞿秋白所寫；但其中是否有被國民黨當局篡改之處，仍難以斷定，故作為『附錄』收入本卷，供研究者參考。」瞿秋白：《瞿秋白文集（政治理論編）》卷七，頁693。

10 楊之華著：《回憶秋白》，頁166。

11 引者按：指張聞天。

12 丁景唐、丁言模編：《瞿秋白印象》，頁136。

13 有關〈多餘的話〉的抄本和版本考證，可參閱周楠本：〈編者前言——瞿秋白獄中反思錄：《多餘的話》〉，《多餘的話：瞿秋白獄中反思錄》瞿秋白原著、周楠本編，頁28–32。

14 李克長著：〈瞿秋白訪問記〉，收入劉福勤：《從天香樓到羅漢嶺——瞿秋白綜論》，頁323–325。

15 楊之華著：《回憶秋白》，頁165–166。

16 李克長的記述，見李克長：〈瞿秋白訪問記〉，收入劉福勤：《從天香樓到羅漢嶺——瞿秋白綜論》，頁323。

17 劉福勤著：《心憂書〈多餘的話〉》（上海：上海社會科學院出版社，1993），頁18。

18 引者按：指瞿秋白。

19 楊之華著：《回憶秋白》，頁149。

20 劉福勤著：《心憂書〈多餘的話〉》，頁18。

21 根據陳福康和丁言模在《楊之華評傳》中的記述，1958年，楊之華和葛琴在常州偶然碰上了，談到了許多往事。當談到〈多餘的話〉時，楊之華卻沉默了，走了幾十步後，才仰天長嘆，説道：「這篇文字是真實的話，國民黨為甚麼不全文公布呢？」陳福康、丁言模編：《楊之華評傳》（上海：上海社會科學院出版社，2005），頁413。

22 劉福勤著：《心憂書〈多餘的話〉》，頁244–245。

23 瞿秋白著：《瞿秋白文集（政治理論編）》卷七，頁718–719。

24 余玉花著：《瞿秋白學術思想評傳》，頁307。瞿秋白在接受李克長的訪問時，亦説過類似的話：「立三下臺，我為總書記。自己總覺得文人結習未除，不適合於政治活動，身體不好，神經極度衰弱，每年春間，即患吐血症。我曾向人表示，『田總歸是要牛來耕的，現在要我這匹馬來耕田，恐怕吃力不討好。』」李克長：〈瞿秋白訪問記〉，收入劉福勤著：《從天香樓到羅漢嶺——瞿秋白綜論》，頁320。

25 劉福勤著：《心憂書〈多餘的話〉》，頁54。

26 引者按：指共產黨的同志。

27 瞿秋白著：《瞿秋白文集（政治理論編）》卷七，頁721。

28 馬克思、恩格斯著，中共中央馬克思恩格斯列寧斯大林著作編譯局編譯：《馬克思恩格斯選集》卷一（北京：人民出版社，1995），頁5。Karl Marx, "Introduction to a Contribution to the Critique of Hegel's Philosophy of Right," Marxists Internet Archive, http://www.marxists.org/archive/marx/works/1843/critique-hpr/intro.htm（瀏覽日期：2020年2月3日）

29 瞿秋白著：《瞿秋白文集（政治理論編）》卷七，頁722。

30 馬克思、恩格斯著，中共中央馬克思恩格斯列寧斯大林著作編譯局編譯：《馬克思恩格斯選集》卷一，頁2–3。Karl Marx, "Introduction to a Contribution to the Critique of Hegel's Philosophy of Right." http://www.marxists.org/archive/

marx/works/1843/critique-hpr/intro.htm（瀏覽日期：2020年2月3日）

31 瞿秋白著：《瞿秋白文集（政治理論編）》卷七，頁713。

32 丁景唐、丁言模編：《瞿秋白印象》，頁136。

33 陳福康和丁言模在《楊之華評傳》中曾指出，1955年，丁玲在太湖華東療養院養病，李文瑞前往探望。談起〈多餘的話〉時，丁玲激動地說：「肯定是假的，國民黨的造謠專家多得很，造謠當然要造得像，否則也不能騙人了」。陳福康和丁言模據此評斷道：「這裏丁玲所說的與她在〈我對《多餘的話》的理解〉中在延安就『相信』之說相互『矛盾』」。陳福康、丁言模編：《楊之華評傳》，頁413。然而，在陳氏和丁氏的書裏，卻沒有提及，丁玲早於1939年已寫了一篇短論〈與友人論秋白〉，力主〈多餘的話〉乃出自瞿秋白手筆。見丁玲著：〈與友人論秋白〉，載《星島日報》，1939–11–27。我於2008年正式發表的論文〈歷史與劇場——論瞿秋白筆下的「滑稽劇」和「死鬼」意象〉中，最早論及丁玲這篇佚文。劉濤及後於2012年發表的〈丁玲論瞿秋白的一篇佚文〉中，確認這是《丁玲全集》所未收的佚文。徐秀慧其後亦於2015年發表的論文〈中國知識分子革命實踐的路徑——從韋護形象與丁玲的瞿秋白論談起〉中，重點論及這篇丁玲佚文。見張歷君：〈歷史與劇場——論瞿秋白筆下的「滑稽劇」和「死鬼」意象〉，《墨痕深處：文學、歷史、記憶論集》，樊善標、危令敦、黃念欣編（香港：牛津大學出版社，2008），頁311–328；劉濤：〈丁玲論瞿秋白的一篇佚文〉，《魯迅研究月刊》2012年第4期，頁56–58；徐秀慧：〈中國知識分子革命實踐的路徑——從韋護形象與丁玲的瞿秋白論談起〉，《文學評論》2015年第2期，頁71–82。

34 丁玲著：〈與友人論秋白〉，載《星島日報》，1939–11–27。

35 瞿秋白著：《瞿秋白文集（政治理論編）》卷七，頁721。

36 丁玲著：〈與友人論秋白〉，載《星島日報》，1939–11–27。

37 馬克思、恩格斯著，中共中央馬克思恩格斯列寧斯大林著作編譯局編譯：《馬克思恩格斯選集》卷一，頁5。英譯如下："If it believed in its own *essence*, would it try to hide that essence under the *semblance* of an alien essence and seek refuge in hypocrisy and sophism?" Karl Marx, "Introduction to a Contribution to the Critique of Hegel's Philosophy of Right." Archive. http://www.marxists.org/archive/marx/works/1843/critique-hpr/intro.htm（瀏覽日期：2020年2月3日）

38 馬克思、恩格斯著，中共中央馬克思恩格斯列寧斯大林著作編譯局編譯：《馬克思恩格斯選集》卷一，頁5。Karl Marx, "Introduction to a Contribution to the Critique of Hegel's Philosophy of Right." http://www.marxists.org/archive/marx/works/1843/critique-hpr/intro.htm（瀏覽日期：2020年2月3日）

39 瞿秋白：《瞿秋白文集（政治理論編）》卷七，頁714。

40 同上，頁715。

41 Gilles Deleuze, *Difference and Repetition*, trans. Paul Patton (New York: Columbia University Press, 1994), pp. 8–10.

42 同上，頁16–18。

43 同上，頁8。
44 瞿秋白：《瞿秋白文集（文學編）》卷四，頁16–19。
45 Slavoj Žižek, *The Plague of Fantasies* (London; New York: Verso, 1997), p. 90.
46 瞿秋白著：《瞿秋白文集（政治理論編）》卷七，頁722。
47 同上，頁715。
48 同上，頁723。
49 丁玲：〈與友人論秋白〉，載《星島日報》，1939–11–27。
50 瞿秋白：《瞿秋白文集（政治理論編）》卷七，頁720。
51 馬克思、恩格斯著，中共中央馬克思恩格斯列寧斯大林著作編譯局編譯：《馬克思恩格斯選集》卷二，頁100–101。Karl Marx, "Preface to the First German Edition, 1867," *Capital.* Marxists Internet Archive, http://www.marxists.org/archive/marx/works/1867-c1/p1.htm（瀏覽日期：2020年2月3日）
52 瞿秋白：《瞿秋白文集（政治理論編）》卷七，頁705。
53 瞿秋白：《瞿秋白文集（文學編）》卷一，頁357。
54 瞿秋白：《瞿秋白文集（文學編）》卷三，頁131–132。
55 馮契：《中國近代哲學的革命進程》（上海：上海人民出版社，1989），頁356–357。
56 瞿秋白：《瞿秋白文集（政治理論編）》卷七，頁705。
57 瞿秋白：《瞿秋白文集（文學編）》卷三，頁107。
58 同上，頁107。
59 魯迅：《魯迅全集》卷一，頁284。
60 馬克思、恩格斯著，中共中央馬克思恩格斯列寧斯大林著作編譯局編譯：《馬克思恩格斯選集》卷一，頁584。Karl Marx, *Surveys from Exile (Political Writings: Volume 2)*, ed. David Fernbach (London: Penguin Books, 1992), p. 146.
61 Gilles Deleuze, *Difference and Repetition*, p. 10.
62 馬克思、恩格斯著，中共中央馬克思恩格斯列寧斯大林著作編譯局編譯：《馬克思恩格斯選集》卷一，頁5–6。Karl Marx, "Introduction to a Contribution to the Critique of Hegel's Philosophy of Right." http://www.marxists.org/archive/marx/works/1843/critique-hpr/intro.htm（瀏覽日期：2020年2月3日）
63 瞿秋白：《瞿秋白文集（文學編）》卷四，頁24。
64 瞿秋白：《瞿秋白文集（政治理論編）》卷七，頁721。
65 Slavoj Žižek, *The Sublime Object of Ideology*, pp. 133–134.
66 馬克思、恩格斯著，中共中央馬克思恩格斯列寧斯大林著作編譯局編譯：《馬克思恩格斯選集》卷一，頁15。Karl Marx, "Introduction to a Contribution to the Critique of Hegel's Philosophy of Right." http://www.marxists.org/archive/marx/works/1843/critique-hpr/intro.htm（瀏覽日期：2020年2月3日）
67 James Joll, *Gramsci*, p. 125; Giuseppe Fiori, *Antonio Gramsci: Life of a Revolutionary*, pp. 288–291.

68 韓佳辰：〈布哈林〉，《中國大百科全書》，中國大百科全書總編輯委員會編（臺北：智慧藏學習科技股份有限公司，2001），http://163.17.79.102/%A4%A4%B0%EA%A4j%A6%CA%AC%EC/Content.asp?ID=53817 。（瀏覽日期：2020年2月3日）

69 姚守中、馬光仁、耿易編著：《瞿秋白年譜長編》，頁255–260。

70 張秋實：《瞿秋白與共產國際》，頁282–287。

71 有關瞿景白的「失蹤」及其最終下場，有兩種不同的說法，詳見陳相因：〈「自我」的符碼與戲碼——論瞿秋白筆下「多餘的人」與〈多餘的話〉〉，頁109註130。

72 有關瞿母自殺及其對瞿秋白人生道路的影響，可參閱本書第六章第二節。

73 張秋實：《瞿秋白與共產國際》，頁287。

74 同上，頁287–288。

75 引者按：即改名後的莫斯科中山大學。

76 張秋實：《瞿秋白與共產國際》，頁295–298。

77 同上，頁346。

78 引者按：指他在中共黨內的同事。

79 李克長：〈瞿秋白訪問記〉，收入劉福勤：《從天香樓到羅漢嶺——瞿秋白綜論》，頁320。

80 羅伊・麥德維傑夫、若列斯・麥德維傑夫著，王桂香等譯：《斯大林鮮為人知的剖面》（北京：新華出版社，2004），頁280。Roy Aleksandrovich Medvedev & Zhores A. Medvedev, *The Unknown Stalin*, trans. Ellen Dahrendorf (London & New York: I.B. Tauris, 2003), pp. 264–265.

81 轉引自齊澤克著、宋文偉等譯：《有人說過極權主義嗎？》（南京：江蘇人民出版社，2005），頁77。Slavoj Žižek, *Did Somebody Say Totalitarianism?* (London & New York: Verso, 2002), pp. 102–103.

82 引者按：指布哈林分子托姆斯基（Tomsky）的自殺事件。

83 齊澤克著、宋文偉等譯：《有人說過極權主義嗎？》，頁77–78。Slavoj Žižek, *Did Somebody Say Totalitarianism?* pp. 103–104.

84 轉引自齊澤克著、宋文偉等譯：《有人說過極權主義嗎？》，頁78–79。Slavoj Žižek, *Did Somebody Say Totalitarianism?* p. 104.

85 有關瞿秋白的歷史工具論，可參閱本書第二章第二節。

86 轉引自齊澤克著、宋文偉等譯：《有人說過極權主義嗎？》，頁81。Slavoj Žižek, *Did Somebody Say Totalitarianism?* pp. 107–108. 引文中的着重號是齊澤克加上的。

87 齊澤克著、宋文偉等譯：《有人說過極權主義嗎？》，頁81–82。Slavoj Žižek, *Did Somebody Say Totalitarianism?* p. 108.

88 劉青梧（Jamie Greenbaum）亦曾對瞿秋白和布哈林晚期的心態進行比較研究，可惜他的研究只集中於對〈多餘的話〉的分析，以致他沒有發現瞿秋白臨終前的心態與他中期的「歷史工具論」之間緊密的關係。Qu Qiubai,

Superfluous Words, trans. and commentary by Jamie Greenbaum (Canberra: Pandanus Books, 2006), pp. 130–137.

89　卡夫卡著、葉廷芳主編：《卡夫卡全集》卷三（石家莊：河北教育出版社，1996），　頁183。Franz Kafka, *The Trial*, trans. Mike Mitchell (Oxford & New York: Oxford University Press, 2009), p. 165.

結語

1　瞿秋白著、周楠本編：《多餘的話——瞿秋白獄中反思錄》，頁179–188。

2　同上，頁119。

3　陳福康、丁言模編：《楊之華評傳》，頁400。

4　瞿秋白著、周楠本編：《多餘的話——瞿秋白獄中反思錄》，頁120。

5　羅寧：〈瞿秋白與佛學〉，頁37。

6　藍吉富編：〈雪山童子〉，《中華佛學百科全書》，轉引自「一行佛學辭典搜尋」（臺北：臺大獅子吼佛學專站，1995–2016），http://buddhaspace.org/dict/index.php?keyword=%E9%9B%AA%E5%B1%B1%E7%AB%A5%E5%AD%90 。（瀏覽日期：2020年2月3日）

7　北涼曇無讖譯：〈《大般涅槃經》卷一四（節錄）〉，《漢譯佛典翻譯文學選（上冊）》，孫昌武編註（天津：南開大學出版社，2005），頁204–210。

8　〈雪山童子〉，《中華佛學百科全書》藍吉富編，轉引自「一行佛學辭典搜尋」，http://buddhaspace.org/dict/index.php?keyword=%E9%9B%AA%E5%B1%B1%E7%AB%A5%E5%AD%90 。（瀏覽日期：2020年2月3日）

9　北涼曇無讖譯：〈《大般涅槃經》卷一四（節錄）〉，《漢譯佛典翻譯文學選（上冊）》孫昌武編註，頁209註3。

10　弘學：《佛學概論（第三版）》（成都：四川出版集團．四川人民出版社，2012），頁239。

11　同上，頁242–243。

12　同上，頁243。

13　瞿秋白著、周楠本編：《多餘的話——瞿秋白獄中反思錄》，頁180。

14　瞿秋白：《瞿秋白文集（政治理論編）》卷七，頁720。

15　瞿秋白：《瞿秋白文集（文學編）》卷一，頁25。

16　巴特著，汪耀進、武佩榮譯：《戀人絮語》（臺北：桂冠圖書股份有限公司，1994），頁59。Roland Barthes, *A Lover's Discourse: Fragments*, trans. Richard Howard (New York: Hill and Wang, 1978), p. 62.

17　瞿秋白：《瞿秋白文集（政治理論編）》卷七，頁702。

18　丁景唐、丁言模編：《瞿秋白印象》，頁113–114。

19　同上，頁115。

20　同上，頁115。

21 陳鐵健：《從書生到領袖：瞿秋白》，頁190–191。
22 丁景唐、丁言模編：《瞿秋白印象》，頁115–116。
23 同上，頁116。
24 同上，頁116。
25 同上，頁116。
26 同上，頁131。
27 《討瞿戰報》資料組：〈瞿秋白的骯髒靈魂——瞿秋白給王劍虹、楊之華的信摘錄〉，《討瞿：徹底搞臭大叛徒瞿秋白資料匯編》北京政法學院革命委員會、首都紅代會政法公社《討瞿戰報》編輯部編（北京：北京政法學院革命委員會《討瞿戰報》編輯部、首都紅代會政法公社《討瞿戰報》編輯部，1967），頁117–120。
28 瞿獨伊、李曉雲編註：《秋之白華：楊之華珍藏的瞿秋白》（北京：人民文學出版社，2018），頁36、69–163。
29 瞿獨伊、李曉雲編註：《秋之白華：楊之華珍藏的瞿秋白》，頁132。
30 同上，頁137–138。
31 同上，頁161–162。
32 丁景唐、丁言模編：《瞿秋白印象》，頁127。
33 瞿獨伊、李曉雲編註：《秋之白華：楊之華珍藏的瞿秋白》，頁120、122、123、126、136。
34 同上，頁108。
35 同上，頁80。
36 有關瞿秋白的「歷史工具論」，可參閱本書第二章第二節。
37 路況：《五月之磚——巴黎學派68思想》（臺北：唐山出版社，2005），頁164。
38 同上，頁164–165。
39 王一川：《中國現代卡里斯馬典型——二十世紀小說人物的修辭論闡釋》（雲南：雲南人民出版社，1994），頁121–123。
40 丁玲：《韋護》，頁93–94。
41 羅蘭．巴特著，汪耀進、武佩榮譯：《戀人絮語》，頁59。Roland Barthes, *A Lover's Discourse: Fragments*, p. 62.

參考書目

中文和日文

《憶秋白》編輯小組編：《憶秋白》。北京，人民文學出版社，1981。
丁守和：《瞿秋白思想研究》。成都：四川人民出版社，1985。
丁言模：《瞿秋白與共產國際代表》。北京：中國社會出版社，2014。
丁玲：《韋護》。香港：開明書店，1953。
丁玲著、少侯編：《丁玲文選》。上海：仿古書店，1936。
丁玲著、張炯主編：《丁玲全集》，12卷本。石家莊市：河北人民出版社，2001。
丁景唐、丁言模編：《瞿秋白印象》。上海：學林出版社，1997。
丁景唐、文操合編：《瞿秋白著譯繫年目錄》。上海：上海人民出版社，1959。
三藏法師玄奘譯：〈《大般若波羅蜜多經》第401卷–第600卷〉，《大正藏》第7冊No. 220（臺北：CEBTA中華電子佛典協會，1998–2020），http://tripitaka.cbeta.org/T07n0220。（瀏覽日期：2020年2月3日）
工藤貴正著、吉田陽子等譯：《廚川白村現象在中國與臺灣》。臺北：秀威經典，2017。
中里介山：《トルストイ言行錄》。東京：內外出版協會，1906。
中國之新民：〈余之死生觀〉，《新民叢報》第三年第十二號（1905年1月6日第60號），頁1–13。
中國革命博物館編：《回憶李大釗》。北京：人民出版社，1980。
中華民國教育部：《教育百科》（臺北：中華民國教育部，2014），https://pedia.cloud.edu.tw/home/index。（瀏覽日期：2020年2月2日）
中澤臨川、生田長江：《近代思想十六講》。東京：新潮社，1916。
太虛：《中國佛學特質在禪》。臺北：佛光文化事業有限公司，2010。
太虛大師：《太虛自傳》。香港：佛教慈慧服務中心，2018。

太虛大師著、印順法師編：《太虛大師選集》，3卷本。新竹：正聞出版社，2008。
巴特（Barthes, Roland）著，汪耀進、武佩榮譯：《戀人絮語》。臺北：桂冠圖書股份有限公司，1994。
巴赫金（Bakhtin, Mikhail Mikhailovich）著、曉河等譯：《巴赫金全集》，6卷本。石家莊：河北教育出版社，1998。
方銘編：《蔣光慈研究資料》。銀川：寧夏人民出版社，1983。
日本新潮社著、過耀根譯：《近代思想》。上海：商務印書館，1918。
王一川：《中國現代卡里斯馬典型——二十世紀小說人物的修辭論闡釋》。雲南：雲南人民出版社，1994。
王汎森：《中國近代思想與學術的系譜》。長春：吉林出版集團有限責任公司，2010。
王汎森：〈「煩悶」的本質是甚麼——「主義」與中國近代私人領域的政治化〉，《思想史》第1輯（2013年9月），頁85–137。
王汎森：〈如果把概念想像成一個結構：晚清以來的「複合性思維」〉，《思想史》第6期（2016年3月），頁239–249。
王俊中：《東亞漢藏佛教史研究》。臺北：東大圖書公司，2004。
王德威：《抒情傳統與中國現代性：在北大的八堂課》。北京：生活 · 讀書 · 新知三聯書店，2010。
王關興：〈瞿秋白研究60年——論點綜述〉，《瞿秋白研究》第八輯（1996年8月），頁519–562。
王鐵仙：《瞿秋白論稿》。上海：華東師範大學出版社，1984。
王鐵仙：〈瞿秋白的大眾文藝論與葛蘭西的文化霸權思想〉，《華東師範大學學報（哲學社會科學版）》第37卷第5期（2005年9月），頁32–35。
王觀泉：《一個人和一個時代——瞿秋白傳》。天津：天津人民出版社，1998。
北京魯迅博文物館：《魯迅譯文全集》，8卷本。福州：福建教育出版社，2008。
卡夫卡（Kafka, Franz）著、葉廷芳主編：《卡夫卡全集》，10卷本。石家莊：河北教育出版社，1996。
史華慈（Schwartz, Benjamin）著、王中江編：《思想的跨度與張力——中國思想史論集》。鄭州：中州古籍出版社，2009。
史華慈（Schwartz, Benjamin）著、陳瑋譯：《中國的共產主義與毛澤東的崛起》。北京：中國人民大學出版社，2006。
布哈林（Bukharin, Nikola Ivanovich）著、何國賢等譯：《歷史唯物主義理論》。北京：人民出版社，1983。
弘學：《佛學概論（第三版）》。成都：四川出版集團 · 四川人民出版社，2012。
末木文美士著、周以量譯：《日本宗教史》。北京：社會科學文獻出版社，2016。
民鐸雜誌社編：「柏格森號」，《民鐸》雜誌第三卷第一號（1921年12月）。
永嶺重敏：《モダン都市の読書空間》。東京：日本エディタースクール出版部，2001。

田時綱：《真與詩：意大利哲學、文化論叢》。北京：社會科學文獻出版社，2016。

田桐：《人生問題》。上海：中華書局，1921。

田露：《20年代北京的文化空間—— 1919–1927年北京報紙副刊研究》。北京：社會科學文獻出版社，2015。

白井澄世：《近代中国におけるロシア文学の受容－李大釗・魯迅・瞿秋白ら五四期知識人を中心に－》。兵庫県西宮市：関西学院大学出版会，2015。

白井澄世：〈五四期におけるベルクソン・生命主義に関する一考察：瞿秋白を中心に〉，《東京大学中国語中国文学研究室紀要》第10號（2007年11月），頁16–48。

石川禎浩、狹間直樹主編：《近代東亞翻譯概念的發生與傳播》。北京：社會科學文獻出版社，2015。

石川禎浩、狹間直樹編：《近代東アジアにおける翻訳概念の展開：京都大学人文科学研究所附属現代中国研究センター 研究報告》。京都：京都大学人文科学研究所，2013。

石川禎浩：〈李大釗早期思想中的日本因素——以茅原華山為例〉，《一九一〇年代的中國》中國社會科學院近代史研究所民國史研究室、四川師範大學歷史文化學院編（北京：社會科學文獻出版社，2007），頁367–383。

石川禎浩著、袁廣泉譯：《中國近代歷史的表與裏》。北京：北京大學出版社，2015。

伊藤虎丸著、李冬本譯：《魯迅與終末論：近代現實主義的成立》。北京：生活・讀書・新知三聯書店，2008。

任繼愈：〈唯識宗〉，《中國大百科全書》，中國大百科全書總編輯委員會編（臺北：智慧藏學習科技股份有限公司，2001），http://163.17.79.102/%A4%A4%B0%EA%A4j%A6%CA%AC%EC/Content.asp?ID=52737（瀏覽日期：2020年2月3日）

列寧（Lenin, Vladimir Ilich）著、中共中央馬克思恩格斯列寧斯大林著作編譯局編：《列寧選集》，4卷本。北京：人民出版社，1975。

印順：《太虛大師年譜》。新竹：正聞出版社，2014。

多伊徹（Deutscher, Isaac）著、施用勤、張冰、劉虎譯：《先知三部曲——托洛茨基：1879–1940》，3卷本。北京：中央編譯出版社，1999。

安德森（Anderson, Perry）著、高銛等譯：《西方馬克思主義探討》。臺北：桂冠圖書股份有限公司，1991。

羊牧之：〈霜痕小集〉，《黨史資料叢刊》1981年第3輯（總第8輯），頁49–73。

艾愷（Alitto, Guy Salvatore）著、王宗煜等譯：《最後的儒家——梁漱溟與中國現代化的兩難》。南京：江蘇人民出版社，2003。

伯林（Berlin, Isaiah）著、馮克利譯：《反潮流：觀念史論文集》。南京：譯林出版社，2006。

余玉花：《瞿秋白學術思想評傳》。北京：北京圖書館出版社，2000。

吳之光：〈秋白人生觀中的佛學思想探微〉，《瞿秋白研究：紀念瞿秋白誕辰九十周年（1899.1–1989.1）》（1），1989年1月，頁342–350。
吳之光編著：《瞿秋白家世》。北京：中央文獻出版社，2003。
吳先伍：《現代性的追求與批評：柏格森與中國近代哲學》。合肥：安徽人民出版社，2006。
吳汝鈞：《佛教的概念與方法（修訂本）》。臺北：臺灣商務印書館股份有限公司，2000。
吳展良：〈中國現代保守主義的起點：梁漱溟的生生思想及其對西方理性主義的批判（1915–1923）〉，《當代儒學論集：傳統與創新》，劉述先主編（臺北市：中央研究院中國文哲研究所籌備處，1995），頁77–117。
呂希晨：《中國現代資產階級哲學思想評述》。通化：吉林人民出版社，1982。
李大釗：《李大釗文集》，5卷本。北京：人民出版社，1999。
李大釗：《李大釗全集（修訂本）》，5卷本。北京：人民出版社，2013。
李子寬：〈追憶學生時期之瞿秋白、張太雷兩先烈〉，《文史資料選輯》第1期（1959年12月），頁1–4。
李北東：《四川抗戰哲學史》。北京：中國文聯出版社，2015。
李石岑：《人生哲學》。臺北：地平線出版社，1973。
李向東、王增如：《丁玲傳》，2卷本。北京：中國大百科全書出版社，2015。
李喜所、元青：《梁啟超新傳》。北京：商務印書館，2015。
李新、孫思白、朱信泉等主編：《中華民國史：人物傳》，8卷本。北京：中華書局，2011。
李慶餘：《在出世與入世之間：梁漱溟先生對佛學的理解與定位》。臺北：臺灣學生書局有限公司，2015。
李歐梵：《我的哈佛歲月》。香港：牛津大學出版社，2005。
李歐梵著、王宏志等譯：《中國現代作家的浪漫一代》。北京：新星出版社，2005。
李歐梵著、季進編：《李歐梵論中國現代文學》。上海：上海三聯書店，2009。
李樹權編著：《蔡元培李大釗與中國大學圖書館》。長春：吉林大學出版社，1990。
杜亞泉：《人生哲學》。上海：商務印書館，1934。
杜威（Dewey, John）著、胡適口譯：《杜威五大講演》。合肥：安徽教育出版社，2005。
杜繼文、黃明信主編：《佛教小辭典》。上海：上海辭書出版社，2006。
求那跋陀羅譯：《楞伽阿跋多羅寶經》第1卷，《大正藏》第16冊No. 0670第1卷（臺北：CEBTA中華電子佛典協會，1998–2020），http://tripitaka.cbeta.org/T16n0670_001。（瀏覽日期：2020年1月31日）
周永祥：《瞿秋白年譜新編》。上海：學林出版社，1992。
季甄馥：《瞿秋白哲學思想評析》。上海：華東師範大學出版社，1998。
宗密：〈《圓覺經大疏釋義鈔》卷第二（之上）（釋疏終權實對辨中立三種教）〉，

《卍新纂續藏經》第九冊 No. 245（臺北：CEBTA中華電子佛典協會，1998–2020），http://www.cbeta.org/result/normal/X09/0245_002.htm。（瀏覽日期：2020年1月29日）

林賢治：《一個人的愛與死》。上海：東方出版中心，2006。

姜濤：《公寓裏的塔：1920年代中國的文學與青年》。北京：北京大學出版社，2015。

姚守中、馬光仁、耿易編著：《瞿秋白年譜長編》。南京：江蘇人民出版社，1993。

威廉斯（Williams, Raymond）著、劉建基譯：《關鍵詞》。北京：三聯書店，2005。

柏格森（Bergson, Henri）著、肖聿譯：《創造進化論》。北京：華夏出版社，2000。

柏格森（Bergson, Henri）著、張東蓀譯：《創化論》。臺北：先知出版社，1976。

洪肇龍、朱毅：〈倍倍爾〉，《中國大百科全書》中國大百科全書總編輯委員會編（臺北：智慧藏學習科技股份有限公司，2001），http://163.17.79.102/%A4%A4%B0%EA%A4j%A6%CA%AC%EC/Content.asp?ID=53725&Query=1 。（瀏覽日期：2020年2月2日）

科拉柯夫斯基（Kolakowski, Leszek）著、牟斌譯：《柏格森》。北京：中國社會科學出版社，1992。

科恩（Cohen, Stephen F.）著、徐葵等譯：《布哈林與布爾什維克革命：政治傳記（1888–1938）》。北京：人民出版社，1982。

約爾（Joll, James）著、郝其睿譯：《葛蘭西》。長沙：湖南人民出版社，1988。

胡紹華著：〈瞿秋白文學活動中的佛教影響〉，《湖北三峽學院學報》第21卷第1期（1999年2月），頁13–18。

胡適：《中國哲學史大綱》（卷上）。上海：商務印書館，1919。

茅盾：《茅盾全集》卷十四。北京：人民文學出版社，1987。

韋伯爾（Weber, Hermann）著、王源著：《列寧》。石家莊市：河北教育出版社，1999。

《討瞿戰報》資料組：〈瞿秋白的骯髒靈魂——瞿秋白給王劍虹、楊之華的信摘錄〉，《討瞿：徹底搞臭大叛徒瞿秋白資料匯編》北京政法學院革命委員會、首都紅代會政法公社《討瞿戰報》編輯部編（北京：北京政法學院革命委員會《討瞿戰報》編輯部、首都紅代會政法公社《討瞿戰報》編輯部，1967），頁117–120。

唐天然：〈最初評論《餓鄉紀程》的精闢文字——讀一九二二年王統照所寫的《新俄國遊記》一文〉，《瞿秋白研究：紀念瞿秋白誕辰90周年（1899.1–1989.1）》第1輯（1989年1月），頁20–24。

夏濟安著、萬芷君等譯、王宏志審訂：《黑暗的閘門：中國左翼文學運動研究》。香港：中文大學出版社，2016。

孫昌武編註：《漢譯佛典翻譯文學選》，2卷本。天津：南開大學出版社，2005。

徐秀慧：〈中國知識分子革命實踐的路徑——從韋護形象與丁玲的瞿秋白論談起〉，《文學評論》2015年第2期，頁71–82。
徐崇溫：《西方馬克思主義》。天津：天津人民出版社，1986。
徐鳳林：《俄羅斯宗教哲學》。北京：北京大學出版社，2006。
海青：《「自殺時代」的來臨？——二十世紀早期中國知識群體的激烈行為和價值選擇》。北京：中國人民大學出版社，2010。
索雷爾（Sorel, Georges）著、呂文江譯：《進步的幻象》。上海：上海人民出版社，2003。
索雷爾（Sorel, Georges）著、樂啟良譯：《論暴力》。上海：上海人民出版社，2005。
翁賀凱編：《張君勱卷》。北京：中國人民大學出版社，2014。
袁偉時：〈試論瞿秋白的哲學思想〉，《中國現代哲學史論文選》，李振霞、管培月編。齊齊哈爾：紅旗出版社出版，1986。
馬克思（Marx, Karl）、恩格斯（Engels, Friedrich）著，中共中央馬克思恩格斯列寧斯大林著作編譯局編譯：《馬克思恩格斯選集》，4卷本。北京：人民出版社，1995。
馬斯泰羅內（Mastellone, Salvo）著、黃華光譯：《歐洲民主史》。北京：社會科學文獻出版社，1998。
馬斯泰羅內（Mastellone, Salvo）編、黃華光、徐力源譯：《一個未完成的政治思索：葛蘭西的〈獄中札記〉》。北京：社會科學文獻出版社，2000。
高平叔編：《蔡元培哲學論著》。石家莊：河北人民出版社，1985。
商金林：《葉聖陶傳論》。合肥：安徽教育出版社，1995。
崔銀河：〈《晨報》副刊與李大釗〉，《海南師範大學學報（社會科學版）》2007年第5期，頁19–24。
張君勱等：《科學與人生觀》，2卷本。沈陽：遼寧教育出版社，1998。
張志忠：〈在熱鬧與沉寂的背後——葛蘭西與瞿秋白的文化領導權理論之比較研究〉，《文藝爭鳴》2008年第11期，頁25–42。
張亞驥：《瞿秋白的文藝思想與文化領導權》。蘇州大學文藝學博士學位論文，2009。
張朋園：《梁啟超與民國政治》。上海：上海三聯書店，2013。
張保勝釋譯：《圓覺經》。臺北：佛光文化事業有限公司，2016。
張秋實：《解密檔案中的瞿秋白》。北京：東方出版社，2011。
張秋實：《瞿秋白與共產國際》。北京：中共黨史出版社，2004。
張榮華：《張元濟評傳》。南昌：百花洲文藝出版社，1997。
張慶：《20世紀中國人生觀論爭》。廣州：廣東高等教育出版社，2000。
張黎敏：〈《時事新報．學燈》：文化傳播與文學生長〉。上海：華東師範大學人文學院中國語言文學系博士論文，2009。
張曉京編：《羅家倫卷》。北京：中國人民大學出版社，2015。
張歷君：〈心聲與電影：論瞿秋白早期著作中的生命哲學修辭〉，《現代中國》第11輯（2008年9月），頁198–209。

張歷君：〈現代君主與有機知識份子：論瞿秋白、葛蘭西與「領袖權」理論的形成〉，《現代中文學刊》2010年第1期（總第4期），頁35–60。
張歷君：〈歷史與劇場——論瞿秋白筆下的「滑稽劇」和「死鬼」意象〉，《墨痕深處：文學、歷史、記憶論集》樊善標、危令敦、黃念欣編（香港：牛津大學出版社，2008），頁311-328。
張靜如等編：《李大釗生平史料編年》。上海：上海人民出版社，1984。
張濤甫：《報紙副刊與中國知識分子的現代轉型：以〈晨報副刊〉為例》。桂林：廣西師範大學出版社，2007。
張耀南、陳鵬：《實在論在中國》。北京：首都師範大學出版，2002。
曹雪：《瞿秋白與葛蘭西哲學思想比較探析》。寧夏大學外國哲學碩士學位論文，2013。
曹聚仁：《魯迅評傳》。上海：東方出版中心，1999。
梁啟超著、吳松等點校：《飲冰室文集點校》，6卷本。昆明：雲南教育出版社，2001。
梁漱溟：《究元決疑論》。上海：商務印書館，1923。
梁漱溟：《梁漱溟全集》，8卷本。濟南：山東人民出版社，1991。
莊勝全：〈紅塵中有閒日月：1920年代黃旺成的社會觀察、政治參與及思想資源〉，《臺灣史研究》第23卷第2期（2016年6月），頁111–164。
許紀霖、朱政惠編：《史華慈與中國》。長春：吉林出版集團有限責任公司，2008。
許華斌：《丁玲小說研究》。上海：復旦大學出版社，1990。
郭靈穎：〈瞿秋白的文化領導權思想及其當代價值研究〉。西南交通大學馬克思主義理論碩士學位論文，2012。
陳相因：〈「自我」的符碼與戲碼——論瞿秋白筆下「多餘的人」與〈多餘的話〉〉，《中央研究院中國文哲研究集刊》第四十四期（2014年3月），頁79–142。
陳朗：〈瞿秋白的知識分子論與「文化領導權」〉，《學習與探索》2014年第4期（總第225期），頁130–134。
陳福康、丁言模編：《楊之華評傳》。上海：上海社會科學院出版社，2005。
陳衛平、施志偉：《生命的衝動——柏格森和他的哲學》。上海：三聯書店，1988。
陳獨秀：《獨秀文存》。安徽：安徽人民出版社，1996。
陳鐵健：《從書生到領袖：瞿秋白》。上海：上海人民出版社，1995。
麥克萊倫（McLellan, David）著、李智譯：《馬克思以後的馬克思主義》。北京：中國人民大學出版社，2004。
麻天祥：《20世紀中國佛學問題》。武昌：武漢大學出版社，2007。
傅修海：《時代覓渡的豐富與痛苦：瞿秋白文藝思想研究》。北京：中國社會科學出版社，2011。
彭小妍：《浪蕩子美學與跨文化現代性：一九三〇年代上海、東京及巴黎的浪蕩子、漫遊者與譯者》。臺北：聯經出版事業股份有限公司，2012。

彭小妍：《唯情與理性的辯證：五四的反啟蒙》。新北市：聯經出版事業股份有限公司，2019。
彭小妍主編：《文化翻譯與文本脈絡：晚明以降的中國、日本與西方》。臺北：中央研究院中國文哲研究所，2013。
斯徒巧夫著、瞿秋白譯：《無產階級政黨之政治的戰術與策略》。北京：新時代出版社，1938。
森紀子：〈梁啟超的佛學與日本〉，《梁啟超．明治日本．西方：日本京都大學人文科學研究所共同研究報告》，狹間直樹編。北京：社會科學文獻出版社，2001），頁184–217。
程中原編：《張聞天譯文集》。南京：譯林出版社，1999。
費奧里（Fiori, Giuseppe）著、吳高譯：《葛蘭西傳》。北京：人民出版社，1983。
賀桂梅：〈丁玲主體辯證法的生成：以瞿秋白、王劍虹書寫為線索〉，《中國現代文學研究叢刊》2018年第5期，頁1–33。
賀麟著：《五十年來的中國哲學》。北京：商務印書館，2002。
賀麟著：《當代中國哲學》。臺北：宗青圖書出版公司，1978。
馮光廉、劉增人編：《王統照研究資料》。北京：知識產權出版社，2009。
馮契：《中國近代哲學的革命進程》。上海：上海人民出版社，1989。
馮契主編：《中國近代哲學史（修訂版）》，2卷本。北京：生活．讀書．新知三聯書店，2014。
黃見德：《西方哲學東漸史》，2卷本。北京：人民出版社，2006。
黃寶生譯註：《梵漢對勘維摩詰所說經》。北京：中國社會科學出版社，2011。
黃繼持編：《魯迅卷》。香港：商務印書館（香港）有限公司，1994。
楊之華：《回憶秋白》。北京：人民出版社，1984。
楊之華：〈《魯迅雜感選集》序言是怎樣產生的〉，《語文學習》1958年1月號，頁13。
楊度：〈楊敍〉，《中國之武士道》，梁啟超。上海：中華書局，1941，頁5–15。
楊惠南：〈論俱時因果在成唯識論中的困難〉，《國立臺灣大學哲學論評》第四期（1981年1月），頁221–238。
楊慧：《思想的行走：瞿秋白「文化革命」思想研究》。北京：商務印書館，2012。
葛蘭西（Gramsci, Antonio）著、中共中央馬克思恩格斯列寧斯大林著作編譯局國際共運史研究所編譯：《葛蘭西文選（1916–1935）》。北京：人民出版社，1992。
葛蘭西（Gramsci, Antonio）著、田時綱譯：《獄中書簡》。北京：人民出版社，2007。
葛蘭西（Gramsci, Antonio）著、曹雷雨、姜麗、張跣譯：《獄中札記》。北京：中國社會科學出版社，2000。
葛蘭西（Gramsci, Antonio）著、陳越譯：《現代君主論》。上海：上海人民出版社，2006。

董德福：《生命哲學在中國》。廣州：廣東人民出版社，2001。
賈植芳等編：《文學研究會資料》。鄭州：河南人民出版社，1985。
賈麗娟：〈瞿秋白文藝大眾化理論研究〉。汕頭大學文藝學碩士學位論文，2009。
路況：《五月之磚——巴黎學派68思想》。臺北：唐山出版社，2005。
路哲：《中國無政府主義史稿》。福州：福建人民出版社，1990。
鈴木貞美：《日本人の生命観：神・恋・倫理》。東京：中央公論新社，2008。
鈴木貞美著、魏大海譯：《日本文化史重構——以生命觀為中心》。北京：中國社會科學出版社，2011。
裴瑞芳：〈李大釗對我國近代圖書館事業的貢獻〉，《唐山師範學院學報》，第36卷第5期（2014年9月），頁156–158。
遠生：〈想影錄〉，《東方雜誌》第十三卷第二號（1916年2月），頁1–5。
齊澤克（Žižek, Slavoj）著、宋文偉等譯：《有人説過極權主義嗎？》。南京：江蘇人民出版社，2005。
齊澤克（Žižek, Slavoj）著、季廣茂譯：《意識形態的崇高客體》。北京：中央編譯出版社，2002。
劉小中、丁言模編著：《瞿秋白年譜詳編》。北京：中央文獻出版社，2008。
劉長林：〈林德揚自殺的意義〉，《武漢理工大學學報（社會科學版）》第21卷第4期（2008年月），頁574–578。
劉康：《全球化／民族化》。天津：天津人民出版社，2002。
劉福勤：《心憂書〈多餘的話〉》。上海：上海社會科學院出版社，1993。
劉福勤：《從天香樓到羅漢嶺——瞿秋白綜論》。桂林：廣西師範大學出版社，1995。
劉濤：〈丁玲論瞿秋白的一篇佚文〉，《魯迅研究月刊》2012年第4期，頁56–58。
劍三：〈《新俄國遊記》〉，《晨光》1922年1卷3期，頁1–7。
德里克（Dirlik, Arif）著、孫宜學譯：《中國革命中的無政府主義》。桂林：廣西師範大學出版社，2006。
德勒茲（Deleuze, Gilles）著、張宇淩、關群德譯：《康德與柏格森解讀》。北京：社會科學文獻出版社，2002。
德勒茲（Deleuze, Gilles）著、劉漢全譯：《哲學與權力的談判——德勒茲訪談錄》。北京：商務印書館，2000。
潘正文：《「五四」社會思潮與文學研究會》。北京：新星出版社，2011。
潘光哲：《晚清士人的西學閱讀史（一八三三——一八九八）》。臺北：中央研究院近代史研究所，2014。
蔣光赤：《短褲黨》。上海：泰東圖書局，1927。
蔡元培：《簡明哲學綱要》。北京：北京出版社，2015。
鄭振鐸：《鄭振鐸文集》，7卷本。北京：人民文學出版社，1959-1988。
鄭振鐸：〈自殺・附記〉，《新社會》第五期（1919年12月），第一版。
鄭異凡：《天鵝之歌》。瀋陽：遼寧教育出版社，1996。

鄭惠、瞿勃編：《瞿秋白譯文集》，2卷本。南京：譯林出版社，1999。
鄭超麟著、范用編：《鄭超麟回憶錄》，2卷本。北京：東方出版社，2004。
鄭績：〈革命的側面——丁玲創作與生平中的愛情家庭〉，《現代中文學刊》2013年第4期（總第25期），頁39–45。
鄧中好：《瞿秋白哲學研究》。北京：中國文史出版社，1992。
魯迅：《魯迅全集》，16卷本。北京：人民文學出版社，1981。
魯振祥著：〈瞿秋白探索中國革命的傑出貢獻〉，《瞿秋白研究》第八輯（1996年8月），頁104–117。
魯雲濤：《瞿秋白評傳》。成都：四川人民出版社，1991。
曇無讖譯：《優婆塞戒經》卷一，《大正藏》第24冊No. 1488第1卷（臺北：CEBTA中華電子佛典協會，1998–2020），https://tripitaka.cbeta.org/T24n1488_001。（瀏覽日期：2020年1月30日）
盧卡奇（Lukács, Georg）著、杜章智、任立、燕宏遠譯：《歷史與階級意識：關於馬克思主義辯證法的研究》。北京：商務印書館，1995。
盧卡奇（Lukács, Georg）著、張亮、吳勇立譯：《盧卡奇早期文選》。南京：南京大學出版社，2004。
蕭前：〈辯證唯物主義〉，《中國大百科全書》，中國大百科全書總編輯委員會編（臺北：智慧藏學習科技股份有限公司，2001），http://163.17.79.102/%A4%A4%B0%EA%A4j%A6%CA%AC%EC/Content.asp?ID=56065 。（瀏覽日期：2020年2月1日）
錢理群、溫儒敏、吳福輝：《中國現代文學三十年（修訂本）》。北京：北京大學出版社，1998。
錢智修：〈布格遜哲學說之批評〉，《東方雜誌》第十一卷第四號（1914年10月），頁1–11。
錢智修：〈法國大哲學家布格遜傳〉，《教育雜誌》第八卷一號（1916年1月），頁1–6。
錢智修：〈現今兩大哲學家學說概略〉，《東方雜誌》第十卷第一號（1913年7月），頁1–9。
錢智修：〈德國大哲學家郁根傳〉，《教育雜誌》第七卷第二號（1915年2月），頁1–12。
霍布斯鮑姆（Hobsbawm, Eric）著、王章輝等譯：《革命的年代》。南京：江蘇人民出版社，1999。
霍布斯鮑姆（Hobsbawm, Eric）著、鄭明萱譯：《極端的年代》，2卷本。南京：江蘇人民出版社，1998。
曙光：〈機械唯物主義〉，收入中國大百科全書總編輯委員會編：《中國大百科全書》（臺北：智慧藏學習科技股份有限公司，2001），http://163.17.79.102/%E4%B8%AD%E5%9C%8B%E5%A4%A7%E7%99%BE%E7%A7%91/Content.asp?ID=56611&Query=1 。（瀏覽日期：2020年2月1日）
賽義德（Said, Edward）著、謝少波等譯：《賽義德自選集》（北京：中國社會科學出版社，1999

邁斯納（Meisner, Maurice）著、張寧、陳銘康等譯：《馬克思主義、毛澤東主義與烏托邦主義》。北京：中國人民大學出版社，2005。

韓廷傑釋譯：《成唯識論》。臺北：佛光文化事業有限公司，2012。

韓佳辰：〈布哈林〉，《中國大百科全書》，中國大百科全書總編輯委員會編（臺北：智慧藏學習科技股份有限公司，2001），http://163.17.79.102/%A4%A4%B0%EA%A4j%A6%CA%AC%EC/Content.asp?ID=53817 。（瀏覽日期：2020年2月3日）

瞿世英：〈柏格森與現代哲學之趨勢〉，《民鐸》雜誌第三卷第一號（1921年12月），頁1–6。

瞿世英：〈創作與哲學〉，《小説月報》第12卷第7號（1921年7月），頁2–9。

瞿世英編：〈《近代哲學家》第十八章「柏格森」〉，《時事新報．學燈》（1921年11月12日），第四張第一版。

瞿秋白：《瞿秋白文集（文學編）》，6卷本。北京：人民文學出版社，1998。

瞿秋白：《瞿秋白文集（政治理論編）》，8卷本。北京：人民出版社，1987–1998。

瞿秋白：〈自民治主義至社會主義〉，《新青年》季刊第二期，1923年12月，頁79–102。

瞿秋白原著、周楠本編：《多餘的話：瞿秋白獄中反思錄》。臺北：獨立作家，2015。

瞿菊農編：《現代哲學思潮綱要》。上海：中華書局，1934。

瞿軼群：〈母親之死〉，《瞿秋白研究》第二輯（1990年1月），頁306–316。

瞿獨伊、李曉雲編註：《秋之白華：楊之華珍藏的瞿秋白》。北京：人民文學出版社，2018。

聶長久、張敏：〈論瞿秋白和葛蘭西國家觀差異的社會根源〉，《徐州工程學院學報（社會科學版）》（2008年05期），頁56–59。

藍吉富編：〈雪山童子〉，《中華佛學百科全書》，轉引自「一行佛學辭典搜尋」（臺北：臺大獅子吼佛學專站，1995–2016），http://buddhaspace.org/dict/index.php?keyword=%E9%9B%AA%E5%B1%B1%E7%AB%A5%E5%AD%90 。（瀏覽日期：2020年2月3日）

顏浩：〈「五四」青年動員的話語策略與價值取向——以「林德揚自殺」為中心〉，《青海社會科學》（2014年第3期），頁154–159。

羅伊．麥德維傑夫（Medvedev, Roy Aleksandrovich）、若列斯．麥德維傑夫（Medvedev, Zhores A.）著，王桂香等譯：《斯大林鮮為人知的剖面》。北京：新華出版社，2004。

羅寧：〈瞿秋白與佛學〉，《法音》，1988年第7期，頁36–37。

釋太虛、《太虛大師全書》編委會編集：《太虛大師全書》，35卷本。北京：宗教文化出版社，2004。

釋正剛：《唯識學講義》。北京：宗教文化出版社，2006。

英文和法文

Anderson, Perry. *Considerations on Western Marxism*. London & New York: Verso, 1989.

Anderson, Perry. "The Antinomies of Antonio Gramsci," *New Left Review*, 100 (Nov. – Dec. 1976), pp. 5–78.

Badiou, Alain. *The Century*, trans. Alberto Toscano. Cambridge & Malden: Polity Press, 2007.

Benjamin, Walter. *One-Way Street and Other Writings*, trans. Edmund Jephcott & Kingsley Shorter. London: Verso, 1997.

Barthes, Roland. *A Lover's Discourse: Fragments*, trans. Richard Howard. New York: Hill and Wang, 1978.

Bergson, Henri. *Creative Evolution*, trans. Arthur Mitchell. New York: Henry Holt and Company, 1911.

Berlin, Isaiah. *Against the Current: Essays in the History of Ideas*. Oxford, Toronto & Melbourne: Oxford University Press, 1981.

Bukharin, Nikola Ivanovich. *Historical Materialism: A System of Sociology*. Ann Arbor: University of Michigan Press, 1969.

Carr, Herbert W. *Henri Bergson: The Philosophy of Change*. London: T. C. and E. C. Jack, 1912.

Cohen, Stephen F. *Bukharin and the Bolshevik Revolution: A Political Biography, 1888–1938*. New York: Vintage Books, 1975.

Deleuze, Gilles. *Bergsonism*, trans. Hugh Tomlinson and Barbara Habberjam. New York: Zone Books, 1988.

Deleuze, Gilles. *Difference and Repetition*, trans. Paul Patton. New York: Columbia University Press, 1994.

Deleuze, Gilles. *Negotiations*, trans. Martin Joughin. New York: Columbia University Press, 1995.

Deutscher, Isaac. *The Prophet Armed: Trotsky, 1879–1921*. Oxford: Oxford University Press, 1987.

Dirlik, Arif. *Anarchism in the Chinese Revolution*. Berkeley: University of California Press, 1993.

Fiori, Giuseppe. *Antonio Gramsci: Life of a Revolutionary*, trans. Tom Nairn. New York: Schocken Books, 1973.

Foucault, Michel. "Of Other Spaces," trans. Jay Miskowiec, *Diacritics*, Vol. 16, No. 1 (Spring, 1986), p. 22–27.

Foucault, Michel. *Power*, ed. James D. Faubion, trans. Robert Hurley and others. London: Penguin Books, 2002.

Foucault, Michel. *The Order of Things*. New York: Vintage Books, 1994.

Gramsci, Antonio. *Prison Letters*, trans. Hamish Henderson. London & Chicago: Pluto Press, 1996.

Gramsci, Antonio. *Selections from Political Writings (1910–1920)*, trans. John Mathews. London: Lawrence & Wishart, 1988.

Gramsci, Antonio. *Selections from the Prison Notebooks of Antonio Gramsci*, ed. and tran. Quintin Hoare and Geoffrey Nowell Smith. New York: International Publishers, 1999.

Harvey, David. *Spaces of Hope*. Berkeley: University of California Press, 2000.

Herzen, Alexander. *My Past and Thoughts*, trans. Constance Garnett. London: Chatto & Windus, 1968.

Hobsbawm, Eric. *Age of Extremes*. London: Abacus, 1995.

Hobsbawm, Eric. *The Age of Revolution*. London: Weidenfeld and Nicolson, 1969.

Hsia, Tsi-an. *The Gate of Darkness: Studies on the Leftist Literary Movement in China*. Hong Kong: The Chinese University Press, 2015.

Joll, James. *Gramsci*. London: Fontana, 1977.

Kafka, Franz. *The Trial*, trans. Mike Mitchell. Oxford & New York: Oxford University Press, 2009.

Kolakowski, Leszek. *Bergson*. South Bend, Indiana: St. Augustine's Press, 2001.

Lenin, Vladimir Ilich. "Reformism in the Russian Social-Democratic Movement," *Lenin Internet Archive*. http://www.marxists.org/archive/lenin/works/1911/sep/14.htm（瀏覽日期：2020年1月23日）

Lenin, Vladimir Ilich. *What Is to Be Done?* In *Lenin Internet Archive*: https://www.marxists.org/archive/lenin/works/1901/witbd/index.htm（瀏覽日期：2020年2月2日）

Liu, Kang. *Aesthetics and Marxism: Chinese Aesthetic Marxists and their Western Contemporaries*. Durham, N.C.: Duke University Press, 2000.

Liu, Xinmin. *Signposts of Self-Realization: Evolution, Ethics, and Sociality in Modern Chinese Literature and Film*. Leiden & Boston: Brill, 2014.

Lukács, Georg. *History and Class Consciousness: Studies in Marxist Dialectics*, trans. Rodney Livingstone. Cambridge, Massachusetts: The MIT Press, 2002.

Lukács, Georg. *The Destruction of Reason*, trans. Peter Palmer. Atlantic Highlands, N. J.: Humanities Press, 1981.

Lukács, Georg. *The Theory of the Novel*, trans. Anna Bostock. Cambridge, Mass.: M.I.T. Press, 1977.

Marx, Karl. "Introduction to a Contribution to the Critique of Hegel's Philosophy of Right," Marxists Internet Archive, http://www.marxists.org/archive/marx/works/1843/critique-hpr/intro.htm（瀏覽日期：2020年2月3日）

Marx, Karl. "Preface to the First German Edition, 1867," *Capital*. Marxists Internet Archive, http://www.marxists.org/archive/marx/works/1867-c1/p1.htm（瀏覽日期：2020年2月3日）

Marx, Karl. *Surveys from Exile (Political Writings: Volume 2)*, ed. David Fernbach. London: Penguin Books, 1992.

McLellan, David. *Marxism after Marx: An Introduction*. New York: Harper & Row, Publishers, 1979.

Medvedev, Roy Aleksandrovich & Medvedev, Zhores A. *The Unknown Stalin*, trans. Ellen Dahrendorf. London & New York: I.B. Tauris, 2003.

Meisner, Maurice. *Li Ta-chao and the Origins of Chinese Marxism*. Cambridge, Massachusetts: Harvard University Press, 1967.

Meisner, Maurice. *Marxism, Maoism, and Utopianism*. Wisconsin & London: University of Wisconsin Press, 1982.

Pickowicz, Paul. *Marxist Literary Thought in China: The Influence of Ch'u Ch'iu-pai*. Berkeley & London: University of California Press, 1981.

Price, Kimala. "Reflections on Intellectual Hybridity," *Journal of Feminist Scholarship*, 2 (Spring 2012). pp. 54–68.

Qu, Qiubai. *Superfluous Words*, trans. and commentary by Jamie Greenbaum. Canberra: Pandanus Books, 2006.

Rancière, Jacques. *Short Voyages to the Land of the People*, trans. James B. Swenson. Stanford, Calif.: Stanford University Press, 2003.

Said, Edward. *The World, the Text, and the Critic*. Cambridge, Mass.: Harvard University Press, 1983.

Schwartz, Benjamin. *Chinese Communism and the Rise of Mao*. Cambridge, Massachusetts: Harvard University Press, 1961.

Schwartz, Benjamin. "The Intellectual History of China: Preliminary Reflections," *Chinese Thought and Institutions*, ed. John K. Fairbank. Chicago and London: The University of Chicago Press, 1957.

Sorel, Georges. *Reflections on Violence*, trans. T. E. Hulme. New York: AMS Press, 1975.

Sorel, Georges. *The Illusions of Progress*, trans. John and Charlotte Stanley. Berkeley, Los Angeles & London: University of California Press, 1972.

Villard, Florent. *Le Gramsci chinois : Qu Qiubai, penseur de la modernité culturelle*. Lyon: Tigre de papier, 2009.

Voloshinov, Valentin. *Freudianism: A Marxist Critique*, trans. I. R. Titunik. London & New York: Verso, 2012.

Williams, Raymond. *Keywords*. New York: Oxford University Press, 1985.

WU, Chan-liang. "Western Rationalism and the Chinese Mind: Counter-Enlightenment and Philosophy of Life in China, 1915–1927," Unpub. Ph.D. diss. New Haven: Yale University, 1993.

Žižek, Slavoj. *Did Somebody Say Totalitarianism?* London & New York: Verso, 2002.

Žižek, Slavoj. *The Plague of Fantasies*. London; New York: Verso, 1997.

Žižek, Slavoj. *The Sublime Object of Ideology*. London & New York: Verso, 1989.

Žižek, Slavoj. *Welcome to the Desert of the Real*. London & New York: Verso, 2002.